怪物

東山彰良

新潮社

怪物　目次

第一部

第二部

第三部

怪物

あなたがこの物語を読むまえに、わたしは端《はな》から手札《てふだ》をオープンしておこうと思う。それがこの物語に対する、ミステリー作家としてのわたしの戦略だ。

この物語はわたしの夢である。

それでは言い過ぎだというのなら、こう言い替えてもいい。この物語では現実に起こったことも、起こらなかったことも、重要なことはつねに夢の引力にさらされている。人は誰しもふたつの人生を同時に生きることはできない。夢はときとしてわたしたちが現実には選ばなかった道や、ちがう結末を指し示す標識となる。わたしが見た夢は現実を侵蝕し、支配し、わたしの書く小説に咬《か》みつき、そして賢い鳥のように小説のなかで捉《つか》まえた真実をくわえてふたたび現実へと還ってくる。わたしがしたことといえば、夢のなかで摑んだ真実をこの物語に織りこんだだけだ。

わかっている。苦労して長い物語を読まされたあげく、それがじつは誰かの夢だったなんて、あんまりと言えばあんまりだ。でも、まあ、それも見せ方しだいだ。いわゆる夢オチというやつが腹立たしいのは、書き手がその切り札を飛び道具みたいに最後の最後まで伏せているからだ。だったら、はじめから手の内をすっかりテーブルにさらけ出してしまえばいい。そうすれば少なくとも、あとからイカサマ野郎と罵《ののし》られることはないはずだ。

さあ、これで秘密をバラしてしまったぞ。せいせいした。ミステリー小説を読んでいる人の耳元で、犯人の名前を叫んでやったような気分だ。

あなたはそれでもつづきを読むだろうか。だとすれば、ここから先は自己責任だ。あなたはこれからネタが割れた物語を読まされることになる。

それとも、こんな小説はもう読むに値しないだろうか。

第一部

1　二叔父さんは怪物を撃ったか

鹿康平《ルウカンピン》が怪物を撃ったのは一九六二年のことだった――『怪物』という小説を、わたしはそのように書きだした。

鹿康平はわたしが創作した架空の人物だが、わたしの母親の二番目の弟、王康平《おうこうへい》がモデルになっている。搭乗していた偵察機が広東省《カントンしょう》上空で撃墜されたせいで、わたしの二叔父《におじ》さんは一九五九年から六二年まで中国大陸に囚われていた。

ざっくばらんに言って、二叔父さんが実際に怪物を銃撃したのかどうかは誰にもわからない。だけど、おそらくなんらかの無茶をしなければ大陸から逃れることはできなかったはずだし、それになんといっても二叔父さんは軍人で、人を撃つのもはじめてというわけでもなかったはずだから、かなり信憑性《しんぴょうせい》はあると思う。そして、もし二叔父さんが怪物を撃ったとしたら、それは一九六二年以外ではありえない。

二叔父さんをせっついて当時の話を聞き出すたびに、叔父さんの重い口から「餓死者」とか「人民公社」とか「民兵」という言葉がこぼれ落ちることがあった。わたしと従兄《いとこ》の王誠毅《せいき》は小うるさく尋ねたものだ。

「ジンミンコウシャってなに、父ちゃん？」

「お百姓さんがみんなでいっしょに働いている場所のことだよ」

「みんなって何人ぐらい、二叔父さん？」

「さあ……二万人とか三万人くらいじゃないかな」

「そんなに！　じゃあ、ミンペイって？」

「大陸のお百姓さんたちが勝手につくった軍隊のことさ」

「そんなことしていいの？」

「生きるためにはね」

「台湾と中国はまだ戦争中なんでしょ？」

「そうだ」

「じゃあ、その共匪《きょうひ》のミンペイのボスがソーダ水だったんだね？　二叔父さんはそいつを撃って逃げたんでしょ？」

　怪物の名前が「蘇打《ソーダ水》」とおなじ発音なので、わたしと誠毅はふざけてそう呼んでいた。蘇《そ》大方《だいほう》という名前をそのまま口に出すのは、なんとなく憚《はばか》られた。

　わたしたちにとって「ソーダ水」は累々たる餓死者の上に君臨する肥え太った王で、毛沢東《もうたくとう》とおなじように耳まで裂けた口にギザギザの牙が生えていて、子供を取ってきて生きたままバリバリ食べてしまう怪物だった。ありとあらゆる化け物が中国大陸で跋扈《ばっこ》しているというのは、当時の台湾の子供にとっては不思議でもなんでもなかった。わたしたちの台湾が正義なのだから、あちらには正義に災いをなす邪悪なものがわんさかいて当然だった。

　名前を口にしたが最後、怪物はやってくる。うっかり口を滑らせようものなら、急いで石に唾《つば》を吐いて遠くへ投げなければならなかった。石は饅頭《マントウ》（小麦粉を練ってつくる蒸しパン）のかわりで、食いしん坊の

「ソーダ水」がそっちに気を取られているうちに、わたしたちは難を逃れるという寸法だった。

六歳で両親に引き取られて日本で暮らすようになるまで、わたしと妹は台北《タイペイ》の祖父母の家に預けられていた。

あらゆる意味で大きな家で、祖父母のほかに曾《そう》祖母がいて、さらに湘娜叔母《しょうなおば》さんとその旦那さん、わたしと妹、そして二叔父さんと従兄の王誠毅がひとつ屋根の下で暮らしていた。わたしの母はこの家の長女で、父とともに東京大学に留学していた。夏や冬に両親がお土産をどっさり抱えて日本から帰ってくると、祖父母の家は果肉がたっぷりつまった甘い釈迦頭《しゃかとう》のように、はちきれんばかりになったものだ。

わたしたちはいわゆる外省人《がいしょうじん》（国共内戦に敗れて台湾へ逃れ落ちた国民党の軍人とその家族のこと）で、祖父は国民党の陸軍中将だった。国は大陸から随行してきたそのような軍属に対して住居を提供した。わたしたちが暮らしていたのは廣州街《こうしゅうがい》にあった愛国新村《あいこくしんそん》という眷村《けんそん》（大陸から渡ってきた外省人が固まって暮らしていたエリア）で、祖父に割り当てられたのは日本統治時代の古い日本家屋だった。

隣近所はほとんどが軍関係者だった。たとえば、劉《りゅう》さんと張《ちょう》さんという軍医がふたりいた。背が高い劉医師のところには大陸から連れてきた老陳《ちん》（「老」は姓のまえにつけて親近の意を表す接頭辞）という使用人がいて、鼻の横に大きなほくろがあるこの男やもめは近所の子供たちをどやしつけるのを生き甲斐としていた。背の低い張医師のところには見事なツツジの生垣と小熊《シャオション》という名前の大きなドーベルマンがいて、ツツジの蜜を吸おうとする子供たちに目を光らせていた。三歳になるかならないかのころ、わたしはその畜生に尻を咬まれたことがある。

居間には骨董品の柱時計と、額に収めた大きな遺影が二枚かかっていた。一枚は若死にした大《だい》叔父さんのもので、祖父はとにかく「戦争で死んだ」としか教えてくれなかった。たしかにそのとおりなのだろう。ただし二叔父さんによれば、戦闘中に華々しく散ったわけではないらしい。色白で華奢《きゃしゃ》な王季平《きへい》は、鉄砲を持って見も知らぬ人を撃つより、絵筆を持って野山の景色を描くほうが好きな青年だった。その絵に蘇軾《そしょく》やら晏殊《あんしゅ》やらのセンチメンタルな詩を書きつけては、うっとりとため息をつくようなおとなしい性格だったそうだ。彼は早い時期に国民党が負けることを正しく予見していた。

「なぜそんな縁起でもないことを言うんだとおれは兄貴に食ってかかったよ」いつだったか、二叔父さんがそう言っていた。「すると、おまえの大叔父さんはどうしたと思う？　そのへんに生えている花をひっこ抜いて、花びらを一枚一枚むしりながら、勝つ、負ける、勝つ、負けるなんて占ってやがるんだ！」

大叔父さんは手榴弾《しゅりゅうだん》の暴発で死んだ。その日は昼間に激しい戦闘があって、大叔父さんはいっぺんにふたりの戦友を失った。戦場でも絵や詩を語れる親友だった。夜、彼は傷病兵の呻《うめ》き声や鼾《いびき》やサイコロ賭博《とばく》のかけ声が充満する塹壕《ざんごう》を飛び出した。右手と左手にふたつずつ手榴弾を持っていた。そして口をぽかんと開けて見とれている戦友たちの目のまえで、なんと四つの手榴弾でジャグリングをはじめたのである。いつのまに練習したのか、四つの手榴弾がまるでポップコーンみたいに手のなかで躍った。つぎつぎに手榴弾を中空に放り投げてはまたキャッチする大叔父さんの動きは滑らかで、まるで腕が四本生えているかのようだった。やめろ、季平《ヂーピン》。戦友たちがわめいた。なに考えてんだ、百メートル先には共匪がいるんだぞ！　まるでその声が聞こえたかのように敵方で銃声があがり、弾がビュンビュン飛んできた。それでも、大叔父さんはやめなかった。それどころか声をたてて笑いながら、ますます高く手榴弾を放り上げた……

もう一枚は曾祖父のものだ。福々とした爺さんで、親から受け継いだ土地を何百畝《ムー》（一畝は約六・七アール）も所有しているような苦労知らずの大地主だった。祖父の話では、庭先にテーブルを出して年がら年じゅう小作人と麻雀《マージャン》ばかりしていたそうだ。庭には桃の木があって、花がつくころには雀卓に薄桃色の木漏《こも》れ日《び》がゆらめいた。時折り瑠璃《るり》色の鳥が飛んできては、村の隅々まで行き渡るような澄んだ声で歌を歌った。家には見事な白馬が一頭いて、祖父は鞍《くら》もつけずに裸馬《はだかうま》に乗ることができた。若かりし日の祖父はたいそうな美丈夫で、颯爽《さっそう》と白馬に跨《また》がるその姿は凜々《りり》しく、しかも京劇《きょうげき》で主役を張れるほど歌がうまかったので、村じゅうの娘がひとり残らず心を奪われたそうだ。祖父は十五歳で湖南省《こなんしょう》を出て南京《なんきん》の黄埔《こうほ》軍官学校へかよったが、それが曾祖父との今生《こんじょう》の別れとなった。第一次国共内戦に次ぐ日中戦争で息つく暇《いとま》もなく各地を転戦しているうちに、曾祖父が殺されてしまったのだ。理由はわからない。曾祖父を殺したのはいつも曾祖父と麻雀をやっていた小作人のひとりで、捕縄《ほじょう》を逃れるために共産党軍に入隊したという話だった。

台湾の家には金木犀《きんもくせい》の木があって、秋になると黄色い花をたくさんつけて素晴らしい香りをふりまいた。庭を囲む煉瓦《れんが》塀《べい》の上には泥棒避けに色とりどりのガラス片が埋めこまれていた。赤い両開きの玄関扉は、高いところに呼び鈴がある。子供では手がとどかないので、外で遊んで帰ってくるときは、玄関扉をガンガン蹴《け》飛《と》ばして開けてもらわねばならなかった。たまに悪ふざけがすぎて扉に跳び蹴りを食らわせていると、祖母に羽はたきの柄《え》でひっぱたかれた。

二叔父さんがたまにしてくれる「ソーダ水」の法螺話《ほらばなし》が、わたしは大好きだった。

幼心に「ソーダ水」は、『聊斎志異《りょうさいしい》』に出てくる化け物たちとほとんど同格だった。科挙《かきょ》を受けようとする書生が破《や》れ寺で遭遇する亡霊や、耳の穴から出てくる耳中人《じちゅうじん》や、その他諸々の邪神魔鬼の類《たぐい》。けれどその話になると、二叔父さんはたいてい口を閉ざした。白い針金みたいな無精《ぶしょう》髭《ひげ》をざらりと撫で、粗《あら》い布地のハンチング帽をかぶり直し、色の薄くなった目を遠くへ逃がす。もしもそんな会話が植物園を散歩しているときになされたとしたら、二叔父さんは樹々の梢《こずえ》にリスを探したり、おもむろに野草を摘んだりした。ときには不自由な左脚を引きずって、すがすがしいヨモギやドクダミを摘んで祖母に持ち帰ることもあった。

子供だったわたしに二叔父さんの話がきちんと理解できていたとは思えない。二叔父さんが使っていた「民兵」という表現も厳密には間違っている。中華人民共和国における民兵とは、地方政府によって管理されているれっきとした準軍事組織だ。そんな組織を「ソーダ水」のような一介の料理人風情《ふぜい》が束ねられるわけがない。だから二叔父さんの言う「民兵」とはむしろ、ならず者の集団と理解したほうが筋がとおる。わたしは子供なりに「むかしむかし、人民公社の悪いごろつきどもが貧しいお百姓さんたちから食べ物を奪ったせいで、中国大陸ではたくさんの人が餓《う》え死にをした」というふうに理解していた。かなり大きくなるまでそう思っていたし、作家になってから調べたかぎりでは、歴史的事実とのあいだに多少の齟齬《そご》はあるものの、それほどかけ離れた認識でもなかった。

そのころ、つまり一九五八年から六二年にかけて、中国は死の大躍進政策の真っ只中にあった。毛沢東がソ連のフルシチョフと張りあって「十五年以内にイギリスを追い越す」などというたわけた国家目標を立てたせいで、四千万とも五千万ともいわれる人たちが餓死したり、理不尽に殺されたりしたのだ。

二叔父さんの話を裏付ける証拠だってある。中華民国空軍第八大隊第三四中隊——通称黒蝙蝠《くろこうもり》中隊——の隊員だった二叔父さんが新竹《しんちく》の空軍基地を飛び立った日付なら、ちゃんと記録に残っている。

一九五〇年代初頭に創設された黒蝙蝠中隊は長らく謎に包まれていた。一九七三年に解散してからも、ほとんど誰にも知られなかった。二〇一〇年になって国防部が機密指定を解除し、ようやくその存在が明るみに出たのである。同時代に活躍した黒猫中隊――空軍第三五中隊――が最新鋭のU－2高高度偵察機を飛ばして高度二万メートル上空から大陸の水爆施設を偵察していたのに対し、黒蝙蝠中隊は低空飛行による偵察やアジテーションを行っていた。使用するのは第二次世界大戦を生き延びた爆撃機や輸送機の改造機で、カストロ政権下のキューバを走りまわっていたカラフルなクラシックカーとどっこいどっこいのしろものだった。軽量化のために武器類はいっさい取りはずされていた。成層圏を滑空していた黒猫中隊のU－2でさえ、二百二十回の任務中に中国人民解放軍の地対空ミサイルによって五機も撃ち落とされている。ほとんど地面すれすれに飛んでいた黒蝙蝠中隊の命運は推して知るべしだ。八百回を超える偵察飛行中に撃墜やら事故やらで十五機が損なわれ、百四十八名が殉職《じゅんしょく》した。

一九五九年五月二十九日、二叔父さんを含めた十四人の空軍隊員は、いつものように米軍供与のB－17に颯爽と乗りこんだ。通称飛行要塞《フライングフォートレス》、滑らかな流線形の機体を持ち、エンジンを四基も備えた大型戦略爆撃機だ。第二次世界大戦中はドイツにしこたま爆弾を落とし、終戦後はほとんどがスクラップにされた。台湾にまわされたのは、その生き残りである。

黒蝙蝠たちが任務に就くにはうってつけの暗夜だった。二機のB－17改造爆撃機は管制塔の指示に従い、前後して新竹基地を飛び立った。それぞれの偵察任務のために一機は大陸の東方へ、もう一機は西方へ機首をめぐらせた。

二叔父さんは西へ飛んだほうの偵察機に搭乗していた。彼らは雲南省《うんなんしょう》と貴州省《きしゅうしょう》をまたぐ雲貴《うんき》高原を目指した。こちらのほうが飛行距離は長かったけれど、途中の地形が複雑だったため、低速で低空飛行をすれば敵機に発見されにくいというメリットがあった。当該機は、険しいうえに霧深い虎跳峡《こちょうきょう》のあいだを縫って飛んだ。渓谷の底には鈍色《にびいろ》の金沙江《きんさこう》がくねり、風が吹けば滝水の飛沫《しぶき》が機体に降りかかった。

でも、ひとまず二叔父さんの話はさておき、まずは東へむかった機の話をしよう（お楽しみはあとにとっておこう）。こちらの機は地勢が平坦な広東省東部一帯を偵察飛行した。目的地上空に入るとパイロットは操縦桿《かん》をまえに倒し、地形の撮影や宣伝ビラを撒《ま》くために高度を三百メートルにまで落とした。目路《めじ》のとどくかぎり大地は闇に閉ざされ、風の音は乾いていて、目を奪う灯火はまばらだった。星たちがやたらと間近に見え、手をのばせば触れられそうだった。視界は良好で、それはつまりいつ何時《なんどき》敵の高射砲が火を噴いてもおかしくないということだった。

そんなわけで、こちらの偵察機が先に敵機に捕捉された。レーダー員が大声で報じた不吉な光点は、はたして中国のミグ17戦闘機だった。B－17の外殻は厚い。二十ミリ機銃くらいでは撃墜はむずかしい。しかし、ミグ17は三十七ミリ機関砲を備えていた。敵の無線も傍受した。

〈標的目視、標的目視〉

他媽的《ちくしょう》、誰かがぼやいた。これでおれたちもやっと空中戦を経験したことがあるって言えるぜ。まるでその声が聞こえたかのように、白熱した砲弾が競いあうようにして飛んできた。敵機にさんざん追いまくられ、うんざりするほど機関砲を浴びせられた。闇のなかで、ミグの発火炎《マズルフラッシュ》がチカチカとまたたいた。見ようによっては、それは船を導く灯台の光のようだった。ただし、導かれて行き着く先は港ではなく、十八層の地獄だった。こちらは軽量化のためになんの武装もしていない。逃走専従だった。パイロットは機体をかすめる砲弾に罵声《ばせい》をあげながら右へ左へ、上へ下へと機体をふるしかなかった。エアーポケットにでも落ちたかのように、機体がガクッと沈みこむ。隊員たちが七転八倒し、怨嗟の声があがった。阿彌陀佛《なんてこった》、共匪の戦闘機は木でできてるんじゃなかったのかよ⁉

絶体絶命。

が、操縦技術が優っていたのか、はたまた老天爺《神様》の加護があったのか、敵襲を受けながらもその機はなんとか任務を完遂し（任務完遂？　どうせ死ぬならと、持ってきた宣伝ビラを全部撒いたとでも？）、信じられないことではあるけれど、無事に台湾へ帰還することができたのである。かたや台湾から飛来した偵察機を仕留め損ねた人民解放軍のミグは意気消沈し、V字編隊を組んだまま小さくまとまって飛んだ。パイロットたちは生きた心地がしなかったはずだ。これで反革命の烙印《らくいん》を押されてしまうのではないか。あのころの中国では死んでもらいたいやつ、邪魔なやつはとにかく四類分子（地主、富農、反革命、悪質分子）ということにしておけばよかった。いつ、どこで、なにが祟《たた》るか誰にもわからなかった。仕事を休んだという理由で、つわりに苦しむ妊婦が反革命分子だと指弾された。畑から芋を盗めば、餓えに苦しむ五歳の子供でも唾棄すべき悪質分子だった。高手小手《たかてこて》に縛りあげられ、罪状を書きつけた札を襟首《えりくび》に立てられて見世物にされたあげく、ゴキブリみたいにたたき殺されてしまう。誰かが誰かを四類分子だと告発すれば、そいつはもう死人同然だった。

戦々恐々としているパイロットたちのヘッドホンに希望の声がとどいたのは、そのときだった。

「敵機発見、敵機発見！」

名誉挽回のチャンスに、彼らの血走った目玉が飛び出た。隊長機に遅れまじと操縦桿をぐいっと横に倒す。V字編隊を保ったまま、ミグは一糸乱れぬマスゲームの壮麗さで方向を転じた。地上レーダーに誘導され、爆音で人々を縮みあがらせながら、比較的安全な西方を飛行していたもう一機のB‐17を追撃した。チカチカとまたたく編隊灯が闇に消えてからも、戦闘機のエンジン音はまるで遠雷のように、いつまでも夜空を震わせていた。

さあ、いよいよ二叔父さんたちの番だ。

台湾に逃げ帰った偵察機とまったくおなじことが、二叔父さんの機でも繰り返された。レーダー員の絶望的な呻き声、傍受した敵の無線が告げるこちらの座標、誰にも笑ってもらえない寒いジョーク。そのとき二叔父さんは二十四歳で、結婚の約束を交わした女性がいた。

獲物に襲いかかろうとミグが散開し、四方八方から撃ちまくった。尾翼の方向舵《ラダー》がはじけ飛ぶと、旋回方向を示す旋回計の針が狂ったようにぶれた。機体がくねくねと蛇行し、何人かが胃のなかのものを盛大にぶちまけた。手許の資料によれば、西へ飛んだB‐17が敵に発見されたのは二十三時十分で、その二十分後にはもう撃墜されている。

尾翼が火を噴き、機体に何列もの穴が穿《うが》たれた。もうもうと黒煙を噴きながら墜落したのは、広東省中南部に位置する恩平市《おんへいし》と沿海部の陽江市《ようこうし》が交わるあたりだった。全員が殉職し、現地の慈悲深い農民たちによってねんごろに埋葬されたと言われているが、事実はこの報告書のとおりではない。

二叔父さんの命は、ほかの人たちのより大きかった（「命大」とは運が良いという意味）。なにがあったのかは知りようもない。それでも二叔父さんは、この撃墜によって閻魔《えんま》大王《だいおう》のまえに引っ立てられることはなかった。たしかにひどい深手を負った。顔が焼けただれ、側頭部をざっくり切り、おまけに鉄の棒に脇腹を刺し貫かれていた。両脚が折れていたので、両肘《ひじ》だけで這って敵の山狩りを逃れた。まるで蛇口をひねったみたいに、どろりとした黒い血が傷口からどばどば流れ出ていた。

肝臓をやられちまったんだ、と二叔父さんは言っていた。「肝臓ってのは腹んなかにある臓器のなかでいちばん大きい。しかも血がいっぱい流れてるから、怪我をすると大出血を引き起こすんだ」

わたしと従兄の王誠毅は固唾《かたず》を呑み、叔父さんが見せてくれる腹の傷に目を丸くし、あふれる涙を必死にこらえた。

ふつうであれば死んでいてもおかしくない傷だけど、二叔父さんは死ななかった。二叔父さんが死ななくて本当によかった。もし二叔父さんがあのとき死んでいたら、王誠毅はこの世に生まれてくることも叶わず、わたしも仲のいい従兄との今生の縁をあきらめなければならないところだった。考えられる可能性はひとつだけだろう。二叔父さんは嘘をついたのだ。話をドラマチックに盛った。なぜって、そのほうが面白いし、大人はみんなそうするものだからだ。ミグに撃ち落とされたというのは、さすがに本当のことだろう。さもなければ行方不明になっていたあの三年ものあいだ、いったいどこをほっつき歩いていたんだという話になる。だけど、自ら申告したほどの大怪我ではなかったはずだ。実際、二叔父さんの顔には火傷の痕跡などひとつもない。

「腹から血を流しながら、おれは山のなかをナメクジみたいに這いずりまわった」と二叔父さんは大風呂敷を広げた。「どこをどう這ったのかわからんが、あとから聞いた話だと、おれが這いまわった跡がちょうどでっかい血文字になっていたそうだ。それを見た大陸の百姓たちが、敵ながら天晴《あっぱれ》なやつだと感心してたすけてくれたんだ」

「血文字？　なんて書いたの？」

「中華民国万歳さ！」

もちろん、そんな話を鵜呑《うの》みにはできない。二叔父さんが亡くなってしまったいまとなってはすべて藪《やぶ》のなかだし、生きていたころでさえ、二叔父さんの話はころころと二転三転した。あるときは「ソーダ水」を鉄砲で撃って逃げたと言い、べつのときは「ソーダ水」のオートバイを盗んで逃げたと嘯《うそぶ》き、またべつのときには「ソーダ水」の家にあった掛け軸から仙人が抜け出てきて逃がしてくれたのだとも言っていた。

そもそもわたしと王誠毅がなぜ蘇大方を蘇大方として記憶しているのかも定かではない。ことによると「蘇」という名の「大方（気前がよいという意味）」な男がいて、幼いわたしたちがそれを「蘇大方」という名前だと思いこんだのかもしれない。

正直なところ、大陸での三年間に二叔父さんの身になにが起きたのか、わたしたちはほとんどなにも知らないのだ。搭乗した飛行機が撃ち落とされ、満身創痍《まんしんそうい》で飢餓の嵐が吹き荒れる大陸をさまよい歩き、荒くれ者の民兵に捕まり、蘇大方の手を逃れ、広東省から英領香港《ホンコン》まで泳いで渡り、アメリカ領事館に保護されて台湾へ帰り着く――ざっとこれが一九五九年から六二年にかけて二叔父さんの身に起こったことだ。そのあいだにはおそらく家族に顔向けできないこと、墓場まで持っていかなければならない後悔のひとつやふたつはあったのではないかと思う。極限状態のもとでの残虐行為はどうしたって避けられず、四千万もの人々が餓死するような状態は極限と呼んで差し支えない。

そんなたいへんな思いをしてようやく家に帰り着いた二叔父さんを待っていたのは、家族のあたたかい抱擁《ほうよう》と、特務の氷のような疑いの眼差しだった。そう、共産主義者の嫌疑をかけられたのだ。

二叔父さんがスパイ容疑で連行、収監されたのはかつて西寧南路《せいねいなんろ》にあった警備総司令部の保安《ほあん》処《しょ》だった。日本統治時代には台湾浄土真宗の東本願寺だったその場所は、戦後国民党に接収され、政治犯やスパイを拷問する特務の牙城《がじょう》となっていた。我が家は祖父の代から国民党を支持しているけれど、国民党に非人道的な白色テロの時代があったことはまぎれもない史実である。特務に尋問されていた半年のあいだに、二叔父さんの左脚は取り返しのつかない損傷を受けてしまった。

　生前の二叔父さんが大陸でのことをあまり話したがらなかったのも無理からぬことだ。大陸の記憶は拷問の記憶と直結している。国家のために危険な任務に就いたのに、彼はその国家によってさんざん痛めつけられた。それでも、わたしと王誠毅は尋ねずにはいられなかった。

「飛行機が墜ちたあと、父ちゃんは共匪に捕まったんだろ？」

「共匪じゃない、ただの百姓たちだ」

「でも、なんで？　なんで二叔父さんが台湾人だってバレたの？」

「服だよ。あっちの人たちは貧しくて着るものもなかった。一家にズボンが一枚しかなくて、外出する人がそれを穿《は》いていっちまうから、ほかの人たちはすっぽんぽんで待ってなきゃならないんだ」

「え？　ふるちんで？」

「ああ」

　わたしたちはゲラゲラ笑った。

「父ちゃんが言ってたけど、大陸じゃ自分のものはなにも持てないらしいんだ」なんといっても誠毅は二叔父さんのひとり息子なので、わたしよりも知っていることが多かった。「家でも食器でも工場でも、なんでもかんでもみんなのものなんだってさ。自分の奥さんもみんなのものにされちゃうんじゃないかっておびえてる人もいるんだって」

「そんなのはいやだな」

「肥料にするもんだから、うんこすら自分のものじゃないんだ」
わたしはすこし考えてから言った。「それはべつにいいだろ？」
「あっちはケイカクケイザイだからさ」と誠毅はしたり顔で言ったものだ。「くそをするにも党の許可がいるんだ」

2　藤巻琴里の手紙

二〇一六年の春先、出版社経由で一通の手紙がとどいた。差出人は神奈川県の藤巻琴里《ふじまきことり》という女性だった。繊細だが芯の強さがうかがえる文字で書かれた手紙のほかに、色褪《あ》せたモノクロの写真が一枚同封されていた。

大きな飛行機の翼の下で、襟に毛皮のついたフライトジャケットを着た男たちが写っていた。何人かは無帽で、何人かは空軍の舟形帽《ギャリソンキャップ》をかぶっている。よく見ると帽子には青天白日《せいてんはくじつ》の党章がついていて、さらによくよく見てみると、後列右端に立っているのはわたしの二叔父、王康平だった。

裏返すと、手紙とおなじ筆跡で「一九五八年十二月二十四日、新竹、空軍第三四中隊」と書かれていた。写真はオリジナルではなく、どうやらコピーのようだった。わたしはもう一度、写真をとっくりと眺めた。ギャリソンキャップをかぶった若き日の二叔父さんは精悍《せいかん》な顔立ちをしていた。わたしのなかにある二叔父さんの面影《おもかげ》とくらべても、髪の毛がすこし薄くなっていることを除けば、このころからほとんど無傷だと言えた。まだたっぷり髪がある王康平は鼻梁《びりょう》が高く、顎《あご》を目には笑みと虚無を同時にたたえていた。フライトジャケットのポケットに手を突っこみ、心持ち上げて写っていた。

薄紅色の便箋《びんせん》にしたためられた美しい文字によると、同封写真の前列にしゃがんでいる男たちの左から二番目が藤巻琴里なる女性の祖父、藤巻徹治《てつじ》ということだった。

〈もしかして柏山《かしやま》先生は〉と藤巻琴里は書いていた。〈王康平さんの縁《ゆかり》の方ではありませんか？〉

写真のなかの藤巻徹治は、長めの前髪をうしろに撫でつけていた。目は大きく、顔立ちも愛嬌《あいきょう》があるが、口をむっつりとへの字に曲げている。いったいなんの因果でこいつらと記念写真なんか撮る羽目になったんだ、とでも言いたげに。

二叔父さんたちの偵察機に日本人が乗っていたなど、ついぞ聞いたことがない。いや、この藤巻徹治という男が黒蝙蝠中隊であるはずがない。わたしはそう断じた。きっと隊員の友達かなにかで、たまたま新竹の空軍基地に遊びに来ていて、それでたまたまいっしょに記念写真に写っただけさ。そうだとも。

しかし心のどこかでは、そんなはずがないことも知っていた。なぜなら、あのころ黒蝙蝠中隊の存在は機密事項に属していたのだから――


突然このようなお便りを差し上げる不躾《ぶしつけ》を、お許しください。私の名前は、藤巻琴里と申します。いまは都内の大学に在籍し、学位を取るために博士論文を書いています。

さて、このたびお便りを差し上げたのは、じつは私の祖父にどうしてもとせがまれたからです。失礼を承知で単刀直入にお尋ねしますが、もしかして柏山先生は王康平さんの縁の方ではありませんか？

間違っていたら、ごめんなさい。でも、先生の『怪物』を拝読した祖父が、そこに書かれている鹿康平は自分が知っている王康平に間違いないと言うものですから……なにぶん祖父も今年で九十歳を迎え、過去の記憶がずいぶんあやふやになってきています。もしこちらの勘違いだとしたら、こんな長たらしい手紙に先生の貴重なお時間を割いていただくのは心苦しいので、ここでご放念いただけたらと思います。

だけど、もし祖父が間違っていないとしたら、すこしばかり先生のお時間をいただいて、どうか最後までこの手紙を読んではもらえませんでしょうか。


順を追ってお話をさせてください。

一九二六年、祖父の藤巻徹治は台北県の烏来《ウーライ》というところで生まれました。ご存じのように、そのころの台湾は日本の統治下にあって、終戦のときには約四十万の邦人が台湾全土に暮らしていました。祖父の父、つまり私の曾祖父は農業技師で、台湾総督府殖産局では要職に就いていました。台湾に赴任したばかりの八田與一《はったよいち》（日本の水利技術者。一八八六年生、一九四二年没。烏山頭ダムを建設した）とも仕事をしたことがあると話していたそうです。

祖父は曾祖父との折り合いが悪く、十四歳で家を飛び出し、年齢を偽って陸軍に入隊しました。派遣されたのは陸軍宜蘭《イーラン》基地で、そこで陸軍航空隊に編入されました。そして、ろくな訓練も受けないまま何度も出撃をしたそうです。時代がとても混乱していましたし、戦局も危うくなってきていたころなので、いろんなことがなしくずしに行われていたのだと思います。祖父は目がとてもよく、射撃の大会では優勝したこともあるくらい銃器の扱いに長けていました。仲間たちからは中国語で「神槍手《スナイパー》」と呼ばれていたそうです。子供のころ、祖父から「三百メートル先の蠟《ろう》燭《そく》の火を小銃で撃ち消すことができた」と聞いたことがあります。私としては眉《まゆ》に唾をつけざるを得ませんが。

その後、いよいよ敗戦色が濃厚になってくると、台湾でも特別攻撃隊が組織されました。祖父がふり分けられた隊の名前は「誠忠隊」で、多くの仲間たちが戦闘機に乗って敵艦にぶつかっていきました。祖父は死にゆく仲間たちが水盃《みずさかずき》を交わす光景を何度も見ました。寂しくも、悲しくもなかったと言っていました。ただ、死んだ仲間たちに対する責任から早く解放されたいと思っていたそうです。そのためには自分も飛び立つしかない、と。

幸いなことに、祖父は出撃することなく終戦を迎えました。なにがなんだかわからなかったそうです。祖父はうつけたようになりました。戦争というものには意思があって、殺す者と生かす者をなんらかの基準で選《よ》り分けているのではないか？　だとしたら、俺が生き残ったことにはどんな意味があるんだ？　そんなことを何年、何十年も考えつづけていたそうです。

戦争が終わって、祖父は両親とともに内地へ引き揚げました。十九歳になったばかりでした。曾祖父は捲土重来《けんどちょうらい》を図りましたが、思うような仕事に就くことができませんでした。祖父の姉たちは家を出て、それぞれ独立して暮らしはじめました。末っ子の祖父だけが家に残って、両親の面倒を見ました。とはいっても、祖父にできることといえば、猫の額《ひたい》ほどの畑を細々と耕すことだけでした。曾祖父は長野の出で、故郷にわずかばかりの土地を持っていたのです。暮らしは貧しく、日々の食事にも事欠く有様でした。そんな家に嫁に来る女性などおらず、祖父は何年もひとりぼっちでレタスや白菜などをつくっていました。

見知らぬ男が訪ねてきたのは昭和三十二年だったので、一九五七年ということになります。

真夏の暑い盛りに、その男は白い背広をきちんと着こみ、日除けに黒い蝙蝠傘を差していたそうです。顔つきは柔和で、髭は生やしていませんでした。陽炎《かげろう》の立つ畦道《あぜみち》を歩いてきたと思ったら、出し抜けに祖父の名を呼びました。野良仕事をしていた祖父は腰をのばして、男と向きあいました。きみは宜蘭基地にいた藤巻徹治君だろう？　男はそう言いました。祖父は手で目の上に庇《ひさし》をつくって男を凝視しました。まるで見覚えがありません。

どうかね、神槍手《スナイパー》君。男は頬を流れ落ちる汗を白いハンカチでおっとりと押さえながら、祖父に持ちかけました。我々のためにもう一度台湾へ戻る気はないかね？


男の名前が小笠原清《おがさわらきよし》であることを、私はずっとあとになって祖父から聞きました。当時、小笠原清は旧帝国軍人をスカウトして、蔣介石《しょうかいせき》のために台湾へ送りこむ仕事をしていました。

一九四九年から六八年までの二十年間、台湾には旧帝国軍人から成る秘密の軍事顧問団が存在していたことをご存じですか？　リーダーは元陸軍少将だった富田直亮《とみたなおすけ》という人で、中国名を白《パイ》鴻亮《ホンリャン》と言います。だから、その顧問団のことは「白団《パイだん》」と呼ばれていました。

国共内戦に敗れた蔣介石は台湾に撤退したものの、失地回復をあきらめたわけではありませんでした。虎視眈々《こしたんたん》と反攻のチャンスを狙っていました。そのためにはまず自軍の強化を図らねばなりません。なにより意識の改革が重要でした。これは祖父が言っていたことですが、国民党の兵士は戦場でも熱いものを食べなければ士気を保てず、昼寝の習慣まであったそうです。

ご存じのように、蔣介石自身も含め、国民革命軍には日本に留学経験を持つ将校が大勢いました。日本は戦争に敗れはしましたが、あのころのアジアではもっとも進んだ軍事技術と知識を持つ国でした。蔣介石が求めたのは、まさにそれです。日本の軍事技術と知識。それを自軍に移植しようとしたのです。

旧帝国軍人を教官に招こうという計画は、おそらく終戦前からあったと思われます。終戦時に支那派遣軍総司令官岡村寧次《おかむらやすじ》を戦犯とすることに蔣介石が断固として反対したのは、軍事顧問団を組織するために岡村の人脈を利用しようという打算が早くからあったのではないかと思います。

蔣介石はまず伏線を張りめぐらせます。一九四五年八月十五日の玉音《ぎょくおん》放送に先だって、彼は重《じゅう》慶《けい》でかの有名な「以徳報怨《徳を以て怨みに報いる》」の演説を行いました。日本敗北後も日本人に対して報復してはいけないと自国民を戒《いまし》める蔣介石に、多くの帝国軍人が心を激しく揺さぶられました。そして、かつての敵将に心酔したのです。元陸軍北支那方面軍の司令官だった根本博《ねもとひろし》中将も蔣介石に恩義を感じ、仲間たちとともに宮崎県から台湾への密航を企てました。国民党軍に助太刀《すけだち》し、共産党を打破するためです。

一九四九年五月の時点で、国共内戦の帰趨《きすう》はあらかた決していました。どうあがいても、国民党の敗北はひっくり返りそうにありません。それでも根本は家族に「釣りに行ってくる」とだけ言い残して、負け戦のただなかに身を投じたのです。紆《う》余曲折《よきょくせつ》を経て台湾へ渡った根本は湯恩伯《とうおんはく》という将軍の個人顧問となり、古寧頭《こねいとう》の戦いではそれまで連戦連敗だった国民党に勝利をもたらしました。根本が台湾へ到着して間もない十月二十五日の夜明けまえ、共産党軍が金門島古寧頭《きんもんとう》海岸への上陸作戦を決行したのです。国民党軍は根本の助言にしたがって正面衝突を避け、高台で敵を待ち伏せてこれを撃破しました。

国民党にとってはひさしぶりの大勝利でした。もしあのとき共産党に金門島を取られていたら、台湾の赤化は必至だったでしょう。とはいえ、これはあくまで根本本人の弁なので、いささか信憑性には欠けるかもしれません。それでも、根本の台湾密航問題は同年十一月の参議院本会議で取り上げられ、「台湾義勇軍」の噂がマスコミによって報じられました。それほどまでに蔣介石のあの演説は日本人を奮い立たせたのだ、と祖父は話していました。

根本博の密航は組織だったものではありませんでした。あくまで根本個人の蔣介石に対する報恩行為です。つまり、白団の活動とはいっさい無関係だったのです。根本の破天荒《はてんこう》な行動がかまびすしく取り沙汰されていたその裏で、岡村寧次は台湾へ送る旧帝国軍人をひっそりと募っていました。そのために動いていたのが、小笠原清という人だったのです。

これ以上白団創設の経緯に立ち入るのは差し控えたいと思います。もし柏山先生が王康平さんとなんの関係もないのだとしたら、こんな話は退屈なだけだと思いますし、白団についてはすでに書籍もたくさん出ているので、そちらを読んでいただいたほうがよほど詳しいことがおわかりになるかと思います。

ただ、ひとつだけ申し上げておきたいのは、祖父の名前は白団の歴史には登場しないということです。白団の仕事はおもに国民党将校の再教育でした。祖父は軍事教育に携わっていたわけではないので、もしかするとそのせいかもしれません。総勢八十三名のメンバーのなかに、藤巻徹治という名前はありません。しかし小笠原清は祖父との約束を守り、長野に残してきた祖父の両親に月々の手当てをとどけてくれましたし、台湾に戻った祖父にもそれ相応の給料が支払われていたそうです。じつのところ、祖父にあたえられた任務はまったくべつのものでした。

それはいわば、諜報活動だったのです。

3　ブルーバード・イン・マイ・ハート

わたしは、すぐには藤巻琴里と連絡を取らなかった。理由は、彼女の手紙を読んだ二日後に台湾へ帰省することになっていたからだ。台北国際書展《ブックフェア》に参加するためで、わたしの本が台湾で翻訳出版されるのに合わせて、会場で講演会とサイン会をすることになっていた。

二月中旬の凍えるような朝、わたしは羽田空港から台北松山空港に飛んだ。

到着したのは午後二時過ぎで、まるで東京の空と地続きのような曇天《どんてん》が街にのしかかっていた。イミグレーションをぬけ、預けたスーツケースをターンテーブルから回収すると、わたしはゴム引きのコートを肩にかけてタクシーに乗りこんだ。こっちは日本よりも寒くないだろうと踏んで薄手のコートを新調したのだが、期待していたほどあたたかくはなかった。

タクシーの窓から、離発着する旅客機が望めた。飛行機が重そうな機体を持ち上げて飛び立ち、灰色の雲に溶けていく。旗竿のてっぺんで、青天白日旗が弱々しくはためいていた。松山飛行場は日本統治時代につくられ、戦争中は日本海軍の渡洋《とよう》爆撃の基地だった。ショルダーバッグからタブレットを取り出して検索してみると、一九三八年に国民革命軍とソ連義勇飛行隊がこの飛行場を爆撃していることがわかった。そのウェブサイトには、「それはある意味では日本がはじめて経験した空襲である」と書かれていた。

なるほど、台湾の被った打撃を日本のものと見なすためには、ある意味ではと前置きをつけなければならないのか。あのころの台湾はたしかに日本の一部だった。だけど、日本人は台湾を「本土」と見なしていたわけではない。台湾にいくら爆弾が落とされようが、別荘が燃えたくらいにしか思わなかったのかもしれない。一九三八年といえば中国大陸ではいまだ第二次国共合作が破られず、国民党と共産党が渋々手を携えて日本と戦っていた。松山空港とは、戦争末期にはアメリカにもさんざん痛めつけられた不憫《ふびん》な空港だった。

二十分足らずで中山北路《ちゅうざんほくろ》の國賓大飯店《アンバサダー・ホテル》に着いた。

チェックインをすませて部屋に落ち着くと、とりあえず短い午睡をとろうとしたのだが、頭が冴えてうまく眠れなかった。昼寝は四十歳を過ぎたあたりから身についた習慣だ。午前中いっぱい執筆し、昼食後は軽くひと眠りする。それから近所を一時間ほどかけて散歩し、また書く。午後七時ごろには仕事を切り上げ、夜はレコードをかけて本を読むのがここ数年来の慣わしになっている。

横になって目を閉じていると、よくあることではあるが、とりとめなくセックスの断片に襲われた。かつて肌を合せた女たちのちょっとした仕草や媚態《びたい》、横顔の陰影、何気ないひと言の裏の意味をあれこれ考えずにはいられない。こうして過日の恋をふり返ると、あらゆることが破局への前奏曲だったのではないかと思えてくる。もっとも幸福だった時間にさえ、すでに終わりの兆《きざ》しが暗号のように潜んでいたのかもしれない。それにしても旅をすると、いつになく欲情するのはいったいなぜなんだ？　セックスは非日常的なもので、旅も非日常的なものだから、おたがいに呼び合うのかもしれない。そういえば、セックスをしたあとは、どこでもいいから遠くへ行きたくなる。

はじめてセックスという行為を知ったのは、たまたま叔母夫婦の営みを覗いてしまったときだった。わたしは夏休みで台湾に帰っていた。

むかしの台北の我が家には裏庭があって、風呂場から出ることができた。わたしは二階で祖母と寝ることもあれば、一階で曾祖母と寝ることもあった。

その日は曾祖母と寝ていた。なぜだかわからないが、夜中に激しい空腹を覚えて目を覚ました。曾祖母を揺り起こして腹が減ったと訴えると、いつものように冷や飯に水をかけて食べさせてくれた。子供のころ、わたしは真夜中に起きだして、そうやってなにか食べさせてもらうのが大好きだった。もしかすると、大人たちの愛情をたしかめたかったのかもしれない。

曾祖母はあの年代の女性には珍しく、しかも地主のぼんぼんに嫁いだというのに、大足だった。つまり、纏足《てんそく》をしていなかった。彼女の母親が啓《ひら》けた考えの持ち主だったわけではない。娘が三歳になると、母親はきっちりその小さな足に布をぎゅうぎゅうに巻きつけた。そのたびに曾祖母が癇癪《かんしゃく》を起して、布をむしり取ってしまったのだ。もちろん、ぶたれた。しかし彼女はロバのように頑固で、殴られようが蹴られようが、断固として自分の足のことは自分で決めるという姿勢を崩さなかった。根《こん》負けしたのは両親のほうだった。この子はつむじが三つあるからだ、と父親がぼやいた。こりゃ雷に打たれても目が覚めんぞ。もう勝手にしなさい、と母親がわめいた。こっちはあんたに金の蓮《はす》（纏足のこと）をあげようとしてるのに、大足女になって犬のくそでも踏むがいい。そんなわけで、七歳になった曾祖母は健康な足で野山を元気に駆けまわった。犬のくそを踏んづけてもゲラゲラ笑っていた。大足女でけっこうよ、飛べない鳥なんかになりたくないわ。曾祖母が纏足なんかしなくてほんとうに幸いだった。さもなければ、戦禍を逃れて湖南の長沙《ちょうさ》から広州までの八百キロを踏破して祖父の部隊と合流し、船に乗って台湾へ逃れることなどできっこなかったはずだ。

　わたしは曾祖母に見守られながら花瓜《ホアグア》（キュウリの醤油漬け）をぽりぽりかじり、水かけご飯をさらさらとかきこんだ。それからトイレに行った。用を足していると、叔母夫婦の部屋から苦しげな呻き声が聞こえてきた。その部屋も裏庭に面していて、しかも寝苦しい真夏の夜だったので窓が開いていた。好奇心に駆られたわたしはそっと裏庭に出てみた。そしてしばらくのあいだ、セックスを取り巻くあらゆる物音を聞いていた。塀のむこうで街灯がパチパチと明滅していた。水蜜桃《すいみつとう》のような産毛《うぶげ》でも生えたみたいに、うなじのあたりがちくちくした。夜気のにおいすら汗っぽく、獣じみて感じられた。わたしは小学校五年生だった……

部屋の電話が鳴り、昼寝をあきらめて受話器を持ち上げる。

相手は担当編集者の植草《うえくさ》で、たったいまおなじホテルにチェックインしたとのことだった。はじめての台湾出張に興奮していて、明日からの予定を矢継ぎ早にならべたてた。テレビの収録、ラジオの収録、お偉方との会食。

「それでですね」息を継ぐのも、もどかしそうだった。「ローカルフードが食えるのって今夜しかないんすよ。え？　マジで柏山さんにまかせちゃっていいんすか？」

台北に来たからには、食べることにいかなる困難も生じえない。もしもイエス・キリストが台湾人だったら、あんなにガリガリに痩《や》せさらばえることもなかったはずだ。わたしはナイトデスクの時計を見ながら、午後六時にロビーに集合しようと提案した。

それから小一時間ほど、メールをチェックして過ごした。取材を受けた雑誌から原稿を確認してほしいというメールが二件入っていたので、ざっと誤字を拾い、修正箇所を指示した。他社の編集者から打ち合わせの打診があった。いまは台湾に帰っており、日本に戻ってから連絡する旨を書いて送った。そうこうしているうちに約束の時間になり、わたしはコートを腕にかけて部屋を出た。

ロビーでは植草と、国際ライツ事業部の女性が待っていた。植草に紹介され、わたしは彼女の名刺を受け取った。名前は椎葉《しいば》リサ、なんでもオーストラリアに三年の留学経験があり、そのころのルームメイトが台湾人だったおかげで、かなりうまく中国語を話すことができるとのことだった。

「明日からの一連の予定は、すべて椎葉が差配してくれることになってますんで」

器量は十人並みだが、タイトなスカートを穿いていて、なんともそそる尻をしていた。わたしは彼女の裸体を想像したが、彼女はわたしの裸体を想像しているふうではなかった。目を見ればわかる。椎葉リサの、どちらかと言えばあまり大きいとは言えない目には親しみを覚えたが、それは職務上の礼儀を超えるものではなかった。歳を取って困ることのひとつは、こちらが女性に対してどんどん寛容になっていくのに、あちらは逆にどんどん厳しくなっていくということだ。男としての値崩れが止まらない。仕立てのよいスーツや高級な腕時計は、そんな男たちの悲しみの本質なのだ。ものの哀れに微笑していると、彼女が言った。

「マッキントッシュのコート、お似合いですね」

わたしはスコールを浴びた熱帯の花のように息を吹き返した。もっとよく見てくれ、腕時計だってパネライだぞ！

わたしは彼らを長安東路《ちょうあんとうろ》へ引き連れていった。わたしたちのホテルからぶらぶら歩いていくには、ちょうどいい距離だった。

ひしめく熱炒《ルーチャオ》店（台湾の居酒屋）のネオン看板に、ふたりは歓声をあげた。いちいちスマートフォンで写真を撮っては、画面を指でひょいひょい動かした。店に収まりきらない香ばしい煙と喧騒《けんそう》が、通りにまであふれて押し合いへし合いしている。これぞ台北の夜だ。

わたしは軒先《のきさき》に海鮮をどっさり積んでいる縁起のよさそうな店を選んだ。氷を敷き詰めた陳列台には色とりどりの魚がびっしりとならべられ、エビやらハマグリやらカニやらが入ったトロ箱にはゴムホースから水がじゃんじゃんそそがれていた。店内はすでにやかましいほどの活気に満ちている。人々は大声でわめき、笑い、コップを派手にぶつけて酒を飲んでいた。目をキラキラさせている椎葉リサを後目《しりめ》に、わたしはカキとカニをそれぞれ豆豉《ドウチー》と唐辛子で炒めてくれるように店の女性に注文した。調理場の師傅《しふ》が玉杓子《たまじゃくし》で中華鍋をガンガン打ちつけ、火柱がぼっとあがった。

席に案内されると（といっても、空いているテーブルを顎でしゃくるというやり方でだが）、わたしはメニューを兼ねた注文票にしるしをつけて店の男に渡した。髪の毛を真っ青に染めた若者だった。鹽酥龍珠《イェンスウロンジュウ》（イカのくちばしを天ぷらにし、塩コショウで味付けしたもの）、宮保皮蛋《ゴンバオピータン》（ピータンの唐辛子炒め）、海鮮炒麵《ハイシェンチャオメン》、羊肉の炒めもの、ガチョウの肉も一皿。このような熱炒店では、なんでも自分でやらねばならない。

「マジっすか！　じゃあ、メシも勝手によそって食うんすか？」

勝手のわからない彼らのために、わたしは冷蔵庫からビールまで取ってきてやった。

飲み食いをしながら、わたしたちは周囲の喚声に負けじと、ほとんど怒鳴りあうようにして明日からのスケジュールを確認した。台湾の作家とのトークイベント、サイン会、テレビ局の取材などなど、椎葉リサがシステム手帳を繰りながらてきぱきと必要事項を読みあげていった。通訳はどうしますか？　サイン会での写真撮影はオーケーですか？　サインに落款《らっかん》は捺されますか？　NGの質問があれば事前に教えてください。

「政治や宗教に関する質問はNGで」

「わかりました」彼女はうなずき、そのことを手帳に書きこんだ。「こちらのメディアは日本の流儀がつうじないことがあるので、そういう質問が来たときはあたしが捌《さば》きます」

「彼女、すごいんすよ。まえに――」

植草は、日本では誰もが知る中堅作家の名を口にした。彼の本が中国で翻訳出版されたとき、上海で開かれた記者会見の席上で記者が無礼な質問をした。作品の一部をあげつらって、これは軍国主義を肯定しているのではないかと迫ったそうだ。日本人はあの戦争からなにも学ばなかったということですか？　わたしもその本は読んだことがある。軍国主義を肯定するどころか、トマス・ピンチョンがＬＳＤをやりながら書いたような支離滅裂《しりめつれつ》な小説で、それをポストモダンだとぬかして悦に入っている愚か者という印象を持った。三分の一も読まずに壁に投げつけてしまった。

「椎葉はその記者に『つまり、あなたはこの難解な小説を読破したということですか？』と逆に質問したんすよ」植草はイカのくちばしを口に放りこみ、心底愉快そうに笑った。「『だったら、なぜひうちの文芸誌に書評を書いてください』そう言ったんだっけ？『わたしなんか一カ月かけてまだ三ページも読めていませんよ』……もうドッカンドッカンだったたって！」

酒で上気した椎葉リサの頬がかすかに持ち上がる。笑みが広がらないように自制しているのだが、彼女の立場なら当然の気遣いだろう。この場にいない作家をこれ以上コケにするべきではない。わたしとその作家が気心の知れた間柄だということもありうる。行き場をなくした愉悦《ゆえつ》は、しかし、彼女の瞳からほとばしっていた。

このときはじめて、わたしは椎葉リサが瞼《まぶた》にうっすらとラメを刷《は》いていることに気がついた。彼女はビールを飲み、料理に箸をのばし、口の端についたソースを舌でぬぐった。ああ、その奔放な舌に男たちはありもしない約束を見るのだ！　もしくは挑戦を。哀しいことに、わたしも見てしまった。ここは気を引きしめてかからねばなるまい。風車に打ちかかっていくようなまねは厳に慎むべきだ。

が、このような状況下で平常心を保つのは至難の業である。とりわけ、風車のほうがにじり寄ってくる場合には。植草がトイレに立ったときだった。椎葉リサが出し抜けに「好きです」と切り出したのだ。わたしはうろたえたが、つづきを聞いて安堵《あんど》するのと同時に落胆した。

「先生の本が好きなんです」と彼女は言葉を継いだ。「今回も台湾にごいっしょできてほんとうによかったです」

いったいなんのための倒置法だったんだ？

「先生の本を台湾で読めるなんて贅沢《ぜいたく》すぎますよ」

いたたまれない気持ちが顔に出ないように、わたしは厳《おごそ》かにうなずいた。

「それだけですか？　あたし、ほんとに……ほんっとうに先生の小説が大好きなんですよ」

「ちなみに、どれが好きなの？」

彼女は『怪物』と即答した。

「たしかに粗削《あらけず》りで、視点人物も安定していません。でも、あの作品には先生の……なんというか、むき出しの、誰にも飼い馴らすことのできないエネルギーがあふれているんです。それはストーリーのためというより、先生の語り口のまっすぐさのためだと思います。それはとてもすごいことで、本当にすごいことで、ほとんど唯一無二の素直さなんです。ブコウスキーの本を読んだときみたいに、ああ、あたしはひとりぼっちじゃないんだ、このままでいいんだ、という気分になれました」

なんと答えていいのかわからず、にやにやしてしまった。十年前に『怪物』を出版したときは、ほとんど誰にも見向きもされなかった。それが英語に翻訳され、IRC《インターナショナル・リーダーズ・チョイス》の最終候補に残ったとたん、誰もが親指を立てて傑作だと褒《ほ》めそやす。使い道のないゴミだと思っていた過去作品がにわかに安っぽいネオンのように輝きだし、人々を惑わせているのではないかという気になってくる。それにチャールズ・ブコウスキーの詩など、尿瓶《しびん》で漬けた漬物のようなものだ。そんなものを若い女性が好んで読むとは思えなかった。

「同時に悲しくもなりました。あたしは十人並みに器用だけど、けっきょくふつうの人間で、この破滅的な素直さの境地には絶対到達できないんだろうなっていう……あたしはストーリーさえ思いつけば誰にでも書ける作品より、ありきたりなストーリーでもその作家にしか書けない物語が好きなんです」

わたしは、そんなものはまったく意識したことがない、いつもただなんとなくだらだら書いているだけだと飾らずに打ち明けた。

「そりゃそうですよ！」彼女がうれしそうに声を張った。「そんなの意識して書けるものじゃないですから。でも、良い本には理由があるんです。先生の本に関していえば、それは愚直なまでの素直さなんです。それを意識しないで書けちゃうからすごいんですよ」

愚直なまでの素直さ？　いったいなんの話だ？　不安に拍車がかかり、わたしはつづけざまにビールをあおった。すると椎葉リサも押し黙り、ばつが悪そうに酒に逃げた。しゃべりすぎたあとにやってくるあの凪《なぎ》のような虚無に、彼女もまた囚われてしまったようだった。

「きみもなにか書いてるの？」

「いつか書いてみたいと思ってます」

となりのテーブルでどっと歓声があがり、男たちが立ち上がって威勢よく乾杯した。彼らは勇ましく酒を干し、インチキをしなかった証拠にコップの底を見せあっては、たがいの健闘を讃えた。

にぎやかな夜の片隅で、わたしたちは小さなウサギのように神経を尖らせていた。鼻をひくつかせ、罠《わな》のにおいを嗅ぎ取ろうとしていた。彼女が扉を開けようとしていることをわたしは確信したが、その確信は間違っている場合がほとんどなのだった。すみませんと彼女があやまり、わたしは曖昧《あいまい》な笑みを浮かべて酒を飲む。遅いな、植草のやつ、くそでもしてやがるのか？

認めないわけにはいかない。いつのまにか、彼女は十人並みであることから脱却していた。その手口があまりにも鮮やかだったので、わたしは彼女に対する第一印象を悪者に仕立ててしまったほどだった。作家にとって自分の本を褒めてくれる女性は、いつだって五割増しで美しい。酒や異国情緒にたぶらかされていたのかもしれない。きっとそうなのだろう。とどのつまり、この夜にはまだつづきがあるのだという予感がそうさせるのだった。

「なにか言ってください、先生」

なにか言えと言われて、わたしはこう言った。「いつか書いてみたいなんて言ってる人は、たとえいつか本当に書けたとしても、ストーリーさえ思いつけば誰にでも書けるものしか書けないよ」

椎葉リサの目が丸くなり、ビンタでも張られたみたいに唇がわななないた。

「作家はみんな自分が唯一無二だと思っている。だけど、本当に唯一無二な作家たちはもうみんな死んでしまった」わたしは言った。「新しいものなんてなにもない。二十一世紀にいるのは、むかしの作家たちの亡霊ばかりだ」

「先生は唯一無二です」

「ちがう」

「ちがいません」

「いつか誰かがおれのまえにやってきておまえは偽物だと言う。おまえが書いてきたものはもう誰かがとっくに書いていると言う。おれはそれまでどうにかきみみたいな人を騙《だま》しながら書きつづけるだけだ」

自分の声に予言めいた響きを聞き取り、わたしはげんなりした。いつか誰かがおれのまえにやってきておまえは偽物だと言う。ひょっとすると、わたしはその瞬間におびえつつも、じつは待ち焦がれているのかもしれない。銃殺隊のまえに立たされた革命家のように。

「やだ……」目を潤ませたかと思うと、椎葉リサがおもむろにわたしの手を握ってきた。「やだ、どうしよう」

彼女の右手の甲が引き攣《つ》れていることに気づいたのは、このときだった。古い火傷《やけど》の痕《あと》のようで、変色が指先にまでおよんでいた。

「どうしよう、あたし、ほんとに……わかってますか、先生？　いま自分がどんなすごいことを言ったか、わかってないでしょ？」

わかっているとわたしは言った。もちろんわかっている。彼女は酔っているのだ。さもなければ、わたしの予感が正しかったということになる。

「絶対わかってない！」彼女はわたしの手を強く揺すった。「ぜんぜんわかってませんよね、先生」

それは予感が確信に変わる瞬間だった。甘い夢のなかに、わたしは沈みこむように落ちていく。今夜、すべての肯定が、あの放埒《ほうらつ》な舌がわたしのものになるのだ。

わたしの顔つきが変わったことに、彼女は目を泳がせた。もしや椎葉リサはわたしが土俵に上がってくることはないと踏んでいたのかもしれない。いつでも退却できる安全な場所で、作家をからかっていただけなのかもしれない。そのような輩《やから》は存外に多い（「先生の本は読んだことないけど、ずっと応援してます」）。そう、動物園でチンパンジーでもからかうように。もしそうなら、見くびられたものだ。わたしは彼女の手を取り、目をまっすぐ見て言った。

「あとでおれの部屋で飲み直さないか」

彼女は大仰《おおぎょう》に驚き、そんなの無理ですよと言って笑った。もちろん無理だ。無理に決まっている。女性のたしなみとして、こういうことはふたつ返事で承諾するものではない。椎葉リサがわたしの手を握り返してくる。わたしはブコウスキーの詩を諳《そら》んじた。

青い鳥がわたしの胸の裡《うち》にいて
外に出たがっている
なのに、わたしは彼にとって手強すぎる
わたしは言う
そこにいるんだ、おれを破滅させたいのか？

詩を詠《よ》み、厳かに部屋番号を告げた。「いつかなんて永遠にやってこない。さあ、きみの胸のなかの青い鳥をいま解き放つんだ」

「無理ですよ」彼女が思わせぶりに目を伏せる。指先でわたしの手を撫でながら。「そんなことできません。ばれたらクビになっちゃいます……だめですよ、ありえません」

「きみはいくつ？」

ためらいがちに「二十九」と返ってくる。

「じゃあ、年齢的に無理ってことか？」

「そんな！　先生はお若いですよ、ぜんぜん若いです」

「彼氏がいるんだね？」

悪戯《いたずら》っぽく光る彼女の目は、彼氏の存在は物事の本質ではないとはっきり告げていた。世界はこんなにも広く、新しい可能性に満ちている。会社を辞めてレストランで皿洗いをしていた男が、国際的な文学賞の最終候補に残ることだってある。わたしは四十七歳で、もう若くはないけれど、彼女になにかを決断させるほどには自分の可能性を証明してきたはずだ。

とはいえ、すべての物事には手続きがある。その夜に関して言えば、あとは彼女が署名するのを待つばかりのように思えた。椎葉リサは契約書にサインするまでの甘いひとときを楽しんでいるだけなのだ。

「彼氏はいません」と言った。「でも、夫がいます」

なるほどね！

わたしは目をごしごしこすった。コップを口に運ぶ彼女の左手薬指には、まるで魔法のように結婚指輪が出現していた。彼氏と夫では、話がちがってくる。妥協の結果という点ではどちらもおなじだけど、後者のほうは社会的制裁を後ろ盾につけた妥協だ。写真週刊誌の記者に追いかけられている自分の姿を想像してみた。Sさんにはご家庭があることをご存じなかったんですか、ひと言お願いします、柏山先生！

臆病は悪臭を放つ。へぇえ、そうなんだ、ふぅん、いくつのときに結婚したの、などととりつくろってみたものの、もはや後の祭りだった。彼女はただ悲しげに微笑むばかりだった。

わたしと彼女の契約書がボンッとはじけて雲散霧消《うんさんむしょう》した。

失笑を禁じ得ない。またもやすべては幻想だったというわけだ。おなじ失敗をどれだけ繰り返せば、わたしたちは学ぶのだろう？　結婚という障害をやすやすと乗り越えてしまう人たちもいる。椎葉リサはわたしにもそうしてほしかったのかもしれない。わたしは彼女のあけすけさに動揺してしまった。それはあきらかに、わたしという人間のちっぽけさについてなにかを雄弁に物語っていた。

目を宙へ逃がすと、無情に飛び去る青い鳥の影が見えた。青い羽が一枚、ふわふわと目のまえに落ちてくる。青い鳥とわたしでは、なにしろ鳥のほうが手強い。そんなろくでもない鳥は、やはり胸の裡にしまっておくほうが無難だ。ここで植草が戻ってきてくれたのは、神の加護だった。あと一分でも遅かったら、わっと叫んで店を飛び出してしまったかもしれない。

それからはたいした話もしなかった。できればなにも話さず膝を抱えていたかったけれど、そういうわけにもいかないので、九層塔《ジョウツェンタア》（台湾バジル）のことをすこし話した。

こういう事態に陥ったのはこれが初めてじゃないし、おそらく最後でもない。それに、立ち上がれないほど打ちのめされたわけでもない。やがて時が過ぎ、いつの日か誰もわたしを打ちのめそうとすらしなくなったときに、懐かしく思い出す一幕にすぎない。わたしは気持ちを切り替え、作家の分《ぶ》を守って礼儀正しく台湾料理における九層塔の役割について熱弁をふるった。植草が会計をしてしまうと、わたしたちはまたとぼとぼ歩いてホテルへ帰った。

椎葉リサは、はしゃいでもいなければ落ちこんでもいなかった。ロビーで翌日の待ち合わせ時間を決めるときも、何事もなかったかのようにいたって事務的だった。わたしたちはたがいにねぎらいの言葉をかけあい、各々の部屋へ引き取った。

結論から言えば、椎葉リサはわたしの部屋へやって来た。

ひかえめなノックの音にドアを開けると、そこに彼女が立っていた。ああいうときの女性の複雑な表情を、わたしはいつも愛おしく思う。欲望をかろうじて尊厳でつなぎ止めているかのような、あの心許《こころもと》ないたたずまいを。男の欲望は女の欲望を丸呑みできるほど大きくなければならない。さもなければ、女たちは尊厳を保てない。そして尊厳が保たれなければ、彼女たちの欲望の解放もまたありえないのだ。

　わたしたちはミニバーのウイスキーやジンを飲みながら、愛や誰かと交わした約束についてはなにも語らず、そのかわり自由についてたくさん話した。本や旅や音楽について。あとからやってくる悲しみの宿命的な足音を聞き分けようとするかのように、彼女はわたしの言葉に耳を傾けた。それから、わたしたちは服を脱いでベッドに入った。

「この傷はどうしたの？」

　わたしは彼女の手を取った。火傷の痕が筆記体のアルファベットのように見える。椎葉リサは返事をするかわりに、わたしにキスをした。

　わたしが求め、彼女が応じた。

　彼女は結婚指輪をつけたまま、わたしを深く受け入れてくれた。ほんのいっときの恍惚《こうこつ》と引き換えに、わたしたちはすべての苦しみが生まれいずる深淵へとあたたかく堕ちていく。とても賢明な取り引きとは言えないけれど、わたしも彼女も賢明なやつだらけのこの世界を軽蔑《けいべつ》しているのだった。彼女の手に手を重ねると、結婚指輪の硬さを感じた。それはまるで遺影のようだった。

かつてはたしかに存在し、いまはもう失われ、だけどいまだ忘れえぬもの。人は同時に何人もの人と、それも誰一人裏切ることなく、同じ苦しみを味わいつつ愛することができる——けっきょくのところ、ガルシア＝マルケスの言うとおりなのだ。

4　もちろんフィクションです

台北世界貿易中心《センター》で開かれたブックフェアは、大盛況のうちに幕を閉じた。

わたしは二日間で六百冊以上にサインをした。現地の作家たちとのトークイベントに登壇し、ニュース番組の取材を受け、ラジオ番組にも出演した。わたしの本で台湾が真っ赤に燃えていた。

わたしの出自にメディアが飛びついて大騒ぎしている。彼らは判で押したようにわたしのペンネームの由来を知りたがった。柏山康平《バイシャンカンピン》の柏がご本名の柏立仁《バイリーレン》からきているのはわかります、でもなぜ康平なんですか？

「ぼくの二叔父さんの名前なんですよ」わたしはそのように答えた。「日本風のペンネームをつけようと決めたとき真っ先に彼の名前が思い浮かんだんです。康平という名前は日本人にも違和感がないので」

誰もがわたしを成功した作家と見なし、どこへ行っても下にも置かぬ扱いを受けた。それはそれで気分がよかったけれど、わたしはそんなものではない。日本での初版部数はいまでもたかだか五千部で、重版がかかれば奇跡だ。そんな本を年に三冊出しても、収入は三百万円ほどにしかならない。

『怪物』は傑作と呼ぶには程遠いが、いまのところわたしに訪れた唯一の奇跡だ。日本語で創作している作家にとって、自著が英訳されることは悲願である。誰もが英語圏での出版を夢見ている。それさえ叶えば、素晴らしい未来が開けると信じている。実際、そんな薔薇《ばら》色の未来を手に入れた作家たちもいる。わたしたちはこう叫ぶ。世界よ、おれはここにいるぞ、早くおれに気づいてくれ！　しかしわたしたちは、そんな世界が見逃してしまう無数の物事のひとつでしかない。プラスチックごみのほうがよっぽど目立っている。だから、ふだんはのらくらしている植草が『怪物』の第一章を気まぐれに英訳させ、フランクフルトのブックフェアで口八丁手八丁、イギリスの出版社に売りこんでくれたこと自体が奇跡としか言いようがない。

いまだに信じられない。翻訳家の技量がわたしの筆力をはるかに上回っていたのだろうか。さもなければ、わたしが書いた物語とは似ても似つかぬ超訳がコバンザメ的幸運でふらふらと海を越えてしまったのかもしれない。本を海外で売るにはいくつかやり方がありますけどね、と植草は事もなげに言った。ひとつは名のとおったブックスカウトを抱きこむことっすよ、あっちの出版社は信頼できるブックスカウトが持ちこんでくる本を買いますからね。それならば、たしかに人たらしの植草の本領だ。会社の金で海外へ出かけ、飲んで騒いでついでに本も売る。いいじゃないか！　柏山康平だろうと Kohei Kashiyama だろうと柏立仁だろうと、どれもわたしが自由に使える銀行口座にちがいないのだから。

「『怪物』がご受賞を逃したのはとても残念ですが、ＩＲＣの最終候補に残ったことはアジア人初の快挙だと思います。そのことで今後の執筆活動に影響はありますか？」

ショートヘアの愛くるしいそのインタビュアーの手首には、ちっちゃな刺青《いれずみ》があった。

影響はないと思います、とわたしは返答した。「そもそも文学賞を目指して書いているわけではないので、これからも書きたいように書くだけです」

書くことは福音だ。自分の本は売れなくてもいい、わかる人にだけわかればいいなどと言うつもりはない。わたしは売れる作家になりたい。だけどそれが無理なら、せめて自分ひとりだけでも救える物語を書きたい。

「作家を志したきっかけを教えてください」

「台湾にいるぼくの従兄が文章を書いているんです。といっても、彼は作家を目指しているわけではありません。ただ、自分のなかで処理しきれないものを文章にして吐き出しているだけだと思います。それを見て、ぼくも書いてみようと」

「具体的なプレッシャーがあったのですか?」

「具体的なプレッシャーですか……いまとちがって、むかしは台湾人として日本で暮らすことはそれほど愉快な経験ではありませんでした。ぼくたちはいまでも外出するときには在留カードの携行を義務づけられています。大学を卒業して広告代理店に就職したときも、同期のなかでぼくだけが国籍を理由に正社員ではなく嘱託《しょくたく》扱いでした。そうした小さなことが長い時間をかけて蓄積していって、ある日、気がついたら書いていました。つまり、なにか決定的な理由があったわけではないと思います」

「つまりストレスの昇華ということですね?」

「たぶん、コンプレックスも」

「その従兄さんは作家として成功された先生のことをどう感じていると思いますか?」

「成功したかどうかはわかりませんが、よろこんでくれていると思います。ええ、とても」

「それでは、『怪物』について先生のほうからご紹介してもらえますか?」

「日本では十年前に出版されましたが、ほとんど注目されませんでした。昨年、英語圏で翻訳されてIRCの最終候補に残りましたが、ご存知のとおり受賞とはなりませんでした。『怪物』はぼくの二叔父の物語です。母の弟です。飛行機乗りだった二叔父が戦争のせいで精神を蝕《むしば》まれ、それでも家族のためにどうにか生きていこうとする話です」

「じゃあ、怪物というのは戦争の隠喩《いんゆ》?」

「突き詰めれば戦争ということになるのかもしれない。じつはこの二叔父が先ほど話に出た従兄の父親なんです」

「どれくらい本当にあったエピソードが含まれているんですか?　たとえば、主人公の鹿康平は二百人の農民を殺害しますよね。それもこれも生き延びて台湾へ帰るためだ、おれがやらなくても誰かがやるはずだと自分に言い聞かせながら、荒野のまんなかで農民たちを爆弾で殺します。この経験が彼の心をじわじわと蝕み、ついには自殺に追いこみます」

「そこはもちろんフィクションです。鹿康平は二百人の罪なき人たちを爆弾で吹き飛ばしますが、ぼくの二叔父は断じてそんなことしていません。あれは完全にぼくの創作です。でも、本当にあった話をもとに創作したエピソードもあります。ただ、ここでそれを明かすのは勘弁してください。ぼくのためにも、読者のためにも」

インタビュアーはうなずきながらメモを取り、眉間《みけん》に誠実そうなしわを寄せてつぎの話題へと移っていった。

「先生の小説の読みどころは愛と自由のせめぎ合いだと思います。そして、最後には自由が勝利を収めます」

「自由について語るほうが楽なので」

「それはなぜ？」

「愛を描くには少なくともふたりの人間を登場させなければなりませんが、自由のほうはそのうちのひとりをギターとかオートバイで代用できるから」

彼女が笑ったので、わたしは油断してしまった。鼻歌を歌いながら歩いていた阿呆がまんまと落とし穴に落っこちてしまったみたいに、気がついたときには厄介なことになっていた。

「いまの台湾と中国の関係についてどう思われますか？」わたしの動揺を嘲笑《あざわら》うかのように、インタビュアーはきな臭い質問をつづけた。「一国二制度についてはどうですか？」

わたしは歯を食いしばった。迂闊《うかつ》だった。誠実さとはペテン師どものいちばんの武器じゃないか！

「對不起《すみません》」彼女を制してくれたのは、わたしの背後に控えていた椎葉リサだった。

「柏山老師不談政治和宗教《政治と宗教の話はご遠慮ください》」

それまで彼女のことをただの飾りだと思っていたインタビュアーが目を白黒させた。

「你會説國語《中国語が話せるの》？」

「一點點《すこしだけ》」

一點點か。思わずにんまりしてしまった。たどたどしい言葉遣いは人を幼く見せる。そして人が不意に幼く見えたとき、わたしたちはいつだってドキリとしてしまうのだ。

「我們的時間到了《時間です》」腕時計を覗く厳めしい顔つきとは裏腹に、椎葉リサは舌足らずな可愛らしい中国語でそう言った。「你還有什麼問題想問柏山老師嗎《まだ柏山先生に聞きたいことはありますか》？」

インタビュアーは肩をすくめ、おざなりに最後の質問を投げてきた。「それでは最後に、先生にとって小説を書くことの意味は？」

そら、おいでなすったぞ。この手の質問には多義的で理想的な答えがある。

「生活のためですよ」

ひかえめかつ断定的なわたしの物言いに、インタビュアーの目が共感の色に染まった。彼女だけではない。まるで深遠な真理にでも触れたかのように、椎葉リサも潤んだ目でわたしを見つめていた。

作家が書くことを卑下するのは、我こそは人生の重層性を理解していると言外にほのめかしたいからだ。ぼくは本ばかり読んで人生のことはなにも知らない文学オタクじゃないんです、あなたたちとおなじようにぼくの足はちゃんと地についていて、ぼくの言葉はままならない生活の叫びなんです。

「そんなふうに言う作家さんにはじめてお会いしました」

わたしはいい気分だった。椎葉リサに微笑みかけると、彼女のほうも共犯者めいた笑みを浮かべた。

それからわたしとインタビュアーの女性はなんだかんだとおたがいを褒め合い、握手をして取材を切り上げた。


最後の晩、つつがなく台湾の出版社との会食をすませてタクシーに乗りこんだとたん、植草が飲みに行こう、せっかくの機会じゃないですか、と騒ぎだした。

「きみはもうずいぶん飲んでるよ」

「いいじゃないっすか！」彼が助手席からふりかえって叫んだ。「だって、まだ十時前っすよ。椎葉さんも行きたいよねえ！」

椎葉リサがうなずく。

わたしは疲れた体に鞭《むち》打って、彼らを華山《かざん》1914文創園区《ぶんそうえんく》へ連れ出した。タクシーのなかで、わたしと椎葉リサは思い思いのほうへ顔を向けたまま、シートの上で小指をからめあわせた。ラジオからは中国語の歌が流れ、高層ビルの上空に凄味のある赤い月がかかっていた。

「ぼく、猟銃を突きつけられたことがあるんすよ」植草はひとりで浮かれていた。「まだ駆け出しの編集者だったころ、鹿児島まで作家に会いに行ったんです。つっても、デビューしてたわけじゃなくて、うちの新人賞に応募してきた素人なんすけど。そのときで五十歳くらいの人だったと思います。受賞は逃したんすけど、なんつーか、言葉に情念がこもっているっつーか、とにかく光るものがあったんすよ。で、わざわざ鹿児島まで行ったわけです。気の弱そうなおじさんで、奥さんと離婚したばかりだって言ってました。すんごい田舎で、ホテルなんかないんすよ。で、その人の家に泊めてもらうことになったんすけど、そしたら、まあ、飲むじゃないですか。関東じゃめったに飲めない珍しい焼酎とかあるし。あれは夜中の一時くらいだったかな……ふたりともけっこう飲んでて、その人がトイレに立ったんすけど、戻ってきたら手に猟銃を持ってたんすよ！　で、ぼくの顔にぴたっと銃口をむけてこう言うんすよ。ないごて、おいの作品を落としたとか？　酒で濁った目でじいっとにらみつけて、おいがどげな想いであん作品を書いたか、わいにわかいか？　なんて言うわけですよ！」

「で？」と、わたし。「きみはどうしたんだ？」

「どうもこうもないっすよ！　てゆーか、あんま憶えてないんすよね」

椎葉リサが小さく鼻で笑った。「作家の想いなんて、作品の良し悪しには関係ないですよね」

とにかく、と植草はつづけた。「気がついたらまたその人と酒飲んでて……猟銃は壁に立てかけてありました。いやあ、あれはへんな夜だったなあ！　翌日はその人の軽トラで空港まで送ってもらいましたよ」

「けっきょくその人はデビューしたのか？」

「どうでもいいすよ、あんなやつ」

高架道路を走るタクシーはまるで空を飛んでいるみたいだった。不意にかすかな耳鳴りを覚えて、気持ちがラジオに向く。耳にささやくようなラップがかかっていた。

助手席の植草は頭でリズムを刻んでいた。

耳鳴りはだんだん大きくなり、それはほとんど耐え難いほどだった。突然、「ＭＳＡ」という言葉が刺しこんでくる。耳鳴りのその部分だけを鋭いナイフで切り裂いたかのようだった。本当にそういう歌詞だったのか、それともわたしの聞き間違いだったのか、それはわからない。いずれにせよその単語のせいで、わたしの意識は二叔父さんが乗ったＢ‐17戦略爆撃機までぶっ飛ばされた。

耳鳴りはそのまま飛行機の金属質なエンジン音にすりかわった。

「ＭＳＡ《最低安全高度》、ＭＳＡ！」

領航員《ナビゲーター》の声が機内に響き渡ると、間髪《かんはつ》を容《い》れずにパイロットが操縦桿を引く。

機体の持ち上がる感覚が全員の股間を襲った。

窓外を雨粒が流れていく。放電する雨雲のなかでは乱気流が渦巻き、まるで洗濯機のなかのコインみたいに偵察機を攪拌《かくはん》した。翼がたわみ、いまにももげてしまいそうだった。パイロットは悪天候を罵《ののし》りながら操縦桿と格闘している。さっさと高度を上げろ、この下手くそ！　罵声が飛び交った。想死啊《死にてえのかよ》⁉

水中で空気を求める者のように雲の天井を突き破ると、そこには死のような静寂が広がっていた。音すら死に絶えて、青白い月明かりに照らされていた。ラベンダーのような香りがうっすらと流れ、紫色がかった大気の膜が天空を縁取っていた。

搭乗員たちは黙りこくり、尻をもぞもぞ動かしてすわり直したり、神仏への感謝を声に出さずに唱えたり、無意味に計器を覗きこんだりした。姿勢指示器は水平を保っている。いまどのあたりだ？　沈黙に耐えかねた者が尋ね、誰かが苛立《いらだ》たしげな声を投げ返す。それを知ってどうするんだ、女房に買い物でもたのまれてんのかよ？　誰も笑わなかった。

「よお、王康平、もう彼女は抱いたのかよ?」

まだだと二叔父さんは答えた。

「放屁《うそつけ》! こんな仕事をしてんのに、女がヤラせねえわけがねえ」

「本当にまだなんだ」二叔父さんは辛抱強く繰り返した。「なにかやり残しておかないと、神様が安心しておれを連れていっちまうかもしれないと彼女が言うもんでね」

飛行機は不気味なほど静かに航行した。明るい月光を受けた機体の影が下方の雲に落ち、ブロッケン現象によって生じた光輪に包まれて追いかけてくる。見ようによっては、それは虹色に輝く大きな魚のようだった。

二叔父さんは曾祖母に持たされた石ころをフライトジャケットのポケットから取り出して口に放りこんだ。すると、家族の顔がつぎつぎと脳裏をよぎっていった。遠出をする家族に、曾祖母はいつも故郷の石ころを持たせた。彼女の話では、旅の途中で寂しくなったときにその石を舐《な》めれば、いつでも家族を思い出せるとのことだった。祖父が従軍したときも、孫たちが戦場へ出るときも、曾祖母はきれいに洗った石ころをみんなに持たせた。もちろん、わたしが日本へ引き取られていったときにも。わたしがもらったのは灰色の石で、星屑《ほしくず》のような石英《せきえい》が散っていた。わたしの考えでは、石を舐めたから家族を思い出すのではなく、家族を思い出して悲しくなったから石を舐めるのだ。

窓外に顔を向けたまま、二叔父さんは曾祖母の石を口のなかでころがした。それを藤巻徹治は眺めるともなしに眺めていたかもしれない。一理あるな、と誰かがつぶやいた。もしおれが神様なら、準備のできたやつから連れていくだろうな。緑色の光を放つレーダーに不吉な光点があらわれたのは、まさにこのときだった。

「敵機襲来！　敵機襲来！」

レーダー員が血相を変えてわめき、搭乗員たちは窓に顔を押しつけた。真正面に見えるミグ17の編隊灯は、夜空に散った無数の星々とはあきらかに異質な光を放っていた。機内スピーカーが傍受した敵の無線を吐き出す。

〈你奶奶个熊《この野郎》、老子看你往那儿跑《逃げられるもんなら逃げてみやがれ》！〉

まるで花が開くように、五機のミグが散開した。編隊の両翼がすいっと左右に沈み、先頭の一機はそのまま突進し、すれちがいざまに機関砲を撃ちこんでいった。B‐17の機体を穿った砲弾は二叔父さんの同僚の体を引き裂き、壁一面に熱い血肉をぶちまけたが、それが初撃だった。

風がごうっと吹きこみ、敵空軍の帰順を促す散布用の宣伝ビラが乱舞した。〈你駕機來歸《飛行機を駆って帰順せしもの》、按照你所駕機種《その機種により》、給予左列奬金《左記報奨金をあたえる》〉

スピーカーが呵々大笑《かかたいしょう》する敵の声を拾う。宣伝ビラによると、ミグ17とともに帰順すれば金二千両もらえることになっているのだが、第二撃はまるでそんな甘言を嘲笑うかのように空から降ってきた。ハヤブサのように急降下した敵機が尾翼を破壊していく。機尾がぼっと火を噴くと、偵察機の機体がぐらりと傾き、独楽《こま》のように回転《ヨーイング》した。何人かが床に投げ出された。幹《くそ》、全部まやかしだぜ！　誰かが怒鳴った。おれだってまだやり残したことがうんとあるんだぞ――


「……先生？」

椎葉リサの心配顔がわたしを現実へ連れ戻す。戦闘機の爆音や機関砲の音、二叔父さんたちの阿鼻叫喚《あびきょうかん》が逃げ水のように遠ざかっていった。ラジオは道路状況を報じていた。台北の気温は二十一度、明日は北部から天気が崩れるでしょう。

「大丈夫ですか、先生？」

わたしは目をしばたたいた。触れ合った指先から、こちらの緊張が伝わってしまったのかもしれない。もしくは、彼女に対する無関心が。なにか言おうと思ったのだけれど、なにをどう言えばいいのかわからなかった。もの問いたげな視線から逃げると、今度はルームミラーのなかで植草に捕まった。彼がさりげなく目をそらす。わたしと椎葉リサのあいだを流れる微妙な電流に気づいただろうか。

新しい物語の尻尾がちらりと見えたような気がした。それがすべてで、ほかのことはどうでもよかった。ちゃんと書ければ、戦闘機乗りたちの話は『怪物』の前日譚として素晴らしい作品になるだろう。そう、いつものように。そして、たぶん誰からも見向きもされないだろう。これまた、いつものように。

「そういえば、このまえ柏山さんに転送したファンレターはどうなりました？」こちらの心中を読んだかのように、植草が尋ねてくる。「やたら分厚い手紙でしたけど」

わたしは軽く受け流した。彼もまた編集者として、物語のにおいを嗅ぎ取ったのかもしれない。問題は、この物語を掘り下げるために必要な覚悟を、わたしがかき集められるかどうかだ。わたしは二叔父さんの死をいまだよく理解できていない。

藤巻琴里の祖父のことを考えた。カメラを見つめる、あの不機嫌そうな顔を。白団は旧帝国軍人によって編成された蔣介石の軍事顧問団で、藤巻琴里の祖父は長らく隠蔽されていたこの白団の、さらに奥深く隠された諜報部員だった。一九五九年五月二十九日、広東省恩平市上空で共産党のミグに引き裂かれたB‐17偵察機に、藤巻徹治も搭乗していたのだろうか？　彼は王康平とともに大陸の黒い森のなかへ墜落し、命にかかわる深刻な傷を負い、しかし死ぬことはなく、六十年の時を超えてわたしになにかを語ろうとしている。

やがてタクシーは目的地に着き、わたしたちは適当なバーに入ってささやかな打ち上げをした。寒波が去ってくれたおかげで、二月中旬だというのにあたたかな夜だった。大きなフレンチ窓からは夜空にそびえる大王椰子《やし》が望め、ゆったりしたジャズが心地よく流れていた。華山1914は日本統治時代に酒を造っていた場所で、その夜にかぎっていえば、台湾で日本酒を飲むことになにか意味があるように思えてならなかった。わたしは酒で喉を湿らせてから切りだした。

「もうすこしこっちにいようと思ってる」

植草と椎葉リサが顔をふりむけてくる。

「きみたちは予定どおり明日帰国してもらってかまわない。せっかくだから、親戚に会っていこうと思ってね」

「ホテルはどうするんすか？」と植草。

「そんな心配はしなくていいよ。こっちは地元みたいなものだ。泊まるあてはいくらでもある」

植草がうなずき、椎葉リサはじっとわたしの顔を見つめた。植草に気取《けど》られないように、わたしはその泊まるあてがけっして女性宅ではないということを、言葉を変えて三回強調した。

「従兄がいてね、こっちに帰ってきたときはいつも彼の家に泊めてもらってるんだ」

彼女は微笑み、ソファに体を沈め、おもむろにスマホをいじりだす。タイトなスカートからのびた脚がとても素敵だった。画面の明かりがその顔に冷たい影を落としていた。スマホで伝えられることのひとつは、誰かとおなじ時間を共有していても、おなじ風景を見ているとはかぎらないということだ。

逆もまたしかり。おなじ時間を共有せずとも、誰かが見ていた風景を目の奥に甦《よみがえ》らせることはできる。それを思い上がりと言うのなら、作家は弱ってしまう。二叔父さんの機が撃墜された瞬間を、わたしはこの目で見たわけではない。そんなことは誰にもできやしない。それでもわたしには、黒煙を噴いて落ちていくB－17がありありと見える。

幹你媽的《てめえのおふくろをやってやる》B！　すべてが終わろうとしていたあの瞬間、もしくはすべてのはじまりとなったあの瞬間、炎と煙と混乱に包まれた偵察機のなかでは聞くに堪えない罵詈《ばり》雑言《ぞうごん》が正月の爆竹のように飛び交っていたはずだ。しかも二回姦《や》ってやるから、おれのことを親父と呼びやがれ！


一晩寝て起きてみると、世界はもとの無表情な面貌《めんぼう》を取り戻していた。

わたしの本では世界を変えることができず、女たちはわたしのことなど眼中になく、いちばん素敵な笑顔を見せてくれた女性はホテルのフロント係だった。わたしは財布からクレジットカードを取り出しながら、延泊したい旨を伝えた。

「申し訳ありません、あいにく本日からお部屋の空きがございません」

わたしはうなずき、チェックアウトの手続きをすませ、ロビーのソファにすわって従兄の王誠毅に電話をかけた。コール音をえんえんと聞かされただけだった。電話を切り、しばし窓の外で降りしきる雨を眺めた。濡れねずみの男がオートバイに乗って走っていった。

台北の雨にはいつだってこの街の最悪な部分が溶けこむ。無関心や失望や二酸化硫黄《いおう》などが。

腕時計を見ると、午前十一時をすこしまわったところだった。フォークナーの小説のことをしばらく考えてみた。誰にも顧《かえり》みられない少女が、愛しい男に会うために家出をする。ドアから正々堂々と出ていっても誰にも引き止められないことがわかっているから、彼女はあえて窓からこっそり抜け出す。愛のためにできるものが自分にもちゃんとあるのだと信じつづけるためには、そうするしかないのだ。なぜなら犠牲や痛みなくしては愛など証明できないのだから。台湾での最後の夜、椎葉リサはわたしの部屋へ来なかった。わたしも彼女の部屋を訪ねて行かなかった。もしもわたしたちの自尊心が充分に大きかったなら、相手に対してへりくだることもできただろう。しかしわたしたちの自尊心はちっぽけで、わたしたちの関係のためにいかなる犠牲も払うつもりなどなかった。これでは愛など見つかりっこない。わたしたちの愛は――それを愛と呼べるなら――いつだって後出しジャンケンの愛なのだ。まずはおまえのほうから愛してくれ、そうすればおれもそれ相応のことをしてやる、それがいやならおれのまわりをうろちょろするな。

スーツケースをホテルに預け、コートの襟を立てて雨の街へと出ていった。

地下鉄中山《ちゅうざん》駅の地下街には、書店が数軒立ちならんでいる。一軒一軒見てまわり、黒蝙蝠中隊や黒猫中隊について書かれた本を三冊ほど購入した。わたしの本もあって、眼鏡をかけた女の子が立ち読みをしていた。彼女はしばらくすると本を放り出し、ぶらぶらとほかの書架へと移っていった。新婚旅行中に花嫁を笑われたような気分だ。大衆は芸術作品を数字に置きかえて理解する。落札価格、興行収入、動員数、発行部数などなどに。誰も経済からは逃れられない。芸術も戦争も、眼鏡をかけた台湾の少女がわたしの本を買うも買わないも、どれもこれも経済の承認が必要なのだ。

時間だけはあるので、地下街をてくてく歩いて台北駅まで行った。階段を上がって外へ出ると、雨が小降りになっていた。

重慶南路《じゅうけいなんろ》まで歩き、書店街と呼ばれる一角を覗いてまわった。ここでも二冊ほど収穫があった。国民党の白色テロの時代に関する資料や手記だ。午後一時をまわっていたので、目についた店に入って猪脚飯《ヂュジャオファン》（甘辛く煮こんだ豚足をのせたご飯）とワンタンスープで昼食をとった。スマホが鳴りだしたのは、あらかた食べ終えたころだった。口のなかのものをあわてて呑みこんでから、電話に出た。

「よう、従弟《いとこ》、どうした?」従兄の王誠毅が笑いながら言った。「来週、台湾に帰ってくるんだろ?　サイン会には応援に行ってやるからな」

「昨日終わったよ」

「なにが終わったんだ?」

「ブックフェアだよ」

「……なに、本当か?　来週じゃなかったのか?　くそ、みんなに来週って言っちまった!」

台湾よ、この男のために泣いてくれ。

「怒ってるか、従弟?」

「怒ってないよ、従兄」

「本当か?」

「ああ」

「そうだよな、べつにたいしたことじゃないよな」あまりにも屈託《くったく》のない声だったので、わたしはもうすこしで彼が抗鬱剤《こううつざい》を服《の》んでいることを忘れてしまうところだった。「おまえはいまや大作家だけど、おれにとっちゃただの柏立仁だもんな」

夕方には仕事が終わると言うので、わたしは午後五時に彼が働いている小南門《しょうなんもん》のマントウ店へ行くことにした。

通話を切り上げて腕時計を見ると、まだ二時前だった。大通りへ出てタクシーを拾い、いったんホテルへ戻った。

コーヒーラウンジへ行くと、窓辺の席へ案内された。中庭には熱帯植物が生い茂り、小さな人工滝がさらさらと水を落としていた。天井まであるガラス窓から緑色がかった淡い光が射しこんでいる。

　原住民テイストの心地よいラウンジで、少々熱さの足りないコーヒーを飲みながら、わたしは買ったばかりの本を開いた。

　黒蝙蝠中隊の華々しい作戦のなかで、わたしがいちばん気に入ったのは「奇龍《チイロン》計画」だった。英語では「Heavy Tea」、中国に核爆発計測機器を投下するという作戦計画である。

　一九六四年十月十六日、中国は新華《しんか》社《しゃ》をつうじて核実験の成功を全世界にむけて宣告した。核爆弾の保有は毛沢東の悲願だった。三年後には水素爆弾の試爆も成功させている。危機感を募らせたアメリカは、中国の核開発についての情報収集を急いだ。それに利用されたのが、中華民国空軍だったというわけだ。

　一九六九年五月十七日の夕暮れ、迷彩塗装を施された二機のＣ－１３０Ｅハーキュリーズ輸送機がタイのタクリ米空軍基地から飛び立った。一機は予備機で、本機が任務に失敗したときの保険だった。投下地点《ドロップゾーン》は二カ所、ひとつは甘粛省《かんしゅくしょう》にある標高二千五百八十三メートルの馬《ば》鬃山《そうざん》、もうひとつが内モンゴルの巴丹吉林《バダインジャラン》砂漠だった。

　天候は悪く、強風が吹いていた。乱気流のなか、本機は高度を三百メートル以下にまで下げ、ＦＬＩＲ《前方監視型赤外線》とＴＦＲ《地形追随レーダー》をにらみながら飛行した。離陸からおよそ七時間後、ドロップゾーンに核爆発計測機器を投下した。計測機器は地表の振動を自動的に感知し、原子塵を捕捉し、温度や湿度の変化をモニターして信号を飛ばす。つまり中国が核実験を行えば、たちどころに数値にあらわれて検知できるというしろものだった。

巨大な計測機器は木箱に入れられ、パラシュートを使って投下された。接地すると、木箱は自動で開くようになっている。同時に電流がパラシュートのラインを駆け上がり、傘体に仕込まれた爆薬が爆発する。パラシュートは木端微塵《こっぱみじん》に爆破され、計測機器は砂漠の風に吹かれて砂にうずもれる。あとは電池が切れるまで信号を出しつづけるという寸法だった。

二叔父さん自身がこの奇龍計画に参加していたわけではない。計画が遂行されたのは、二叔父さんが除隊した何年もあとのことだ。奇龍計画は成功した。あの任務では誰も命を落とさなかった。だけど、二叔父さんが飛んでいたころはそうじゃなかった。叔父さんの任務には「奇龍計画」や「獵狐《リエフウ》計画」みたいな心躍る作戦名などなかった。ただの情報収集任務で、仲間たちとともに偵察機に乗りこみ、運がよければ基地に戻ってくることができたし、運が悪ければ敵機に撃ち落とされた。

そんな目に遭ったのは、二叔父さんだけではない。つまり搭乗した飛行機が大陸で撃墜され、運よく一命をとりとめたものの、気が遠くなるほど長いあいだ台湾へ帰ってこられなかった空軍の隊員はほかにもいた。有名なところでは、黒猫中隊の張立義《ちょうりつぎ》だ。操縦していたU‐2偵察機が人民解放軍の地対空ミサイルによって撃ち落とされたあと、張立義がようやく台湾へ帰り着くことができたのは、なんと二十六年後だった！

本をテーブルに伏せ、窓外の緑に目を休める。

人工的に配置された蘇鉄《そてつ》や芭蕉《ばしょう》の葉が、雨粒の重みでたわんでいた。雨はもうあがっていたけれど、危なっかしい雲はまだ街の上にぐずぐずと居残っていた。それにしても黒猫というのはわかるけど、黒蝙蝠というのはどうなのだろう。雰囲気で「黒」を使いたいのはわかるが、蝙蝠が黒いのはあたりまえじゃないか。

　腕時計を見ると、もう午後四時をだいぶまわっていた。すっかり冷めてしまったコーヒーを飲む気にはなれなかったので、新しいのを注文しようとウェイトレスを探したとき、見覚えのあるシルエットに目を奪われた。

　植草がふらりとコーヒーラウンジに入ってきて、応対したウェイトレスに指を二本立てた。彼はブックフェアのときに着ていたグレーのスーツではなく、明るい色彩の開襟《かいきん》シャツに白いパンツを穿いていた。とてもリラックスしているように見えた。

　わたしは混乱してしまった。植草は今朝、日本に帰ったはずだ。その混乱をさらに深めたのは、すこし遅れてやってきた椎葉リサだった。彼女はゆったりしたグレーのワンピースを身にまとっていた。中国語が不如意《ふにょい》な植草のかわりに、彼女がウェイトレスになにか言った。ウェイトレスがうなずき、わたしのいるほうへ彼らを案内してくる。わたしはあたりを見まわしたが、隠れる場所としてはテーブルの下しかなかった。

　植草の歩調が突然乱れ、その顔が哀れなほど強張る。椎葉リサは目を見開いていた。そこにいるべきではないものがいたのだから、無理もない。しかし、それを言うならおたがい様だ。わたしは腹をくくり、顔にぎこちない笑みを浮かべて手をふった。流れ弾にでも当たったような気分だった。

「あれ？　柏山さん、なんで？　いやあ、まあ、ちょっとちがうんすよ」植草がしどろもどろに言いつのった。「いやいやいやいや、せっかく休みが取れたから、ちょっと台湾で遊んでいこうってことになって。それだけ、マジでそれだけっす。あれ？　でも、ご親戚のところに泊まるんじゃゃ……」

荷物を取りにきただけだとわたしが言うと、植草がひとしきり笑った。その笑い声からは冷たい汗が滴《したた》り落ちていた。それから頭をぺこぺこ下げ、ウェイトレスについて離れていった。椎葉リサが会釈し、熱のこもらない声で言った。

「へんなことになっちゃいましたね」

へんなことになっちゃいましたね？　まるで「電車に乗り遅れちゃいましたね」とか「注文した料理がなかなかきませんね」とでも言っているみたいじゃないか！　わたしは肩をすくめ、物憂げに立ち去る彼女の後ろ姿を見送った。

本を閉じ、伝票を摑んで席を立つ。支払いをすませ、フロントへ行ってスーツケースを受け取り、タクシーに乗りこんだ。行先を告げたあとは、雨に洗われたばかりの街をぼんやりと眺めた。

張立義のことを考えずにはいられない。彼がのちに妻となる女性とはじめて出会ったのは、十六歳のときだった。そのころ張立義は空軍幼校の学生で、友達と先生を訪ねたときに海辺で彼女を見初《みそ》めた。初恋だった。ふたりは恋に落ち、やがて結婚し、三人の子宝に恵まれた。一九六五年に張立義のU－2偵察機が被弾して消息不明になってから、彼女は八年間喪に服した。それから、陸軍の軍人と再婚した。二度目の結婚のまえに、彼女は新しく夫となる男性にこう言い渡した。もしあの人が帰ってくることがあったらわたしは彼のもとへ戻ります、それでもいいですか？

ようやく再会を果たしたとき、張立義は彼女にこう言った。ぼくは大陸で再婚しなかったし、恋人もつくらなかったよ。それを聞いて、彼女が泣いた。そして宣言どおり二番目の夫と離婚し、二十六年ぶりに張立義と復縁を果たしたのだった。それは一九九一年のことで、二〇〇三年に彼女が腎臓病で他界するまで、ふたりは幸せに暮らした。

タクシーのなかで本を開き、若いふたりの結婚写真を見た。開襟型軍服の胸に勲章をつけた張立義は凜々しく、ウェディングベールをかぶった奥さんはとても美しい女性だった。目頭が熱くなる。一本筋のとおった男には、なにしろ一本筋のとおった女が寄り添っているものなのだ。

残念ながらわたしはそんな男ではないので、椎葉リサのような女と乳繰り合うのが関の山なのだ。

5　或る感覚

マントウ店の軒先でぼんやり煙草を吸っていた従兄の王誠毅は、タクシーから降りるわたしを見てニカッと破顔した。頭のてっぺんから爪先《つまさき》まで小麦粉まみれだ。

「よう、従弟！」

「よう、従兄！」

彼は煙草をはじき飛ばし、愛嬌のあるすきっ歯を覗かせて笑った。握手をしようとわたしが手を差し出すと、そんなのは水臭いと抱きついてきた。わたしたちはおたがいを抱擁し、背中をたたきあった。まるで杉の樹が花粉をふりまくように、彼の体から小麦粉の煙が舞った。そのせいでわたしの新しいコートも白くなった。洋服を気遣うわたしの緊張が彼にも伝わったのだと思う。

「曖呀《アイヤ》、服を汚しちまったな」誠毅が恐れ入って体を離し、わたしの全身をあらためた。「高そうなコートだな、立仁。うまくやってるみたいじゃないか、え？」

「没關係《だいじょうぶ》、たいした服じゃないから」

ひかえめにコートをはたきながら、わたしはいたたまれなくなってへらへら笑った。わたしが台湾で暮らしたのはもう四十年もまえのことだ。この四十年でいろんなことが変わった。むかし住んでいた祖父母の家は再開発で取り壊され、いまは駐車場になっている。その祖父母もとっくに鬼籍に入った。永遠につづくかに思われた国民党の天下に、民進党が両手を大きく広げて立ちはだかった。古い店はつぶれ、よそよそしい店が街にあふれている。通りにたむろして野球をしていた悪ガキどもは、インターネットの彼方《かなた》に姿をくらましてしまった。逝《い》くべき者たちは逝き、変わるべき物事は変わっていく。そして服を汚してはは祖母にぶたれていたわたしは、いまや服を守る側にまわってしまったというわけだ。

「二、三日泊まっていってもいいか、誠毅？」

「好きなだけ泊まっていけよ。台湾に帰ってきたのにホテルなんかに泊まりやがって……おれは怒ってんだぞ」

いつものように、彼はわたしのために大量のマントウや焼餅《シャオビン》をビニール袋に詰めて持たせてくれた。わたしたちは笑いあい、二街区ほど離れた彼のアパートメントへ歩いて行った。道々、彼は街の変貌ぶりを解説し、わたしの歩き方を戒めた。

「おい、そんな歩き方はよくないぞ」

なにを言われたのかわからなかった。

「歩くときはちゃんとかかとをつけて歩け」

「つけてるよ」

「そんなんじゃだめだ。地面をもっと踏みしめて歩くんだ。さもないと、ここんとこから……」そう言って、誠毅は自分の眉間をコツコツたたいた。「魂が吸い上げられて、早死にすることになるぞ。おれの友達にいまのおまえみたいにふわふわした歩き方をするやつがいたけど、つまらない喧嘩で刺し殺されちまったんだからな」

わたしは面食らってその場で歩き方をあらためた。

「おまえはいま人生の転換点を迎えている。そういうときこそ、一歩一歩力をこめて歩かなきゃならないんだ。ちゃんとまえをむいてしっかり歩く。そうすりゃ魂が脇道にそれちまうことはないからな」

なるほど、そうかもしれない。にわかに世間の注目を浴びて、わたしの魂は脇道にそれていたのだ。それが歩き方にもあらわれた。それを見た誠毅のようなまったき者はわたしの身の上を案じ、椎葉リサのような邪《よこしま》な女は惹《ひ》き寄せられた。しかしそうなってくると、わたしは自分が本当に歩き方をあらためたいのかどうか自信が持てなくなった。

「ほら、いま言ったばかりだろ」

我が従兄のこの屈託のなさだけが、唯一変わらないものに思える。まるで北極星のようにわたしを導いてくれる。子供のころから夏は裸で過ごし、冬でもけっして靴下を穿かないタイプだったけれど、それはいまもおなじだった。もう五十歳を越したというのに、裾《すそ》を折り曲げたジーンズにゴム草履《ぞうり》をつっかけ、降っても照っても愚直なマントウや焼餅をつくりつづけている。味も素っ気もないそのマントウや焼餅を食べると、わたしはいつも自分の居場所や本当の名前を思い出すことができた。

彼の部屋は、地域の再開発で取り壊されてしまった祖父母の家に対する補償として、政府からあたえられたものである。数年前までは湘娜叔母さんもいっしょに住んでいたのだが、叔母の旦那さんが退職金で花蓮《かれん》に家を買ってからは、ひとり暮らしをしている。一階部分は当節流行りのカフェになっていた。

三階まで階段をのぼると、最後の数段が誠毅の靴置き場になっている。といっても、サンダルが脱ぎ散らかしてあるだけだ。そこはもちろん共用部分なのだけれど、目くじらを立てる者はいない。おとなりの家も踊り場に靴箱やら子供の自転車やらを置いている。わたしたち台湾人の感覚では、共用部分は早い者勝ちで占有できるのだ。それに、外で使うものは外に置いておくほうが面倒がない。靴や自転車やヘルメットや買い物カート。そうしたものは一時的にそこに置いてあるだけだとみんな心得ていて、たとえその一時的が十年になったとしても気にする者はいない。

二重の鉄門扉《てつもんぴ》を入ると、すぐ左手に小さな祭壇がある。誠毅が自ら壁に取り付けた紫檀《したん》の棚には水や果物が供えられ、線香立てをはさんで二本の赤い電気蠟燭が立ち、観音菩薩像を中心に死者たちの写真――安楽椅子でくつろぐ曾祖母、ソファで身を寄せあう祖父母、軍服姿も凜々しい大叔父さん、戦闘機のコックピットに収まった二叔父さん――が飾られていた。二叔父さんの笑顔はぎこちなくて、まるで笑い方を練習しているみたいだった。大陸で戦死した大叔父さんが二叔父さんの遺影よりうんと若いのは、いつ見ても奇妙な気がする。だけど、驚くにはあたらない。生者は死者より長生きし、わたし自身、もうすこしで二叔父さんが死んだ歳を追い越してしまう。

誠毅が電気蠟燭のプラグをコンセントに挿し、ライターで線香に火をつけてご先祖様たちに正対した。心をこめて死者たちに呼びかけ、線香を胸のまえに掲げて三拝する。正式な作法ではないのだろうが、それが彼のやり方なのだった。

「従弟の立仁がみんなに会いに帰ってきました」極楽浄土を仰ぎ見るような目で、誠毅が報告した。「今回はブックフェアのために帰ってきたのですが、大盛況でした。おれも従兄として鼻が高いです。立仁は日本に行って何十年も経つけど、心はいつもおれたちといっしょにここにいます」

線香を挿し、場所を譲る。わたしも焼香し、彼のやり方に倣《なら》った。

「みなさん、あの世で元気にしてますか？　おれが日本で作家になったのはまえに報告したけど、去年から風向きがちょっとよくなってきています。そのおかげで、これからもどうにか小説を書いていけそうです。これもみなさんが護ってくれているおかげです。生活は良くも悪くもなってないので、これで良いのだと思います」

つつがなくご先祖様たちへの挨拶がすむと、誠毅が供物《くもつ》のナツメを下げて食べさせてくれた。

「仏さんがかじるから供物は傷みが早いんだ」

供物の傷みが早いのは冷蔵庫に入れないためだが、台湾人のこうしたものの見方は好ましい。それを好ましいと思えることに慰められる。科学は万人のものだけど、迷信はそうではない。わたしの考えでは、小説は科学より迷信に近い。だから腐乱の理由を温度に求めるより、彼岸《ひがん》に求めるほうが理に適っている。マジックリアリズムとは、科学的態度に対する迷信の叛逆《はんぎゃく》なのだ。リンゴともナシともつかない味のナツメは、みずみずしくて甘かった。

「で？」誠毅が煙草に火をつけながら訊いてきた。「なにが不愉快なんだ？」

「不愉快なことなんかないよ」わたしは警戒して目をすがめた。「どうしてそんなことを言うんだ？」

「おれに隠し事はよせ。歩き方を見りゃわかる。どうした、女にでもふられたのか？」

息が止まりそうになった。

「図星だな？」誠毅がにやりと笑った。「気にするな、従弟。真剣じゃなかったんだろ？　自分が真剣じゃないのに、相手にだけそれを求めるわけにはいかないぞ」

「歩き方でそんなことまでわかるのか！」

「あんなにしょぼくれてりゃな。で、大作家を袖《そで》にしたのはどんな女なんだ?」

べつに隠し立てするようなことでもない。わたしは首をふりふり、観念して椎葉リサとのことを打ち明けた。誠毅は最後まで黙って話を聞き、にやにやしながらわたしの膝頭を摑んだ。

「後悔するのはそのアバズレのほうさ、おまえじゃない。おまえは古き良き孤独に戻って、その痛みを小説に書いていけばいいんだ」

苦笑いするしかなかった。

性愛もまた科学ではない。人が二股をかけるのに科学的根拠などありはしない(還元論的な説明をつけることは容易だが)。わたしと椎葉リサはたった一度、情を交わしただけだ。それはほとんど事故のようなもので、そこにはなんの約束も展望もない。わたしにとっても彼女にとっても、人生ががらりと変わってしまうほどの経験ではなかった。一夜の夢から覚めてしまえば、わたしたちの時間はまたばらばらに動きだす。男と女はその繰り返しだ。性愛とは輪廻《りんね》のパロディで、わたしと彼女のあいだにはいかなる貸し借りもない。

窓辺には多肉植物の小さな鉢植えがたくさんならんでいた。なかには花をつけているものもある。きちんと額装して壁にかけてあるリトグラフポスター——黒い椅子に腰かけた無表情な男に飛びかかる恐ろしげなハイエナ——は、いくぶん陽に焼けて黄ばんでいた。

「ハイエナじゃなくて猫だよ。デイヴィッド・ホックニーの絵さ。彼はグリム童話が大好きで、これは『こわがることをおぼえるために旅にでかけた男』という話のために描かれた挿絵さ」

「本物か?」

「ここをどこだと思ってるんだ?」煙を吐き出しながら誠毅が言った。「本物なんて買えるわけないだろ」

ホックニーといえば、わたしは八〇年代に日本でも流行ったプールサイドの絵くらいしか知らなかったので、しげしげと眺めてしまった。言われてみると、まるでハイエナのように襲いかかる黒猫をまえにしても、こわがることをおぼえるために旅にでかけた男はちっとも動じているふうではない。

「それでこの男はけっきょく怖がることを覚えるのかい？」わたしはポスターの男を指さして尋ねた。

覚えるよ、というのが誠毅の返事だった。「幽霊でも死人でもへっちゃらな男だけど、やがて王様になってからも怖がることだけはできないんだ。そこで賢い侍女《じじょ》がお妃様《きさき》に秘策を授けるのさ。夜、お妃様は小魚がいっぱい入ったバケツの水を眠っている王様にぶっかけるんだ。王様はびっくりして、それでようやくぞっとすることができたってわけさ」

「いったいこの話にどういう含意《がんい》があるんだろう？」

「さあな。でも、含意があろうがなかろうが面白いだろ？」

センターテーブルには、彼が書き散らした文章が乱雑に放り出してある。まともな紙は一枚もない。たいていはチラシの裏とかなにかの切れ端とかに、短い文章を書き殴っているだけだ。わたしは数枚を手に取ってみた。そこにはこんなことが書きつけてあった。

〈地獄とは他者のことなのだとしたら、天国と孤独は同義だということか？〉

〈おれが心血をそそいで書き、どうしても表現したかったことは、往々にして誰も読みたがらない〉

「インタビューであんたのことを話したよ」紙切れをそろえてテーブルに戻す。「従兄の影響で小説を書きはじめたんだと言ったら、おれが作家として成功してあんたはどう思っているかと訊かれた」

「おまえはなんて答えた、立仁？」

「よろこんでくれているって答えたよ」

「もちろんだ」誠毅が満足げにうなずいた。「こんなうれしいことはない」

「そっちは？　まだ書いてるんだろ？」

「書いているといえば書いてるし、ずっと書いてないといえば書いてない。おれにもおまえくらいの才能があればいいんだがな。長い物語を書こうと思っても、うまくまとまらない。書いては挫折し、挫折してはまた書いてる。書くたびに物語がどんどん変わっていく。だから、いつまで経っても物語の道筋が見えてこない。もう何年もそうなんだ」

「どんな話なんだ？」

「ある作家の話なんだ。その作家はぜんぜん売れてないけど、親の遺産があってそこそこの暮らしができている。日々、気ままに暮らしてるのさ。おまえみたいにお遊びで編集者の女にちょっかいを出したりするんだ。それがある事故をきっかけに、自分は誰かの書いた物語の登場人物にすぎないと感じるようになる。なんというか……やることなすこと、すべてがあらかじめ決められているような感覚に囚われる。女といっしょにいても、しょっちゅう誰かの視線を感じてしまう。物事が都合よくいきすぎたり、逆に簡単なことがぜんぜんうまくいかなかったりするんだ。そこで彼はその物語を書いた男を突き止めようとする。そして、とうとう突き止めてしまう」

誠毅は言葉を切り、灰皿から煙草を取り上げて一服した。彼がいつまでもつづきを話さないので、わたしは焦《じ》れて尋ねた。

「それから？」

「それからが問題なんだ」誠毅の吐き出した煙にはため息が混ざっていた。「何度書き直しても、そこまでしか書けないんだ」

「たしかにむずかしそうな話だな。その作家がじつは事故で死にかけていて、すべては生死のはざまで見る幻影だったというのもいかにも安っぽいし」

「やっぱりそうか……じつはその線でいこうと思っていたんだ。物語を創り出すという意味では、作家は神だ。そうだろ？　主人公はそれまで神として自分の作品の上に君臨していたんだが、もっと大きな神の存在を確信してしまう。だけどおれには神のことは書けないから、すべては死に際に見る幻影にしようと思っていたんだ。それでも、神の気配を表現できるんじゃないかと考えた」

「どうして神の気配を表現したいんだ？」

「たぶん、それがおれの感じていることだからだ」

　わたしはうなずき、なにかしるしがあったほうがいいかもしれないなとアドバイスをしてやった。

「しるし？」

「主人公のまわりで予兆的な不可解なことが起こるとか。言うなれば、神や悪魔のような超自然的な存在がいなければ起こりえないようなことさ。読者にその神の気配ってやつに備えさせるんだ」

「なるほど」

「絶対にやっちゃいけないのは、夢オチを最後の切り札として後生大事《ごしょう》にとっておくこと。目の肥えた読者なら、ある程度のところで夢オチを疑う。その読みが当たれば、やつらは大喜びでその作品をこきおろす。だから裏をかいてやれ。物語の早い段階で夢オチだとバラしてやるんだ。そうすれば意表をつける。切り札をこんなに早く出すはずがないからこの作品はもっと深いことを言っているぞ、と思わせることができる」

「さすがだ、従弟」

「なあ、誠毅」わたしは身を乗り出した。「あんたは自分が誰かの書いた小説の登場人物にすぎないと感じているのか？」

「そうだな……うん、感じているかもしれないな」

唐突に、わたしは長年胸にわだかまっていることを尋ねてみたいという衝動に駆られた。椎葉リサに踏みつけられたことが、わたしをすこしだけ無鉄砲にしていたのかもしれない。傷ついた人間にはありがちなことだが、わたしは一時的にこの世の悲しみをすべて理解し、だから他人の傷口に触れてもいいような気になっていた。

「二叔父さんはどうして自殺なんかしたと思う？」

誠毅は黙って煙草をくゆらせた。

わたしはすぐに後悔した。長びく沈黙はわたしの馬鹿さ加減に対する罰だった。誠毅が自分から言い出すまで待つべきだった。どうあっても、そうするべきだった。もし誠毅がいつまでもそこに触れないのなら、それはそういうことだったのに。どうにもいたたまれなくなって、もうひとつナツメをかじった。

「親父とおふくろが離婚したとき、おれは三歳だった」誠毅が懐かしそうに言った。「すべては過ぎたことで、もうなんのわだかまりもないことを声に滲《にじ》ませながら。「おふくろの新しい男は陸軍の将校で、国防部で働いてたときに知り合ったんだ」

とっくのむかしに知っていることなのに、わたしは胸がふさがって泣きたくなった。

「ある朝、目が覚めたらおふくろがいなかった。それはべつに珍しいことじゃないけど、その朝はなにかがちがう感じがした。うまく言えないけど、静かすぎるというか、空っぽな感じというか……居間に行ったら、曾祖母《ひいばあ》さんがいた。おふくろのことを訊いたけど、返事はなかった。曾祖母さんはえんどう豆の筋をむいていた。で、親父のことを訊いたら、『ああ、朝ごはんを買いに行ったよ』だってさ」

　誠毅はぼんやりと薄ら笑いを浮かべていた。わたしはこらえきれなくなるまで待ってから、話のつづきを促した。

「それだけさ」彼はまぶしそうに煙草を吸い、煙を薄く吐き出した。「それきり、おふくろとは親父の葬式まで会わなかった。あのときおれは十七になってたから、かれこれ十五年近く会ってなかったことになるな」

　二叔父さんが自らの命を絶ったとき、わたしは中学生だった。わたしたち一家は日本で暮らしていたので、葬儀に参列したのは二叔父さんの姉であるわたしの母だけだった。そのときの誠毅の姿を、わたしは写真でしか見たことがない。写真のなかの彼は深い哀悼《あいとう》を表わすために白いずだ袋でこしらえた孝服《シャオフウ》(喪服のこと)を身にまとい、しきたりどおりに拝跪《はいき》し、虚ろな表情で二叔父さんの遺影を見上げていた。ずっとあとになって、二叔父さんが中国大陸をさまよっていた三年のあいだに彼の妻がほかの男と知り合い、その恥ずべき関係は二叔父さんが台湾に帰ってきたあとも解消されなかったことを知った。張立義と、彼の有言実行の奥さんのような絆は、そうそうお目にかかれるものではないのだ。

　二叔父さんが死んでしばらく経ったころ、誠毅は何日も家を空けてあちこち放浪する癖がついた。はじめは一晩、つぎは三日、それから一週間、ついには一カ月以上も路上生活を送るようになった。そうかといって、べつに家を避けていたわけではない。ふらふら歩いているところを近所の人に見つかっては湘娜叔母さんに通報され、何度も家に連れ戻された。そのたびに叔母さんは彼を叱りつけ、風呂に入れ、床屋へ連れていった。家にいるときの誠毅は暴れるでもなく、ただひたすら頬杖《ほおづえ》をついてぼんやりしていた。そして気がつけば、また煙のように消えているのだった。

湘娜叔母さんは国際電話をかけてきて母に愚痴《ぐち》をこぼした。あの馬鹿たれがまたいなくなっちゃったのよ。病院へ連れて行きなさい、と母は忠告した。こうなったら薬を処方してもらうべきよ。簡単に言ってくれるわね！　砲弾のような声が受話口から飛び出した。姉さんは日本に住んでるからいいけど、母さんは車椅子だし、あたしだって仕事があるのよ！

大局が見えていたのは祖母だけで、いくら湘娜叔母さんに止められても誠毅にお金をあたえつづけた。お金さえあれば人様のものを盗むことはないし腐ったものを食べずにすむ、というのが祖母の言い分だった。母さんがお金をあげるから、あの馬鹿たれがふらふらいなくなっちゃうのよ！　叔母さんは頭をかきむしってわめいた。いつか取り返しのつかないことになるわよ、それで母さんは兄さんに顔向けができるの？　だったら康平はあたしに顔向けができるとでも言うのかい？　祖母はため息をついた。大の男がなにかしようと決めたらまわりはもうどうしようもないんだよ、死にたきゃどうしたって死ぬんだから。

「親父が死んだあと、鬼《グイ》（日本の幽霊に相当）が見えるようになったんだ」

わたしは度肝を抜かれて口もきけなかった。

「そこらじゅうにいるというわけじゃない。だけど、家にひとり居ついていた。紺色の粗末な人民服を着て、赤い星のついた人民帽をかぶっていたけど、ただの農民だと思う。もしかすると祖父さんか親父が戦争のときに殺したやつがついてきてたのかもな。親父が自殺するまではなにも見えなかった。それがある日、急に見えるようになったんだ」

「それって……二叔父さんが死んだせいで陰陽眼《おんみょうがん》が開眼したってことか？」

　陰陽眼というのは、あの世のものが見える第三の眼のことだ。ふつうは額にあるが、外からは見えない。生来備わっている者もいれば、なにかの拍子に開眼することもある。台湾ではさほど珍しいものではなく、日本でいえば、さしずめ金縛りにあったという程度の感覚だろう。

「ちがうと思う」と誠毅が言った。「おれに見えていたのは、そいつだけだったから。だけど占い師に見てもらったら、たしかに八字《バァヅ》が軽いと言われたよ」

「八字？」

「知らないのか？」

　わたしはかぶりをふった。

「まあ、おまえは日本で育ったから無理もないな……八字ってのは、生年月日と出生時間から割り出されるその人間の命式で、八字が重いと鬼《グィ》に憑《つ》かれにくくて、軽いと憑かれやすいと言われている」

「その八字が軽いから、あんたは鬼《グィ》に憑かれた――」

「憑かれていたのが誰なのか、おれにはわからない。家族の誰かに憑いていたか、むかしの家があったあの場所に憑いていたか……とにかく、おれは親父が死んだあと見えるようになった。その鬼《グィ》はべつに悪さをするわけじゃない。ただ、じっと……ほら、むかしの家の客間に座面が大理石の古い太師椅子があったろ？　そこにただじっとすわってるんだ。なにかをするわけじゃない。

でも、おれにはわかった。そいつはおれが狂っちまうのを待ってたんだ。何年でも、何十年でもそうやって待ってるんだ。なんせ陰間《いんかん》には時間なんてないからな。それが恐ろしくて、おれは家から逃げ出した。一日じゅう街をほっつき歩いて、疲れると道端で横になって眠った。祖母さんにもらった金をすこしずつ食いつぶしながら、喉が渇けば公園の水道水を飲んだ。行きずりの人から小銭をめぐんでもらうこともあったな。それでも、家にいるよりましだった。あるとき、シャッターの下りた店先で眠っていると、真夜中にふと胸騒ぎがして目を覚ました。そばに男が立っていた。おれとおなじくらいの年格好で、両手でコンクリートブロックを頭上に持ち上げていた。目があったとき、そいつがなにをしようとしているのかわかった。おれはごろっと寝返りを打ってまた寝ようとした」

「本当か？」思わずまえのめりになった。「それでどうした？」

「どうもしやしない。しばらくすると、そいつはずるずると足を引きずってどっかに行っちまったよ」吸いさしを灰皿に押しこみ、新しい煙草に火をつける。「コンクリートブロックはおれの頭のところに置いてあった。どうということもない。あの鬼《グイ》と関係なければ、それほどひどいことにはならないだろうと思ったんだ」

「いまでも見えるのか？」

まだつづきがあるんだと誠毅が言った。「おれがごろっと寝返りを打つと、すぐ目のまえに鬼《グイ》の顔があった」

首筋がぞくりとした。

「人間だったら息がかかるくらい近くにいた。鼻と鼻がほとんどくっついていた。そいつは笑っていた。灰色の顔を輝かせて笑っていたよ。それから、ふと消えてしまった。まるで蠟燭の火を吹き消したみたいにな。おれは体を起こして、きょろきょろとあたりを見まわした。鬼《グイ》はおれを殺そうとした男のうしろにくっついていた。男が角を曲がると、鬼《グイ》もいっしょに曲がって、それきり見えなくなった」

「それきり？」

「ああ、それきりだ。その後は一度も見てない。でもすこしあとで、おれを殺そうとした男のことはテレビで見た。そいつはどこかの小学校に侵入して、かわいそうな子供をひとり刺し殺したんだ」

　わたしは頭のなかをうまくまとめきれなかった。好兄弟《あの世の者》の存在を否定するつもりはないけれど、それよりも誠毅の精神状態が危ぶまれた。四十年前とくらべれば医学は飛躍的に進歩した。いまなら、彼みたいな症状にもっとよく効く薬があるはずだ。

「おまえはいくつになった、立仁？」

　わたしは慎重に「四十七」と答えた。

「おれは五十一だ」彼はわたしを励ますように笑った。「世の中、ずいぶん進歩した。でも、だからといってあの世まで進歩したわけじゃない。最近じゃ清明節《せいめいせつ》（陽暦の四月初旬ごろ。墓参をする日）に紙のスマホや車を燃やしてご先祖様に送ったりするけど、閻魔《えんま》大王《だいおう》がスマホを使って牛頭馬頭《ごずめず》としゃべってるところなんか想像できるか？　おい、牛頭馬頭、あの口やかましい泰山王《たいざんおう》（転生したあとの性別や寿命を決める地獄の十王のひとり）が来たら儂《わし》は留守だと言ってくれ！　夜叉《やしゃ》がインスタ映えを狙って亡者たちの写真を撮るのか？　鬼《グイ》なんて迷信さ、それはわかってる。だけど迷信ってのは、人を正しく導くためのもんだろ？　悪さをしたら報いを受けるぞ、危ないところには近づくな。迷信ってのはそういうことを頭じゃなく、心に刻みつける。そして心に刻まれたものは、髪の色や目鼻立ちとおなじでおまえそのものなんだ。戦争中に家族がひどいことを……本当にひどいことをしたかもしれないということを、おれたちは見て見ぬふりをしてきた。そうしなきゃ、どうして好きな人を好きなままでいられる？　戦争だったんだから、しかたないこともいっぱいあったさ。祖父さんの部下が敵の心臓を食った話を知ってるか？　祖父さんの部隊が共産党との死闘を制したあとで、敵の心臓をナイフでえぐり出して生のまま食った部下がいたそうだ。その話を聞いたとき、おれは恐ろしくて訊けなかったよ。お祖父ちゃんも食べたの？　まあ、訊いたとしても、なにも教えてくれなかったと思うがな。祖父さんも食ったかどうかは知らないけど、祖父さんは部下たちを止めることができなかった。その勝利のために部下たちが支払った代償の大きさを知っていたからな。親父だってそうさ。大陸でなにがあったか、本当のところはもう知りようがない。自殺したのだって、自業《じごう》自得《じとく》と言われてもしかたないようなことをしでかしていたからかもしれない。それでも、割り切れないものが残る。その割り切れないものが、あの鬼《グイ》の正体なんじゃないかと思うんだ。だけど、いまさらおれになにができる？　この歳まで生きてりゃ、たいていのことはもうどうでもいい。なにが本当でなにが嘘かなんて、それほど大事じゃない。毎日ちゃんと飯が食えて、他人に迷惑をかけずに生きていければそれでいい。それに、おれのことを従兄と呼んでくれる大作家の従弟もいる。これ以上、なにを望む？」

　もしかすると誠毅は知っているのかもしれない。自分が二叔父さんの本当の子じゃないかもしれないということを。

　あの夜の父と母を憶えている。わたしは高校受験の勉強をしていて、夜中になにか飲もうと机を離れたのだった。ふたりは縁側で酒を飲んでいた。開け放った掃き出し窓から晩秋の冷たい風が吹きこんでいた。彼女が認めたわけじゃないけど、と母が言った。でも、わたしも湘娜もそうじゃないかと思ってる。わたしは暗い廊下に立ちつくし、息を殺した。長い沈黙があった。父のパイプの煙が溶けこんだ夜気は、まるで導火線のようなにおいがしていた。だけどそれは、彼女を責めることはできないよ。父の声がした。それにこれは康平くんが決めたことだ。誰も責めてなんかいないわ。母の声には険《けん》も棘《とげ》もなく、ただ倦怠感《けんたいかん》が滲んでいた。康平は誠毅を自分の子として育ててきたんだから、わたしたちだってこれまでどおりあの子を守っていくつもり。わたしは足音を忍ばせて部屋へ帰った。ラジオを消すと、耳に焼きついた母の声が静寂のなかでのたくった。それはある種の生物が体をぶつ切りにされ、すでに死が避けられないのにまだあがいているような感じだった。わたしはベッドに横たわり、いつまでも天井を見上げていた。

「あんたはずっとおれの従兄だよ」わたしは勢い込んで言った。「これまでも、これからも……憶えてるかい、子供のころいっしょに家出をしたろ？　おれはよく憶えてるよ。あのとき、あんたはおれを守ろうとした。憶えてるだろ、誠毅？」

　彼の顔に笑みが広がり、瞳の奥から過日の情景がほとばしった。

　日本へ行くことが決まったとき、わたしは誠毅といっしょに家出をした。

　わたしは台湾を離れるのがいやでいやでならなかった。もっと言えば、日本人が恐ろしかった。祖父は共産党との内戦だけでなく、かつて中国大陸で日本人とも戦争をしていた。そのため、日本人の残虐さをいやというほど聞かされてきた。新兵に度胸をつけさせるために、捕まえてきたお百姓を銃剣で突き殺させる。井戸に毒を撒《ま》く。婦女子に乱暴狼藉《らんぼうろうぜき》を働き、日本刀の試し斬りに赤ん坊を使い、使い物にならなくなった労働者は万人坑《まんにんこう》に生き埋めにする。しかも知ってるか、日本人ってのは魚を生で食うんだぜ！　湘娜叔母さんの旦那さんがそう言って脅した。生きた魚の肉を薄ぅく切ってな、まだ口がぱくぱくしてるところをみんなでつつくんだ。わたしは卒倒した。

それよりなにより、祖父母の家から引き剝《は》がされることに耐えられなかった。祖父母の家には大人がたくさんいた。祖母のような癇癪《かんしゃく》持ちもいれば、曾祖母のようになにがあっても子供の味方という大人もいた。二叔父さんのようなふさぎの虫もいれば、機関銃のようにしゃべりまくる湘娜叔母さんもいた。叔母の旦那さんのようなお調子者もいたし、軍用ジープを乗りまわして阿兵哥《へいたいさん》に敬礼してもらうのがなにより好きな祖父もいた。それぞれの大人がそれぞれのやり方で子供たちを痛めつけたり、騙《だま》くらかしたり、可愛がったりしていた。

わたしは日本へ行くのが怖かった。魚を生きたまま食べる人たちに囲まれて暮らすこともそうだけど、これからは家に大人がたったふたりしかいないなんて、考えただけでぞっとした。わたしが父にぶたれたとき、母は曾祖母のように身を挺《てい》して守ってくれるだろうか？　わたしが母にぶたれたとき、父は叔母の旦那さんのように笑わせてくれるだろうか？

誠毅はわたしを連れて逃げた。わたしは六つで、彼は十歳だった。そんなわたしたちがどれほど遠くまで行けただろう。けっきょく近所の植物園に隠れ、一夜も明かさないうちに捕まって連れ戻されてしまった。劉医師のところの使用人の老陳がわたしたちを見つけて、ほくほくと告げ口をしたのだ。そのせいでわたしたちはしこたま殴られた。いまにして思えば、誠毅はあのころから放浪癖があったのかもしれない。

家出をするにあたって、彼は水筒と小麦粉とマッチを持ってきた。わたしたちは立入禁止の柵を乗り越え、遊歩道から見えないように芭蕉の葉陰に身を潜めた。そして膝を抱え、大王椰子で遊ぶリスや池で魚が跳ねる水音を聞いていた。よそ者を好む藪蚊がわたしたちを歓迎してくれた。

陽が暮れるまえに、誠毅が夕飯にしようと言った。暗くなってから火を焚《た》くと見つかっちまうからな。彼はわたしに命じて、平べったい石を探してこさせた。いいか、立仁、誰にも見つからないようにそれをきれいに洗ってくるんだぞ。

わたしは用心しいしい、おあつらえむきの石を見つけてきた。それは歩道に敷かれた石の薄い破片で、まるで小さな皿のように薄っぺらだった。その石片を公衆トイレの水で洗って持ち帰ると、誠毅はすでに小さな火を熾《おこ》していた。火のまわりは石で囲われ、まるで映画に出てくるカウボーイたちの焚火《たきび》みたいだった。

待ってろ、従弟、いま美味いパンを焼いてやるからな。誠毅はわたしが拾ってきた石を火の上にくべ、ビニール袋の小麦粉に水を加えてこねた。しばらくもみもみこねていると、パン種ができた。誠毅はそれを手にとって、さらにこねつづけた。彼の手はけっしてきれいとは言えなかったので、白かったパン種が見る見る黒ずんでしまった。

「穀物の粉に水を混ぜて練って焼けば、それがパンになるんだ」焼けた石にパン種をのばしながら、誠毅が教えてくれた。「父ちゃんが大陸の森のなかでなにを食って生き延びたと思う？　小麦粉を水で溶かしただけの粥《かゆ》さ。敵に見つかるから火が使えなかったんだ」

わたしは目を丸くした。飛行機が撃ち落とされてから台湾へ帰ってくるまでの三年間、二叔父さんはずっとそんなものを食べていたのか！

誠毅がはじめて焼いたパンは、ひかえめに言っても、食えたものではなかった。ほのかな塩味はあったけれど、それは彼の手垢が練りこまれているためだった。誠毅は湘娜叔母さんが大事にしていた阿薩姆《アサム》もくすねてきていた。むかしの日本人が日月潭《にちげつたん》で栽培していた貴重な紅茶を、彼は惜しげもなく水筒にぶちこんでガシャガシャふった。飲めと言われればそうするしかないけれど、口のなかにざらざらした茶葉が流れこんだだけで、なんの味もしなかった。

パンが喉につっかえるわ、そのパンも絶望の味しかしないわ、藪蚊が零式《れいしき》戦闘機みたいにぶんぶん飛びまわるわで、とうとうわたしは心細くなってめそめそ泣きだした。

「泣くな、立仁」誠毅がわたしの肩を抱き寄せた。「こんなことくらいで泣いてちゃ蘇大方《スウダーファン》に見つかっちまうぞ」

「……蘇打水《ソーダ水》？」

「ソーダ水じゃない、バカ、蘇大方だよ」

わたしがはじめてその名を聞いたのは、このときである。べそをかいている従弟の気を引き立てるために、誠毅は声をひそめて話しつづけた。

飛行機が山んなかに墜落したあと、父ちゃんはしばらく自分も死んじまったんだと思ってた。あんな高いところから落っこちて、骨が折れないはずがないからな。でも、父ちゃんは死ななかったんだ。なんでかな、ひょっとしたら三蔵法師の肉でも食ったことがあるのかもな。知ってるだろ？　三蔵法師の肉を食うと不老不死になるんだ。とにかく父ちゃんはそろりそろりと立ち上がって、あたりを見まわした。ぶったまげて声も出なかったそうだ。飛行機が墜ちたあたりは樹がなぎ倒されて空き地になっていた。もげた翼がヨットの帆《ほ》みたいに地面に突き刺さってて、そこらじゅうに残骸が散らばっていた。へしゃげた機体からは黒い煙がもくもくあがってて、何度か爆発もした。父ちゃんたちがばら撒くはずだった宣伝ビラが燃えて、まるで鬼火のように舞っていた。梢《こずえ》の高いところに同僚がひっかかって死んでいた。もう燃えちまって半分炭になってる人もいた。なにも残ってなかった。死んだらなにも残らない。名前すら燃えて灰になっちまうんだ。

とにかく、めちゃくちゃだった。途方に暮れてうろうろしていると、残骸のなかに拳銃を見つけた。戦争のときに鬼子《グイヅ》(日本人のこと)が持ってた南部十四年式という拳銃さ。父ちゃんは子供のころに見たことがあったんだ。日本人が村にやってきて、その拳銃で村長の頭を吹き飛ばしたって言ってた。

父ちゃんがその拳銃を拾いあげて壊れてないか見ていたら、背後で声がした。「那是我的《それはおれのだ》」ふりむくと、木陰から男がひとり出てきた。顔じゅう煤《すす》だらけで、折れた腕をぶらぶらさせていた。脚も痛めているみたいだった。その人は父ちゃんたち第三四中隊の隊員じゃなかった。何度かいっしょに飛んだことがあるし、ふつうに中国語も話せるけど、日本人だという噂だった。なんで隊員でもない日本人といっしょに任務に就いてたんだろ……よくわからないけど、とにかくそいつがその拳銃は自分のものだから返せと言い張った。

父ちゃんはもちろん返さなかった。飛行機が敵地の真ん中に落っこちて、身を護るものがそれしかないとなったら、おまえならどうする？　その人はうわ言みたいに、わけのわからないことをぶつぶつつぶやいていた。頭でも打ってたんだろうな。立ってるのがやっとだったし、体のあちこちにいろんなものが刺さっていた。鼻と耳からどろりとした血が流れ落ちるのを見て、父ちゃんはこの人はもうたすからないと思った。実際、その人はそのまま倒れて動かなくなってしまった。

父ちゃんは拳銃を持って、とにかく東と見当をつけたほうへ歩きだした。そのころはまだ脚が曲がってなかったから、ずんずん歩けた。どこにいるのかまるでわからなかった。でも、撃ち落とされたときに飛行機が広東省の上空を飛んでいたことは知っていたから、東へ向かえばそのうち海に出られるだろうと踏んだんだ。広東省ってのは、まあ、香港のあたりにあるんだ。台湾からはそう遠くない。遠くないといっても、じつはけっこう遠いけどな。父ちゃんはしばらく歩いてから、はっとして手で口をふさいだ。なんでだと思う？　ミグが襲ってくるまえに、父ちゃんは曾祖母さんからもらった石ころを口に入れていたんだ。曾祖母さんの癖で、家を離れる家族には石を持たせるんだ。そうすりゃ寂しくならないと思ってんだ。口に入れてたはずのその石がないんだよ。父ちゃんは呑みこんじまったんだって言ってたけど、大人は嘘つきだからな。

　とにかく石のことを思い出したおかげで、気分がすこし落ち着いた。それで自分のかっこうがやばいことに気がついて、着ている服をあわてて脱ぎ捨てた。服を見れば、よそ者だとばれちまうからな。五月か六月くらいだったから、寒いということはなかった。ブーツも捨てていった。でもズボンだけは脱ぐわけにいかない、そうだろ？　父ちゃんはランニングシャツ一枚になって森のなかをさまよった。ほら、あそこの百日紅《さるすべり》みたいな薄桃色の花が咲いていたかもしれないな。

　どれだけ歩いたかわからない。たぶん、いまのおれとおまえみたいに、どっかで野宿しなきゃならなかったんじゃないかな。ずっと飲まず食わずだった。歩きすぎて足はぼろぼろだったけど、それでも歩きつづけた。台湾では母ちゃんが待っている。だから、父ちゃんはどんなにつらくても歩けたと言ってたよ。まさかその母ちゃんに捨てられちまうなんてな。母ちゃんに捨てられるってのは、ようするに離婚したってことさ。離婚ってのは……まあ、ようするに母ちゃんに捨てられるってことだ。

　父ちゃんは歩いて歩いて、とうとう小さな村に出た。腹が減りすぎてて、なにも考えることができなかった。食えるものといったら西北風《シーベイフォン》だけだ（「西北風を食う」とは食べ物がなにもないという意）。敵に捕まって殺されるのも餓え死にするのもおなじだと思った。だから、その村に入っていった。

すぐになにかがおかしいと気がついた。人っ子ひとりいないんだ。父ちゃんは家の戸をたたいてまわった。「有人嗎《だれかいませんか》？　有人嗎？」声を張りあげて村をまわった。人どころか、犬すらいない。もぬけの殻だった。だから、父ちゃんはまた歩くしかなかった。あとでわかったんだけど、そのころ大陸ではジンミンコウシャってのがあって、お百姓たちはみんなそこで働かされていたんだ。ジンミンコウシャってのは……たぶん、兵役みたいなものなんじゃないかな。法律でみんな入らなきゃならないんだよ、きっと。そこで鉄をつくったり、豚を飼ったり、工場なんかで働かされていたのさ。

しばらく歩くと、つぎの村に着いた。その村には人がいた。だけど、みんなガリガリに痩せ細ってて、家の壁にもたれて口をぽかんと開けていた。道端に子供が寝ていると思ったら、蠅《はえ》のたかった死体だった。まだ新しい死体だったけど、一目見て栄養失調だとわかった。脚がぱんぱんにむくんでいたんだ。知ってるか、飢餓浮腫《きがふしゅ》っていうんだぜ。父ちゃんがぼんやりと餓え死にした子供を見下ろしていると、どこからともなく村人たちが湧き出てきた。「可憐可憐吧《あわれんでください》、可憐可憐吧」そう言って父ちゃんを取り囲んで汚い手を突き出した。父ちゃんはびっくりしてそこから逃げた。

五月、六月っていえば田植えの時期だろ？　でも、田んぼはどこもカラカラに乾いていた。どんなに歩いても、ぺんぺん草しか生えてないような田んぼが地平線の彼方まで広がってるだけだった。日が暮れると、田野にポツポツと火が燃えているのが見えた。鉄をつくるための手製の炉《ろ》さ。偉い人の命令で、お百姓たちは田んぼを耕すかわりに鉄をつくらされていた。鍋やら釜やら鉄屑やらをその炉にぶちこんで、溶かして固めるんだ。だから食い物が足りなくなって、みんな腹をすかしてたってわけさ。だって鉄は食えないだろ？

ときどき休みながら夜どおし歩いた。脇腹がものすごく痛くて、あとであばらが何本か折れてるってわかったんだけど、とにかく歩きつづけた。台北の夜とちがって、大陸の夜は真っ暗だ。父ちゃんは大陸で生まれたのに、夜の暗さをすっかり忘れていた。なにかが耳にふっと息を吹きかけても、そいつの姿さえ見えないような暗闇さ。そんな夜を想像してみろ、立仁、父ちゃんがどんなに鉄づくりの火に惹かれたかわかるだろ？

でも、父ちゃんは絶対火に近づかなかった。その火がなにかの罠みたいに思えたんだ。暗闇のなかを歩いていると、自分が今世と来世のあいだの中陰《ちゅういん》を歩いているような気がした。そこでは閻魔大王がいつも目を光らせていて、死んだ父ちゃんの来世をどうするか決めるんだ。ぽつりぽつり見える火は閻魔大王が仕掛けた罠で、うっかり近づこうもんなら来世は牛馬とか、畜生に転生させられちまうのさ。そうやって火を避けて辛抱強く歩いているうちに朝がきて、またつぎの村に行き当たった。父ちゃんはもう限界だった。なにか食わないと本当に死んでしまう。だから、腹をくくってその村に入っていった。

今度の村もまたなにかがおかしかった。犬が地面にごろりとひっくり返っていたけど、ただ寝ているだけだった。犬は腹が膨らんでいて、なんの気懸りもないみたいだった。村の広場には大きなテーブルがいくつもならべられてて、肉やら鶏やら魚やらの食べ残しがたっぷり残っていた。父ちゃんは目をごしごしこすった。やっぱり自分はもう事切れてて、西方浄土に飛んでいっちまったんじゃないかと思ったんだ。

それから我に返って、料理にたかっている蠅を払いながら、とにかく食えるだけ食った。となりの村では人が餓えて死んでるのに、その村には食べきれないほどの食い物があった。不思議な話だけど、そのときの父ちゃんは腹が減りすぎててそれどころじゃなかった。野蛮人みたいに手摑みで食った。酒もあったから、それも飲んだ。夢中で飲み食いしてたから、うしろから近づいてくる足音に気がつかなかった。で、気がついたときには殴り倒されていたってわけさ。

「そのとき二叔父さんを殴ったのが蘇大方だったの？」

「なんでその名前を知ってんだ？」

「さっき自分で言ったじゃないか！」

芭蕉の葉陰で、わたしたちは身を寄せあっていた。

「いや、そうじゃない」そう言って、誠毅は顔に止まった蚊をパチンとたたいた。「父ちゃんを捕まえたのは蘇大方の手下だったんだ」

わたしは相槌を打った。

「蘇大方は民兵のボスみたいなやつで、よその村を襲っては食い物を自分の縄張りに持ち帰ってたんだ」

「そうか！」思わず声を張り上げてしまった。「だからその村には食べ物がいっぱいあったんだね！」

誠毅は人差し指を唇に当て、わたしはあわてて両手で口をふさいだ。

とにかく、と彼が鋭く言った。「これが父ちゃんが蘇大方と出会った話さ」

「ソーダ水みたいな名前だね」

「そうだな」

「ミンペイってなに？」

「兵隊でもないのに兵隊の真似事をしてるやつらのことさ」

わたしが話のつづきを知りたがったので、誠毅がクワズイモの葉でヘルメットをこしらえてくれた。それをわたしの頭にかぶせると、彼は芝居じみた敬礼をした。

「是《はい》、長官、それでは現場までご案内いたします！」

つぎの瞬間、わたしたちは戦闘機に乗って夜空に浮かんでいた。

わたしは歓声をあげた。眼下に台北の街の灯が美しく広がっていた。戦闘機は複座式で、誠毅が前方の操縦席にいて、わたしは後席に収まっていた。

誠毅が操縦桿を倒すと高度がぐっと下がり、わたしたちを捜してあたふたしている大人たちが見えた。

祖父が母を叱っていた。

曾祖母は神棚のまえに跪《ひざまず》いて祈っていた。

湘娜叔母さんは家のまえでわたしたちの名を呼んでいて、祖母は客間で泣いていた。

二叔父さんは息子の名を大声で呼ばわりながら、悪いほうの脚をひょこひょこ引きずって路地を駆けずりまわっていた。

わたしたちはゲラゲラ笑った。この家出のせいで、わたしと誠毅はこっぴどくひっぱたかれた。誠毅はわたしの日本行きを断固阻止しようと台所から包丁まで持ち出したので、わたしの倍くらい殴られた。気性の激しい祖母は言うまでもなく、いつもはなにがあっても子供の味方だった曾祖母でさえ――わたしたちが二叔父さんの煙草をこっそり吸ったときでさえ、祖母の怒り狂った鞭《むち》から守ってくれたのだ――、このときばかりは「打死他《たたき殺してしまえ》！　打死他！」と大人たちをけしかけていた。

誠毅が操縦桿を引き、飛行機をぐんぐん上昇させた。ままならない現実は街の灯火に紛れて見えなくなり、まるで天井が落ちてくるみたいに頭上の雲が迫ってくる。誠毅が肩越しに叫んだ。

「息を止めろ、立仁！」

わたしたちは頭からどぼんと雲に飛びこんでいった。不思議な手応えのある雲だった。雲というよりは寒天みたいなぶよぶよしたものにまとわりつかれて、わたしたちの飛行機はべとべとになった。コックピットをおおう風防《キャノピー》を透明なスライムのようなものが流れていく。それがバチッと放電し、わたしは身を縮めた。おっかなびっくり見上げると、キャノピーの表面をなにかがよぎっていった。染色液で色付けした細胞のようなものが、閉じたり開いたりしながら雲のなかいっぱいに漂っていた。見ようによってはクラゲのようにも見えたので、水槽のトンネルのなかにいるような気がした。

ようやく雲を突き抜けると、今度は敵機が真正面から迫ってきていた。息つく暇もなく、わたしと誠毅はギャッと悲鳴をあげた。一機だけではない。何機もつぎつぎに体当りしてきては、まるでわたしたちが煙かなにかのように突き抜けていった。

「幽霊戦闘機だ！」

誠毅の言うとおりだった。古くさい戦闘機を操縦しているのは京劇のかっこうをした関羽《かんう》や孫《そん》悟空《ごくう》、それに岳飛《がくひ》や楊家将《ようかしょう》の兄弟たちだった。関羽の顔は赤塗りで、立派な黒い髭があり、背中に旗指物《はたさしもの》を四旒《りゅう》挿している。彼らにはわたしたちが見えていないようだった。わたしは瞬時に先ほどの雲の正体を知った。あれは雲なんかじゃなくて、時空を超えるトンネルだったんだ！

「見ろ！」

幽霊戦闘機が目指していたのは、二叔父さんが乗っているB－17偵察機だった。

誠毅が機体を後方に一回転させると、上下逆さまになった視界を偵察機のなかの青白い顔がよぎった。隊員たちのうしろには長い舌を胸まで垂らした白装束と黒装束の黒白無常（亡者の魂を回収する冥界の役人）がふわふわ漂っていたので、みんな死ぬしかないのだと悟った。戦争とはいえ人を殺したのだから、二叔父さんだって地獄へ堕ちて血河池で毒蟲《どくむし》に食われたり、夜叉たちにいじめられたりするしかないのだ。

「不要《やめろ》!」誠毅の絶叫が虚しく夜空を震わせた。「父ちゃんを撃つな!」

大銅鑼《どら》や鐃鈸《にょうはち》(京劇などで使用される銅製のシンバルのようなもの)がジャンジャンガチャガチャ鳴りだす。まるで舞台での立ち回りのように、敵の戦闘機は二叔父さんたちを取り囲んで勇ましく旋回した。関羽が手で合図を送ると、ほかの機がいっせいに機銃を発射した。耳をつんざく楽器の音に邪魔されて、爆音もなにも聞こえなかった。二叔父さんたちの偵察機が音もなく爆発し、きりもみしながら暗い大地へ墜ちていく。

「大丈夫だよ!」わたしはキャノピーを押し開け、クワズイモのヘルメットが風に吹き飛ばされないように押さえつけて叫んだ。「これしきのことで二叔父さんは死ななかったじゃないか!」

それで誠毅も気を取り直したようだった。涙をぬぐい、操縦桿を握りしめると、飛行機を加速させた。わたしはキャノピーをしっかりと閉め直し、明かりひとつ見えない暗黒の大地をにらみつけた。二叔父さんは死なない。少なくとも、このときはまだ。

それから、わたしたちはいろんなものを目にした。大空に舞い上がるスズメの大群を見た。まるでお祭りのように銅鑼や鍋釜を打ち鳴らす人々を見た。死んだ詩人の肉を食《は》む餓えた犬を見た。畑から芋を盗む子供を見た。他人から奪った靴を我が子にあたえる父親を見た。生産大隊長の足を洗う気の毒な後家さんを見た。川を流れていくシャツやズボンや帽子を見た。

そして、牢《ろう》に入れられた二叔父さんを見た。

やがて二叔父さんは蘇大方との取り引きに応じ——それがどんな類の取り引きであるにせよ——、そのおかげで荒れ果てた中国大陸で生き延びるための特権を手にする。アウシュヴィッツを生き延びたイタリア人作家、プリーモ・レーヴィが「灰色の領域」と呼んだ特権階級に二叔父さんは数年間属していたのだ。アウシュヴィッツ同様、その特権はささやかではあるけれど、飢餓の時代にあっては生死を分けるものだった。すなわち、優先的に食べ物をあたえられるという特権。二叔父さんは恥じ入りながら蘇大方に食糧を乞うた。もちろん、ただというわけにはいかない。食糧と引き換えに、二叔父さんは売り渡してはいけないものを売り渡した。その恥と罪の意識が二叔父さんの許容量を超えたとき、彼は蘇大方を銃撃したのではないだろうか。そして、プリーモ・レーヴィとおなじ道を選んだ。つまり、自ら命を絶った。

わたしと誠毅は上空からすべてを見た。

打ち壊された家々の上をよぎる青い鳥を見た。それから黄金《こがね》色に波打つ小麦畑のなかを走る列車や、燃える土法高炉の幻想的な炎や、うな垂れて歩く労働者たちの長い長い列を見た。まるでボブ・ディランの歌みたいに、いろんな風景がつぎからつぎに訪れては飛び去っていった。わたしたちは虫の息の飢民を右目で見ながら、食べすぎて嘔吐している肥え太った人々を左目で見た。それから、荒野を走りぬける三台のトラックを見た。美しい娘さんに突きつけられる拳銃を見た。英国領香港へ泳いで渡ろうとして溺れ死んだ難民たちの死体を見た。それからクワズイモの葉陰にうずくまる孔雀《くじゃく》や、薬草を摘む小さな女の子や、軌道上をめぐるソ連の人工衛星や、激しい、激しい、激しい雨が降るのを見た……

6　エクアドルの鳥

藤巻琴里が美人であることは否定しないが、どことなく狂気じみた印象をあたえるのは彼女の彫りの深い顔立ちと、腰まで伸ばした長い髪のせいだろう。

歳は三十にも四十にも見える。祖父である藤巻徹治が九十歳だということを考えると、この見立ては当たらずとも遠からずだろう。博士論文を書いていると手紙にはあったが、彼女が羽織っている赤いトレンチコートも若草色の太めのパンツも、学者というよりはどことなくジプシーのような奔放《ほんぽう》さが感じられた。切れ長の目は知的だが、彼女との親密な関係を想像しようとすれば、刃物とか弁護士のイメージが割りこんでくる。その手に持っている優雅なクラッチバッグでさえ、我《が》の強さを物語っているような気がした。

「母がエクアドル人なんです」とおりいっぺんの挨拶をしたあとで、わたしの無遠慮な視線に気づいたのか、彼女がそう教えてくれた。「父が鳥類の研究者で、母とは首都のキトで知りあいました。エクアドルは世界一たくさん鳥が棲んでいるんです」

「ああ、そうなんですか」とたんに彼女の狂気が払拭《ふっしょく》され、一段と立派な女性に見えた。「じゃあ、もしかしてお名前は小鳥から？」

「はい」

「どうりで……あ、いや、なんだか日本人離れした印象を受けたものですから」

「日本人は日本人離れしたものを怖がります」

「いや、そんなつもりでは……ぼくは日本人ではありませんし」

「わたしの祖母も中国人です」

わたしは臍《ほぞ》を噬《か》んだ。台湾から帰ってきたばかりで、マッキントッシュのコートやパネライの腕時計の真価をいちじるしく見損なっていた。さすがに誠毅のようにサンダル履きで初対面の女性と会うような無頼はしないが、アメリカの肉体労働者のようなかっこうで帝国ホテルなんかに来るべきではなかった。わたしはニットキャップをかぶり、チェックのピーコートに色褪せたブルージーンズ、擦り切れたランニングシューズを履いていた。彼女をコーヒーラウンジへと案内するわたしは、女性をエスコートする紳士というよりも、露払《つゆはら》いを命じられた従者みたいだった。

ああ、これがわたしという人間なのだ。すこしばかり文章を書くのがうまいからといって、生きることにまつわる迷いが消えてなくなるわけではない。作家には人生のことなど、なにひとつわからない。わたしたちはただ、自分でもよく理解できていないものを美しい言葉で飾り立てるのが得意なだけだ。かくなるうえは、わたしは見た目に惑わされない、しっかりと自分自身のことがわかっている男を演じきるしかなかった。論文のことを尋ねると、イギリスの物語歌《バラッド》についてという返事がかえってきた。

「ああ、サイモンとガーファンクルの『スカボロー・フェア』みたいな?」

「お詳しいんですね」

「アメリカのカントリーミュージックやフォークソングの原型だということくらいしか知りません」

「執筆中はいつも音楽をかけてらっしゃるんですよね? なにかのインタビューで読みました」

わたしたちはしばらく音楽と鳥の話をした。彼女によれば、エクアドルのとある保護区では、二十四時間で観察される鳥の数が世界最多であるとのことだった。飲み物を運んできたウェイトレスが立ち去ってから、わたしはあらためて切り出した。

「それで、あなたのお祖父さんとぼくの叔父がおなじ飛行機に乗っていたわけですか?」

「はい」藤巻琴里は表情をほとんど変えずに答えた。「祖父の記憶違いでなければ」

わたしは彼女にコーヒーを勧めた。

「手紙にも書きましたが、祖父は白団《パイだん》の非公式なメンバーでした」彼女は礼を失しない程度にコーヒーをすすり、カップの縁についた口紅を指先でぬぐった。「祖父は何度か台湾の空軍の人たちといっしょに中国まで飛び、宣伝ビラを撒いたり地形の写真を撮ったりしたそうです」

それはたしかに黒蝙蝠中隊の任務だ。

「あのころ、空軍の人たちが収集した情報はすべてアメリカ人に持ち去られていました。空港に着陸するや、待ち構えていたアメリカ兵になにもかも取り上げられたと祖父は言っていました」

それも事実だろう。

一九五〇年一月にトルーマンは台湾海峡不介入声明を出した。これはつまり、中共軍の台湾侵攻に対してアメリカは関与しないという決定である。この声明によってアメリカが東アジアに軍事介入する可能性が低くなったと見た金日成《キムイルソン》は、六月に韓国に攻め入った。朝鮮戦争の勃発である。一九五三年七月に休戦するまで、中国義勇軍やソ連空軍を巻きこんで激しい戦闘が繰り広げられた。トルーマンはただちに第七艦隊を台湾海峡に派遣し、軍事支援の再開を発表した。ダグラス・マッカーサーは中国に原爆を落とすことをトルーマンに進言した。朝鮮半島の混乱に乗じて毛沢東が台湾に手出しすることを恐れたためである。

「あのころ」とわたしは言った。「アメリカはソ連との冷戦構造のバランスを保つために、表だって中国に手出しができなかった……でも、中国が核開発を急いでいたのは事実なわけで」

「ええ。アメリカはソ連を刺激しないように、台湾人を使って情報収集をしていたんです。彼らは蔣介石の反攻計画も握りつぶしました。一九五八年に中国は台湾の金門島を砲撃しました。それを機に蔣介石は反撃に出ようとしましたが、第七艦隊に阻止されます。アメリカはすぐさまダレス国務長官を台湾に派遣して、蔣介石に中国への侵攻を放棄させる共同声明を発表させました」

「あなたのお祖父さんは蔣介石の私設軍事顧問団のために働いていた」わたしはコーヒーを口に運んだ。「つまり、蔣介石はアメリカに隠れて大陸を奪還しようとしていたわけですか？」

「ふつうに考えれば、そんなことは不可能です」

もちろん不可能だ。そんな大それたことを、アメリカが見逃すはずがない。下手をすれば東と西の全面核戦争だ。

「でも、戦争はふつうではありません」

異論はない。

「白団は国民党軍の教育や訓練だけでなく、反攻作戦もたくさん立てました」藤巻琴里が言った。「祖父はその作戦立案に必要な情報を収集する任務をあたえられていたんです」

「アメリカに隠れて？」

「もちろん」

「台湾人のふりをして？」

「ばれたときに言い逃れができます」藤巻琴里の話し方は理路整然としていて、それでいてまるで精神科医のような訓練された謙虚さを感じさせた。「蔣介石にしてみれば日本人が勝手にやったことにできるし、祖父はあくまで台湾人としてあの飛行機に乗っていたわけですから、日本に迷惑がかかることもありません。白団そのものが日本政府の関知しない義勇軍のようなもので、祖父はその義勇軍のなかでもさらに隠された存在だったわけですから」

「アメリカが気づいてなかったとは思えないけど」

「わたしもそう思います。でも、彼らは台湾を失うわけにいきませんでした。もし台湾が中国の手に陥《お》ちれば、ソ連の艦船は簡単に台湾海峡をとおってベトナムへ行けるようになりますから」

「フィリピンや沖縄の防衛にも支障が出る」

「軍隊というのは戦っているときのほうが、戦っていないときよりも面倒が少ないと祖父が言っていました。軍人にはつねに敵が必要なのだと。外部に敵がいてこそ、自軍がまとまる。国民党を束ねていたのは、遠からず大陸を光復するという希望と情熱でした」

言いたいことはわかる。その希望と情熱が消えてしまえば、国民党は瓦解するかもしれない。この地域の戦略的重要性を考えれば、それはアメリカにとって望ましくない。かといってその希望と情熱を後押しすれば、ソ連と事を構えることになる。アメリカは蔣介石の反攻計画に対して、片目を開けて片目を閉じた。大陸光復の夢を見せて国民党のガスを抜くいっぽうで、その夢がけっして実現しないように立ちまわっていた。

話が途切れ、コーヒーラウンジの喧騒が息を吹きかえす。ちょうどチェックインの時間がはじまったようで、数組の観光客が席を立ってフロントデスクにならぶ行列に溶けこんでいった。ベルボーイたちが客の荷物を運んでいく。

藤巻琴里が戦後の台湾史をよく勉強していることはわかった。彼女の祖父が二叔父さんとおなじ飛行機に乗っていたというのも、たぶん嘘ではないだろう。王誠毅の話とも矛盾しない。B-17が撃墜されたあとに二叔父さんが拾った拳銃は、藤巻徹治のものだったのかもしれない。だけど、彼女がそのことを伝えるためだけにわざわざ連絡してきたとは思えなかった。

「戦争は小説のテーマになりえますか？」

わたしは彼女に目を戻した。藤巻琴里は冷めかけたコーヒーを飲みながら、わたしの答えを待っていた。

「どうでしょう……個人的には結論がひとつしかないものは小説のテーマになりにくいのではないかと思います」

「結論がひとつだけ……反戦ということですか？」

「いまさら戦争は悪だ、なんていうメッセージを読みたがる人がいるとは思えません。そんなことはみんなわかっています。けれど、それ以外の戦争小説があるとすれば、たぶん自国を正当化するためのプロパガンダとして書かれたものなんじゃないかな」

「もしくはただのエンターテインメントか」

「結論がひとつだけなら、どのように書いても、解釈もひとつとおりしかないということになります。それはとても国語の教科書的なものです。だから戦争は小説の題材にはなりえても、どうすればテーマとして描けるのかぼくにはわかりません。ただし、戦争という題材はずっと書き継がれるべきだと思います」

「戦争を忘れてしまわないために」

「そこで作家は戦争を勇気や受難の物語にすり替えて書きます。そこでは戦争は人間性を試す極限の状況を提供するだけなので、ユーモアが生じることもある。おなじメッセージを伝えるためにもっとふさわしい舞台設定だってありえます」

「たとえば？」

「ゾンビがうろつきまわる世界とか」

彼女の目がきらめき、口の端《は》に笑みがあらわれた。「ゾンビが蔓延《まんえん》している世界を舞台にドストエフスキーのような小説も書けるということですか？」

わたしは肩をすくめた。書けるか書けないかで答えろと言うのなら、それはもちろん書ける。

言うまでもなく、わたしにドストエフスキー級の筆力があればの話だが。

「じゃあ、愛は？」彼女は興《きょう》が乗ってきたようだった。

「愛はいろんな解釈が可能だから、もちろん小説のテーマになりえます。愛でもなんでもないものを愛と偽ることだってできます」

「それも逆説的な愛の小説ですか？」

「たとえば妻のある男が若い女性と不倫をします」わたしは即興で安っぽい物語をこしらえた。「彼は妻のことを深く愛しているけど、若い女性の肉体にも強く惹かれている。彼は妻も不倫相手も傷つけたくない。そこでどちらにも都合のいい嘘をつくことになる。妻に対しては一途な男を演じ、不倫相手に対しては妻にはうんざりしているという態度を取る。まあ、彼はそんなつまらない男です。だけど、賭けてもいい、書き方しだいではこれも愛のかたちなんだと読者を納得させることはできます」

「どうやって？」

「たとえば、彼の妻が不治《ふじ》の病にかかるとか。彼はかいがいしく病床の奥さんを介護しながら、不倫相手にはそんなことはおくびにも出さない」

藤巻琴里が感心したようにうなずく。

「彼は妻のためにはすべてを捧げる覚悟があるけど、不倫相手に対してはその覚悟を持てない。だから、彼は彼女に執着してはいけないことを知っている。妻ほどには愛せないなら、どんな女に対しても執着するべきではない。そして妻がついに死んで、彼は悲しみに打ちひしがれる。もう若くない男は不倫相手にすがりつく。だけど、まさにこのタイミングで不倫相手から別れ話を切り出される。彼は押しつぶされそうになるけど、それでも妻の死を不倫相手には黙っている。

彼女はやさしい女性だから、そんなことを言えば考えを変えてくれるかもしれない。ふたりがともに歩いていく人生だってありえるかもしれない。だけど、彼はなにも言わない。にっこり笑って堂々と別れを受け入れる。ことによると不倫相手の再出発のためにいくばくかのお金を渡すかもしれないし、読者の胸を打つような乱暴でやさしい嘘すらつくかもしれない」

彼女は感嘆の拍手をわたしに送り、しばらく真剣な顔つきでその安っぽい物語について考えていた。

「それは愛というより孤独の物語ですね」

「愛もまたひとつの孤独のかたちですから」

彼女の目が丸くなる。

わたしがこらえきれずに笑いだすと、彼女もしてやられたという感じで吹き出した。じつはカミュの言葉を真似たのだと打ち明けると、彼女はもっと笑った。女性が笑ってくれると、男は肯定を得る。わたしたちは笑いながら、首をふりふり、すっかり冷めてしまったコーヒーをすすった。

「ぼくが小説のなかで描いた叔父は完全にフィクショナルなキャラクターです」わたしは言った。「たとえあなたのお祖父さんが見知っている彼とそぐわない部分があったとしても、ぼくにはどうしようもない」

わたしはようやく、くつろいだ気分になっていた。あらためて藤巻琴里を見て空想をたくましくしてみたが、もう刃物や弁護士のイメージに煩《わずら》わされることはなかった。我が強いのは間違いない。だけど彼女の長い髪からは狂気の影が薄れ、そのかわりにかぎられた幸運な男にしか見ることが許されない熱情がにおい立っていた。

「祖父が王康平さんとともに撃墜されたのは六十年近くまえのことです。わたしもあなたもまだ生まれてもいませんでした」

わたしはうなずいた。

「そんなむかしのことをいまさらどうこう言っても、どうしようもありません。でも……」言い淀《よど》む。「でも、祖父が先生の本を読んで泣くんです」

その声の響きに、わたしたちは同時に目をそらした。わたしは二叔父さんの不幸を劇的な大衆文学に貶《おとし》めたうしろめたさに、彼女は彼女なりの理由で。

「それで先生に連絡を取ってほしいとせがまれました」藤巻琴里は言葉を探しながら、ゆっくりとつづけた。「王康平さんが本当に自殺したのかをたしかめなければならないと。いくらあれは小説のなかの話だと言っても聞く耳を持ちません。現実と虚構の区別がつかなくなっているのかもしれません。ただ、王康平さんの死は自殺などではないと言っていました」

びっくりしすぎて、コーヒーにのばした手でカップをはじいてしまった。白磁《はくじ》のカップがひっくりかえり、わずかに残っていた中身がテーブルにこぼれた。となりのテーブルの女性たちが首をのばしてこちらをうかがう。すぐにウェイトレスが飛んできて、汚れを拭き取っていった。

「あの自殺の場面は創作なんですか？　つまり、王康平さんはまだご存命なのですか？」

答えに窮《きゅう》した。二叔父さんは排気ガスを吸って自殺した。それは事実だ。排気口をふさいだ車に閉じこもり、エンジンをかけて睡眠薬を服んだ。警察に発見されたときはまだ息があったけど、病院までもたなかった。だから小説のなかの二叔父さんにも、自殺というかたちで戦争に抗議してもらった。ただし、わたしが創造した鹿康平は、車のなかで排気ガスを吸って死んだりしていない。そんなやり方では地味すぎる。

「鹿康平と怪物の出会いは、どこまでが本当のエピソードと重なっているんですか?」

偵察機が撃墜されたあと、鹿康平は中国大陸で蘇大方に捕まり、その右腕として働くようになる。蘇大方はならず者の首領で、広大な屋敷を武装した私設民兵に護らせている。地方幹部とつながっているため、飢饉のせいで農民が餓えに苦しんでいるときでも、彼のところには食糧がふんだんにある。わたしの理解では、ここまではたしかに二叔父さんの身に起きたことだ。しかし、もう二度と台湾へは帰れないのだと自暴自棄になった鹿康平が、蘇大方に命じられるまま汚れ仕事に手を染めていくあたりから、フィクションが現実を凌駕《りょうが》しはじめる。出口の見えない、窒息してしまいそうな日々のなかで彼は暁《シャオ》という未来を予見できる少女と知り合うのだが、そこから先は完全なるフィクションの世界へと入っていく。

長びく沈黙のなかから、藤巻琴里は求める答えを探りあてたようだった。「やはり王康平さんは自ら命を――」

「全部ぼくの創作ですよ」わたしの声は強張っていた。「鹿康平はたしかにぼくの叔父がモデルだけど、彼の自殺はあくまで彼なりのけじめのつけ方のひとつで、自殺をしないという展開だってありえた」

「でも、彼は自殺した」

「だから、それはいろんな可能性のなかのひとつにすぎないんですよ」

「ご家族は彼の自殺の場面についてなにもおっしゃらなかったんですか?」

「なにを言うんですか? 叔父はたしかに自殺したけど、小説のなかの作り事に目くじらを立てる者はいませんよ」

『怪物』の初稿を書きあげたとき、わたしは鹿康平が自殺するシーンを中国語に翻訳して王誠毅に送った。もしその部分を読んで彼が傷つくのなら、誰にも見せずに破り捨てるつもりだった。本気でそう思っていた。読まなくても大丈夫さ。国際電話のむこう側で誠毅はそう言った。おまえがやることに間違いはないよ。

「あの場面について、ぼくの家族がいったいなにを言うんです？」

誠毅でさえなにも言わなかった。そりゃそうだ。なにしろ二叔父さんが死んだのは一九八二年で、そのときは悲しみの幻影に囚われて何日もあてどなく街をさまよったにせよ、わたしの従兄だってもうとうに立ち直っている。

だから、わたしは原稿を出版社に送った。それが本になり、店頭にならび、半年後にはほとんど絶版と変わらない状態になっていた。わたしのやることに間違いはないと誠毅は言ってくれた。そうだとも。彼が望むなら、わたしは『怪物』を闇に葬り去ることだってできたのだ。たとえわたしがそうしなくても、あの本は発売直後から闇に葬られていたも同然だった。

でも、本当だろうか？

誠毅の声を思い出しながら、一抹《いちまつ》のわだかまりをぬぐいきれずにいた。時間をねじ曲げてしまうほどの悲しみ、人生がその一事のみによって語りつくされてしまうような不幸に対して、わたしはあまりに不用心だったのではないだろうか。誠毅が口にしたことではなく、口にしなかったことにもっと耳を傾けるべきだったのではないか。苦労して書き上げた物語にわたしは執着していた。作家であれば、誰もがそうするように。だから誠毅の声に潜んでいた、言葉とは裏腹の真実を聞き取ることなど望むべくもなかったのではないか。

ごめんなさいと藤巻琴里が頭を下げた。「不愉快にさせたのならあやまります」

わたしと彼女のあいだには、まるで磁石どうしが反発するような磁場が生じていた。わたしの苛立ちはとどのつまり、家族の不都合よりもおのれの都合を優先させた引け目からきているのだった。

「大陸を脱出して台湾へ帰ったあと、鹿康平は当局からスパイ容疑をかけられます」彼女はこちらのようすをうかがいながら、慎重に言葉を継いだ。「この部分は本当にあったことでしょ？」

わたしは認めた。

苦心惨憺《さんたん》してやっとのことで台湾へ帰ってきたというのに、二叔父さんは半年ほど警備総司令部に拘束されて取り調べを受けた。投獄され、ときには殴られ、怒鳴られ、大陸でさまよっていた三年間のことを何十回も根掘り葉掘り尋問された。眠らせてもらえなかった。真夜中にいきなりたたき起こされ、取調室に引っ立てられた。気が遠くなって白目をむくと、バケツの水をぶっかけられた。叔父さんの供述に矛盾とも言えないような小さな言い間違いを見つけるたびに、尋問官たちは嬉々として何日でもそこを責めた。ほほう、おまえは最初の村ではマントウを食ったのか？　二日前の供述では、おまえが食ったのは薄い粥だったはずだがな！

ようやく釈放されたときには、中国での三年間がピクニックだったと思えるほどにやつれ果てていたそうだ。あのころの台湾の赤狩りは猖獗《しょうけつ》を極めていた。多くの知識人が迫害を受けた。祖父が軍人時代のつてをたより、頭を下げるべき筋に頭を下げ、贈り物をすべき筋には贈り物をし、息子はアカなんかじゃないと方々で掛け合ってくれなかったら、そして神様が憐れに思ってくださらなかったら、二叔父さんの命も銃殺隊のまえに露と消えていたかもしれない。

「たしかに叔父は獄中でさんざん痛めつけられました。そのせいで精神に多少のダメージは受けたと思います。でも、あの当時、精神科にかかるのはそれほど一般的ではありませんでした。叔父もせいぜい睡眠薬を処方されたくらいだった」

「つまり、拷問が彼の自殺の原因ではなかったと？」

「現実と小説はちがいますよ。鹿康平が拳銃で自分の頭を吹き飛ばしたのはたしかに拷問と無関係じゃないけど、王康平はそうじゃない」

「なぜそう言い切れるんですか？」

「それは……」言葉に詰まったせいで、わたしはいっそう攻撃的になった。そして部外者を締め出すための、あの誰もが持っているカードを切った。「それは家族の者にしかわからない。とにかく、叔父はあの厳しい取り調べでも心を病んだりしなかった。少なくとも自殺するほどには病まなかったと思う」

「もしあなたの見立てが正しいとしたら、つまり王康平さんの精神が獄中生活でも崩壊しなかったとしたら、彼が自殺する理由はどこにあるんですか？」

「人にはいろいろあるでしょう！　それは家族の問題で、あなたには関係がない」

「わたしが言いたいのは、自殺をする人間というのは、少なくともその瞬間はふつうの精神状態ではないんじゃないかということです。たとえ獄中で精神を病まなかったとしても、その後のなにかが彼の精神に痛手をあたえた。そうじゃなければ、自殺なんかしません。ほかに考えられるのは——」

「誰かに殺された？」鼻で笑ってしまった。「あなたが言いたいのはそういうことですか？　そんなに知りたいのなら言いますが、王康平は妻に捨てられたんですよ。彼のひとり息子はもしかしたら他人の子かもしれない。どうですか、これでも彼が自殺する理由としてまだ不十分ですか？」

「わたしにはなんとも言えません」

わたしは両手をふり上げた。おまえにはなにを言っても無駄だ、という気持ちをこめて。

「あなたはいったいなにを聞かされたんですか？」

「なにも」

「なにも？」

「もし興味がおありになるのなら、一度祖父に会っていただけませんか？」

そもそもその段取りをつけるためにこの場にいるのに、即答することができなかった。わたしはなにをためらっていたのか？　言うまでもない。真相があきらかになったあとに待ち受けている一連のややこしい調整である。

「そちらから連絡をしていただく必要はありません。あなたが真実を知りたいと思えば、わたしにはわかります。いずれにせよ、あなたとはまた会うことになります」

「もしぼくがそんなことには興味を持てなかったら、これから先あなたと会う理由はない」

「でも、あなたはわたしの手紙にお返事をくれました」

「『怪物』を書いたのはずいぶんまえです」わたしは意固地《いこじ》になっていた。「ぼくはもうその場所に囚われてはいないし、あの本を書いたときだってべつに叔父の自殺に疑問を持っていたわけじゃない」

「小説の題材としてちょうどよかった？」

自分の表情が流砂に呑まれたみたいに引いていくのがわかった。

「すみません、非難をするつもりはないんです。それが作家の仕事でしょうし、それにどうせこの世界は誰かの描いた空想にすぎませんから」

思わず眉をひそめてしまった。「それはどういう意味ですか？」

「自分は誰かが書いた物語の登場人物にすぎない……そんなふうに感じてしまうことはありませんか？　わたしたちの行動も言葉もあらかじめ決められているような感覚」

「驚いたな」失笑してしまった。「おなじような話を聞いたばかりだ」

「その物語のなかでは、わたしも祖父もそれほど重要ではありません。すべてはあなたしだいなんです」

「なぜぼくなんです？」

「この物語を書いたものがそう決めたから」

「へぇえ、それは誰なんです？」

「いずれわかります」席を立つまえに、藤巻琴里は念を押した。「近いうちに、またお会いしましょう」


鷺宮《さぎのみや》へ帰る道すがら、藤巻琴里の言ったことを考えつづけた。

もし二叔父さんが誰かに殺されたのだとすれば、それはいったいなにを意味するのか？　わたしに思いつく可能性はふたつだけだった。つまり二十年越しの恨みを晴らすべく蘇大方が刺客を差し向けたか、さもなければ藤巻琴里の祖父がなんらかのかたちで関わっているか。

前者であれば、二叔父さんは蘇大方を撃たなかったか、撃ったとしても致命傷をあたえられなかったということになる。それでも、やはり無理だ。台湾と中国の行き来が認められたのは、基本的には二〇〇一年の小三通《しょうさんつう》（台湾の金門島、馬祖島と中国の福建省のあいだに限定して通商、通航、通郵が認められた）からだ。二叔父さんがこの世を去ったのは一九八二年で、そのころの台湾はまだ戒厳令下にあった。国家ぐるみの陰謀ならいざ知らず、たんなる一地方のならず者の首魁《しゅかい》にすぎない男が、手下を台湾に潜入させることなどできるはずがない。そこへいくと、藤巻徹治は日本人だ。簡単に台湾へ渡れる。しかし藤巻徹治が二叔父さんに睡眠薬を服ませ、車に押しこんで排気ガスを引き入れたとでも言うのか？

電車が駅に着くと、わたしは肌寒い夕暮れ道をとぼとぼ歩いた。途中でコンビニに立ち寄り、夕飯の弁当を買った。もう何年も吸いたいとは思わなかったのに、煙草もついでにひと箱買った。

駅から二十分ほど歩いたところにある一戸建てに、わたしはひとりで暮らしている。亡き父が、わたしが中学一年生のときに買った古い家だ。それまでわたしたちは、本郷の小さなアパートに住んでいた。父はそこで博士論文を書き、東京大学で文学の学位を取った。早稲田大学に職を得たとき、一念発起して鷺宮に新居をかまえたというわけである。

わたしが高校生のとき、母は家族を捨ててほかの男に走った。母が奈良への旅行中に知り合った、アメリカに家がある台湾人だった。なにかを予感していたのか、父はさして取り乱すこともなく、粛々《しゅくしゅく》と現実を受け入れた。淡々と本を読み、論文を発表し、大学で講義し、そのまま定年まで勤めあげた。そのあいだにわたしは父の大学にかよい、ベルリンの壁が倒されるのをテレビで観てはヘッセやギュンター・グラスを読みあさり、ソビエト連邦が崩壊したという号外を街角でもらってはトルストイやドストエフスキーに挑みかかった。なにかを理解したかったのだ。たぶん、物事を崩壊させる力学のようなものを。

母はいまもその男とシアトルで暮らしている。結婚もせず、するつもりもないようだ。父は生前、時折り母と国際電話でしゃべっていた。そんなときの父は、まるで母は出奔《しゅっぽん》などしておらず、ただシアトルへ旅行にでも行っているかのような打ち解けた調子で近況などを尋ねたものだ。それがどうにも解せず、一度だけ理由を尋ねたことがある。奥さんに捨てられたからって二叔父さんはそんな女々しいことしなかったし、誠毅だって母親に会いたいなんて言ったことがないよ。

父は黄昏《たそがれ》の縁側で読書をしていた。ぼくたちが彼らの真似をする必要がどこにある？　と逆に訊き返された。だって、そんなのおかしいよ！　わたしは引き下がらなかった。父は読書用の眼鏡をはずし、口を開くまえに庭の木蓮《もくれん》を眺めやった。それから、こう言った。長く夫婦をやっているとおたがいに侮《あなど》りが生じる、ぼくたちは別れてはじめてその侮りを捨て去ることができたんだよ、お母さんはそれを繰り返したくないからもう誰とも結婚しないと思う。

郵便受けに詰めこまれた文芸誌やダイレクトメールの類を抱えて、玄関扉の鍵を開ける。家のなかは暗く、冷え切っていた。ただいまとつぶやいてみたが、余計に寒々とした気分になっただけだった。

電気をつけ、石油ストーブの点火スイッチを入れる。書かなければならないエッセイがいくつかあったが、仕事をする気にはなれなかった。さほど腹も減っておらず、わたしはグラスに氷を入れ、ウイスキーをすこし多めに注いだ。それから父の古いレコードプレイヤーでアルド・チッコリーニの奏でるサティをかけ、ブランケットで体をくるみ、グラスを持って縁側の安楽椅子に腰かけた。隣家と塀ひとつで隔てられた庭は猫の額ほどしかないが、父の植えた木蓮がぷっくりとした蕾《つぼみ》をいくつもつけていた。

酒をすすりながら、スマホでエクアドルの鳥たちを検索してみた。藤巻琴里の言うように、エクアドルはたしかに鳥の楽園だった。胸から上が真っ赤なアンデスイワドリ、多種多様のハチドリ、嘴《くちばし》の大きなオオハシ。アメリカではブルーグレイと呼ばれている空色の鳥を見つけ、記事を読んだ。和名はソライロフウキンチョウ、トリニダード・トバゴではブルージーン。その記事にも書いてあるように、もしも幸せの青い鳥が本当にいるとしたら、それはまさにこういう鳥なのかもしれない。

わたしはその写真を眺めながら酒を飲み、臆面《おくめん》もなく青い鳥の詩を引用したあの台湾の夜を思い出して、ひとり恥じ入った。穴があったら入りたい。あのときのわたしは鼻先にニンジンをぶら下げられた馬よろしく、なりふりかまっちゃいられなかった。女の胸のなかにある鳥籠さえ開けられたら、猫のように飛びかかろうと手ぐすね引いて待っていた。ところが実際には椎葉リサが猫で、わたしが小鳥だった。

部屋がほどよくあたたまってきたころに一杯目を飲み終え、おかわりを注ぎに立った。レコードプレイヤーからは「三つのジムノペディ」が流れていた。縁側に戻りかけたとき、煙草のことを思い出した。キッチンテーブルに放り出したコンビニの袋から煙草を取り出し、パッケージの封を切り、一本くわえてキッチンコンロで火をつけた。注意深く一服すると、まっさらな煙が体を駆けめぐって頭がくらくらした。

鳥の検索とひさしぶりの煙草。し慣れないことをしたせいか、もっとし慣れないことをしてやろうという気になった。くわえ煙草で書架から『怪物』を引きぬき、ぱらぱらとめくってみた。ほとんど十年ぶりに開いたその本は、まるで十年間閉ざされていた部屋のようなにおいがした。

――それから鹿康平は、牢獄につながれていた半年をちょくちょく夢に見るようになる。

夢のなかの尋問官たちに顔はなく、いつも薄緑色の甲式軍便服を着用しており、顔を流れ落ちる汗をしきりにハンカチでぬぐっていた。

しかし、それは事実と符合しない。

実際の尋問にあたった特務の男たちは白い開襟シャツなどを好んで身につけ、見た目では秘密警察とわからないようなかっこうをしていたのだ。

特務の方針は取調室の壁に大書されている。〈寧可冤枉九十九人、也不可放過一個匪諜〉《たとえ九十九人が冤罪だとしても、共産党のスパイをひとりたりとも見逃すな》尋問官たちのふるまいは、この標語に恥じなかった。彼らは気まぐれで、三日三晩寝ずに取り調べを強行したかと思えば、何日も姿を見せないこともあった。

訊くことはいつもおなじで、仲間たちは全員名誉ある殉職を遂げたのに、なぜおまえだけが生還できたのかという一点につきた。

彼らは細かい石を床に敷き、膝の裏に棒を差しはさんだ状態で鹿康平を跪かせた。ふたりの助手がその棒を両側から踏みつけると、脚に激痛が走った。膝から下がギシギシ軋《きし》んだ。

「どうだ？」苦痛にゆがむ鹿康平の顔に、尋問官は煙草の煙を吹きつけた。「話す気になったか？」

いったいどう答えればいい？

敵の戦闘機の機関砲をあんなに浴び、六百メートル上空からあのように派手に墜落したにもかかわらず、なぜ自分ひとりだけが死ななかったのか。砕け散ったB－17偵察機の残骸に紛れて、焼け焦げた人体の一部がくすぶっていた。黒い土にやたらと白いものがうずもれているなと思えば、それは死んだ仲間の骨だった。いったいなにが死ぬ者と生かされる者を分けたのか。

「もう一度だ」顔のない尋問官は厳粛に求めた。「もう一度最初から話したまえ、あの日おまえたちを襲った共匪《きょうひ》の戦闘機の数から」

懸命に記憶をたどる。しかし墜落の衝撃は、彼の頭からいくつかの記憶をたたき出していた。それらはいまも大陸の暗い森のどこかに落ちている。穴の開いたポケットから落ちたコインのように。

墜落現場に戻ることができれば、あるいはなにか思い出せるかもしれない。それが叶わないとなると、矛盾はまるで桑《くわ》の葉《は》を食む蚕《かいこ》のように彼の供述を穴だらけにしていった。

　そんな穴をひとつ発見するたびに、尋問官たちは歓びに打ち震えた。

「おやおや」彼らは心からの同情を示し、親指をぺろりと舐め、クリップボードにはさんだ尋問記録をめくった。「ここには、はじめて蘇大方に提供してもらった食事はマントウではなく、薄い粥だったと書いてあるがね」

　老虎凳《トラの椅子》と呼ばれる拷問を受けた。まず上体を長椅子の背に固定され、後ろ手に縛られる。それから両脚を長く伸ばした状態で座面に固定された。拘束帯《こうそくたい》で膝と太腿《ふともも》をまったく動けなくしてから、尋問官は助手に命じて鹿康平の踵《かかと》の下に煉瓦を押しこませた。

　逆向きに反り返った膝関節がミシミシと音を立てた。脚の裏の筋という筋が張りつめ、激痛が股関節にかけて走る。ふたつめの煉瓦がねじこまれると、たまらずに悲鳴をあげた。

「そろそろ吐いたらどうなんだ？」尋問官がせせら笑った。「いいか、煉瓦三つでおまえの膝はビスケットみたいに砕ける。むかし四つまで耐えたやつがいたが、一生歩けなくなったぞ」

「おれはスパイなんかじゃない！」鹿康平は口の端から涎《よだれ》を垂らしながら吼え、痛みを紛らわせるために国歌を大声で朗誦した。「三民主義、吾黨所宗《三民主義は我が党の宗とするところ》！　以建民國《以て民国を建て》、以進大同《以て大同に進まん》！」

「強情なやつめ、もうひとつ喰らわせてやれ！」

　気を失い、目が覚めたときには独房に戻されていた。

　狭い独房は高さが五十センチほどしかなく、立つことはおろか、すわっていても背中を丸めていなければならず、それでも頭が天井すれすれだった。

　まるで赤子のように、鹿康平は体を丸めていた。通路にともる薄暗い電球の光が、格子のあいだから射しこんでいる。彼の目は虚ろで、両脚がひどく痛んだ。

手でそっと触れると、左の膝に包帯が巻かれ、添え木があてられていた。まったく動かない。骨が折れているのはわかったが、もうどうでもよかった。

誰かが耳のそばでささやいていた。三民主義《サンミンヂュウイ》、吾黨所宗《ウーダンスオヂョン》……自分の声だった。かさかさに乾いた唇は、まだぶつぶつと国歌を唱えていた。以建民國《イーヂェンミングオ》、以進大同《イーヂンダートン》……

あるとき、新顔の尋問官がラジオカセットプレイヤーを殺風景な取調室に持ちこんだ。それは被疑者の供述を録音するためではなく、気怠《けだる》い午後の取り調べを音楽で紛らわせるためで、流れてきたのは静かなピアノ曲だった。

パイプ椅子に腰かけた尋問官は机をたたくでもなく、殴るわけでもなく、ゆったりとくつろいでいるように見えた。色白の若い男で、これといった特徴はない。しいて言えば、いやに赤い唇に微笑をたたえていた。ほかの尋問官たちとおなじような白い開襟シャツを着ていて、黒い髪を油でうしろに撫でつけている。

鹿くん、とおもむろに切り出した。「きみは中国での三年間で共産主義に染まったのだろうか?」

鹿康平はため息を押し殺してかぶりをふった。

「きみたちの信奉する共産主義とはなんだね?」

「おれはアカじゃない。中学もろくに出てないのに、そんなむずかしいことを訊かれても答えられない」

「共産主義がなにかもわからないのに、自分は共産主義者ではないことはわかっているんだね?」

鹿康平は椅子の上で身じろぎした。今日の尋問官は勝手がちがう。殴る蹴るしか能がない豚どもとは、あきらかになにかがちがう。存在自体が巨大な罠のような男だ。上層部がとうとうつぎのカードを切ってきたのだと思った。

「きみ自身の言葉でかまわない」まるで相談を持ちかけているかのように、尋問官が机の上で手指を組み合わせた。「きみの思う共産主義がなんなのかを聞かせてくれないか」

共産主義は危険なものだと鹿康平は言った。「人間の自由が認められないシステムだと思う」

「それでいいんだよ」尋問官が満足そうに笑った。「今日はきみが思う共産主義というものを文章に書いてほしいんだ」

「本当にわからないんだ。おれは国民党のために戦ったが、それはおれの親父が国民党だったからだ。おれ自身にはなんの政治的信条もない」

言ってしまってから、失言に気づいた。案の定、尋問官の赤い唇がにやりと吊り上がった。

「政治的信条がないということは」と人差し指を立てた。「きみには共産主義に染まる可能性があるということだね？」

「そうは言ってない」冷たい汗が背中を流れ落ちた。「おれは政治的信条のためじゃなく、家族のために戦ったということだ。家族がおれの拠り所だ。彼らが台湾にいるかぎり、おれも国民党に忠誠を尽くす。それだけの話だ」

尋問官はじっと鹿康平に視線をそそぎ、もう一度尋ねた。「書いてくれないんだね？」

「書かないんじゃない」鹿康平は哀れっぽい声を出した。「なにも知らないから書けないんだ」

「どうしても？」

「書くことがあれば書くが、本当になにもないんだ」

するとと尋問官は紙ばさみを開き、なかから本を一冊取り出して彼のほうへ押し出した。縁が擦り切れ、表紙の毛羽立ったその本には、かすれた字で恩格斯《エンゲルス》『自然辯證法《しぜんべんしょうほう》』と印字されていた。

「本当はきみの声が聞きたかったのだけれど、それが無理ならこの本を書き写してほしい」

鹿康平は固唾《かたず》を呑み、事務机の上の本を見つめた。この本のことは知らなかったが、エンゲルスというのがマルクスの盟友だということは知っていた。マルクスこそは共産主義の思想的支柱なのだということも。すると、いまにもばらばらになってしまいそうなその古びた私家版が、自分自身の死刑執行命令書に見えた。たとえ一節でも相手の要求どおりに書き写すことは、その命令書に自ら署名するようなものだった。二の足を踏んでいると、尋問官がカラリと言った。

「きみはもちろん書かない。もちろんだとも。でも、きみが書こうと書くまいと、結果はおなじなんだよ」まるですべては冗談だったんだよと言っているかのような口ぶりだった。その証拠に尋問官は手をのばして本を手繰《たぐ》り寄せ、笑いながら頭の上でふりまわした。「きみが書けば、エンゲルスの思想がきみのものとして記録に残る。書かなければ、それはきみが危険だと察知したから書かなかったのだと報告される。つまり、きみはこの本の内容を知っているということになるんだ」

まるで唾を吐き捨てるように尋問官が本を放り出すと、それきり会話が途切れた。

鹿康平は大きく息をつきながら、いまさらながら取調室に満ちている音楽に気がついた。まるで人差し指一本で弾いているかのような曲で、ぽつりぽつりと単音が滴り落ちたかと思えば、ハッとするような破滅的な和音が混ざる。聞き手の予想を完璧に裏切るコード進行は気高く、誰もいない洋館に漂う亡霊のようだった。

その永遠の反復で作曲家がなにを言いたいにせよ、鹿康平の眼前には午睡にも似た死の風景が広がっていた。

窓の外では棕櫚《しゅろ》の樹が盛夏の陽を浴びて白っぽくかすんでいる。蟬《せみ》の声すら炎暑に溶けて水彩画のように滲んでいた。

鹿康平はなかば目を閉じ、寝不足で朦朧《もうろう》とする頭をゆらゆらさせた。生あたたかい悪夢の水面にたゆたっているみたいだった。

エリック・サティについて教えてくれたのは、その尋問官だった。

「『ヴェクサシオン』という曲でね、一分程度のメロディーを八百四十回繰り返してやっと曲が完成するんだ」

彼の声はピアノの音と調和しており、死の冷たさとあたたかさが矛盾なく同居していた。

「世界一長いピアノ曲だよ」とつづけた。「ヴェクサシオンというのは嫌がらせという意味でね、ちゃんと演奏しようとすれば二十時間くらいかかるんだ。まあ、演奏の速さにもよるけどね」

美しい旋律に耳を澄ませる。白壁に映る棕櫚の影が風にゆらめいていた。それから、事務机のむかいに腰かけた尋問官の顔をまじまじと見つめた。

「サティはなぜこんな曲をつくったんだろうね……芸術なんて嫌がらせみたいなものだとでも言いたかったのかな」

鹿康平はそのことについて考えてみたが、もしサティという男が本当にただの嫌がらせでこの曲をつくったのだとしたら、この曲について考えること自体が無意味だと思い、考えるのをやめてしまった。

「芸術は正義と似ているよね」

「ただの嫌がらせを、おれたちは芸術だと言ってありがたがっている」

「まあ、ようするにそういうことだ」彼はひとつうなずいて、机の上の本を顎で指した。「そんなものを書き写そうがどうしようが、率直に言ってまったく重要ではないんだよ」

「じゃあ、このいっさいがっさいはいったいなんのためなんだ?」

「わからないのかい?」

「いや、わかるよ」と鹿康平は言った。「たぶん、上のほうにいる誰かが自分は役立たずじゃないと証明したがってるんだ」

「そう、それが生きていくということだ」

それだけ言い残して尋問官は取調室を出ていったが、ピアノの音はまだ聞こえていた。たとえこの世に正義があるとしても、と鹿康平は思った。それはいつだって誰かにとっての正義にすぎない。で、その誰かにしたところで、そんなものを信じちゃいないかもしれないのだ。そんなふうにして、つぎの尋問官が仏頂面を下げて取調室に入ってくるまで、「嫌がらせ」という名の曲は彼になにかを教えつづけた。

ピアノの音がぴたりとやんだ。

今度の尋問官はいつものでっぷりと太った豚で、腋《わき》の下に大きな汗ジミをこしらえていた。椅子にどっかと腰を下ろすと、恨みがましい目で鹿康平をにらみつけ、苛立たしげにクリップボードで顔を扇《あお》いだ。まるでこの暑さすらもおまえのようなアカのせいだとでも言いたげに。

「さっきの方は誰なんですか?」

「さっきの方?」尋問官が眉間にしわを寄せた。「なにを言っとるんだ、おまえは?」

「いまラジカセを持った尋問官がここから出ていったでしょ」鹿康平は事務机の上の本に目を向けた。「その本を忘れていきましたよ」

太った尋問官はその本を取り上げ、ぱらぱらとめくり、ふんと鼻を鳴らして笑った。それから本を投げ捨て、拳骨《げんこつ》で机をドンッとたたいた。

「頭がおかしくなったのか？　それとも、おかしくなったふりをしとるのか？　こんな本、どうせはじめからここにあったんだろう！」

　鹿康平が目を白黒させていると、身を乗り出してきて彼の頰を一発張った。

「さあ、いったいどっちなんだ？　言え！　おまえが食ったのはマントウなのか、それとも粥なのか！」


　顔を殴られた衝撃に目を覚ますと、鹿康平はベッドに横たわったまま天井を見上げた。ピアノの音がまだ頭のなかで鳴っている。

　この寝苦しい夜とピアノの音、いったいどちらが現実なのか、しばらく見極めがつかなかった。傍らのベッドで眠っている息子が恨めしそうにうなり、ごろんと寝返りを打つ。それでようやくピアノの音が小さくなり、尋問官の影が雲散《うんさん》し、呼吸が落ち着いてきた。自分はいま家にいて、あれからもう何年も経っているのだと腑《ふ》に落ちた。

　半身を起こし、しばらく左脚を揉《も》んだ。痛みはないが、ひどく凝る。骨が折れてすぐに治療しなかったために、右脚より数センチ短くなってしまったのだ。

　机の上から煙草を手繰り寄せて一本つける。ふたたびベッドにひっくりかえり、寝煙草の煙を長々と吐き出した。

　どこかで車のドアが閉まる音がし、つづいてエンジンがかかり、すぐにまた静寂が戻ってきた。風が吹くと、葉擦れの音がまるで人のささやき声のように聞こえる。そのささやき声がだんだん大きくなり、やがてシャオの声になった。

またむかしのことを思い出しとったん？

あのとき、蘇大方《スウダーファン》はなぜおれを選んだんだ？　煙を求めると、煙草の火が闇のなかで強く輝いた。なぜおれだったんだ？　なぜおれは二百人もの人間をあんなふうに殺すことができた？

生きようと思うたら、人にはどうしようもないことがいっぱいある。食わにゃ死ぬし、飲まにゃ死ぬ。じゃから、食べ物に負けるんは恥でもなんでもない。食べ物に負けたからというて、その食べ物を放り投げてくれたやつにまで負けたことにはならん。じゃが、あんたは蘇大方に負けた。じゃからあんなやつの言いなりになった。

暗い天井に立ちのぼっていく煙草の煙を、鹿康平はぼんやりと見上げた。

豆花《ドウホア》（にがりを使わない豆腐に甘い汁をかけたスイーツ）売りの声が遠くに聞こえた。窓に目を転じると、まるで水で溶かしたかのように闇が薄まりかけていた。

蘇大方があんたに高い腕時計を贈るとき、それは絶対服従をべつの言葉で言いよるだけ。蘇大方が握手を求めるんは、あんたがいっしょに腐ってくれるかどうか知りたいからじゃ。もしあんたが充分に腐っておったら、やつはあんたの盃にお酒を注ぐ。もしあんたに腐る見込みがなかったら、やつはあんたを殺す。直接手を下す必要なんかない。やつの屋敷から追い出されたら、どのみちあんたは勝手にくたばるじゃろう。もしあんたにちょっとでも腐る見込みがあるんなら、やつはつぎの罠を仕掛ける。それがああいう男のやり口じゃ。

体を起こし、煙草を灰皿に押しこむ。それから机の抽斗《ひきだし》を開け、なかから小さな石を取り出して握りしめた。石が体温であたたまるにつれて、その石を拾ったときの情景が眼前に甦ってくる。

蘇大方を撃ち、シャオと香港へむかって逃げているときに、どこでもないどこかで拾った石ころ。大地は乾いていて、詩人は自由のために死に、空にはスズメの大群が舞っていて、それを人々が狂ったように追い立てていた。

「おれはもう腐っちまったよ、シャオ」鹿康平はその石をそっと口に含んだ。「あのとき、香港でおまえを捨てたときからずっと腐りっぱなしだ」

過ぎたことをいつまでもくよくよ考えなさんな。曙光《しょこう》に透けていきながら、シャオがにっこり笑った。大丈夫、腐ってしまわにゃ生きていけんときもあるし、あんたは家族のもとに帰り着いたんじゃから……


レコードプレイヤーから流れるサティのピアノ曲が、にわかに意味を持ちはじめる。ほかのレコードではなくこのレコードを選んだことに、偶然ではない導きのようなものを感じた。

この部分を執筆したとき、わたしはなぜ「ヴェクサシオン」を選んだのか？　おそらく、テレビか雑誌でこの曲の意味を知ったからだろう。「嫌がらせ」という言葉が、あの時代の国民党の拷問の本質を言い表していると思った。しかし、いまこの瞬間まで、鹿康平の拷問シーンに「ヴェクサシオン」を使っていたことなどすっかり忘れていた。

彼は蘇大方を撃ち、シャオを連れて逃げた。わたしはそのように書いた。それはたちどころに民兵どもの知るところとなり、追っ手が放たれた。何度か追いつかれそうになり、何度か拳銃が火を噴いたが、なんとか逃げ切った。

一九六二年五月、ふたりは英国領香港と本土を隔てる小さな河のほとりにいた。餓えた人々は夜な夜な河を渡り、香港への密入国を企てた。そのため、国境には警備兵が集結していた。暗夜に国境の河と間違えてただの貯水池に飛びこみ、土左衛門となって岸に打ち上げられる者があとを絶たなかった。暮れなずむ香港の夕景をにらみつけながら、二叔父さんは苛立たしげに煙草を吹かした。

大丈夫よ。シャオが対岸の灯を指さした。うちらはあそこへ行くの。

ああ？　その口が凶暴にゆがんだ。馬鹿か、おまえは？

さあ、うちらを腐らせるこの国から出よう。シャオが言った。あんたはなにもせんでいい、ただここで待っとればいいのよ。

彼は肩をすくめたが、三日後、本当に国境検問所の監視が緩んだ。中国政府になにが起こったのかは、神のみぞ知るだ。とにかくこの年の五月に国境の警備が一時的に緩み、六月にふたたび固く封鎖された。

人々は国境の街、深圳《しんせん》へ殺到した。噂が噂を呼び、街はまたたく間に難民で膨れあがった。空き地からは煮炊きの煙が立ちのぼり、人々は思い思いに寝転がったり、ぶらぶら歩きまわったり、小声で越境についての情報交換をしたりした。

月が皓皓《こうこう》と明るいある夜、捨て鉢になった二叔父さんは死んだらそれまでの命と思い定めて、シャオに急かされるまま河に入った。よりによってこんな明るい晩に越境を試みる馬鹿者はあまりいなかったので、公明正大に運命と一対一の勝負をしているような心境になった。よかろう、望むところだ。おれは逃げも隠れもしない。突然探照灯がパッと当たり、銃弾が雨あられと飛んでくるかもしれない。ふりかえると、シャオが暗い水面を掻《か》きながら静かについてきている。少なくともおれはひとりで死ぬわけじゃないんだ。そう思ったら、シャオを抱きしめていた。

ふたりはどぼんと頭まで水に沈んだ。

どうしたん？　口から水を吐き出しながら、シャオが言った。脚でもつったんか？

なんでもない。彼は彼女に背をむけて泳ぎを再開した。向こう岸に人影が見えたような気がしたんだ。

怖がらんでもいいから。

怖がってなんかいない。

月は関係ないんよ。シャオは二叔父さんにそう請け合った。うちらが動くのはとにかく今夜なんじゃ。

その言葉どおり、ふたりは無事に河を渡り切った。岸にあがってからは、誰かが鉄条網に開けた穴をくぐりぬけた。中国側の警備兵どころか、香港側の国境警備隊にも止められなかった——


自分の馬鹿さ加減にあきれながら、わたしはもう一本煙草に火をつけた。

窓の外はすっかり暗くなっていた。住宅街は不気味なほど静かで、煙草の先がジリジリ燃える音まではっきり聞き取ることができた。

たとえ二叔父さんが河を泳いで香港へ渡り、運よく米国領事館に保護されたのだとしても、叔父さんはたったひとりでそれをやり遂げた。シャオは彼を導いたりしなかった。なぜなら、彼女はわたしが小説のために創り出した登場人物にすぎないのだから。シャオと冒険をともにしたのは鹿康平であって、王康平ではない。自ら創作した物語と現実のはざまで、わたしはいささか混乱していたようだ。

気を引き締めて、鹿康平を鹿康平として『怪物』を読み進める。

街に出てからも、ふたりの幸運が尽きることはなかった。まるであらゆる危険をすべて見越しているかのように、シャオは来る日も来る日も鹿康平を導いた。彼女が建物の陰で立ち止まると、自動小銃を肩に担いだイギリス兵たちが目のまえをぶらぶらとおりすぎていった。しゃがめと言われてゴミバケツの陰にしゃがめば、ちょうど歯をせせりながら食堂を出てきた兵隊たちから隠れるかっこうとなった。彼女に手を引かれて路地の角を曲がったとたん、べつの角からあらわれた警察官の視界から消えた。

なぜだ？　鹿康平は驚きを隠せなかった。本当にやつらの動きがわかるのか？

やつらの動きなんてわからんよ、とシャオは答えた。でも、あんたの未来はすこぉしだけ見えとるから。

まるでエッシャーの騙し絵のなかに迷いこんだかのようだった。彼女が笑いながら階段を駆けのぼれば危険はぼんやりと階段を下りていき、彼女が横丁へ折れればジャーマン・シェパードを乗せた軍用ジープが大通りを走りぬけていった。

鹿康平は蘇大方にもらった勞力士《ロレックス》を質入れしたり、建設現場で日雇いの仕事をしたりしてふたりぶんの食い扶持《くちぶち》を稼いだ。難民ということで世知辛《せちがら》い香港人に足元を見られたが、ともかく餓えて死ぬようなことはなかった。夜は公園や非常階段、アパートの屋上にある貯水槽の陰で眠った。そうやって香港島へ渡る算段をつけた。

酒をゆっくり飲みながら煙草を吸った。そして、現実を侵蝕する虚構についてぼんやり考えた。自分自身が創り出した虚構を、わたしは現実のものとして信じつつあるのかもしれない。嘘つきが自分の嘘をうっかり信じてしまうように。わたしは酒を飲み、煙草を吸い、嘘に呑みこまれないように事実だけをひとつひとつ手繰り寄せていった。

一九六二年の五月に中国が一時的に国境検問所の監視を緩めたのは事実だ。二叔父さんに香港へ渡るチャンスがあったとすれば、このときをおいてほかにない。だからわたしは、鹿康平とシャオをこの年の五月までに深圳へ連れていかねばならなかった。歴史の裏付けを利用して物語に説得力を持たせるためには、四月でも六月でもいけない。彼らのタイムテーブルはすべて五月から逆算して割り出したのだ。たとえば蘇大方の村から深圳までひと月かかるとしたら、鹿康平は遅くとも四月には蘇大方を撃っていなくてはならない。そんな具合に、わたしは彼らの足取りを設計した。

しかし王康平の実際の足取りとなると、誰も知る者はいないのだ。ことによると祖父たちは知っていたかもしれないけれど、少なくともわたしは聞かなかった。子供のころに聞いた話では、河を渡って香港に着いたつぎの瞬間には、二叔父さんはもう台湾に帰り着いていた（「おれは河を渡って香港に行き、それでやっと台湾に帰れたんだ」）。大事なのは彼が無事に台湾に帰ってきたことで、ほかのことはどうでもよかった。つまり、わたしにとってはその河がゴールラインのテープだった。その河さえ渡れば、二叔父さんの冒険は完結する。さあ、あとは飛行機に乗って台湾に帰るだけだ。

もちろん、現実はそうではない。中国から流れこんできた難民のひとりにしかすぎない二叔父さんの話をまともに取り合う者がいたとは思えないし、国境警備隊に捕まれば大陸に強制送還されるかもしれない。二叔父さんが台湾へ帰るためにはアメリカをたよるのがいちばん現実的だけど、現実といえば九龍と香港島のあいだに横たわる維多利亜港《ヴィクトリア・ハーバー》も現実なのだ。

わたしはシャオという女の子にこの現実を打ち壊してもらうことにした。彼女の導きがあれば、たった数行の文章で鹿康平はあらゆる困難を突破して米国領事館へワープできる。読者を煙《けむ》にまける。この本が英訳されたあとも、香港の場面が問題になることはなかった。たとえ問題になったとしても恐るるに足らない。マジックリアリズムだとでも答えておけばいい。マジックリアリズムとは科学的態度に対する迷信の叛逆《はんぎゃく》であるのと同時に、そう、作家を困難から救うご都合主義の煙幕《えんまく》でもある。

酒の勢いで台湾に電話をかけると、すぐに誠毅が出た。挨拶もそこそこに、わたしは二叔父さんがどうやって香港から台湾へ帰ってきたのか尋ねた。

「まさか海を泳いだわけじゃないだろ？」

「親父はカナヅチだよ」思案顔の従兄が目に浮かんだ。「たしか香港のアメリカ領事館のまえで何日か野宿したと言ってたな。で、たまたま領事館から出てきた親切なイギリス人にたすけてもらったんじゃなかったっけ」

「イギリス人？」

「たしかそう聞いたような気がする。名前も聞いたけど忘れちまった。白い髭を生やしてて、第一次世界大戦では西部戦線だか東部戦線だかでドイツ人を機関銃で撃ってたと言ってたよ。そのイギリス人に口をきいてもらったおかげで、親父はアメリカ領事館に保護してもらえたんだ。なんだ、立仁、また小説に書くのか？」

わたしは曖昧に言葉を濁し、意味もなく部屋のなかを歩きまわった。

「英語のほかに、そのイギリス人は何カ国語も話せたそうだ。たしか日本語も話せたと言ってたな」

「深圳と香港のあいだには河があるんだが、カナヅチなら泳いで渡れないな」

「そうだな」

「じゃあ、二叔父さんはどうやって香港に渡ったんだろう？」

「おまえはおれに訊くが、おれは誰に訊けばいいんだ？」

通話を切り上げてスマホをキッチンテーブルに置いたとたん、着信音が鳴った。藤巻琴里にちがいないとひとり合点《がてん》したのだが、画面の表示を見ると知らない番号だった。午後八時四十三分。出ると、女性の声で柏山先生のお電話でしょうかと訊かれ、わたしはそうだと答えた。

「椎葉です」雑音を縫って、彼女の声がとどく。「いまお電話、大丈夫ですか？」

「ああ」わたしは椅子を引いて腰かけた。「はい」

「いま、どちらですか？」

「……家だけど」

「なにをされていたんですか？」

「べつに、なにも……音楽を聴きながら酒を飲んでた」

「さっき電話したら話しちゅうだったから……誰かとごいっしょですか？」

ひとりだと答えると、電波が沈黙した。台北での一夜、ホテルのコーヒーラウンジでの気まずい別れが胸中をよぎる。へんなことになっちゃいましたね。あのとき、彼女はそう言った。

「いま、お忙しいですか？」

べつに忙しくはないと有体《ありてい》に言った。

「じゃあ、もしよかったらこれから飲みませんか？」

なんなんだ、これはいったい？

「いまひとりで新宿で飲んでます」椎葉リサが言った。「店の場所を送るので、気がむいたら来てください」

先に電話を切ったのは、彼女のほうだった。

考えをまとめる間もなくとどいたショートメールには、店の名前とＵＲＬが添付されていた。

わたしは即座に行かないことに決めた。考えるまでもない。もう二度と彼女に会うべきではない。人妻との火遊びはこれまでだ。わたしは作家で、彼女は何者でもない。編集者ですらない。しいて言えば素晴らしい脚と、わたしの掌《てのひら》にすっぽり収まる乳房と、形のいい尻をしているが、そんな女はごまんといる。そんなものにわたしが犬みたいにほいほい飛びつくと思ったら大間違いだ。なめてもらっちゃ困る。

煙草に火をつけ、くつろいで一服する。

吐き出した煙のなかに、椎葉リサの影が揺れていた。彼女はひとりぼっちでバーカウンターにすわり、もう閉店ですよと店員に声をかけられても耳に入らず、空になったカクテルグラスをぼんやり見つめている……

7　偶然の物語

新宿という街はよくわからない。自分がいまどこにいて、これからどこへ行こうとしているのかを見失いそうになる。

ようやく三丁目にあるそのバーを探しあてたときには、もう十時近くになっていた。雑居ビルの五階でエレベーターを降りると、すぐ目のまえの木の扉に〈FICTION〉と読めるプレートがかかっていた。

なにもかもが虚構なのではないかという気がしてくる。こういう感覚なのかもしれない。自分が小説の登場人物になってしまったような気分というのは。この物語を書いている作家が、わたしを駒のように動かしている。あらゆるところに注意深くちりばめられた手掛かりを発見するたびに、わたしはつぎの一手を決めていく。自由に決めているようでいて、そのじつ筋書きはもうできあがっている。わたしの一存ではどうにもならない。選択肢があるようで、ない。わたしの一挙手一投足は読者を楽しませるために、あらかじめつくりこまれている。

わたしはそのプレートを見つめた。ふん、フィクションだと？　扉を押し開けると、なかは思いのほか広い。いわゆる気取ったオーセンティックなバーではなく、ソウルミュージックがかなりの音量でかかっていた。奥の大窓から射しこむ毒々しいネオンが、刻々と色を変えて人々の疎外感を染めあげていた。

椎葉リサは窓辺の席にぽつねんといた。テーブルのあいだを縫って近づくと、上目遣いで「来てくれたんですね」などと言うものだから、危うくほだされそうになった。考えてみれば、彼女が気に入った相手とお楽しみに耽《ふけ》るのにいったいなんの気兼ねがある？　彼女の連れ合いですらその気兼ねになりえない。だからこそわたしのようなものも、おこぼれにあずかることができたのではないのか。だとしたら彼女には感謝こそすれ、なにをすねることがある？　コートを椅子の背にかけ、椎葉リサのむかいに腰を落ち着ける。すぐに店員がやってきたので、バーボンをオン・ザ・ロックで注文した。

「さて」わたしは両手を広げ、努めて明るく切り出した。「どうしたの？」

「ただ先生に会いたかっただけ」椎葉リサは悪びれもせずにそう言った。「いけませんか？」

わたしは肩をすくめた。

彼女はソルティ・ドッグらしきものをひと口飲んだ。わたしの酒が運ばれてくるまで、わたしたちは窓の外を眺めたり、ふさぎこんだり、お気に入りの曲がかかってこれ以上うれしいことはないというふりをしたりした。ソウルミュージックは詳しくないけれど、マーヴィン・ゲイの声くらいはわかる。

「あたし、どうでもよくなっちゃうんです」

わたしは甘いバーボンに口をつけた。

「男の人とすぐそうなっちゃうこと」椎葉リサは酒で勢いをつけた。「どうしてだめなんですか？」

彼女がグラスをテーブルに戻したとき、その右手に火傷の痕があったことを思い出した。あの夜、わたしはこの傷痕に触れた。それがなにか特別なことに思えた。実際にはまだひと月しか経っていないのに、ずいぶんむかしのことのように思える。わたしの無遠慮な視線から、彼女はさりげなく右手を隠した。

「だめだなんて思ってないよ。他人の生き方に口出しできるほど、おれは偉くない。きみはきみのやりたいようにやればいい」

「でも、あれから連絡してくれない」

忘れてるかもしれないけど、とわたしは言った。「おれはいっぺんもきみに連絡をしたことはないよ」

彼女の口がゆがむ。

「どう言えばいいのか……」考えをまとめる時間を酒で稼ぎながら、わたしは言い足した。「つまり……なにかを支払うつもりがないのなら、誰に対しても執着するべきじゃないとおれは思っている」

「面倒なことになるのがいやなだけでしょ」即座に切り返された。

「それもある」

「それしかないくせに」

「どちらにせよ、面倒なことになってもいいと思えるほど、おれはきみとの関係を深めることができなかった。引き返せない場所をまだ越えてないし、あんなところ見てしまったらもう越えられそうにない」彼女を傷つけたくはなかったけれど、ほかにどう言えばいいのかわからなかった。

「それがわかったうえできみに執着するなら、それはただの情欲でしかない。いかなる駆け引きも存在しないという意味では、それは純粋な情欲と言えるかもしれない。だけど、それは金銭を介した関係となにがちがう？」

「セックス以外なにもないということですか？」

「きみをひとりの人間として見られないかもしれない。セックスというメインディッシュがなければ、きみと会う意味を見出せないかもしれない。それはきみに対してとても失礼なことだ」

「失礼なんかじゃない。あたしは先生が――」

「そんなことをする自分がいやなんだ」

彼女が口をつぐんだ。

わたしたちは酒に逃げ、窓の外に目をやり、カウンターの奥のモニターに映るコンサートの模様をぼんやり眺めた。おそろいの背広を着た四人の黒人がドゥ・ワップをやっていた。

わたしには決定的なひと言を口にしないだけの分別が残っていたが、わたしの黒い腹のうちはどうせひと言では語りつくせないのだった。しかし、たとえわたしが口に出して言わなくても、彼女のほうにはそれが伝わっていたはずだ。なぜなら、それが女というものだからだ。わたしの屈託を伝えるためには物語が必要だった。娼婦を騙して貢がせるポン引きの物語が。おれはおまえのためになにも支払えない、だけどほかの誰よりもおまえの苦しみがわかる、本当のおまえが見えている、さあ、つぎはおまえが決める番だ、おまえは毅然とこの場を立ち去って孤独のなかへ戻ってもいいし、おれといっしょにあたたかく腐っていくこともできる、だけどひとたび決めたからにはすべての責任はおまえにある。

　これはなにかに似ているなと思ったら、まるで窓ガラスにぶつかる鳥のように答えがわたしを打った。

　その瞬間、わたしは「ソーダ水」になっていた。

　蘇大方になって、鹿康平を籠絡《ろうらく》しようとしていた。シャオは言った。腐ってしまわにゃ生きていけんときもある。作家のわたしがシャオにそう言わせた。そしてわたしが椎葉リサに伝えたかったのも、まさにそれだった。わたしが彼女に詩を諳《そら》んじて聞かせたのは、彼女の腐乱具合を探るためだった。なぜなら、文学はまさに心の腐乱した部分にはびこり、そこから養分を得てまばゆく光り輝く。彼女はわたしの期待どおりに腐乱していた。期待以上だった。まぶしすぎて直視できないほどに。彼女と植草の関係を目の当たりにして尻ごみをしたのは、わたしのほうだった。

「大学のころ、おれには付き合ってた女性がいた」ほとんど罪を償うような気持ちで、わたしは切り出した。「おれと彼女は結婚するつもりだった。彼女の家は商売を継がせるために入り婿《むこ》を求めていた。京都の和菓子屋の一人娘だったんだ。結婚の条件は、おれが日本に帰化して京都で暮らすことだった。いろいろ話し合ったり、何度も喧嘩したけど、けっきょくおれと彼女は別れることにした」

　椎葉リサは黙って話を聞いた。

「国籍くらいのことで、とまわりには言われた。どうだっていいじゃん、そんなもの。強情張ってないで帰化しちまえよ、彼女のことを愛してないのか？　だけど、おれはそうしたくなかった。逆に訊きたかったよ、彼女のほうはおれを愛しているのか？　その愛は国籍に撥《は》ね返される程度のものなのか？　自分というものが、国籍という小さな箱に押しこめられたような気がした。箱の中身は関係ない、箱さえ立派ならそれでいいと思っている人たちに腹が立った。その後、彼女はべつの男と結婚した。彼はもちろん日本人で、入り婿にならず、彼女の家の商売も継がなかった」自己嫌悪がわたしを早口にしていた。「だけど歳を取ってみると、帰化なんてたいした問題でもない。みんなが言ってたとおりなのかもしれない。たしかにそんなのどうだっていいことだ。問題の本質は帰化するかどうかじゃない。それはおたがいのためになにを支払う覚悟があるのか、ということなんだ。おれたちはどちらもその覚悟が足りなかった。そんな関係に未来はないんだ」

椎葉リサが口を開くまで、かなりの間があった。

「じゃあ……」その声はかすれていた。「あたしはどうすればいいんですか？」

「どうもしなくていい。きみには家庭があって、男友達もたくさんいる。おれと植草の関係性を知ったうえでどっちとも寝れる。それがきみの物語だ。物語は誰かに共有してもらえなければ、ただの物語にすぎない。それを誰かに共有してもらえたとき、物語ははじめて現実になる」

「先生にはそれを共有する気がないということですか？」

「もう多くの人と共有しているじゃないか。少なくとも植草とは共有しているだろ？　あいつはきみが誰と寝ていようが気にしない。ありのままのきみを受け入れている。世代論で語るべきではないのかもしれないけど、きみの世代は一生に一度の経験を何度もしたがる。いくつもの物語を同時に何人もの人と共有して、いくつもの現実のなかで生きている」

「それは悪いことなの？」

「良い悪いの話じゃない。密度の問題なんだ。いくつもの物語を生きようとすれば、それぞれの物語の密度は薄くなる。あたりまえのことだ。おれにだってきみの物語を共有するくらいのことはできる。そんなにむずかしいことじゃない。だけど、それは密度の薄い共有でしかない。その場かぎりのね。きみだってそのつもりだったんだろ?」

「これで……これで終わりということですか?」

「終わりがあるのは必然にまで育った関係だけだよ」わたしは言った。「その関係を必然だったと思えるまでに育てられなければ、どんな出会いもただの偶然だ。ただの偶然は凪みたいなもので、はじまりも終わりもない」

彼女の返事を待つ必要はなかった。

わたしは席を立ち、コートを掴み、会計をすませて店を出た。一度もふりかえらなかったので、あとに残してきた椎葉リサがどうしていたのかは知らない。もしかするとさっさとスマホからわたしに関するすべてを消し去り、つぎの物語をはじめるために誰かに電話をかけているのかもしれない。

どうでもいい。

くそ食らえだ。


おたがいの唇を貪《むさぼ》りながら、もつれあって部屋のなかへ雪崩《なだ》れこむ。

壁で体を支え、どうにか体勢を立て直した。なぎ払われた壁の絵が落下する。床に当たって割れるまでの一瞬、その絵が眼前に大写しになる。

こわがることをおぼえるために旅にでかけた男に飛びかかる獰猛《どうもう》な黒猫――もしわたしが充分に冷静だったなら、その絵が目に飛びこんできたときにいくつかのことに気づいたはずだ。少なくとも、ある疑いを抱いたのではないかと思う。それはまだ漠としていて、偶然というひと言で片づけられる疑念ではあったけれど、物事が奇妙なつながりを呈した瞬間だったのだから。

だけど、とてもそんな余裕はなかった。物事はすでに取り消しも後戻りもできないのだということを宣言するかのように、「飛びかかる黒猫」が砕け散った。

その破滅的な音がわたしたちの欲望を加速させる。

ドアが閉まるのを見届けもせず、彼女は乱暴にわたしのコートを剝《は》ぎ取り、口に舌を挿し入れながらベルトに手をかけた。それだけのことをいっぺんにやった。わたしは彼女のスカートをたくし上げ、ひんやりとした尻を両手で摑んだ。彼女がわたしの股間をまさぐり、わたしはわたしで、まるで時間との勝負であるかのように彼女の下着に手を挿し入れる。彼女が片脚を持ち上げてからめてくる。そのあいだもおたがいの舌は、相手を制圧しようともがいていた。

獣のような息遣いしか聞こえなかった。彼女のなかに指を入れると、すでに熱く熟れていた。彼女が床に膝をつき、もどかしげにわたしをくわえこむ。凶暴な呻きが体の奥からほとばしった。わたしはのけぞり、彼女の長い髪を鷲《わし》摑みにした。彼女の舌はからみつく熱帯だった。

「これもただの偶然ですか？」挑むような上目遣いでそう言った。「偶然とか必然にどんな意味があるんですか？」

わたしは羞恥《しゅうち》と憤怒に駆られて彼女を抱え上げ、円形のベッドに放り投げた。どこにそんな力があったのかわからない。下品なベッドだったが、もっと下品なほうがよかった。こわがることをおぼえるために旅にでかけた男は、とうとう最後に望むものを手に入れた。偶然を愛することを覚えるために、わたしになにができるだろう？　わたしたちは一刻を争うかのように着ているものをむしり取った。この狼煙《のろし》が立ち消えてしまうまえに、早くひとつにならなければならない。

必然に対して椎葉リサがあげた反乱の狼煙は濃く、厚く、壁や天井の鏡に映る青白い顔に見つめ返されたくらいではびくともしない。

「つけて」彼女がわたしの耳に歯を立てる。「早くつけて」

わたしが避妊具のパッケージを破り捨てているときも、椎葉リサはじっと待ってなどいない。下腹に吸いつき、濡れそぼる物語のなかにわたしを引きずりこもうとする。口先だけの言葉や概念を滅ぼすためなら、どんな犠牲も厭《いと》わないとでもいうように。

いったいなぜこんなことになったのか、うまく思い出せない。

あのソウルバーを飛び出したわたしは、ほとんど腹を立てながらエレベーターを待っていた。椎葉リサの浅はかさに対して、自分自身の卑劣さに対して苛立ちながら、フロア表示灯を見上げていた。早くその場を立ち去りたかった。やがてエレベーターが来た。ドアが開いたつぎの瞬間、わたしは背中を突き飛ばされ、気がつけばエレベーターのなかで椎葉リサと唇を重ねていた。エレベーターが一階に着いてドアが開いても、わたしたちは離れることができなかった。エレベーターを待っていた男女がびっくり仰天してのけぞる。ドアが閉じ、また開いたときにも、わたしと椎葉リサはまだおたがいの唇を求め合っていた。男のほうが舌打ちをした。ごめんなさい。わたしの手を引いて走りだすまえに、彼女はにっこり笑ってその男に言った。新宿へようこそ。

準備が整うや、待ちかねた彼女がわたしを突き倒して女王のように跨った。頭をひとつふって、長い髪を払いのける。虎のような双眸《そうぼう》があらわれた。どうせ抱いても負け、抱かなくても負けなのだ。わたしはふたつの乳房を乱暴に揉みしだいた。

体が重なり、喘ぎ声が重なった。わたしは下から彼女を突き上げ、彼女は上からわたしを蹂躙《じゅうりん》した。

「先生！　先生！」

彼女を組み伏せて上になる。下になった彼女が挑むように下唇を噛む。わたしは椎葉リサを支配しながら、同時に支配されていた。椎葉リサはわたしに支配されながら、揺るぎなくわたしを支配していた。

「もっと強くして」

偶然と必然が溶け合い、もはやどんなに目を凝らしても見分けがつかない。彼女は偶然について書かれた一冊の本のように脚を広げ、わたしは一本のペンのようにそこへわたしたちの物語を書きこんでいった。


右手の火傷の話を聞いたのは、このときだった。

わたしたちは枕をならべて、天井の鏡に映る男女を見上げていた。まるで見知らぬ者どうしのようだった。そのようにして、わたしたちの身に起こったことを考えていた。心地よい虚脱のなかでわたしはどうにか考えようとしていたし、彼女もおなじことを考えているのはわかっていた。

筋道のとおった説明さえつけば、あの激情を飼い馴らすことができる。さもなければ、どこへ流されてしまうのか見当もつかない。それほどまでにわたしたちは激しく、理性の遠くおよばない場所へ行ってきたのだった。

彼女がおもむろに右手をかざし、わたしたちはそれを電線に止まった珍しい鳥かなにかのように眺めた。

「母親にアイロンを押しつけられたんです」彼女は掌を太陽にかざしているかのように目を細めた。「あたしは早熟な子供で、小学校四年生くらいからマスターベーションをしていました」

わたしは体を起こして肘で支えた。

「セックスのことを考えていたわけじゃないんです。そんなことはまだ知りませんでした。ただ自分で触っているのが気持ちよかったんです。何度も母に怒られました。うちは父が早くに亡くなってしまったので、母が女手ひとつであたしを育てていたんです。だから、あたしがふしだらな娘になっちゃうのが心配だったんでしょうね。母の気持ちもわかりますよね……けっきょく、なっちゃったけど」

彼女が微笑むと、わたしは胸が痛んだ。

「その日も押入れに隠れて自分で触っていました。あたしは六年生になってて、体つきが変わりはじめていました。道を歩いていると、知らない男の人にちらちら見られることがありました。担任の先生にもそういう目で見られたことがあります。その担任はあたしのクラスの女の子の母親と結婚しました。ずっとあとになって知ったんですが、うちの母とも一時期そういう関係にあったみたいです。子供だったから、そういう目つきの意味がわかりませんでした。おまえの正体は知っているぞというような……だから、ずっと男性が怖かった。いまでも怖いです。みんなそんな目つきになる瞬間があるから。その目から逃げたくて、もっとやさしくしてくれる人を捜すんですけど、けっきょくおなじなんです。お酒を飲まないと、男の人とそういうことができません。先生がお店に来たとき、あたしもう三、四杯飲んでたんですよ。とにかくその日、母に見つかって、母が泣きわめいて、わけがわからないうちにアイロンで手を焼かれていました」

わたしは彼女を見下ろした。相変わらず微笑んでいるその目尻から、涙がひと筋流れ落ちた。

わたしはその涙の跡にそっと唇をつけた。

「あれ？」彼女がびっくりしたように目をしばたたいた。「あたし、泣いてましたか？」

彼女を抱きしめる。

「やだ、先生……いやな気分にさせちゃいましたか？」椎葉リサは笑いながらわたしの背に腕をまわした。「あたしなら大丈夫ですよ、もう二十年近くまえのことだもん」

彼女の乳首を口に含み、舌先でやさしくころがす。

「やめて、先生……そんなことされたらまた泣いちゃう」

わたしは彼女の悲しみを唇でふさぎながら、もう一度彼女のなかへと入っていった。小さな喘ぎ声が漏れた。

いまこそ彼女を抱くべきだと思った。もしもこれまでの彼女のセックスがある種の逃避、もしくは復讐なのだとしたら、そうではないセックスを彼女としたかった。たぶん、わたしは思い上がっていたのだろう。だけど、それも悪くはない。相手に見返りや理解を求めないかぎり、こうした思い上がりは人間をすこしだけよくする。

二度目はずっとおだやかだった。

わたしは彼女の目をのぞきこみ、彼女もそうした。だんだん波が立ち、すぐに大きな波がやってきた。離れ離れにならないように、わたしたちはしっかりと抱きあった。大波に翻弄されながらも、どこかにある港の存在を信じて疑わなかった。そう信じられるのは、とても心強いことだった。海に出るのは誰とでもできるけれど、誰とでもおなじ港を目指せるわけではないのだから。

彼女がひと際高く泣き、強く、強く、しがみついてくる。

わたしたちは流木のように波間をたゆたい、やがて訪れる約束の港へと運ばれていった……

いっしょに朝食を、というわたしの誘いを彼女は「年度末だから」という理由でやんわりことわった。

「このまま先生のにおいをつけて会社に行けませんから」

椎葉リサはわたしのにおいを胸いっぱいに吸いこむふりをした。それから人混みに消えかけ、足を止め、駆け戻ってきてわたしの唇にキスをした。

通勤のために駅へと急ぐ人の流れが、わたしたちのせいで乱れた。わたしたちはボニーとクライドのように大胆で、排他的な物語のなかに生きていた。排他的であればあるほど絆は強まり、その物語はわたしたちにとって唯一無二のものとなる。

この瞬間だけは、たとえ彼女が全世界の男と寝ていたとしても、如何《いか》ほどのこともないと思えた。わたしたちはいまを生きているのだから、過去も未来もないのだ。朝陽でさえこの魔法を解くことはできない。わたしはそう感じていたし、彼女もそう感じていることがわかった。

「連絡、くれますか？」

もちろんとわたしは答えた。すぐにでも、もちろん。

新宿駅へと流されていく彼女を見送ってから、目についたコーヒーショップに入ってサンドイッチとコーヒーで朝食をとった。

歩道に面した窓から朝陽がひと筋射しこみ、それが店の暗さをいっそう深めていた。サイフォンから漂ってくるコーヒーの香りは、まるで薄紗《はくさ》のカーテンみたいに外光を模糊《もこ》にしていた。

サンドイッチをかじり、ブラックコーヒーを飲み、窓の外を行き交う人々を眺めた。父のレコードのなかにあったはずのスタンダードジャズがかかっていた。フランク・シナトラも歌っている曲だ。有名な楽曲なのに、曲名がどうしても思い出せない。なんの問題もない。だってそうだろう。たとえ歳を取り、記憶力が衰えても、わたしは若い女の体をほしいままにできるのだから。

昨夜の文学的意味をぼんやり考えた。いつか小説に書けるかもしれない。しかし、わたしはあたたかな疲労と甘い幻滅に満たされていたので、うまく考えることができなかった。文学とは満たされない者たちの夢の城だ。そこではどんなことでも起こりうるけれど、現実が夢を凌駕《りょうが》した瞬間、文学は犬のように鎖につながれてしまう。昨夜の経験はそれほど特別だった。雑踏《ざっとう》を歩いてきた男が不意に立ち止まり、こちらに顔をふりむけてくる。

わたしは椅子からころげ落ちそうになった。

桜の開花が待たれてはいたけれど、通りを渡る風はまだ冷たい。なのに、その男は薄いワイシャツ一枚しか着ていなかった。腰の高い、古臭いジーンズの裾を巻いて穿き、裸足《はだし》にビーチサンダルをつっかけていた。

「誠　毅《チェンイー》！」

勢いよく立ち上がった拍子に、飲み残しがこぼれた。となりの席で新聞を読んでいた男が、怪訝そうに顔を上げた。

「誠毅！」わたしは窓に顔を近づけた。「你怎麼《なんで》……你怎麼會在這裏《なんでこんなところに》？」

目を白黒させているわたしを見て、王誠毅が微笑《わら》った。窓ガラスのむこうで彼の口がゆっくりと動く。わたしはその声なき声を聞き取ろうとして目を凝らした。誰……是……彼はわたしを指さし、それから自分の胸を指さした。

「誰是《だれが》……？」声に出して彼の唇を読む。「なにを言ってるんだ、誠毅？」

誠毅が満足げにうなずく。そして、その口が最後の言葉をかたちづくった。快《クアイ》？　乖《グアイ》？　彼は首をふりながら笑った。もう一度ゆっくりと、大きく口を動かす。

「怪物《グアイウ》……怪物って言ったのか？」

誠毅がうなずき、わたしと自分を交互に指さした。

「誰是怪物《かいぶつはだれだ》……どういう意味だよ?」

人の流れが彼の姿を隠す。

なんのことだか、さっぱりわからない。混乱に追い打ちをかけたのは、ウェイターに中国語で声をかけられたことだった。

「你在跟谁讲话《だれと話してるんですか》?」

わたしは泡食って彼を見つめた。一瞬、居場所を見失った。彼の名札には「郭《かく》」とある。ここは新宿だ。中国人などいくらでもいる。店を飛び出すわたしに、中国人のウェイターがあわてて道をあけた。

さっきまで誠毅がいた場所はもう人の波に閉ざされていた。秩序が保たれた交差点、商業ビルの電子看板《デジタルサイネージ》、駅に入ってくる電車、出ていく電車、無数の人や車がうねっているだけだった。

腕時計に目を落とす。午前九時二十六分。

と、サンダルのかかとを引きずるような音を耳が拾う。そちらに目を走らせると、まるで波間に見え隠れする壜《びん》のように彼の背中が見えた。

「おい!」わたしは突拍子《とっぴょうし》もない声を張り上げて通行人の不興を買った。「誠毅!」

しかし、それはわたしの従兄ではなかった。見も知らぬ男にいきなり背後から肩を摑まれれば、誰だって肝をつぶす。わたしがしどろもどろになってあやまると、男は舌打ちをし、サンダルのかかとをずるずる引きずって雑踏のなかへ紛れていった。

スマホで誠毅の番号を呼び出し、通話ボタンをタップする。呼出音はするものの、待てど暮らせどつながらなかった。誠毅の声はおろか、留守番電話の自動応答メッセージすら聞こえてこない。

電話を切り、ほかにできることはないか考えてみた。なにも思い浮かばなかったので、がっくりして西武新宿線の駅を目指してのろのろ歩いた。ふと誠毅の言ったことを思い出し、足をすこし強く踏みしめて歩いてみた。なるほど。ちゃんとまえを向き、かかとをしっかりと下ろし、爪先で体を押し出すようにして歩いていると、また正しい道に戻ってこられたような気がした。

8　怪物は誰だ

いまにして思えば、物事がささやかに、だけど不可逆的に変化していったのは、このころからだった。

なにかが狂ってしまった、というのではない。まったくちがう。むしろ逆で、なにかが正しくなってしまった、と言ったほうがしっくりくる。

それはたとえば、ずっと禁煙していた人がふたたび喫煙の習慣を取り戻したような感覚に近いのかもしれない。その輝かしい一服が肺を満たした瞬間、人生の幸福はなんらかの犠牲の上に成り立っているのだという単純な事実を悟る。

あるいはキリキリ巻き上げていたゼンマイバネが緩み、それを巻き直そうとしてふと手が止まってしまうような感じ。ねじ巻きでしっかり巻き直さなければ、物事はたちまち停滞してしまう。地球は自転をやめ、それまでの努力が水の泡になる。それはよくわかっている。だけど、どうしても巻き直す気になれないのだ。それどころか、疑問すら生じてくる。このゼンマイを巻くことにいったいどんな意味があるんだ？　いままでどうしてこんなにしゃかりきになって、ねじ巻きばかり巻いていたのだろう？

家に帰ると、台所のテーブルに灰皿が置いてあった。

ひと目見て、それがどういう灰皿かわかった。小学生のころ、わたしは学校の図工の時間に素焼きの灰皿をつくって父にプレゼントしたことがある。じつを言えば、わたしはそれを灰皿としてではなく、湯呑みとしてつくった。しかし、父はそれを灰皿として使っていた。父にはパイプを吸う習慣があった。もちろん、こうしたプレゼントがどれもたどる道を、この灰皿もたどった。つまり理由もなくどこかへ姿を消し、いつしか忘れ去られてしまった。

部屋のなかを見まわす。カーテンを開け放った縁側で、安楽椅子が真昼の光を受けてかすんでいた。居間のテーブルには開かれたままの本と、氷の溶けたウイスキーグラス。昨夜は自分自身が創作した二叔父さんの物語を読んでいるときに、椎葉リサから呼び出されたのだった。

書架に安置したレコードプレイヤーの電源は入ったままで、ターンテーブルにはサティのレコードが載っている。とりたてて警戒心を掻き立てられるようなことはなにもなかった。

書斎をのぞいてみたが、荒らされた形跡はない。暗い部屋のなかで、スリープしているパソコンのパイロットランプが明滅しているだけだった。寝室へ行き、ライティングデスクの抽斗《ひきだし》を開ける。預金通帳や印鑑も無事のようだ。

台所へ戻り、キッチンテーブルを見下ろす。

わたしが四十年前に粘土をこねてつくった拙《つたな》い灰皿は、まるで一度たりともその場所から動いたことはないという風情《ふぜい》でそこにあった。手に取ってみても、光を浴びた吸血鬼みたいにぼろぼろと崩れたりしない。内側に黒い煤がこびりつき、鼻を近づけてみると、真新しい煙のにおいがした。それはもう父の姿がまざまざと立ち上がってくるほどに。

いったいこの灰皿はどこから出てきたのか？

まったく説明のつかないことだった。けれど、もっと説明がつかないのは、わたしが心のどこかでこんなこともあるかもしれないと納得していることだった。

台湾に電話をかけてみたが、呼出音を聞いているうちに馬鹿らしくなった。あれが王誠毅であるはずがない。もし誠毅が藪から棒に新宿に出たとしたら、あいつこそが怪物じゃないか。電話を切るかどうか迷っているうちに誠毅が出た。

「よう、どうしたんだ、従弟？」

「どうもしないよ」わたしは笑いながら言った。「調子はどうだ、従兄？」

「なに笑ってんだ？」彼にも笑いが伝染した。「なにかいいことがあったのか？」

「そういうわけじゃない。ただ、どうしてるかなと思って」

「どうしてるかなだって？　この世の終わりまでマントウをつくってるさ。なんだ、立法委員にでも立候補したと思ったのか？」

「今日、街であんたにそっくりなやつを見かけたんだよ」

「そいつは頭から小麦粉をかぶってたか？」

「いや」

「だったら、それはおれじゃない」

「わかってる」わたしは笑った。「用があったわけじゃないんだ。なんとなく電話してみただけさ」

「人はなんとなくで電話なんかしないぞ。なんとなく電話しようって気になるのは、なにかあったときさ」

「そうだな、あると言えばあったかな」

「それはいいことなんだな？」

「ああ、いいことだと思う」

「ならいいんだ」

「どうだい、そっちの天気は？」

「ああ、天気は申し分ないよ。でもな、従弟、いまは天気の話をしてる暇はないんだ。おまえのいいことは今度聞かせてもらうよ。三時までにマントウを二百個つくらなきゃならないんだ」

通話を切り上げようとしたとき、庭先を大きな鳥がよぎった。わたしは目を疑った。その鳥はウルトラマリンの優雅な体に瑠璃色の長い尾羽を引きずり、脚をひょいひょい蹴り上げながら悠々と視界から消えていった。頭には冠を戴いていた。わたしは舌を巻き、それが誠毅にも伝わった。

「どうした、立仁《リーレン》？」

「いや……」スマホを耳にあてたまま急いで縁側へ出てみた。「いま庭に孔雀みたいな鳥がいたんだ」

「孔雀《コンチュエ》？　本当か？」

「ああ」見渡すほどもない小さな庭には、しかし、そんなものがいるはずもない。くすんだ色彩のなかで、木蓮の紫色だけが目についた。「もういなくなった」

「孔雀ってのは大きな派手な鳥で、羽を扇みたいに広げるやつだぞ。おまえが言いたいのは麻雀《マァチュエ》なんじゃないのか？」

「おれの中国語はたしかに六歳のころからあまり進歩してないけど、孔雀と麻雀《すずめ》のちがいくらいはわかる」

「本当に孔雀だったのか？　東京じゃ孔雀がそのへんにいるのか？」

念を押されると、心許なくなってくる。

「なあ、立仁」気遣わしげな声がとどく。「本当はなにか相談事があるんじゃないのか？」

「いや、そんなことは――」

「おれが言ってやろうか？」

肚の底からせり上がってくる冷気にぶるっと身震いが走った。誠毅がつぎになにを言うのか、わたしにはわかっていた。完全に、疑いの余地なく。彼が声を発するまえに、わたしにはもうその四文字がはっきりと聞こえていた。

――誰是怪物《はだれだ》？

激しい眩暈《めまい》に襲われ、安楽椅子に掴まって体を支えなければならなかった。部屋が水飴《みずあめ》みたいにねじれ、引き伸ばされていく。なにもかもが足場を失っていくなかで、サティのピアノだけがまるで死者を導く道士の金剛鈴《こんごうれい》のように鳴っていた。

「おまえはな、立仁」引導を渡すような重々しい声だった。「疲れてるんだよ」

体がすっと軽くなり、ピアノの音がやんだ。

「根《こん》を詰めて仕事をしてるんじゃないのか？　いまや大作家なんだから、もっとのんびりやっていけよ」

込み上げる笑いは、誠毅の心配を無駄に掻き立てたようだ。

「いいか、立仁、この世にはそんなに思い詰めなきゃならないことなんてなにもない。たかが小説さ、そうだろ？　物語に食われちまうくらいなら、そんなろくでもない物語なんか丸めて捨てちまえ」

わかったとわたしは素直に応じた。

「休め。楽しめ」

「そうするよ」

「なんだったら、台湾に帰ってこい」

再会を約束して通話を切り上げると、安楽椅子に腰かけてしばらく庭の木蓮を眺めた。どこかでウグイスが啼《な》いていた。冷たい風が窓枠を震わせたが、陽だまりの縁側は申し分なくあたたかだった。

物語に食われる——そのときはまだ、それが比喩ではないなどとは夢にも思わなかった。


それからも小さな異変は、折に触れてわたしの生活に土足であがってきた。

なくしていたことにすら気づいていなかったものが見つかったり、レコードの中身が入れかわっていたり、あるべきものがなくなっていたり、あるはずのないものが忽然《こつぜん》とあらわれたりした。

執筆中に江戸時代の地図を確認する必要が生じ、たしか父の蔵書のなかにあったはずだと思い段ボール箱をあさっていると、父のパイプと輪ゴムでくくった煙草葉が出てきた。それはアメリカのキャプテンブラックというブランドの煙草葉で、父が死んで十年以上経つのに、まるで開封したてのような強い芳香を放っていた。

またあるとき、深夜に書斎でコトリと不審な物音がした。耳を澄ませると、床がギシギシと軋《きし》んでいる。わたしはそっとベッドを抜け出し、ゴルフバッグからアイアンを抜き出した。足音を忍ばせて書斎へ近づき、勇気を鼓舞するために何度か深呼吸をした。ゴルフクラブを握る手がじっとりと汗ばんだ。それからＦＢＩのようにドアを蹴り開けた。

「誰だ⁉」

空っぽの書斎に自分の声が虚しく響いた。おかしなところはなにもなかった。ただ一点を除いて。

窓から射しこむ月明かりに照らされて、床の上に古いカメラが落ちていた。思わず目をこすってしまった。

それはわたしが子供のころに母からもらった、ロモというソ連製の三十五ミリ・コンパクトカメラだった。母はそれをパリの蚤《のみ》の市《いち》で手に入れた。元来飽きっぽい人だったので、息子にねだられるとあっさり譲ってくれた。ソ連製だから信用しちゃだめよという母の言葉どおり、どれほどもしないうちに壊れてしまい、シャッターが切れなくなってしまった。

稲垣足穂《いながきたるほ》的なお月様が置いていったとしか思えなかった。手に取ろうとすれば、カメラに化けた黒猫が逃げていくかもしれない。なぜそんなものがいまになって出てくるのか不思議だったけれど、もっと不思議なのはカメラのなかにフィルムが残っていたことだった。わたしは一晩考えて、翌日そのフィルムを現像に出した。

「三十年以上まえのフィルムですか」カメラ屋の主人が頭を掻いた。「それはちょっと……もう劣化しちゃってると思いますよ」

「まあ、いいですよ」とわたしは言った。「せっかくだし」

二日後にカメラ屋を訪れると、主人が意気込んで「写ってましたよ」と叫んで写真を見せてくれた。写っていたのは一枚だけで、むかしのアパートの居間で昼寝をしているわたしと妹を撮ったものだった。露出過多の白っぽい写真のなかで、わたしと妹の遥玲《ようれい》は仔猫みたいに眠っていた。

ところで、自著を古本屋で見かけるのは切ないが、別段珍しいことではない。しかし父の本を、それも台湾で出版した若いころの随筆集を神田の古書店で見つけたときは、さすがに一驚《いっきょう》を喫《きっ》してしまった。

父ですらとうのむかしに手放してしまったその本は『楓荘的書』というタイトルで、わたしたち一家が日本へ越してきてはじめて暮らした本郷の楓荘《かえで》というアパートでの日々を綴ったものだった。そのなかに、妹が帰化したいと大騒ぎしたときのことを書いた一篇があった。わたしもよく憶えている。その日、遥玲は泣きながら学校から帰ってきた。わたしは居間に寝そべって漫画を読んでいた。父は別室で書きものをしていて、母は台所で夕飯の支度をしていた。

友達が原宿へ遊びに行くのに、彼女だけが誘われなかったのが涙の理由だった。「日本に帰化することで、娘の問題は解決できるのかもしれない。少なくとも、彼女はそう主張している」と父は書いていた。「それで彼女はまわりに対して日本人のふりができるし、十六歳になったときに役所に指紋を採《と》られることもなくなる。外出時に在留カードの携行を義務付けられることもない。万事解決だ。それでも、私は帰化したくなかった。腹を立てた娘には、こう言うしかなかった。『きみが大人になったら好きにすればいい、だけどそれを私に強制しないでほしい、きみにとって帰化することが大事であるように、私にとっては帰化しないことが大事なのだから』」

その本はいま、母のカメラとともにわたしの書架に置かれている。

「つまり」と思案顔の椎葉リサが言った。「あたしと会ったあとに、いつもそういう奇妙なことが起こるということですか？」

わたしはレコードをターンテーブルに載せて針を落とした。鞭のようにしなるウッドベースの低音に追い立てられて、バディ・ホリーが甘い声でロックンロールを歌いだす。わたしは鬼の首でも獲ったような気分になった。

「ほら」

「なにが？」

「おれはこのレコードをかけようと思ったんだ」

わたしはソファにいる彼女に向き直り、カラヤンがベルリン・フィルハーモニーに残した「マーラー交響曲第九番」のレコードジャケットを突き出した。彼女は素肌にわたしのスウェットシャツをかぶっていた。

「なのに、どうしてバディ・ホリーなんかが流れるんだ？」

「そのレコードは持ってないやつなの？」

「いや、このレコードはおれが買ったものだ」

「だったら中身を入れ間違えたんじゃないですか？」

「いいかい」わたしは彼女にレコードジャケットを手渡した。「きみの世代はレコードどころかCDすらあまり聴かないと思うけど、レコードというのは傷がつきやすい。だから一枚聴き終わったらそれをまずしまう。それからつぎのレコードをかける。つまり中身がごちゃごちゃになることは基本的にありえないんだ。聴き終わったバディ・ホリーをうっかりカラヤンのジャケットにしまうなんてことはない。なぜなら、そのジャケットのなかにはまだカラヤンのレコードが入っているからだ」

「先生」

「マーラーを聴こうとしたらバディ・ホリーがかかる。だったらモーツァルトが聴きたいときはなにをかければいい？　ジミ・ヘンドリックスか？」

「こっちに来て」彼女はわたしを引き寄せてキスをした。「先生って子供みたい」

それで毒気を抜かれた。

「あの青い鳥の写真はどうしたの？」そう言って、彼女はわたしが書架に立てかけておいた額縁に目をやった。

「きれいな鳥だろ？　ブルーグレイというんだ」

「先生って鳥が好きなの？」

「あれは……」藤巻琴里のことを言いかけて、やはりやめておいた。「ネットでたまたま見つけてね。なんとなく気に入って、ついでがあったからカメラ屋に引き伸ばしてもらったんだ」

「三十年前のフィルムを現像したとき？」

「ああ」

わたしたちはしばらくその写真を眺めた。鳥が止まっている梢の赤い実がいやに鮮明で、それが鳥の青さをいくぶんかすませている。青い鳥というよりは、蒼ざめた鳥といったほうがしっくりくるようだった。

「もし時空を超えて自由に飛びまわれる鳥がいるとしたら、それはああいう鳥のような気がする」

「いろんな作品に出てきますもんね」

「憶えてる？」

もちろん、と彼女は言った。「詩を引用して女を口説くなんて、映画のなかだけだと思ってました」

「そういうことができる男もいるんだ」

「恥知らず」椎葉リサは笑いながらわたしの耳元でささやいた。「あたしね、あのとき先生を襲ってよかった」

街灯に照らされた銀色の雨が、音もなく庭に降りそそいでいた。数日前に関東は梅雨入りしていた。

桜が咲いては散り、隣家の生垣にツツジの花が色づくころ、椎葉リサはライツ事業部から念願の書籍編集部へ異動になった。折よく担当編集者の植草が文芸編集長に昇進し、彼女がそのままわたしの担当を引き継ぐかたちとなった。つまり、植草はわたしと彼女のことに気づいていないということだ。さもなければ、彼女をわたしの担当につけるはずがない。

引き継ぎの挨拶に訪れたとき、椎葉リサはきっぱりとこれまでの関係を終わらせると宣言した。あたしは先生の小説が本当に大好きなんです、と彼女は熱っぽく語った。こんな女に大事な原稿をまかせられないことは承知しています、だから一度すべてを白紙に戻して編集者として先生に認められるようにがんばりたいと思います。わたしはうなずいた。見上げた覚悟だ。これからは作家と編集者としてのお付き合いをお願いします。もちろん異存はない。こちらこそお願いします、とわたしは丁寧に頭を下げた。やっと先生の本がつくれるんです、このチャンスをふいにしたくありません、今日はそのことをはっきり申し上げに来ました。じゃあ、これからは作家と編集者なんだね？　はい、作家と編集者です。それ以上でもそれ以下でもない。はい、それ以上でもそれ以下でもありません。その提案には百パーセント賛成だった。わたしにとって大事なのはよい本をつくることで、ほかのことはどうでもいい。わたしたちは男女の関係を超越した同志のように力強くうなずきあった。それから磁石のように抱き合い、あの新宿の夜を再演したのだった。

「あの夜からずっと素敵な短編小説を読んでるような気がします」椎葉リサは手の甲でわたしの頬を撫でた。「ああ、小説を読むってこういうことなんだなと思いました」

わたしはくつろいだ気分で彼女を抱き寄せた。

「あたしは結婚してるし、男友達もたくさんいる」そんな男たちのひとりひとりに語りかけているかのように、彼女は静かにつづけた。「こんなことをしてちゃだめだってわかってるんです。でも、いざそういうときになると、どうでもよくなっちゃうんです。言い訳ならたくさん用意してます。いまさらかっこつけてもしかたがない、お酒を飲んだ、あの小説に出てくるあの人だってそうした、もしくはぜったいにそんなことしなかった、あたしはそんな殻なんか破ってやる、あたしはあたしだとかなんとか……でも、けっきょく自分に自信がないからなんですよね。わかりますか、あたしの言ってること？」

「たぶん」それから、言い添える。「頭で理解していることと、心に刻まれていることとはちがうから」

わたしの懐《ふところ》のなかで、彼女は小さく丸まった。

「人間は経験から学ぶ。経験をともなっていない理解はただの借り物だ。で、その借り物の理解がおれたちを偽物にしてしまうんだ」

「いい小説はあたしたちになにかを経験させてくれる。その経験のおかげで、あたしたちはほんのすこしだけ本物に近づける。頭だけで理解していたことを、そうだったらいいなと思っていたことをすこし深く心に打ちこんでもらえる。うんと深くじゃない。ほんのすこしだけ。だから、偽物であることに変わりはない。それでも、すこしだけあきらめさせてくれる。正しいこととそうじゃないことが混ざりあう。それですこし楽になる。このままでいいんだ、けっきょくおなじなんだと思える。そう考えると、あたしの問題はまさに素晴らしい本を読みすぎたせいですね」

「あきらめを覚えたという点で？」

「それ以外のことを書いてる本なんてありますか？」

全身が粟立《あわだ》つほどの感動と興奮に襲われた。あきらめることがありのままの自分を受け入れることなのだとしたら、たしかにそれこそが小説の本分なのだ。すべての道がローマへ通ずるように、すべての物語はけっきょくそこへたどり着く。もしくは、そこからはじまる。

「最悪です」椎葉リサの口からため息が漏れた。「きっと読む順番を間違えちゃったんですね」

「もしきみがおれとの出会いのことを言ってるのだとしたら、たぶんこの順番で間違いじゃないよ」

彼女が顔を上げた。

「たしかに、本には読みごろがある。誰だっていきなり正しい本になんて出会えやしない。一冊の正しい本とめぐり合うためには、何百冊ものそうじゃない本と付き合わなきゃならない。その意味でクソみたいな本はいっぱいあるけど、無駄な本は一冊もない。すべてはたった一冊の正しい本のためにある。で、いまは正しいと思っていても、明日にはもっと正しい本と出会うかもしれないんだ」

「なんだか寂しいですね」

「その繰り返しさ」

いつしかふたりでいることがあたりまえになっていた。

わたしたちは本や映画の話をたくさんした。ときには酒も飲んだ。どんなに話がはずんでも、またどんなに夜更けの魔法が美しくても、わたしはよくわきまえた。彼女の私生活については立ち入らず、なにも質問しなかった。気にならないわけではない。だけど質問しないほうが、おたがいに嘘が少なくてすむ。わたしがフランシス・レイの音楽をバックに「嘘つき女は可愛いのさ」などと言えるような伊達《だて》男だったらよかったのに。わたしの考えでは、嘘とは愛を守るためにつくもので、愛がないのに嘘だけがあるのはとても悲しいことだった。

「あたしたち、こんなことばかりしてちゃだめです」

彼女はソファから立ち上がり、素足のままわたしの寝室へ入っていった。そしてバディ・ホリーが一曲演《や》り終えるまえに、自分のワンピースに着替えて戻ってきた。

「つぎはちゃんと打ち合わせをしますからね」とイヤリングをつけながら釘を刺した。「それまでに今日お渡しした資料に目をとおしておいてください」

「新たな闘いがはじまる！」わたしは軍隊式の敬礼をした。「我々は自然に宣戦布告をせねばならぬ！」

椎葉リサは声を立てて笑い、わたしにさよならのキスをした。わたしは彼女を玄関先まで見送った。

「ここがいい」パンプスを履いた彼女が、ふりむいて言った。

「え？」

「さっきの鳥の写真」そう言って、扉の横の壁を指さした。「ここに飾って」

わたしはその壁を見た。青い鳥の写真を飾るのに、これ以上ふさわしい場所はないという気がした。

「わかった。そうするよ」

「そうして」

彼女はもう一度わたしにキスをし、雨のなかを帰っていった。縁側へ戻ると、駅へと急ぐ彼女の赤い傘がちらりと見えた。足音が遠ざかり、すぐに聞こえなくなった。

雨は静かに降りつづいていた。

わたしはグラスにウイスキーを注いでから、注意深くレコードをかえた。ボブ・ディランの「ジョン・ウェズリー・ハーディング」の前奏がはじまるまで、油断せずに回転するレコードを見下ろしていた。

正しい歌が正しいメロディーに乗って流れた。

胸を撫で下ろしつつ、わたしはバディ・ホリーのレコードを持て余した。問題はこいつをどこにしまうかだ。大量かつ無秩序なレコード棚から正しいジャケットを探す気にはなれなかったので、とりあえずボブ・ディランのジャケットのなかに押しこんだ。なるほど、こういうことか。べつに椎葉リサと会ったからレコードが入れ替わったわけではなさそうだ。

この発見のおかげで気分がよくなったので、ソファに深くすわり、彼女が持ってきた資料をぱらぱらとめくってみた。

〈大躍進政策に着手するにあたって、毛沢東はつぎのように宣言した。「新たな闘いがはじまる。我々は自然に宣戦布告しなければならない」〉

国民党を大陸から追い払ったあと、共産主義革命の矛先は産業や流通、歴史や教育、そして自然に向けられた。とりわけ大躍進政策の時期は鋼鉄増産が至上命令だったので、あらゆることが鉄のために整理されていった。農民は野良仕事をほっぽり出し、家畜は赤褐色の鉄鉱石を運ぶために徴用され、どちらも骨と皮になるまで働かされた。牛、馬、ロバ、もし鶏に荷運びができたなら、やつらだって徴用されただろう。しかし鶏にそんな芸当は無理なので、絞められて食われてしまった。もちろん深刻な食糧不足がもたらされたが、すべては鉄のためだ。毛沢東は高らかに宣言した。「食べ物が十分になければ人は餓えて死ぬ。半数を餓死させてしまったほうが得策だ。そうなれば残りの半数はたらふく食べられる」

森林の破壊も、鉄を溶かすための土法高炉に燃料を供給するためだった。木を伐採《ばっさい》しつくしたあとは、家屋や家具まで燃やした。農民たちはため息をつき、口々にこう言った。「鍋の中身より鍋の下のものが乏しい」

しかしすぐに、鍋の下で燃やすものの不足は問題ではなくなった。火をとおそうが生のままだろうが、とにかくなんでも口に入れなければならない状況に追いこまれたからだ。餓えに苦しむ人々は殺虫剤を使って魚や鳥や動物を捕獲し、汚染された肉を食べて腹を壊したり死んだりした。鴨を捕まえるために3911と呼ばれる劇薬が散布され、魚を獲るために化学薬品がどっさり撒かれたので、池や湖が抹茶のような美しい緑色に染まった。

農作物の大敵という意味ではネズミも腹立たしいが、なんといってもスズメである。やつらは可愛らしい顔をして、農民の血と汗の結晶たる穀物を食べてしまう。そこでスズメとネズミ、ついでに蠅と蚊も加えた毛沢東の四害排除命令一下、国を挙げてスズメに全面戦争を挑むこととなった。蔣介石だって追っ払えたのだ、スズメなにするものぞ！　銃弾などもったいない。鍋釜、銅鑼や太鼓、それに革命精神さえあれば人民の勝利は堅い。とにかく、大きな音を出しつづけることだ。そうすればスズメは休むことなく飛びつづける羽目になり、しまいには疲れ果てて地面にぽとりと落ちてくる。肝心なのはタイミングだ。国じゅうがいっせいに大声を張り上げ、同時に鍋釜を乱打する密集行進作戦が採られなければならない。

準備万端整えた人々は屋根にのぼり、通りに飛び出し、山野に散り、樹々によじのぼり、固唾《かたず》を呑んで作戦開始の合図をいまかいまかと待ち受けた。愚かなスズメどもに革命のなんたるかを知らしめ、スズメに生まれてきたことを後悔させてやるために——せっかく用意してもらった資料ではあるが、目新しいことはほとんどなにもなかった。

『怪物』がＩＲＣの最終候補になったことで、文庫化の話が持ち上がっていた。この機会にすこしだけ加筆修正をしてはどうか、というのが椎葉リサの考えだった。たくさん加筆する必要はありません、でもやっぱり十年前の作品だし、ほんのすこしだけ、たとえば鹿康平が蘇大方を撃つ場面はもっとスリリングに書き直してもいいかもしれませんね。

資料を閉じ、庭に降る雨を眺めながらウイスキーをすする。

ボブ・ディランはボブ・ディランのままだった。

9　物語から手が伸びてくる

マッチを擦る手を止めて、シャオが不意に顔を上げた。

「你看《見て》」

鹿康平《ルウカンピン》は目の上に手庇《てびさし》をつくり、彼女の指さすほうを眺めやった。

「あの人らはなにをやっとるんじゃろか？」

シーツをくくりつけた竹竿《たけざお》を肩に担いだ男女が黄土《こうど》を踏んでとぼとぼ歩いていく。手に鍋釜を持っている者もいる。人々がどこからともなく湧き出し、思い思いの場所へと散っていく。開襠《カイダン》褌《クウ》（用便のために尻の部分を縫い合わせていない股割れズボン）を穿いた幼い子供たちの一群が棒切れでおたがいをたたきながら、笑いあっていた。

やっと太陽が地平線から顔を出したばかりで、民兵に捕まらないように夜通し歩いたふたりは、くたびれ果てて屋根のない土壁の廃屋にもぐりこんだところだった。

「なんであれ、あいつらはあいつらのやるべきことをやってるんだ」鹿康平は言った。「他人のことは放っておけ。おまえはおまえのやるべきことをやれ」

シャオは肩をすくめ、また火を熾す作業に戻っていった。道々拾い集めた小枝と枯れ葉を組み上げ、マッチの火を移そうと悪戦苦闘した。

蘇大方《スウダーファン》を撃ち、やつの軍用サイドカーにシャオを乗せて青牛塘《チンニュウタン》の村を飛び出したまではよかったが、ものの五十キロも走らないうちにガス欠になってしまったのだった。

サイドカーを乗り捨ててからは、二本の脚だけをたよりにひたすら北へ北へと歩きつづけた。

近隣の村々まで含めてもおそらくたった一台しかないそのサイドカーは、長江《チャンジャン》という国産車だった。蘇大方自身が運転することはめったになく、たいていは誰かに運転させてサイドカーに収まっていることのほうが多かった。

鹿康平は何度も彼を乗せて出かけた。ご主人様が会食をしたり談合したり麻雀に興じたりしているあいだは、サイドカーのなかでうとうとしながら待った。言いつけられて、酒や肉やちょっとした心づけを党幹部の家までとどけてやったこともある。

なのに、ガソリンタンクにどれくらいガソリンが入っているのか、気にしたこともなかった。用心深い蘇大方は、サイドカーを使うときには家僕《かぼく》に命じて必要なぶんだけしかガソリンを入れさせなかったので、五十キロ走ってくれただけでも御《おん》の字とするべきだろう。なんといっても、あの日はサイドカーを使う予定ではなかったのだから。いや、使う予定だったのかもしれない。あばた面の麻子《マァヅ》にでも運転させて、爆破されたトラックを自らたしかめるために。残念だったな、くそジジイ。口のなかに唾がなかったので、鹿康平は心のなかでぺっと唾を吐いた。悪いことってのは重なるもんだな、ちがうか？

苦労して育てた火に小枝をくべるシャオの傍らで、鹿康平は合切袋《がっさいぶくろ》から小麦粉の袋とブリキのカップ、それにプラスチックの水筒を取り出した。小麦粉をカップに入れ、水筒の水をすこし加えてシャオに差し出す。

シャオはそれを混ぜ合わせ、カップのまま火にかけた。

逃走初日に小麦粉を生で食べてひどく腹を壊してからというもの、かならず火をとおすようにしていた。加熱する利点はほかにもある。多少なりとも噛み応えのあるものができるのだ。顎を動かすおかげで、脳みそがものを食べたことを認めてくれる。さもなければ遅かれ早かれ、空腹を感じる力すら失われてしまうだろう。そこまでいけば、餓死まではもうひと息だ。ぼうっと放心しているうちに、カップの中身がふつりふつりと沸き立ってきた。

「いい知らせと悪い知らせと、どっちから聞きたい？」

「もう小麦粉があんまりないんじゃろ？」ひび割れた唇でシャオが笑った。「そんで、いい知らせって？」

「あと二、三日で深圳に着くはずだ」

「そうなんか？」

「たぶんな」

鹿康平はシャツの袖で手をおおい、カップを火から摑み出して地面に置いた。中身が冷めるのを待ち、そのパンとも粥ともつかないしろものをシャオと交互に指ですくい取って口に入れた。

じつのところ、自分たちがどのへんにいるのか、ほとんど見当もつかなかった。そろそろ春の田起こしの時季だが、家畜が食いつくされている以上、土に混ぜる肥やしなど手に入るはずもなく、どっちを向いてもごつごつした耕作放棄地ばかりだった。歩けども歩けどもどこへもたどり着かず、臼《うす》を挽《ひ》かされているロバみたいにおなじ場所をぐるぐるまわっているような気分にさせられる。これまでのところ、たとえ村があっても無人か、無人よりもっと悪いものとしか出会わなかった。

道端で土を食べている骨と皮ばかりの子供を見かけた。こちらがそばをとおりすぎても子供は顔も上げず、ぱさぱさした土を手ですくって口に入れていた。

家屋が打ち壊された村で、干からびた死人の胸骨《きょうこつ》に暮らすネズミの一家を見た。髑髏《どくろ》の眼窩《がんか》から仔ネズミがちょろちょろと顔をのぞかせていた。

道端で死にかけている男に末期《まつご》の水をねだられたとき、鹿康平は相手にしなかった。もしシャオが男のそばから動こうとせず、彼の頭を膝にのせて抱いたりしなければ、そのまま素通りしたはずだ。

男を膝に抱いたまま、シャオは鹿康平を見上げた。この人に水をあげて。

だめだと言下に撥ねつけた。おれたちのぶんすら足りないんだ。

水を飲ませてやって。シャオは辛抱強く繰り返した。お願いじゃから。

どうせ死ぬ。

うちのぶんをやって、うちはいらんから。

だめと言ったらだめだ。

が、けっきょくは合切袋から水筒を取り出して男の口に死に水を含ませてやった。ほとんどが口の端からこぼれ流れて、シャオのズボンを濡らした。

なあ、あんた。男が弱々しくつぶやいた。後生じゃから、お乳を見せてくれんかのう。

怒気含みで足を踏み出した鹿康平を、シャオは首をふって止めた。それから片手でシャツのボタンをはずし、胸をはだけ、白い乳房を男の汚れた手に触れさせた。その手はぶるぶる震えていた。男は唇を突き出してチュッチュッと音をたてた。シャオは彼の頭を撫でてやった。鹿康平はそっぽを向いて舌打ちをしたが、そのわずかなあいだに男は命脈が尽きてしまった。

シャオはしばらく顔を伏せていた。

鹿康平は男のゴツゴツした手を見下ろした。半開きで、一生なにかを取り逃がしつづけてきたような手だった。余すところなく惨めな死のなかで、最期に乳房に触れることができたその手だけが満たされていた。

河原に大量の人民服が流れついているのを見た。鹿康平とシャオが河を渡っているときにも、ズボンやシャツや帽子がどんどん流れてきた。上流のほうでなにかが起こっている。見てしまえば、知ってしまえば、おそらく一生の負債になってしまうようななにかが。

だから、ふたりは無言で先を急いだ。風が吹けば黄色い土煙がすべてを塗りつぶしてくれるので、目をつむっていられた。

ふたりがいた青牛塘から見て北東の方角に香港があることだけはわかっていた。村から逃げ出したのが四日前、一日に三十キロ歩いたとしても、そろそろ江門《こうもん》市に差し掛かるころだ。もうすこし北上してから東へまわりこめば国境の街、深圳に出るはずだった。

「言うたらいいよ」カップを差し出しながら、シャオが言った。「問題はまだあるんじゃろ?」

鹿康平は残った粥を指で丁寧にぬぐい取って舐めた。水を注ぎ、シャオに手渡す。「ああ、まだある」

「香港へどうやって渡るか？」

返事がわりのため息しか出ない。

シャオはカップを揺らして、なかの水を見ていた。「蘇大方から逃げたことを後悔しとるん？」

鹿康平はすこし考えてから、かぶりをふった。「いや、そうは思わない」

「じゃあ、もう考えなさんな」

シャオは明るくそう言い、水を一気に飲み干した。カップを鹿康平に返すとき、ついでのように諳《そら》んじた。

生命誠可貴
愛情價更高
若為自由故
兩者皆可拋

鹿康平はそれを口のなかで唱えてみた。命は尊い、愛情はさらに尊い、しかし自由のためならば、どちらもあきらめよう——

「誰の詩だ？」

「ハンガリーの裴多菲《ペテーフィ》・山多尔《シャーンドル》って人」

「最近のやつか？」

「とうにあの世じゃ。ハンガリー革命のとき、二十六歳で」

「そうか」

「とってもハンサムじゃったんよ」短い沈黙があった。「うちらはいまこの詩みたい……うちの言うこと、わかる？」

「わからなきゃ馬鹿だ」

シャオはじっと鹿康平の横顔を見つめた。「ねえ、どうしたん？」

「べつに」

「でも、急にすねとる」

「おまえはへんなやつだ。ただの田舎娘のくせに、むかしのハンガリーの詩人のことなんか知ってやがる」

「叔母さんに教わったんよ。学校の先生をしとった」

鹿康平は立ち上がり、足で焚火に土をかけた。それからまたすわり直し、遠くへ視線を漂わせた。

「ねえ、言いたいことがあるんなら言うてよ。なにが気に食わんの？」

「なにもない」

「言うて」

「じゃあ言うが、どうしてあの男に胸を触らせた？」

シャオが目をぱちくりさせた。

「幹《くそ》」その澄んだ瞳を正視できず、鹿康平は彼女の右目の泣きぼくろに不満をぶつけた。「死にかけているやつの最後の望みだったら、なんでも叶えてやるのか？」

「……やきもちを焼いとるん？」

「そんなんじゃない。ただすこし軽率なんじゃないかと思っただけだ。あの男も恥知らずにもほどがある」

シャオが怒ったように腕組みをした。

「悪かった」鹿康平は潮垂《しおた》れて言った。「おまえは間違ってない。でも、あの男の手がおまえの胸に伸びたとき、早く死ねばいいのにと思ってしまった」

「そんなこと言うたらいかんよ」子供を叱る母親のようだった。「あんなの、手を握ってあげたのとなんも変わりゃせんじゃない」

「わかってる」

「死ぬのは誰でも怖いじゃろ」

「おまえは間違ってないよ」

「でも、あんたがいやがるんならもうせんよ」

「いや、おれはべつに――」

「命は尊い、自由はさらに尊い……しかし愛情のためならば、どちらもあきらめようぞ」

今度は鹿康平が目を白黒させる番だった。

「なんてね」してやったり、という顔でシャオが微笑《わら》った。

カップを合切袋にしまうと、ふたりは言葉もなく黄土に舞う砂塵に目を細めたり、膝をかかえたり、風の音にこれまで目にしたいくつもの死の声を聞いたりした。

「そういえば、おまえの家族の話を聞かないな」

「そんなことを知ってどうするん？　娘さんをくださいってご挨拶にでも来るん？」

「だから、おれが悪かったたって言ってるだろ」

「親はおらんよ」事もなげにそう言うと、シャオはひょいと肩をすくめた。「お祖母ちゃんと暮らしとったけど、どこかの民兵に殴られて死んでしもうたわ」

「蘇大方の民兵か？」

「さあ。うちは野良仕事に出とって家におらんかったから」

鹿康平は彼女を見つめた。

「どちらにしたって、あんたが来るまえの話よ」その声からは、腐った果物のなかから傷みの軽いものを選り分けようとする気遣いが聞き取れた。「煮ても焼いても食えん婆さんじゃったから、べつに悲しくもなかったわ」

「おまえの家は青牛塘からずいぶん離れてるな」

「なんで青牛塘て言うか知っとる？」

鹿康平がかぶりをふると、シャオが教えてくれた。

村の名前は、清《しん》の光緒帝《こうしょてい》の時代に村の東にあった池塘《池》で溺れた牛にちなんでつけられた。池のほとりで飼われていたそのよぼよぼの年寄り牛はもはや犂《すき》を引くこともできず、あとはつぶされて食われるだけの身の上だった。ある日、池で遊んでいた子供が溺れた。もう立つこともおぼつかず、鼻面は白く乾き、目もヤニだらけでろくに見えもしないはずなのに、老牛は猛然と池に飛びこんで子供をたすけ、かわりに自分が冷たい水の底へ沈んでしまった。村人は老牛の死を嘆き悲しみ、これはきっと太上老君《たいじょうろうくん》（老子のこと）が乗る板角青牛《ばんかくせいぎゅう》の生まれ変わりにちがいないということで、村名を青牛塘にあらためたとのことだった。

「迷信深い村じゃからね」とシャオが言った。「こんなご時世でも食べ物を分けてくれる蘇大方のことを五穀仙帝《ごこくせんてい》じゃと思うとる年寄りもおるんよ」

もし蘇大方が私利私欲だけの男だったら、おれはけっしてやつになびいたりしなかった。シャオの話を聞きながら、鹿康平は自分自身にそう言い聞かせた。やつは冷酷で、計算高く、女子供でも容赦《ようしゃ》なく殺すが、青牛塘の村人にとっては疑いようもなく最高の庇護者《ひごしゃ》なのだ。

国じゅうが製鉄熱に浮かされ、野良仕事がおろそかになり、農民たちがその日食べるものにも事欠くようになると、政府の取り立てはいっそう厳しくなった。

理屈はこうだ。

中国が先進国と肩をならべるには工業化を大々的に推し進めるしかない。そのためには大量の工業設備や先進技術を導入しなければならない。モスクワで「十五年以内にイギリスを追い越す」と大見得《おおみえ》を切った毛沢東の顔に泥を塗るわけにはいかない。そんなことをすれば、こちらが泥を噛んでくたばることになる。

北京政府は手あたり次第に工業製品を買いあさった。朝鮮戦争からこっち、アメリカからは戦略的禁輸措置を食らっていたので、製鉄所、発電所、石油精製所、トラックやトラクターやあらゆる工作機械の大半をソ連から買うしかなかった。

もちろん、代金はきちんと支払わなければならない。誇り高い中国人の面子《めんつ》にかけても。しかし困ったことに、支払いにまわせる外貨準備高と金保有高ではまったく足りない。だから、人民にはちょっと我慢してもらおう。食糧を輸出して稼いだ金で負債を返済すればいい。

こうして工業化のツケが農民にまわってきた。農業の生産目標は絶えず上方修正されていく。食糧を搾り取られた農民が餓えて死んでいくなか、政府はその食糧を輸出にまわして借金を払い、腹の足しにならない機械をせっせと買っていた。

時局を読むのに長けた蘇大方は、いち早くならず者たちを率いてほかの村を襲ってまわった。わしは本来そんなだいそれたことができる畜生たれではないんじゃ。彼はやるせない心中を吐露した。もとは農業生産合作社の農民じゃった、人民公社ができてからは共同食堂で働いた、こう見えても腕のいい料理人じゃった、わしのつくったもんを食うたらみんな親指を立ててわしのご先祖様まで褒めたもんよ。

蘇大方は食糧を奪い、抵抗する者は徹底的に痛めつけ、ときには殺してしまうこともあった。この世にはどうにもならんことがいくらでもある。自らの手で撲殺《ぼくさつ》した若者を見下ろしながら、彼は悲しそうに首をふった。あの戦争のとき国民党についておればよかったと思うことがあるわ、とりわけこの国がこうなってしまってはのう……共産党か国民党か、彼か我か、奪うか奪われるか、守るか失うか、清廉《せいれん》な身で死ぬか無様《ぶざま》に生き延びるか、ああ、人生は本当にままならんことだらけじゃなあ！

略奪した品は、抜け目なくまず地方幹部に献上してから村に持ち帰ったので、政治のパイプと村人の信頼をいっぺんに勝ち取った。そのおかげで警察も手出しできないどころか、制服姿で彼の村に立ち寄って飲み食いする者までいた。

偵察機を撃墜された鹿康平がふらふらと青牛塘の村に迷いこみ、広場に置かれた卓の食い残しに目がくらんで村人に打ち倒された年、つまり一九五九年には司法部が廃止された。またしても毛沢東の鶴の一声だった。「我々の党決議のすべてが法である。会議を開催すれば、それも法となる」

こうなってくると、武力を有する民兵がのさばるのも致し方がない。なんでもかんでも党決議にこじつければいい。食いもんを出せ、党決議じゃぞ！　大道廃《だいどうすた》れて仁義ありだ。問題はその仁義の解釈が人それぞれだということ。社会が大きな混乱に見舞われたときは、細分化された仁義がたがいを食《は》みあう。

必要なことはみんな党が教えてくれた。蘇大方がいつかそう言っていた。衣食住はどれも人が生きていくうえでなくてはならんものじゃが、もしこのうちのたったひとつしか手に入らんとしたら、おまえはどれを取るかね？

食だ、と鹿康平は即座に答えた。それ以外にありえない。

蘇大方は菩薩《ぼさつ》のように微笑み、集団化の第一歩は農民を餓えさせることよ、と言葉を継いだ。まず餓えさせてから人民公社の食堂でたらふく食わせる、百姓どもが食うのはおのれの手で丹精して育てたもんじゃが、やつらはそのことに気づかんふりをして人民公社に感謝するんじゃ、さもなきゃ食えんようになってしまうからのう。

「なにを考えとるん？」シャオが言った。

「この国は餓えている。そして、命より自由のほうが大事だと思ってるやつは詩を書くしかない」

シャオの眉間にしわが寄った。

「そのハンガリー人はきっと自分の命しか守るものがなかったんだろうな」鹿康平は言った。

「自分の命をどう使おうと自分の勝手だったんだ……まあ、いい詩であることは認めるけど」

「またそうやって自分に言い訳をするんね」

鹿康平の目が彼女のほうへ流れる。その批判を唾といっしょに吐き捨てたかったが、口のなかにはもうそれだけの水分がなかった。

「自由ちゅうのは、いつでも死ぬ覚悟を持つってことじゃろ」シャオが言った。「そうじゃない人は絶対自由になれんよ」

「死んだらおしまいだ」

「蘇大方みたいなやつの言いなりになった時点であんたはおしまいじゃったわ」

「なんと言われようと、おれはまだ生きている。生きていれば、明日がやってくる。明日になれば、なにかが変わるかもしれない」

「あんたは善人じゃけど、悪人に魂を売り渡してしもうた。そのせいで多くの人が傷ついた。死んだ人もおる。それは明日になってもおなじじゃ。あんたはこう考えとる。おれは大事なものを守るために悪に手を染めた、たとえ世界じゅうを敵にまわしても、おれはおれの想いを貫いた、それこそがこの世でいちばん尊いことだ……でも、そんなのはただのおためごかしよ。あんたが奪った命の百万分の一の重みもないわ」

「じつは歩きながらずっとそのことを考えていた」

　シャオが目をすがめた。

「奴隷は生きてるって言えるのか、密告者は生きてるって言えるのか、卑怯者《ひきょうもの》は生きてるって言えるのか、殺し屋は生きてるって言えるのか」一呼吸つく。「生きているとおれは思う。自分の力が足りなくて殺されるのは無念だがしかたがない。ひと思いに殺《や》られるならあきらめもつく。だけど、餓えて死ぬのは耐えられない。目のまえに餓えをしのぐ方法があるなら、なおさらだ。誰にだって耐えられない死に方ってのはあるはずだ」

「たとえば？」

「たとえば愛する者をたすけるために命を差し出さなくてはならないときだ。もし頭を拳銃で吹き飛ばされてそれで終わりなら、自分の命より愛する者の命を優先するやつがいても不思議じゃない。だけど、もし自分で自分の首を絞めて死ななければならないとしたらどうだ?」

シャオは口を引き結んだ。

「言い訳をしているわけじゃない」鹿康平はつづけた。「おれは蘇大方の犬になって、いろんなやつに咬みついた。そうやって食わせてもらった。良心を犬に食わせちまったおれみたいなやつが、これからどう生きていけばいい? なにか方法が、現実と折合いをつける方法はあるのか? 台湾に帰れたとして、おれの心もこの場所から自由になれるのか? そんなことを考えて——」

背後で物音がしてふりむくと、肩に猟銃をかけた若い男がいた。

民兵だ。とっさにそう思った。

シャオの体が強張る。

鹿康平の目が合切袋を探してさまよった。袋のなかに拳銃が入っている。が、男に撃たれずに取り出せるとは思えなかった。

男が広東語でなにか言い、シャオが応対した。すると男が鹿康平を指さしてわめいた。立ち上がろうとする鹿康平を制して、シャオが相手をなだめた。

「快去《早くいけ》!」聞き取りづらい標準語に切り替えて、男ががなった。「もたもたしくさりおって、この反革命どもが!」

けたたましい騒音が鳴り響き、男の言葉をかき消す。若い民兵は忌々しそうにうしろをふりかえり、なにか怒鳴りながら走っていってしまった。

「うちらも!」

シャオがさっと立ち上がって男のあとを追う。鹿康平としては彼女を追いかけるしかなかった。

「おい、なにをする気だ?」

明るくなりはじめた荒野では人々が鍋釜を打ち鳴らし、呼び子を吹き、声を張り、棒の先に結びつけたシーツをふりまわしながら右往左往していた。

上空では、スズメがまるで雲霞《うんか》のように舞っている。人々の喚声に、一丸となって逃げまどうスズメたちの羽音と囀《さえず》りが加わり、耳を聾《ろう》さんばかりだった。

「あれはなにをやってんだ⁉」

「スズメを追い立てとる！」シャオが肩越しに叫びかえす。「うちらも行かんと怪しまれる！」

大人も子供も、男も女も声を嗄《か》らして叫び、鳴り物をガンガンいわせてスズメを追い立てていた。「共産党がなければ新しい中国もなし」などの革命歌を高唱している一団もいた。

鹿康平がつまずいて派手にころぶと、子供たちが腹を抱えて笑った。

もう街が近いのかもしれない。徒歩でたった三、四日離れるだけで人が餓えて死んでいるのに、ここでは子供たちが笑っている。笑う元気がまだ残っている。それもこれも、政府が農村から搾り取った食糧を優先的に都市へまわしているためだ。

ズドン、ズドンと鉄砲が放たれ、砕け散ったスズメがぼとぼと落ちてくる。

いつかテレビで観た小魚の群れみたいだなと思いながら、鹿康平はスズメを追った。ピーチクパーチクとやかましい黒雲のなかに、色石のように光るものが見え隠れしている。目を凝らすと、どうやら青い鳥が一羽だけ混じっているようだった。光線の具合によっては紫にも緑にも見えるその青い鳥は、地味なスズメたちの濁流にまかれる笹舟のようだった。

一心不乱にその鳥を追いかけているうちに、鹿康平はいつしか甲高い奇声を発しながら、子供たちといっしょになってぴょんぴょん飛び跳ねていた。

先頭を飛ぶスズメが叫んだ。そっちじゃない、みんなわしについてこい！　スズメたちが突如方向転換した。先頭集団がぐいっと舵《かじ》を切ると全体が右方へと傾《かし》ぎ、青い鳥も流れ星のようにまたたきながら巻きこまれた。だがもちろん、鳥たちの行く手にも共産主義者が待ち受けている。

廃屋の陰から飛び出してきた人々は銅鑼や太鼓を乱打し、こちらでも散発的な銃声があがった。なにも悪いことをしていないスズメにしてみれば、踏んだり蹴ったりだった。こちらへ飛べば気が触れたような人間たちに驚かされ、あちらへ飛べば鉄砲で撃たれる。東西南北どちらへ飛んでも活路を見出せない。いったいこの国はどうなってしもうたんじゃ？　スズメたちは口々に叫んだ。これが革命ちゅうもんか？　木陰に憩《いこ》っとっただけでこんな目に遭うとは神も仏もおらんのか！

「飛べ！」鹿康平は助走をつけて地面を蹴り、ひときわ高く跳んだ。青い鳥どころか、太陽すらもぎ取ってこられそうだった。「ヒャッホー！　そら、飛んでいけ！」

ヒャッホー！　子供たちがそれを真似して面白がった。ヒャッホー！

シャオが笑っていた。

おれも気が触れかけているのかもしれないな。頭の片隅にそんな考えがよぎったが、ほとばしる笑いをどうすることもできなかったし、それはそれでいいような気もした。天は奔流のようなスズメたちの悲鳴に震え、地は人々の蹴立てる土煙と怒号に揺れていた。

ふたりはゲラゲラ笑いながら、見知らぬ人々といっしょにスズメを追った。飛んでけ！　どちらかが叫ぶと、どちらかが呼応した。飛んでけ！

「馬鹿なスズメどもめ！」

「馬鹿なスズメどもめ！」

どこまでも飛んでいけ。飛んで飛んで、こんな国とはおさらばだ。

気がつけば足を止め、遠ざかるスズメの黒い雲を眺めていた。いつしか青い鳥を見失っていたけれど、激しいとおり雨に洗われたような気分だった。

空は澄み渡り、恵みの雨は降らず、胃袋は空っぽだったが、希望のようなものがふたりの胸の裡にともっていた。絶望と見分けのつかない希望だった。絶望が薬莢《やっきょう》、恐怖が火薬ならば、それによって撃ち出される銃弾が希望なのだ。

じつのところ世界はそれほど複雑ではなく、それどころか唯《ゆい》スズメ史観とでも呼ぶべき単純な原理で運行していた。スズメさえやっつければ、すべてがうまくいくのだ。豊作につぐ豊作で人民は肥え太り、人工衛星はつつがなく軌道上を周回し、核爆弾が為政者たちの威信を支えてくれるのだ。

誰かが鉄砲を空にむけて撃ち放ち、すこし遅れて銃声が風にのってとどく。なんともあっけない音だった。

「見たか？」

「なにを？」

青い鳥だよと言いかけて、鹿康平は言葉を呑んだ。いや、なんでもない、とつぶやいた。シャオにとって青い鳥は幸せのかわりに悲しみばかりを運んでくる、ろくでもないやつなのだから。

「で、考えて結論は出たん？」胸を大きく上下させながら、シャオがふりむく。その瞳は朝陽をはじいて輝いていた。「これからどう生きていくのか」

鹿康平は所在なくたたずみ、やおら腰を折って小石をひと粒拾い上げた。それを掌にのせて、ためつすがめつした。それから服でごしごし拭き、ぽんっと口に放りこんだ。

シャオの丸い目がもっと丸くなった。

乾いた石を乾いた舌の上でころがすと、わずかだが唾液が湧いた。喉を鳴らして唾を呑み下したとき、なにかが魂に刻まれたことを感じた。

「おれの祖母さんは湖南の出だが、長く家をあける家族には決まってお守りに石ころを持たせるんだ」

遥か彼方でスズメたちの受難はつづいていた。

「家が恋しくなったときにその石ころを舐めれば、いつでも家族を思い出せると言っていた」石を舐めながら、鹿康平はそう言った。「おれはこの石ころをずっと持ってることにするよ。この場所で自分がなにをやったか忘れないために」

うなずくシャオの目に涙が膨らんでいく。

「おれに残された自由の在り方は、たぶんいつでも命を奪われる覚悟を持って生きていくことなんだろうな」


間の抜けたインターホンの音に、キーボードをたたく手を休める。

腕時計を見ると、午前零時をすこしまわっていた。パネライの無骨な美しさに――腕時計が美しいと時間まで美しい――うっとりしながらしばらく待ってみたが、空耳だったのかもしれない。気を取り直して「絶望が薬莢、恐怖が火薬ならば」云々《うんぬん》のくだりを削ったり復活させたりした。至言だなと感じ入ったり、戯言《ざれごと》だなと恥じ入ったりしていると、またインターホンが鳴った。

わたしは爪先立ちで書斎を離れ、用心のためゴルフクラブを持っていったほうがいいだろうかなどと考えながら誰何《すいか》した。ドアの外から「藤巻です」と返ってきた。女性の声だった。

「藤巻さん?」

「藤巻琴里です。以前、先生とお会いして王康平さんのことを話しました」

　わたしは急いでドアを開けた。

　軒灯の薄暗い光のなかに立っていたのは、間違いなく藤巻琴里だった。はじめて会ったときの赤いトレンチコートを肩にかけているが、ジプシーのような奔放さはもう感じられない。そのかわり、夜霧の立ちこめるベルリンで機密文書の受け渡しをする女スパイのような陰鬱《いんうつ》さに包まれていた。わたしは混乱した。彼女が発散している瘴気《しょうき》のようなものは、季節はずれのコートでもおおい隠すことができない。

「いったい、どうして……どうしたんですか？」

　彼女の手紙は出版社経由で転送されてきた。だから、わたしの住所を知っているはずがない。梅雨の長雨《ながさめ》は小止みなく降りつづいていて、夜気は生あたたかく、彼女は傘を差していなかった。長い髪に雨のしずくが真珠のようについていた。

「夜分遅くにすみません」藤巻琴里が言った。「これから祖父に会っていただけませんか？」

「今夜……これからですか？」

「ええ。今夜、これから」

　ぶるっと身震いが走った。藤巻琴里の声は奇妙な余韻《よいん》をともなっていた。まるで暗闇からにゅっとのびてくる白い手のようであり、夢のなかで告げられる真実のようでもあった。

　なんの根拠もなく、唐突に自分が岐路《きろ》に立たされているのだとわかった。思わず家のなかをふりかえり、なにかわたしを引き留めてくれるものはないかと探してしまった。時間？　書きかけの原稿？　椎葉リサの残り香？　明日の予定？　彼女の申し出をことわる理由としては、どれもなにかが足りない。なぜだか、そんなふうに思った。がっくりして藤巻琴里に向き直ったとき、濡れたアスファルトに滲む赤いテールランプの光が目に入った。塀の外に、赤い車がエンジンをかけたまま停まっていた。

「でも、今夜はもう遅いので」

わたしはいちばん無難な対応を取った。彼女の非常識を責めようとは思わなかった。よもや彼女にはなにか病名がついているのではあるまいか。懐に刃物を呑んでいることだって考えられる。ここはなるべく穏便に事を運んだほうがいい。

「それに、明日までに書いてしまわなければならない原稿もあるし――」

時間を知るためではなく、相手に時間を思い出させるために左腕を遠慮がちに持ち上げたとき、腕時計が消えてなくなっていることに気がついた。わたしは不審に思った。いつはずしたのだろう？　あたりをきょろきょろと見まわし、腕時計の巻かれていない手首に目を落とす。今日は腕時計をしなかったのかもしれない。考えてみれば、家にいるのに腕時計をしているなんておかしな話だ。ついいましがたパネライの美しさに見とれていたのは、じつは別の日のことだったのかもしれない。

「残念ですが、先生にはもうあまり時間がないんです」

わたしは眉をひそめた。だからもう腕時計は必要じゃないと言われたような気がした。

「いま、この瞬間から、この物語は怪物のものになります」

脳みそを真綿のようなものがふさいでいく。うまく考えることができなかった。思考は死者の心電図のように平坦になり、また不意に乱れた。

「……怪物？」

「この世界を創り出した者のことです。創造主と言ってもいいのですが、彼はそれよりも怪物という呼び方のほうが気に入っています」藤巻琴里は口を開きかけたわたしを制した。「作家にとってもっとも遺憾《いかん》なのは、作品を完成させられずに絶筆となることだと思います。最後まで構想ができているなら、なおさら無念でしょう。現段階では、先生はこの作品を書き上げるのがむずかしい状態です。だから、怪物がこの物語を引き継ぎます」

「きみは……」わたしは固唾を呑み、言葉を押し出した。「きみは誰だ？」

「あなたが訊きたいのは、怪物は誰だということでしょ？」

「怪物は誰なんだ？」

「あなたが思っているとおり、怪物はあなたの従兄です」彼女は事務的にそう言った。あたかも、このことを明かすのは自分にあたえられた権限だとでもいうふうに。「言うまでもなく、あなたの本のタイトルからとった名前です。あるいはおなじことですが、ソーダ水の思い出からとったのかもしれません。あなたたちふたりにとって、その思い出はとても大切なものでしょう？　いずれにせよ、あなたもわたしも彼の物語の登場人物にすぎません」

　彼女が狂っていると思うよりも早く、自分が狂っていると思うよりも早く、わたしは夜空を見上げてしまった。青白く光る巨大な長方形がぽっかり浮かんでいるのではないかと思った。その長方形はパソコンの画面で、つまりはフィクションと現実世界を隔てる窓で、わたしはパソコンのなかに閉じこめられていて世界を裏側から見上げている。王誠毅が反転した文字を画面にならべていく。ゆっくりと、不器用に、誤変換のせいでカーソルを行ったり来たりさせながら。まるで水槽を眺めているみたいだけど、その水槽のなかにいるのはわたしなのだった。夜空に浮かぶ文字列に、くわえ煙草の煙が雲のようにかかる――もちろん、そんなものはなにも見えなかった。ただ雨が静かに落ちていた。風が鋭い音で吹き抜けた。

「とにかく、今日はもう遅い」自分の声がひどくこもって聞こえる。背中に冷たい汗をかいていた。「またあらためて時間を決めてもらったほうがいい」

「先ほども申し上げましたが、もう時間がないんです」

汗が頬を流れ落ちる。

「お知りになりたいのなら、車のなかでお教えします。でも、聞いたところでもう回避はできません。それはもう起こってしまったんです」

「ちょっと待ってくれ」わたしは手を挙げて彼女を押し止めた。「きみはおれたちが……おれときみが、おれの従兄による創作物だと言っている。そうだね？」

「はい」

「つまり、おれは生身の人間じゃない」

「あなたは文字の連なりです。あなたは行動であり、思考であり、台詞《せりふ》であり、比喩です。あなたは独白する一人称の主人公で、怪物はあなたに彼の物語を託しました。その理由はあなたが作家だからです」

「きみはさっき絶筆と言った。おれはこの作品を書き上げるのがむずかしい状態だと」

「はい」

「これからなにがおれに起こるんだ？」

「怪我を、ほんとうにひどい怪我をします」

「だけど、それはもう起きてしまった？」

「はい」

「矛盾してるとは思わないのか？　それにもう起きてしまったことなら……それがなんであれ、

なぜ時間が問題になるんだ？　だってもう起きてしまったんだろ？」

「それは作家であるあなたのほうが詳しいはずです」

わたしはすこし考えてから口を開いた。「つまり、物語上の要請だと言いたいのか？　物語のなかでの時間進行がそうなっているからだとでも？」

「作家はそのように書くのではないのですか？　これから起こることを先に書いたり、もうとっくに起こってしまったことをずっと伏せていたり」

「それはそうだが……」

「しるしはあったはずです」

「しるし？」

彼女の目が流れてきて、わたしの顔に留まる。

「きみが言っているのは……」言葉を絞り出すために、何度か深呼吸をしなければならなかった。

「きみはなにを言ってるんだ？　なにが言いたいんだ？」

「あなたの身のまわりで起きているささいな異変のことです」

瞠目した。十年前の煙草葉、中身が入れ替わったレコード、真夜中に誰かが置いていったとしか思えないソ連製のカメラ——

「主人公のまわりで予兆的な不可解なことが起こる」藤巻琴里がたたみかけるように言った。

「憶えていますか？　あなたが言ったことです。読者に神の気配に備えさせる」

血液が脳天を衝き上げた。指先が痛いほどに冷えていく。息苦しさに胸をかきむしりたい衝動に駆られた。ある作家の話なんだ。書きかけの小説について、誠毅はそう教えてくれた。その作家がある事故をきっかけに、自分は誰かの書いた物語の登場人物にすぎないと感じるようになる。

「事故に遭う作家というのは、おれのことなのか？」

「はい」

「そして、それはもう起きてしまった」

「はい」

「でも、おれはこのとおりぴんぴんしている」

わたしがなにかを悟るまで、藤巻琴里は沈黙を守った。

「いきなりそんなことを言われて、信じられるやつがいると思うのか？」わたしは喧嘩腰で噛みついた。「なにが狙いなんだ？　きみは王誠毅と知り合いなんだろ」

彼女は申し訳なさそうに目の動きでわたしの注意を導いた。わたしは無駄な抵抗を試み、けっきょくはあきらめてその視線を追った。

そして、すべてを悟った。

そこにはこの世界を構築している意志があった。伏線を回収しようとする打算が。この家に暮らして三十年以上経つけれど、そんな絵が玄関先にかかっているなんて知りもしなかった。知るはずがない。なぜなら作家というものは、もっとも効果的なタイミングまで切り札をひた隠しにしておくものなのだから。

「こわがることをおぼえるために男は旅にでかけます」藤巻琴里が言った。「あなたにとっては今夜がそのときなんです」

そこにあったのは、わたしが自らの手でかけたブルーグレイの写真ではなかった。それは王誠毅の家にあるリトグラフポスター、それはあの狂おしい夜にわたしと椎葉リサが壁から払い落とした絵、それは陽に焼けて黄ばんだ「飛びかかる黒猫」だった。

10　手抜きじゃない

東名高速を下りたときは、まだ夜が明ける気配すらなかった。

わたしたちは雨に濡れる交差点をいくつもやり過ごし、点滅灯や無人の道路を静かに走りぬけた。

車内には廃墟のような沈黙が満ちていた。もはや最悪の時は過ぎ去り、あとにはただ風に吹かれて朽ち果てていくばかりの思い出が残されていた。わたしはそんなとりとめのない思い出をひとつずつ拾い上げては、ほとんど祈るような気持ちで降り積もった埃《ほこり》を吹き払った。

日本で暮らすようになってからも、わたしと妹は年に一度、夏休みのあいだだけ台北で過ごした。わたしたちが日本の生活に染まり、中国語を忘れてしまうことを恐れた祖父母が両親に飛行機代を送っていた。わたしは憶えていないのだが、日本で暮らすようになってしばらく経ったころ、帰省したわたしと妹がまったく中国語を話さなくなり、あまつさえ祖母の料理にけちをつけ、ハンバーグが食べたいと駄々をこねたことがあったそうだ。ハンバーグなど見たことも聞いたこともない祖母はあわてふためき、哈巴狗《ハバゴウ》（犬のペキニーズのこと）なんて食べちゃいけないんだよ、誰もそんなものを食べたりしないんだよと力説した。それでもわたしと妹が譲らなかったので、ぶち切れた祖母がわたしたちを羽はたきの柄でひっぱたき、両親をなじり、あの子たちは日本へ行って頭がおかしくなってしまったと泣き崩れた……

「なにを考えているんですか？」しばらく車を走らせてから、藤巻琴里が小さく言い添えた。

「なんだかうれしそうだったから」

わたしは窓の外を見ていた。狂おしいほど胸をしめつけてくる懐しい記憶たち。それすらも、わたしだけのものではなかったということか。

空っぽの道路に人っ子ひとり、車一台見かけなかった。もちろん、時間のせいではない。ここまでやって来るあいだ、高速道路の料金所も、道路案内標識も、対向車線のヘッドライトも、国道沿いのレストランも、無人の中古車販売店もなにも目にしなかった。理由は簡単。それらは小説を書くうえで、いちいち描写するようなことではないからだ。東京で藤巻琴里の赤いＢＭＷに乗りこんだところでひとつの章が終わり、一行空けて、つぎの章ではいきなり彼女の祖父と差し向かいにすわっていたっていい。東京と静岡のあいだに当然あるべきものは、読者が勝手に想像力で埋め合わせてくれる。そう、二叔父さんの人生の断片だけで、わたしが長いエピソードをひとつ書きあげたように。小説ならなんでもできる。お好みとあらば鼻もちならない地下芝居の一幕のように、わたしと藤巻徹治は真っ白な服を身につけ、サティのピアノが静かに流れる真っ白な空間にいて、思い思いのほうに顔を向けていることにしたってかまわない。

「記憶は登場人物を説明するために有効なものだ」

藤巻琴里はなにも言わず、小刻みにステアリングをさばいていた。

「物語のなかでは、その登場人物は彼の記憶を独占していて、それは彼の行動を規定する」前方に向き直り、ヘッドライトのなかに飛びこんでくる風景をにらみつけた。それは小説のなかでは、ただ風景としか書かれない風景だった。「だけど本の外では、彼の記憶は読者に共有される。何千何万という読者たちはそれを判断材料にして彼の行動を予測したり、その是非を判じたりする。それがどんな気分か、きみにわかるか？」

彼女はなおも黙したままだった。

「悪くないよ」わたしは言った。「うん、悪くないんだ。こんなはずじゃないとは思うんだが……たぶん、承認欲求が満たされるのだろう」

藤巻琴里の目がちらりと流れてくる。

「考えてみてくれ。現実の人間だろうが架空のキャラクターだろうが、それを承認するのは現実の人たちだろ？　うまく書けているキャラクターは生身の人間よりよっぽど人間味があるし、親しみやすい。おまけに象徴的な意味での普遍性を持つ」

「たとえば、ハリー・ポッターとか？」

「ハリー・ポッターとかシャーロック・ホームズとかエイハブ船長とかをネットで検索したら、一般の人たちとはくらべものにならないくらいのヒット件数があるはずだ」

「ドン・キホーテとサンチョ・パンサも」

「そう！　マクベスとかラスコーリニコフとか……あと、ブラック・ジャックもだ」

「それは漫画です」

「関係ない」わたしが鼻で笑うと、彼女の顔にも笑みが広がっていった。「ルパン三世や次元大介がそのへんのやつに劣るとでも？」

「じゃあ、ハン・ソロやルーク・スカイウォーカーもいいですね」藤巻琴里が笑いながら乗ってきた。「スカーレット・オハラとか」

「ロッキー・バルボア、それにドン・コルレオーネだ！　フィリップ・マーロウ、リック・ブレイン、ルースター・コグバーン」

「そのへんになるとぜんぜんわかりませんけど」

わたしたちは声をあげて笑い、ふたたび沈黙が押し寄せてくるまえにわたしは急いで言った。

「つまり誰の承認も得られない人間と、誰からも承認されるキャラクターとでは、どっちが幸せなんだろうかってことさ」

「言いたいことはわかります」彼女はわたしを励ますように、自分自身に言い聞かせるようにそう言った。

「これは肉体と概念、死と普遍性の問題なんだ」

わたしはまたぞろ窓の外に顔をむけた。車は蛇行する湾岸道路を静かに進んでいた。

流れゆく街灯が、窓ガラスに映る顔を断続的に浮かび上がらせる。それで涙が頬を濡らしていることに気がついた。わたしは戸惑い、あくびをするふりをして顔から不名誉な痕跡をぬぐい取った。そして怪物は――王誠毅はこの涙でなにを表現したかったのかを考えた（それをつまびらかにすることが、作家として構築されたわたしの使命だ）。この涙が読者に伝えるのは、肉体を喪失した主人公の哀しみだ。だけど、誠毅が不特定多数の読者に向けてなにかを語りかけるとは思えない。不特定多数の読者に向けてなにかを語りかけるのは、わたしのような大衆作家の仕事だ。


良書は人生を描き出すけれど、現実の人生は小説ではない。断じてちがう。いくら不朽の名作の主人公たちが百万ドルのように魅力的でも、わたしたちはやはり満員電車に押しこめられ、顔に愛想笑いを貼りつけて生きる人生を愛している。愛さずにはいられない。さもなければ憎むことになる。どんなに耐え難い人生だろうと、どうにか折り合いをつけて生きていくしかないのだ。

唐突にひとつの意志に打たれた。それはまるで縛り首になった男の頭上に広がる青空のようだった。死にゆく耳にとどく神の声。

誠毅もまた折り合いをつけようとしているのかもしれない。わたしの目からあふれる涙は、誠殺自身が流している涙なのかもしれない。彼は自分の悲しみをわたしに伝えようとしているのだ。現実に生きている彼が、フィクションにすぎないこのわたしに。

　この物語が一人称で書かれているのがその証拠だ。「わたし」とは、わたしであるのと同時に誠毅でもある。これからわたしの身になにが起こるにせよ――あるいはもう起こってしまったにせよ――そのことはわたし以上にわたしの従兄を打ちのめした。彼の悲しみは深すぎて、わたしを主人公にして小説を書かずにはいられないほどだった。小説のなかなら、わたしは永遠に生きつづけることができる。

　それとも、わたしたちが従兄弟同士であるというのもフィクションなのだろうか？　一人称の語り口に、わたしが期待するような含みはなにもないのかもしれない。二叔父さんに関するわたしの記憶も、椎葉リサの存在も、ＩＲＣにまつわるいっさいがっさいも、なにもかもが誠毅のファンタジーにすぎないのかもしれない。わたしにはわからなかった。一介の創作物が作家の真意を解き明かすのは、神や宇宙の神秘を理解することと完全におなじだった。

「おれにはもう時間がないときみは言った」

　藤巻琴里の表情が変わることはなかった。誠毅がこの世界の神なら、彼女はさしずめ導きの天使という役柄だろう。

「おれはきみにその矛盾を指摘した。だって、それはもう起こってしまったことなんだろ？」

「はい」

「おれは死ぬのか？」

　車は一定のスピードを保っていた。それで表現できるのは彼女の内面の平静か、さもなければ無理に平静を保とうとする彼女の動揺か。

「いったいなにが起こるんだ?」

「あなたはこれから――」

「いや、言わなくていい。やっぱり言わないでくれ」

それきり会話が途切れた。

いつしか車内の闇が薄まり、なしくずしに朝が入りこんでいた。分厚い雨雲におおわれ、水に滲んだ活字のような色をした朝だった。

藤巻琴里がステアリングを大きく切り、車を林道へと流しこむ。そのまま曲がりくねった道をしばらく行くと、小高い丘に出た。このような情景描写は不必要に思えるかもしれない。実際、ついつい読み飛ばしたくなる。だけど、わたしにはわかる。ある行動とつぎの行動のあいだには時間的、心理的な隔たりがある。一見面白味に欠ける情景描写の本当の目的は、その隔たりを表現することにあるのだ。

その白い建物は岬の突端《とったん》に立つ灯台のように、鈍色《にびいろ》の海を見下ろしていた。

「祖父が入っている老人ホームです」藤巻琴里は建物の正面玄関に車を寄せた。「わたしの役目はこれで終わりです」

「きみはいっしょに来ないのか?」

「ここから先はあなたひとりで大丈夫です」

車を降りようとドアハンドルに手をかけたとき、ふと思い立ってまたすわり直した。

「いい小説には無駄な文章がない」運転席に顔をむける。「テーマとは無関係に見えても、その文章はなんらかの意図を持って書かれている。たとえば……つまりサビしかない歌なんてないだろ? 全部が聴かせどころなら、聴かせどころがないのとおなじだ」

彼女が小首を傾げた。

「そして、そういう聴かせどころじゃない部分こそがじつは大事だったりする。きみとのこのドライブになにか意味があるとすれば、それはたぶんそういうことなんだ」

「なにが言いたいんですか？」

「短い旅だったけど、無駄じゃなかった。たしかに、ほかにも見せ方はあった。だけど、これでよかったんだ。このドライブはこの物語に必要だった。作家のおれが言うんだから間違いない。この物語を読んでいるやつらに……そんなやつがいるとしてだけど、おれの緊張はしっかり伝わったはずなんだ」

藤巻琴里はしばらくのあいだ、そのことについて考えているふうだった。うつむき加減に、わたしとのドライブの文学的意味について。それから、表情を和ませて小さくうなずいた。

「そうかもしれませんね」

わたしが見た、それがこの世界での彼女の最後の姿だった。

「ありがとう」笑顔をつくり、車を降りるまえにそう言った。「へんな言い方かもしれないけど、元気で」

海からの風を背中に受けて、わたしはその三階建ての建物を見上げた。

四方の壁はまばゆいばかりに白く、整然とならぶ窓にかかるカーテンも真っ白で、なかには風になびいているものもあった。なにもかもが、まるでわたしの頭のなかにあるイメージをそっくりそのまま写し取ったかのように無機質だった。耳を澄ませてみたが、どこからもピアノの音は聞こえてこなかった。

エントランスには玉砂利《たまじゃり》が敷き詰められている。真鍮《しんちゅう》のプレートがかかっていたけれど、そこに刻まれているはずのホームの名前だけがぼんやりとかすんでいた。どんなに目を凝らしても読めない。突然、わたしは以前にもこの場所を訪れたことがあり、ただ名前を忘れてしまっているだけなのだということに思い至った。

　それをたしかめようとふりむいたのだが、そこにいたのは藤巻琴里ではなく、人のかたちをした青い塊だった。ブルーグレイの一群。寄り集まって藤巻琴里をかたちづくっていた青い鳥たちは、わたしの目に触れたことで役目を果たせたとでもいうようにいっせいに舞い上がり、灰色の空に散っていった。天使のラッパが聞こえてきそうな、そんな清浄な最後だった。

　雲間からひと筋の光が海に落ちていた。しつこく降りつづいていた雨はあがり、空には薄い虹がかかり、ひとつのエピソードが役目を終え、新しいページがめくられたのだとわかった。


　大きく息を吸い、自動ドアをくぐってなかへと入っていく。

　思ったとおり、どこもかしこも白一色で、手術室の無影灯《むえいとう》のような光に満ちていた。無人の受付カウンターも白なら、ソファやテーブルなどの調度も白で、白い花瓶には純白の花が活けられ、花の香りすら白々しい。わたしは空にむかって怒鳴りたくなった。おい、誠毅、手を抜いてるんじゃないだろうな！

　白い階段をのぼっていくと、白い看護師たちの押す車椅子に、白いパジャマを着た年寄りたちが乗っていた。どの顔も無表情で、こちらが頭を下げてもまるで眼中にない。藤巻徹治の部屋がどこにあるのか見当もつかなかったけれど、わたしたちがいずれめぐり会うことはあらかじめ決められているので、案ずることはなにもなかった。寸分たがわぬ白いドアのならぶ白い廊下を歩いていくと、案の定、ひとつだけドアを開け放った部屋に行き当たった。

入っていくまえから、わたしはもう室内のようすをまざまざと思い浮かべることができた。ベッドや簡単な応接セットのほかに、壁には写真が数枚飾ってある。ありきたりな家族写真のなかに、藤巻徹治と二叔父さんがいっしょにB‐17戦略爆撃機のそばで写っている白黒写真が交ざっている。小さなラジオがあって、バロック音楽が流れている。ベッド脇のナイトテーブルには水差しとコップ、そして藤巻徹治の妻とおぼしき女性の若かりし日の写真が金色の写真立てに収まっている。その女性は、古ぼけてはいるけれど仕立てのよさそうなワンピースに身を包み、長い髪を左の肩口から垂らしている。あまり写真に撮られるのが好きではないのか、まるでサイズの合わない靴を履かされているみたいに笑顔がしゃちほこばっている。しかし全体として見た場合、とても好ましい印象を抱いてしまうスナップなのだ。ベッドには水色のシーツが敷かれ、掛け布団は軍隊式に四角四面に折りたたまれている。軍隊時代の習慣はなかなか抜けないものなのだ。枕の上の壁には、イエス・キリストの磔刑像《たっけいぞう》がかかっている。

わたしはあたりまえのように部屋に足を踏み入れ、自分の記憶がほとんど正しかったことに安堵しながら、「また来ました」と声をかけた。

老いのおだやかなにおいに包まれて、藤巻徹治は窓辺の椅子にすわって朝の海を眺めていた。縦縞《たてじま》のパジャマの膝に開いた本を載せていて、その上に老眼鏡を置いている。薄くて白い髪が風にそよいでいた。死を待ちわびているようにも、もう死んでいるようにも見えた。彼はふりむき「やあ、いらっしゃい」と屈託なく笑った。

前回ここを訪れたとき、わたしは彼に再訪することを約束していた。しかし、その前回がいつだったのかとなると、まるで思い出せなかった。気にするほどのことでもない。夢のなかではよくあることだ。初対面の人物が知り合いとおなじ顔をしていたり、行ったこともない外国の街にむかしかよった学校が忽然《こつぜん》とあったりするではないか。あのときは二時間ほど話を聞かせてもらった。藤巻琴里もわたしたちに辛抱強く付き合い、何度かコーヒーまで淹《い》れてくれた。持参したICレコーダーの調子があまりよくなかったので、わたしはやきもきしながら藤巻徹治の話を聞いたのだった。

椅子を勧められ、書き物机のそばに腰かける。

机の上には本が数冊あり、わたしの『怪物』もそこにあった。かなり読みこんでいることは、ひと目でわかった。表紙がなくなり、ページの端には折り目がたくさんついている。壁に服薬カレンダーがかかっていて、それぞれの日付のポケットにはその日服《の》むぶんの薬が入っていた。

わたしと藤巻徹治は顔を見交わし、目をそらしたり、うつむいたりした。戸口に痩せた老婆があらわれてわたしをじっと見つめた。老婆は花柄のパジャマを着ていて、ひと言も声を発しなかった。その目は水気を含んで濁り、口の端からは涎を垂らしていた。しばらくするといなくなったが、現実にもおなじことがあったのをわたしは知っている。

このようにして、話がはじまった。夢のなかでは、物事はいつだってそのように動く。唐突に、なんの脈絡もなく……

11　藤巻徹治の話

あなたの叔父さん、王康平とともに搭乗した偵察機が撃ち落とされたあと、ぼくはどうやら長く意識がありませんでした。

しかし、大陸でのことをお話しするまえに、まずはぼくが台湾へ渡った経緯をすこし知っておいてもらったほうがいいと思います。もう琴里から……孫から聞いているかもしれませんが。

　ぼくの任務は偵察飛行で手に入れた情報を富田少将に渡すことでした。富田さんは白団のリーダーだったのですが、それは彼の中国名が白鴻亮だったからです。台湾の空軍は偵察で得た情報を全部アメリカに渡すことになっていました。おそらく蔣介石はそれを良しとしなかったのだと思います。アメリカに止められなかったら、彼はすぐにでも大陸に反攻したいと考えていました。しかし、中国にはソ連の後ろ盾があります。下手なことをすれば全面核戦争にもなりかねません。台湾はアメリカの庇護下にあったので、中国にちょっかいを出すなというアメリカの意向に表立って逆らうわけにはいきませんでした。

　とはいえ、蔣介石もただ座視していたわけではありません。表立って動けないなら、裏で動ける者たちを使えばいい。彼は日本人を使うことにしました。ただし軍事顧問団としての白団の存在は公然の秘密にすぎなかったので、白団に属さないわたしのような者に白羽の矢が立ったというわけです。

　当時、飯田橋に富士倶楽部というのがありました。日本は戦争に負けて軍が解体されたのですが、数人の有志がひそかに旧軍時代の研究や体験を残そうと秘密の勉強会をはじめたんです。岡村寧次の指示によって発足したこの勉強会が、すなわち富士倶楽部です。岡村大将は日本で白団の有志を募って台湾へ送りこんだ張本人です。表向きは……秘密の勉強会に表向きというのもおかしな話ですが、とにかくこの富士倶楽部のために岡村大将は戦史や戦略の資料を集めさせました。それを小笠原清らがガリ版で刷ってせっせと台湾に送っていたんです。国軍の軍事教育のためのテキストが必要だったからです。

　小笠原は岡村大将の命を受けて、旧軍人を実際にスカウトしては台湾へ送りこむ仕事をしていました。いわば、白団の日本側の窓口のような存在です。ぼくは野良仕事をしているときにスカウトされて、台湾へ戻ることにしました。ぼくは中国語も台湾語も話せるので、軍に潜入させるには都合がよかったんでしょう。もちろん蔣介石をはじめ、軍の上層部はぼくのような者の存在を知っていたと思います。それどころか、日本人を諜報員に仕立てようというのは軍上層部の発案だったのかもしれません。そうじゃなければ、空軍に属さない者をいきなり偵察機に乗せるなんて芸当はできなかったでしょう。

ともあれ、それは極秘でした。仲間たちにも日本人だと知られてはなりません。ぼくは邱治遠《きゅうじえん》という中国名を使いました。万一アメリカに発覚しても、国民党は知らぬ存ぜぬで押しとおしたはずです。ぼくは日本人だから、諜報活動は白団が勝手にやったということにしておけばいい。日本政府に迷惑がかかることもありません。白団は政府によって組織されたものではなく、あくまで民間の義勇軍のような立ち位置だったので。

我々は広東省上空で撃墜されたのですが、目が覚めたとき、ぼくは筵《むしろ》に寝かされていて、傷には手当てがされていました。手当てといっても折れた骨が動かないように添え木をして、布切れでぐるぐる巻きにしていたという程度ですが。

鎖骨と足首の骨が折れていて、頭もひどく痛みました。自分がどこにいて、なにをしているのか、すぐには思い出せませんでした。納屋のようなところに……崩れかけた土壁から藁《わら》が束になって飛び出していて、天井には穴が開いていました。そこから光が射しこんできて、とても細い光だったのですが、それがとてもまぶしかったのを憶えています。

起き上がろうとしたのですが、体がまったく動きません。どれくらい気を失っていたのかわかりませんが、力がまったく入りませんでした。しばらく前後不覚でもぞもぞやっていたのですが、そのまま昏倒《こんとう》して、つぎに目を開けたときは女の子がぼくを覗きこんでいました。長い髪をおさげにした十歳くらいの女の子です。ひどく痩せていて、そのせいで口元に縮緬皺《ちりめんじわ》が寄っていましたが、彼女の大きな目はとてもみずみずしくて、善良な光を宿していました。ぼくたちは黙って目をあわせていました。もし人生の最期に見る風景が彼女のそのふたつの瞳なのだとしたら、なかなか悪くないなとぼんやり考えていました。清冽《せいれつ》で、意志の力があって、善良で……まるで聖歌みたいな。

ほかのものはもう見たくないと思ったので、ぼくはまた目を閉じました。彼女が立ち上がり、家を出ていく音が聞こえました。どれほどもしないうちに、こちらに駆けてくる軽やかな足音が聞こえてきて、もうひとつ、もっと重たい足音が近づいてきました。

目を開けると、先ほどの女の子と、もうすこし年上の……十五、六歳の男の子がそこにいました。男の子のほうも痩せていて、険しい顔つきをしていました。黒ずんだ手に錆《さ》びた鎌を持っていました。女の子がなにか言いましたが、広東語なのでぼくにはわかりません。でも「アーコー」という音だけは聞き取れました。たぶん「阿哥《お兄ちゃん》」と言ったのだろうと見当をつけたのですが、やはりふたりは兄妹でした。

男の子が何度か「トイワーンヤン」という音を繰り返したので、「台湾人か？」と訊いているのだとわかりました。ぼくはうなずきました。すると、女の子がうれしそうにお兄ちゃんの肩を揺すりました。女の子の名前は兪蘭《ゆらん》、兄のほうは兪桂《ゆけい》、ぼくはこのふたりにたすけられたんです。

彼らはぼくに水を飲ませ、食べ物があるときはそれも分けあたえ、傷口をできるかぎり清潔に保ってくれました。どうやら親はいないようでした。折れた鎖骨はそのうちくっつくだろうと思いましたが、足の傷がひどく腫《は》れて熱を持っていました。何日も高熱にうなされました。全身にまわった毒を消す薬が、抗生物質が必要でした。兪桂と兪蘭が言い争いをしました。彼らの言葉はわかりませんが、ぼくのせいだということはわかりました。兪蘭が泣いて、兪桂が怒って家を出ていき、丸二日も帰ってきませんでした。

彼がいないあいだ、ぼくと兪蘭はほとんど水しか口にしませんでした。あとは罠にかかった小さなネズミを一匹食べました。兪蘭が錆びた鎌でネズミの腹を裂いて、火で炙《あぶ》って焼きました。あとはひたすら濁った水を飲んで、あまり体を動かさないように寝ていました。

二日後、ふらりと帰ってきた兪桂はすこしばかりの米と豚肉と薬を調達していました。そのせいで兄妹はまたささやかな喧嘩をしましたが、とにかく食べるものだけは食べました。それからも兪桂はときどきいなくなっては、食べ物や薬を持ち帰ってくれました。おかげでぼくの熱は引きはじめ、足首の腫れもすこしずつ落ち着いてきました。まあ、折れた骨がへんなふうにつながってしまったせいで、ぼくの左脚は流木みたいに曲がってしまいましたが。

ぼくと蘭は、桂が持ち帰ってくるものを食べました。あまり深く考えないようにしていました。あのころの中国はとにかく鉄、鉄、鉄で、工業化が最優先課題だったのです。誤解や悪意に基づく規則ができては、いつのまにかもっと理解に苦しむ規則に取ってかわられました。たとえば、ある人民公社のリーダーが、農地の半分を水田のかわりに甘藷畑《かんしょ》にすると決めました。しかしあとで気が変わって、甘藷をやめて落花生《らっかせい》にかえました。さらにやっぱり水田に戻すといって、せっかく植えた落花生をみんな引き抜かせてしまったそうです。日本に帰ってからいろいろ調べたんですよ……べつの人民公社では、まったく種蒔《ま》きには適さない寒い時季に、何千人もの農民が種蒔きをさせられました。蒔いた種はもちろん凍りつきました。大躍進政策は農業だけでなく流通も破綻《はたん》させていたので、せっかく収穫した穀物も倉庫のなかで腐ったり、カビにやられたりしました。鉄道やトラックは燃料がなくて動かすことができません。それで多くの穀物は貨車に積まれたままダメになったり、道端に野ざらしのまま放っておかれました。こうした不可解なことが各地で行われたので、食べ物が急速に不足していったんです。

それでも食べ物は、あるところにはありました。文字通り、掃いて捨てるほど。食べ物が足りなくなってくると、人民公社の民兵たちが食糧をあさりはじめました。民兵といっても、ならず者のような連中です。強い民兵を持つ人民公社には食べ物がありました。本当は民兵でもなんでもないのに、民兵を騙《かた》る者たちもいました。そうしたほうが農民たちが言うことを聞くからです。桂はそんな得体の知れない組織に加わって、どこかから奪ってきた食糧の分配にあずかっていたのだと思います。彼の体からはしばしば火薬のにおいがしていました。夜中にうなされたり、すすり泣いていることもありました。ぼくも蘭も、彼が危ない橋を渡っているのはなんとなくわかっていました。いいえ、知っていました。それでも食べなくては死んでしまうので、気づかないふりをして食べつづけました。

桂が松葉杖をこしらえてくれたので、彼が家にいないとき、ぼくと蘭は畑に出てお手製の製鉄炉の火の番をしたり、食べられそうなものをうろうろ探しまわりました。木の根っこを掘ったり、森で果物や木の実を探したり、罠を仕掛けてスズメを獲ったり……一度ぼくが蛇を獲ったことがあって、もちろんそれも食べました。口に入ればなんでも食べましたよ。誰もが腹をすかせていて、革のベルトを鍋で煮こんで食べている人も見かけました。ただ、キャッサバ芋の葉は食べませんでした。蘭が「これは毒がある」と身振り手振りで教えてくれたんです。

ぼくたちの偵察機が撃墜されたのが五月の終わりで、あっという間に夏が来て過ぎていきました。そのあいだ、雨ばかり降っていました。兪兄妹の家はひどく雨が漏りましたが、彼らはあまり気にしていないようでした。この時季はカエルなんかも獲れました。

どうしたら台湾へ、もしくは日本へ帰れるのかまったくわかりませんでした。兪兄妹とは、どうにか意思疎通ができるようになりました。筆談はできません。彼らは読み書きができなかったので。でも、彼らは彼らなりに標準語に近い音でしゃべってくれたし、ぼくはぼくでだんだん広東語が理解できるようになりました。彼らに親のことは尋ねませんでした。楽しい答えが返ってくるとは思えなかったし、彼らの人生を背負う覚悟もなかったから。

一日一日を生き延びることだけを考えていました。人民公社の共同食堂で配給があると聞けば、兄妹は朝から晩までならびました。なにももらえないときもあれば、わずかばかりの粥がもらえることもありました。水のように薄い粥で、それを食べると腹を壊して水のような便が止まらなくなりました。

桂がいないとき、ぼくと蘭はよく食べ物の話をしました。サトウキビ、日本ふうの餅、アメリカのガム、豚足をのせた麵のことを教えてやると、蘭はもっと台湾の食べ物のことを知りたがりました。マンゴーやスターフルーツ、黒い烏酢《ウーツゥ》をかけた熱々の汁なし麵や屋台で売っている猪血糕《ヂュシュエガオ》（餅米を豚の血で固めて蒸しあげたおやつ）。蘭はうっとりと聞き惚れ、ため息をつきました。なんでこんなことになっちゃったんだろ。わからないよ、とぼくは答えました。ぼくにもわからないよ。

九月になってもあたたかで、雨はあまり降らなくなっていました。ぼくのいた村は看春坑《カンチュンケン》というところにあって、そこから王康平のいた青牛塘まではだいたい二、三十キロくらいの距離だったと思います。もちろん、そのことを知ったのはずっとあとです。日本へ帰り着き、地図で調べてやっと自分が大陸のどのあたりにいたのかを突き止めたんです。

王康平とは任務でおなじ機に何度か搭乗したことがありました。でも、親しく話したことはありません。ぼくにあたえられた任務の性質上、誰ともつかず離れずの関係を心掛けていたせいです。王康平とも挨拶を交わす程度で、個人的なことはなにも知りませんでした。ただ、正直に言って、あまりいい印象を持ってはいませんでした。すみません、こんなことを言って……なにを考えているのか読めないというか、いっしょにいると不安を感じてしまう種類の人間だったんです。

彼は目立つほうではなかったと思います。でも、存在感はありました。ほかの隊員が無知を勇気でごまかして国家のために死ぬとしたら、王康平にはそういう死を嘲笑うような雰囲気がありました。もちろんぼくの目から見て、という意味ですが。なんというか、勇気を無知にくるんで自分ひとりだけ生き延びようとするしぶとさ、したたかさが感じられたんです。それが悪いと言っているわけではありません。いい意味で、彼は時代や周囲に流されない自我を持っていたんです。ただ、それが仇《あだ》となって隊のなかでは浮いた存在になっていたと思います。ぼくたちの機が被弾したとき、混乱のなかで彼がほかの隊員を突き飛ばすのが見えました。なにもかもがひっくり返ってしまっている最中でのことですから、ぼくの見間違いだったのかもしれません。なにか理由があったのかもしれない。いまとなってはもうたしかめようもありません。ぼくと王康平以外はみんな殉職してしまったので。突き飛ばされたほうは最後部までごろごろころがっていって、敵の攻撃で尾翼ごと吹き飛ばされてしまいました。

もしあのまま何事もなければ……何事もない、というのもおかしな言い方ですね。餓えた土地を死が凪みたいに吹いていて、ひっきりなしに人を連れ去っていたのですから。とにかく、あのまま何事もなければ、ぼくと王康平が相まみえることは二度となかったと思います。

旧暦の七月の終わり、つまり陽暦の九月のはじめだったと思います。兪蘭の顔が栄養失調でむくみはじめたんです。体はガリガリに痩せているのに、顔や脚がぱんぱんに腫れました。飢餓浮腫です。しばらくすると歩けなくなって、声も出せなくなりました。虚ろな目をして、一日じゅう筵の上に横たわっていました。

このままでは餓死してしまうことがわかりきっていたのですが、どうすることもできません。それがくやしくて、くやしくて……この世には本当の善があります。兪兄妹とあの村で暮らした短い期間に、ぼくはそう思うようになっていました。理屈じゃないんです。彼らにはぼくの面倒を見てやるゆとりなんてありませんでした。それでも、目のまえで傷ついている者がいれば、手を差し伸べずにはいられなかったんです。桂のほうは幾分自棄《やけ》になっていたことは認めますが、それでも善良な人間でした。悪には理由がありますが、善には理由がないのではないでしょうか。善人に生まれついたら、善をなすしかないんでしょう。

ぼくは桂に詰め寄りました。いったいどこから食べ物を調達してきてるんだ、と。桂は話したがらなかった。だけど、死にかけている蘭を指さして怒鳴りつけると、しぶしぶ蘇大方という人物のことを教えてくれたんです。蘇大方は青牛塘というところの有力者で、近隣の村を襲っては食糧を奪っているという話でした。地方政府にもパイプを持っているから、配給物資を優先的にまわしてもらえるのだ、と。

話しているうちに、桂はだんだん自制を失っていきました。蘇大方の組織に知り合いがいて、何度か彼らといっしょによその村から食糧を奪ったことを苦々しげに告白しました。その男の通り名はたしか麻子《マァヅ》だったと思います。あばた面という意味です。特別な訓練でも積んだのかというくらい残酷な男で、女性を犯して殺すようなやつだと桂が言っていました。我没有殺人《ンゴームッヤウサーッヤン》、と彼は涙声で訴えました。おれは誰も殺してない、だけど殺したもおなじなんだ、麻子《マァヅ》を止められなかったから……

ちょうどそのころ、風の噂で蘇大方が結婚するという話が聞こえてきたんです。本当か嘘かはわかりません。しかし婚礼となると、大盤振る舞いがあるはずです。桂が方々で聞きまわったところ、旧暦の八月八日が吉日だとわかりました。ご存じのように中国人は偶数を好みますし、ぞろ目の日どりは結婚の好日なので、かなり信憑性《しんぴょうせい》のある噂話でした。

ぼくたちとおなじことを当て込んだ人たちが、ぞろぞろと青牛塘へ向かって歩きだしました。ぼくと桂は戸板をはずし、そこに蘭を横たえて運びました。ぼくの脚はへんなふうに曲がっていたので、すぐにこのやり方では無理だとわかりました。そこでぼくたちは戸板にロープを結びつけ、それをぼくの腰に巻きました。前方のぼくが戸板を腰で支え、桂がうしろから持ち上げるんです。こうすれば、松葉杖をつきながらでも蘭を運べます。

道中はほとんど飲まず食わずでした。途中に川があることは桂が知っていたので、その水を飲みました。川べりに生えていた野いちごを摘んで食べました。三日かけてようやく青牛塘にたどり着いたときには、宴はすでに二日目に入っていました。

ぼくたちは目を見張りました。

そこらじゅうで人が餓えて死んでいるのに、蘇大方の村には食べ物が有り余っていたんです。そのうえ婚礼ということで、とおりがかりの人にまで肉や酒がふるまわれていました。爆竹が派手に鳴らされ、チャルメラの音に人々の笑声、村の広場に出された円卓にはあふれんばかりの料理……別天地でした。すべてが完璧だった。花まで咲いていました。

肥った女性が、まるで豚に餌をやるみたいにバケツの残飯をぶちまけると、誰もが我勝ちに飛びつきました。堰《せき》を切ったみたいに、手あたりしだいに食べました。ぼくと桂は残飯をかき集め、蘭を守るようにして食べました。蘭にもまだ食べる力が残っていたのは本当に幸運だったと思います。他人を押しのけ、両手に摑めるだけ摑んで口に押しこみました。それを見て、村の子供たちが笑いました。子供たちがあんなふうに笑うのを見たのは、じつにひさしぶりのことでした。広場の先のほうでは宴がにぎやかにつづいていました。土壁に赤い横断幕がかけられ、毛沢東のおかげでめでたく結婚できたことを寿《ことほ》ぐ七言絶句《しちごんぜっく》が書きつけてありました。遠目には、どれが新郎新婦かはわかりません。少なくとも、真っ赤な清朝宮廷風の婚礼装束をつけている人はいませんでした。縁起のいい吉祥話《きっしょうばなし》が飛び交い、それぞれのテーブルではじけたように乾杯の音頭があがりました。別客気《ビッハークヘイ》！　肥った女性がまた女王のように笑って残飯を恵んでくれました。さあさあ、たんとお食べ、遠慮しなくていいんだよ！

誰もが笑っていました。もちろん、ぼくたちも笑っていました。それはみじめさと安堵と憎しみがひとつになった笑い声でした。もしあの婚礼がなければ、ぼくたちはみんな餓え死にしていたでしょう。

ぼくは夢中で食べていたので、すぐ近くまで新郎がやってきていることに気がつきませんでした。

いつしかあたりは静まりかえっていて、よく陽に焼けた顔がひとつ残らずこちらを向いていました。

風が土埃を巻き上げ、横断幕をめくり上げていきました。

新郎は黒い背広を伊達に着崩していて、懐かしそうにぼくを見下ろしていました。あいつが蘇大方だ、桂が耳元で鋭くささやきました。

ぼくは犬みたいに背中を丸め、口のなかのものを咀嚼《そしゃく》しながら、新郎を見上げました。そのときになっても、まだ彼の正体がわからなかったんです。

「やあ、邱治遠」驚いたことに、新郎がぼくを中国名で呼んだんです。「おまえも生きてたんだな」

それでようやく、記憶にある彼の面影といまの彼が重なりました。びっくりしすぎて、食べ物を喉に詰まらせてしまいました。激しく咳きこむぼくの背をさすりながら、桂がまた口早に教えてくれました。こいつはすこしまえに突然あらわれて、このへんの民兵の大将になったんだ。

「ゆっくりしていくといい」王康平は、あなたの叔父さんはにっこり笑ってそう言いました。

「そんな食べ残しは捨てて、さあ、こっちに来ておれの客になってくれ」

「その夜は彼の村に泊めてもらいました。宴会は翌日までつづき、ぼくたちはまたおおいに飲み食いして村に留まりました」藤巻徹治は小さなため息をつき、あの土地で死んだすべての人に詫《わ》びるように打ち明けた。「けっきょくそのまま、十年以上もそこに住みついてしまいました」

自分の耳が信じられなかった。

「王康平とはいろんな話をしましたが、彼がどうして新しい名前を名乗るようになったのかは訊けずじまいでした。なんだかふたりの王康平がいるみたいでした。ぼくとふたりきりのとき、彼は台湾人の王康平でした。だけどそれ以外のときは、蘇大方という人格に徹していました。うまく言えませんが、なんとなく理解はできました。あそこで生き延びるためには、もうひとつの人格が必要だったんでしょう。冷徹で酷薄《こくはく》な人格が。平和な時代には悪いことでも、極限の時代にはそうではなくなります。真逆《まぎゃく》になります。早い話、なにを守りたいかの問題なんです。それを守ることだけが正しくて、そのためにはどんなことでも許されるという自己弁護のメカニズムが働くんです。あのとき、あの場所ではとにかく食べていくことがいちばん重要で、それを脅かすものはどんなささいなことでも悪でした。だから、ぼくもあえてあなたの叔父さんになにも訊きませんでした。だけど、人の口に戸は立てられません。多少のことはどうしたって耳に入ってきます。飛行機が撃ち落とされたあと、王康平はこの村まで歩いてきて、そして村人に拘束されたようです。台湾の飛行機が撃墜されたという噂は伝わっていたので、すぐに彼が台湾人だと知れ渡りました。村長は生産隊の隊長に、生産隊の隊長は生産大隊の大隊長に通報したのですが、王康平はどういうわけか大隊長の娘にひどく気に入られて、その娘《こ》に英語を教えることになったそうです。台湾人といっても、蔣介石といっしょに台湾に逃げ落ちるまえは大陸で暮らしていたわけですから、どうとでもごまかせます。一九五九年といえば、王康平が台湾で暮らしたのはたかだか十年くらいのものでしょう」

　わたしの記憶が間違っていなければ、二叔父さんは中学の卒業を待たずして国民革命軍に志願したはずだ。英語を話すところなんて見たこともない。とはいえ、あのころの新竹空軍基地にはアメリカ人がたくさんいた。空軍第二聯隊には米軍のＭＡＡＧ《軍事支援顧問団》がついていたし、黒蝙蝠中隊はＣＩＡの監督下に置かれていた。叔父さんが実地で英語を身につけていたとしても不思議はない。さもなければ、大隊長の娘をうまくたらしこんだか……

「ともあれ、あの日、彼が娶《めと》ったのは大隊長の娘だったんです」藤巻徹治がつづけた。「話がすこし前後しましたが、食糧が足りなくなってくると、王康平はそのうち食糧の奪いあいがはじまるだろうと進言しました。もともと人民公社の下には民兵の組織があります。まだ体力があるうちに動けばそれだけほかに先んじることができる、こういうことは早ければ早いほどいい、いまやらなければこっちがやられると王康平は力説しました。のちに彼の岳父《がくふ》となる人はその提案を受け入れ、ほかの大隊長たちを説得して、王康平に自分たちの民兵をまかせたというわけです。なにか不都合があっても、すべては台湾からやってきた工作員と、その工作員に扇動された一部の者たちに罪を着せられますから」

　知らず知らずのうちに、わたしは爪をガリガリ噛んでいた。それを見て、藤巻徹治は同情するように声を和らげた。

「あなたの叔父さんがいなければ、ぼくたちは生きて日本へ帰ることなどできませんでした」

　思わず目をすがめてしまった。ぼくたち？

「ぼくは俞蘭を日本へ連れ帰ったんです。ベッドの横のテーブルに写真があるでしょう。妻の蘭です。ぼくたちは夫婦になったんですよ」

　立ち上がり、ナイトテーブルのそばまで行った。藤巻徹治が微笑したので、わたしはその写真立てを取り上げた。墜落した飛行機から藤巻徹治をたすけた女の子。藤巻琴里は祖母が中国人だと言っていた。死の淵で藤巻徹治が聖歌のようだと讃えたふたつの瞳は虚ろで、ぎこちない笑顔の下にあきらめのようなものが透けて見えるような気がした。

「兄の俞桂は殺されてしまいました」藤巻徹治が言った。「略奪に加わってほかの村を襲ったときに頭を鍬《くわ》で殴られて……それきりです」

　わたしは写真をもとの場所に戻し、椅子にすわり直した。

「それから文化大革命がありました。いろんなことがあって、一九七二年の九月に田中角栄と周《しゅう》恩来《おんらい》が握手をして日本と中国の国交が回復されました。あの墜落から十三年が経っていました。ぼくはすぐに俞蘭を連れて広東省の日本領事館へ行き、すったもんだありましたけど、どうにか彼女といっしょに日本へ帰ってくることができたんです」

「領事館をとおして小笠原清と連絡を取ったんですか？」

「迷いましたが、ぼくの任務は日本政府とは無関係だったので、けっきょく連絡しませんでした。領事館には、大戦後も中国に残留した商売人ということで押しとおしました」

「信じてもらえたんですか？」

藤巻徹治が肩をすくめた。

「叔父が……」咳払いをして喉のつっかえを取る。「王康平が台湾へ帰ってきたのは一九六二年です」

「文化大革命がはじまるまえでした。妻と乳飲み児を残して、彼は忽然と青牛塘からいなくなりました」

窓から吹きこむ風がカーテンをそよめかせ、老人は海に目を転じた。波の音がかすかにとどいてくる。そのまましばらく無言の時が流れたあとで、藤巻徹治がおもむろに話題を変えた。

「あなたの本では、鹿康平は台湾に帰ったあとで自ら命を絶ちます。あれは創作ですか？　つまり、王康平は——」

「いいえ、創作ではありません……叔父は自死しました」

老人は色の薄い目を細めた。

「いまのいままで蘇大方という人間が本当にいたのだと思っていました」何十年も参ってきた墓が、じつは赤の他人のものだと気づいてしまったような気分だった。「子供のころ、ぼくたちは蘇大方のことをソーダ水と呼んで馬鹿にしていました。あんな恐ろしい人間がこの世に存在するなんて理解できなかったから、馬鹿にするしかなかった。叔父はその怪物のような男を撃ち……あなたの拳銃で撃ち、そのおかげで正気に戻って呪われた大陸から脱出できたのだと」

「ぼくの拳銃で？」

「ええ。墜落のあと、あなたの南部十四年式を拾ったと」

「そうですか」老人が首をふった。「だけど、ぼくは拳銃を持って任務に出たことはないんです」

それきり、また沈黙に押し流される。藤巻徹治は窓外に顔を向け、わたしは膝の上で握りあわせた手を見下ろしていた。

地獄を見てきた者は、目にしたものをそのまま語れない。考えるともなしに、そんなことを考えた。もし見たままに語れる地獄があるとしたら、そこはたぶん地獄でもなんでもない。ダンテなんか大嘘つきだ。それでも、わたしたちは語らずにはいられない。魂につけられた黒い刻印はもう消しようがないけれど、せめてその刻印とともに生きていく覚悟を育むために。もしくは、書かずにいられない。あらゆる物語に宿る誤解が、呪われた刻印をなにか別のものに、もっと御《ぎょ》しやすいなにかにすりかえてくれることを期待して。

「そうか」つぶやいていた。「二叔父さんは蘇大方を撃たなかったのか」

「そうでしょうか」その声にはやわらかさと、子供を導こうとするような深みがあった。「本当にそう思いますか？」

窓辺に顔をふりむけると、朝陽を背に受けた老人の輪郭が淡く滲んでいた。

12　バディ・ホリーを聴きながら死にたくない

それが起こった瞬間のことを、わたしはなにも憶えていない。

相手の顔を見る余裕はなかったし、ましてやそれに備えておくことなどできるはずもなかった。

っている。

だけど、直前になにをしていたかは憶えている。記憶の暗闇のなかで、その一点にだけ光があたっている。

わたしは彼女と新宿の喫茶店で打ち合わせをしていた。それは土曜日の夕刻で、街には来たるべき夏を予感させる熱い風が吹いていた。

時間に取り残されたような、古ぼけた半地下の店にわたしたちはいた。ボックス席のソファは年季の入った革張りで、昭和の黒電話や蓄音機が磨きこまれたマホガニーの棚に飾られていた。柱時計の振り子が、この物語を象徴するかのように静かに揺れていた。

「つまり」長考の末に、椎葉リサが口を開いた。「もうすこし時間が必要だということですか?」

わたしはうなずいた。

「でも、蘇大方を削るとなると、大規模な加筆修正になりますね」

わたしはもう一度うなずいた。

「蘇大方がいなければ、鹿康平が二百人もの農民を殺すシーンも成り立たなくなります。彼は蘇大方に命令されたことを実行したわけですから。そうなってくると、その良心の呵責《かしゃく》に堪えかねてつぎのアクションを起こすという展開もありえなくなります」

「じつはまだそこまで考えてないんだ」わたしは素直に打ち明けた。「ただ、蘇大方という人間は現実にはいなかった。そのことをどう消化したらいいのか、正直まだよくわからない。存在しない人間を、おれはずっと存在していたと思っていた。だから、叔父のヒロイズムを信じて書くことができた。たとえ嘘っぽくても、それは現実にありえたかもしれないことだからだ。だけど、現実には存在しなかった人間を銃撃させたら、嘘っぽい部分だけが残るような気がしている」

「でも、小説は嘘ですよ」

「それはそうだ」

「だから先生が嘘っぽいと思ったとしても、読者はそんなふうには受け取りません。逆に真実ばかりの物語のほうが嘘っぽく思えたりします」

ひと言もない。

「鹿康平があの二百人の殺害によって蘇大方と決別するのは、読者にとってはとても自然な流れなんです。あんな大それたことをしたら、誰だってなんらかの混乱をきたしますから。鹿康平の自殺も、その理由が明示されていない以上、もしかしたら中国で派手に人を殺したせいかもしれないと考えることができます。そこは読者にとって大事なことなんじゃないかと思います」

「それも認める」

「それに先生もご存じのように、本を出すにはタイミングがあります。なにもないときより、IRCの余熱が残っているいまのうちに文庫化したいというのが編集部の意向です」

「だけど『怪物』という作品は、はじめから嘘をつくつもりで書いたんじゃない。むしろそういうところから離れたくて書いたし、評価されるべき点があるとすればそこなんだ」

「先生はあの本をどういうふうに捉えているんですか？　『怪物』はあくまでフィクションで、歴史考証をするための資料じゃありません。こんなことを言うのは卑怯かもしれませんが、あまり手を入れすぎるといま海外で翻訳されている『怪物』と内容がちがってしまいます」

「それは、そのとおりだ」

「蘇大方を削ったとして、物語をやはり鹿康平の自殺にむけて書いていくなら、その手間にどんな意味があるんですか？」

「わからない」

「だったら──」

「そんなことがわかったためしはない」とかぶせた。「とにかくやってみなければ、物語がどんなふうになっていくのかおれにもわからないよ。どうにかして鹿康平にはやっぱり二百人を殺させる方向に持っていくのかもしれない。なにかちがう道筋を模索するのかもしれない。いまはまだなんとも言えない。おれにわかるのは、小説には分岐点がいくつかあって、そこにうんと近づかなければつぎの扉は見えてこないということだけだ」

「先生はいまその分岐点に立っている？」

わたしは肩をすくめた。

「そして自分の直感を信じて、ちがう扉を開けようとしている」

「まだ迷ってるし、その扉はけっきょくもとの道につづいているだけなのかもしれない」

「でも、それは開けてみなければわからない」

「口幅《はば》ったいけど、まあ、そういうことかな」

「たぶん、売れませんよ」彼女はきっぱりと言い放った。「売り出すタイミングを逸したら、まず売れません。いまの出版事情はご存じですよね。一万部も刷れないと思います」

ため息が漏れた。作家が孤独を感じるのは、こういうときなのだ。初版部数はたしかに死活問題だが、彼女が数字をふりかざして殴りつけてくるとは思わなかった。数字とは魂なき者の方便にすぎない。わたしは煙草に火をつけ、もの憂い失望に煙幕を張った。

「やりましょう」

いきなりのことで、煙にむせてしまった。やりましょうよと椎葉リサは昂然《こうぜん》と繰り返した。その顔には不敵な笑みが浮かんでいた。咳きこみすぎて、わたしはおしぼりで涙を拭かなければならなかった。

「編集部の意向なんかくそ食らえです」

「いいのか？」

「先生がそうしたほうがいいと思うなら」こんな世界なんかぶっ飛ばしてやるとばかりに、彼女は真面目くさって拳骨をつくった。「そのほうが柏山康平らしいじゃないですか。部数なんて作家のまえにころがってる石ころみたいなものですよ。つまずくやつが馬鹿なんです」

「海外版とのちがいはどうする？」

「そんなの、よくあることですよ。超訳とかなんとか言っときゃいいんです」

ああ、これ以上なにを望む？　ひとりの編集者に対して情愛があふれ出すのは、そう、まさにこういうときなのだ。

「どうしたんですか？」

「なんでもない」水で声の震えを飲み下した。「なんだか現実とは思えなくて」

彼女が不思議そうに首を傾げる。

「魂と肉体を切り離せるとは思わない。でも、きみの魂はきみの体よりうんと……」言葉を探して目を泳がせてしまった。「うんと熱い」

「あらあら」悪戯っぽい笑みが彼女の顔に広がった。「したくなったの？」

わたしは賞賛の気持ちをこめて彼女の手を握った。

わたしたちはくすくす笑いながら、おたがいの体を受け入れる準備をたおやかに整えていく。テーブルに広げた原稿や資料をのろのろと片付けるのは、もはや前戯なのだった。すべてをキャンセルできる猶予を相手にあたえつつ、おたがいにそんなことは起こりえないと知っている。

店を出たわたしたちは、世界に祝福されているような陶酔に浮足立ったまま、車通りまで歩いた。

「どうする？」

「先生のおうちがいい」

わたしはうなずき、タクシーを停めた。

車のなかで、わたしたちはずっと手をつないでいた。いつしかセックスはメインディッシュであることをやめ、甘いデザートになったことをふたりとも感じていた。それは恋におけるもっとも甘美な時間だった。そして、ほんのすこしだけ悲しかった。いつの日かデザートになど手もつけず、伝票を摑んでむっつりと席を立つときがやってくるのかもしれない。請求された金額に疑いの眼差しをむけながら。

でも、それはいまじゃない。

彼女が親指でわたしの手をくすぐり、わたしは彼女のやわらかな手を慈《いつく》しんだ。火傷痕のないその左手は誠実で、薬指に指輪はなく、まるでちがう人生を摑まえているみたいだった。それで充分だった。いずれ郵便ポストに放りこまれる請求書のことなど考えずに、いまはただ彼女と触れあっていればいい。

タクシーは丸山陸橋の交差点を左に折れ、新青梅《おうめ》街道を走り、見慣れた路地をいくつか抜けた。いつしか灰色の霧が立ちこめ、街の輪郭がひどく薄められていた。ひとつの曲が静かにフェードアウトしていくみたいに喧騒や色彩、そして肉体までもが先細りに消えていくような感覚に、わたしは言い知れぬ不安を覚えた。

まるで波濤《はとう》を衝く船のように、わたしたちのタクシーは逆巻く霧を裂いて走った。ワイパーが一定のリズムで右へ左へ動いていた。そのたびに、粘液質ななにかがフロントガラスに引き伸ばされていく。時折りその得体の知れない粘液がパチパチと放電した。となりに目を走らせると、窓外にむけられた椎葉リサの顔が鉛色に沈んでいる。その手が氷のように冷たい。

わたしは狼狽《ろうばい》し、声をかけようと口を開きかけたが、そのまえにタクシーが停まった。運転手は声を発することなく、いつまでも前方の霧に目をむけている。喉を締めつける静寂のなかで、ワイパーだけが振り子のように動いていた。身を乗り出してメーターを見たが、金額は表示されていなかった。

と、フロントガラスのまえを人影がすうっとよぎった。赤塗りの顔に大きな髭――赤いマントをまとった関羽が足を高々と蹴り上げながら、威風堂々と横切っていく。次いで黄色の衣装をまとった孫悟空がとんぼ返りを打ってあらわれ、目の上に手庇《てびさし》をつくってあたりをきょろきょろとうかがい、またくるくるまわりながら霧のなかへと消えていった。しんがりは、背中に旗指物を何旒も挿した楊家将の兄弟たちだった。

タクシーがふたたび走りだし、わたしはリアウィンドウをふりかえった。すべてが霧に閉ざされていた。椎葉リサはなにも見ず、なにも言わなかった。ただ死人のようにうつむいていた。街に人影はなく、動いているのはわたしたちだけだった。タクシーは霧のなかを音もなく走りつづけた。ちょうど飛行機が雲のなかを飛んでいるような具合に。いまのわたしは六歳のころのわたしが見ている夢のつづきなのかもしれない。そんなふうに揺らぐ現実に当惑するうちに、タクシーがまた停まった。

わたしは椎葉リサを見たが、彼女はわたしのほうを見ていなかった。運転手はふりかえらなかった。ただドアを開け、わたしが降りるのを待っていた。選択の余地はなさそうだった。アスファルトに足を下ろすと霧が押し開かれ、また静かに閉じていった。

ドアが閉まり、タクシーが走り去る。垣間見えた椎葉リサの横顔は鉛色をとおり越して、ほとんど黒に近かった。

霧の奥へと吸いこまれる赤いテールランプを見送ってから、わたしは玄関扉へとつづく石段をのぼった。赤い血が点々と落ちていて、いちばん上の段には大きな血溜まりがあった。正気とは思えない事態だが、別段不思議だとも思わなかった。これから血が流されることをわたしは知っている。ただ、それが誰の血なのか、どのようにして流されるのかだけが問題だった。

家のなかは暗く、ひんやりとした冷気がわだかまっていた。

世界が死に絶えたような静けさのなかで、ピアノの音だけがかすかに鳴っていた。困惑して立ちつくす。廊下にもモップで刷いたような血の痕がついていた。壁にかかったホックニーの絵を眺めやり、またぞろ床の血痕《けっこん》に目を落とす。いますぐ回れ右をして、この家から出ていくというのはどうだろう? 一瞬、そんな考えが念頭をよぎった。そうすればちがう未来へ、ちがう結末へ行けるかもしれない。けれど、自分がそうしないことは知っていた。なぜなら、それはもう起こってしまったのだ。だとしたら家から出ようがシベリアまで逃げようが、もうなにも変えることはできない。

だから、観念して家の奥へと突き進んだ。足を一歩踏み出すごとにピアノの音が鮮明になり、あとに残してきた世界が閉じられ、眼前に真新しい終わりが迫ってくる。古いページが閉じられ、つぎのページがめくられる。わたしは一歩一歩、一行一行進んだ。血を踏まないように気をつけながらキッチンをとおりぬけ、居間へと入っていく。

ほの暗い部屋のなかで、レコードプレイヤーのパイロットランプが無機質な光を放っていた。

目が慣れてくるまで、サティのピアノに耳を澄ませていた。ターンテーブルに載った古いレコードは表面がかすかに波打ち、そのせいでレコード針がまるでゆるやかな丘陵地帯を走る車のように「ヴェクサシオン」の上を走っていた。石を踏んだような雑音が一定の間隔で混じった。

わたしはただ立っていた。これ以上立っていてもどうしようもないと気づくまでに、曲は反復すべき八百四十回のうちの数回を淡々と消化していった。音楽を破って不意に声が飛んできたのは、電気をつけようと壁のスイッチに手をのばしかけたときだった。

「そのままで」

なかば予想していたことではあるけれど、それでも胸のなかで心臓が暴れた。ゆっくりと手を下ろす。刻一刻とその瞬間が近づいているのがわかった。わたしには知りえない、けれども間違いなくわたしを永遠に変えてしまうその一瞬が。

目をめぐらせると、縁側の安楽椅子に男がすわっていた。暗くて顔はよく見えないが、たとえ充分に明るかったとしても、やはり顔だけは見えなかっただろう。なぜなら、あのときわたしは彼の顔を見なかったからだ。そのかわり、左腕に彫られた孔雀の刺青は暗闇のなかでもよく見えた。見えないのに、ちゃんと見えた。孔雀の羽に散った目玉のような模様まではっきりと。彼についてわたしが憶えていることといったら、それだけだった。

わかっていると思うが、と男が言った。想像していたよりも、ずっとやわらかな声だった。

「こんなことは現実には起こらなかった。つまり、おれとあんたはこんなふうに話したりしなかった。すべてはあっという間に終わった」

わたしは沈黙を守った。

「じゃあ、どうしておれがあんたのまえにあらわれたのか？」男が脚を組み替える。それから、本当はこんなこと言いたくないんだというようなため息をついた。「それは、おれたちが答えを知りたがっているからだ」

「……答え？　なんの答えだ？」

「ありえたかもしれない、もうひとつの結末に対する」

いくつかの光景が飛びかかってくる。部数なんて作家のまえにころがってる石ころみたいなものですよ、そう言って不敵に拳を握りしめた椎葉リサ。タクシーのなかで盗み見た彼女の幸福な横顔。わたしたちはいっしょに車を降り、短い石段をのぼって玄関扉のまえに立ち、そしてわたしがバッグから鍵を取り出そうとしたとき——

「彼女は……」わたしの声はかすれ、震えていた。自分の口から発せられている感覚がまるでない。「椎葉さんはどこだ？」

男が低く笑った。

「椎葉さんねえ……あいつのことをそう呼んでいたんだな、ええ？　ずいぶん他人行儀なんだな、そう思わないか？」

わたしは彼をにらみつけた。「無事なのか？」

「そんなことはもうどうでもいい」

「どうでもいい？」

「事は起こるべくして起こった。おれたちはどちらもこれ以外の結末を想像できなかった。けっきょく、そういうことだったんだ。だから、いまさらじたばたしたところでどうにもならない。それより小説の話でもしようじゃないか」

「小説の話？」鼻で笑ってしまった。「おれときみで？」

「もっとくつろいだらいい」

「……」

「ここはあんたの家だ。よければ一杯飲んだらどうだ？」

わたしは肩をすくめた。

「あんたにとって小説とはなんだ？」男が言った。

「なあ、そんな戯言は――」

「リサは、境界線のむこう側を見せてくれるものだと言っていたよ。おれたちのまわりにはいろんな境界線が張りめぐらされている、なんて言うんだ。みんなその境界線に囚われているけど、そこが居心地のいい場所だとはかぎらない。たとえば、男と女のあいだには厳然たる境界線がある。男は男で、女は女だ。だけど、世の中にはそう感じられない人もいる。小説の役目というのは、そんな境界線がじつはそれほど絶対的なものじゃないと示すことにある。それほど堅牢《けんろう》ではなく、本気で望めば越えていけるものなんだと……そういうものなのか？」

「百パーセント賛成だね」わたしは言った。「たとえば、きみのその刺青だ。それだって境界線を越えようとした結果だろ？」

「この孔雀はリサとハワイに行ったときに入れたものだ」男はくつろいだようすで腕を広げた。

「おれはべつに入れたくなかったんだが、そのときリサが境界線云々という話をした。さっぱりわからなかったよ。刺青を彫ることがいったいなんの証明になるんだ？　おれは一生懸命考えた。ワイキキを歩いてる三人にふたりは落書きみたいな刺青を入れている。じゃあ、やつらはみんな境界線を越えてるってことになるのか？　境界線を越えたやつのほうが、そうじゃないやつより立派なのか？　いくら考えても答えは出なかったけど、リサがよろこぶならそれでいいと思った。

図案なんて、なんでもよかった。タトゥーショップに入って、壁に貼ってあるなかから適当に選んだんだ。リサはよろこんだよ。すごくよろこんだ。わかるだろ？　空っぽな人間ほどそういうことをよろこぶんだ」

頭にカッと血がのぼった。

大股で相手に詰め寄り、必要とあらば荒っぽいまねに出るつもりだったが、おもむろに持ち上げられたバットに制された。

縁側までほんの数歩を残して足を止める。

そのバットからは、黒い粘液のようなものが滴り落ちていた。それが誰の血なのか、わたしは知っている。そう、知っているのだ。

「彼女は空っぽな人間じゃない」どうにか言えたのは、それだけだった。

「へぇえ」彼はわたしを試すように笑った。「いまやリサのことならなんでも知ってるってわけか」

「おまえは誰なんだ？　彼女のなんなんだ？」

「なんだと思う？」

「もしおまえが彼女の夫なら弁護士にでも――」

男がバットの先で床板を強く突き、わたしは言葉を呑んだ。裁判官の木槌《きづち》のようなひと突きだった。その残響がゆっくりと静まるまで、どちらも声を発しなかった。

「そんなものは必要ない」バットを膝の上に横たえながら、男が押し殺した声で言った。「おれは自分の望むものがわかっている。弁護士の出る幕はない。おれは逆襲する境界線だよ。咬みつく現実、それがおれだ」

それきり、蛇のような沈黙がするりとわたしたちのあいだに入りこんだ。

ひとりの女をめぐる男たちの戦いは、じつに多くのことを象徴している。とりわけ彼らが女の夫と愛人である場合には。血のついたバットを持っている目のまえの男は、取り立て屋なのだ。わたしと椎葉リサがツケ払いで楽しんだ自由に対する。自由という幻想に対する。

いつしかレコードプレイヤーからは場違いなロックンロールが流れていた。

どんな音楽を聴きながら死にたいか？　わたしの場合それは、あるときはレナード・コーエンの「カム・ヒーリング」であり、またあるときにはグラント・グリーンの「ベッチャ・バイ・ゴーリー・ワウ」であり、ときにはマスカーニの「インテルメッツォ」ということもあるし、ごく稀にハリー・ベラフォンテの「さらばジャマイカ」だったりする。だけど、バディ・ホリーを聴きながら死にたいと思ったことは一度もない。

「なにが可笑《おか》しい？」

バディ・ホリーか、まあ、それはそれでいいじゃないか。そういう幻想も悪くはない。現実が咬みつくというのなら、幻想だってそうだ。作家なんて、しょっちゅう幻想に尻を咬みつかれている。わたしとこの男のちがいは現実のために死ぬか、それとも幻想のために死ぬかだけだ。

ソファにどさっと身を投げ出すと、男を包む空気が硬くなった。

「そろそろ本題に入ってくれないか」わたしは言った。「お遊びはこれくらいにしよう」

「お遊び？」

「おれはもう死んでるんだろ？」妙にさばさばした気分だった。「もしくは死にかけている。おまえが何者だろうと、おれがいまわの際に創り出した幻影にすぎない。それがおまえの正体だ」

彼は身じろぎせずにすわっていた。

「おまえは誰でもないし、誰でもありうる。おまえはドン・キホーテを死に至らしめるサンソン・カラスコだ。自由を圧殺する狂った理性だ。おまえはおれの二叔父が切り離そうとしたもうひとりの自分だ。おまえがおれ自身だったとしても驚かないし、おまえがおれに伝えたいことは、おれがもう知っていることだ」

「おれはなにを伝えに来たと思う？」

「罪と罰は切り離せないということ。まるで鼻のいい犬みたいに、罰はどこまでも罪を追いかけてくる。だからおれと王康平は死ななきゃならなかった」

「なぜ王康平が出てくる？」

「それが怪物の知りたいことだからさ」

そうだろ、従兄！　わたしは天井にむかって叫んだ。あんたは二叔父さんが死んだ理由をおれに決めさせようとしてるんだ、ちがうか？

「だけど、いまさらそんなことをしてなんの意味がある？」声が失速した。鉄錆のような無力感が全身に広がっていく。「こんな会話は独り言にすぎないし、どこにも行き着かない。死んだ者が生き返るわけでもない」

「あきれたな、その程度の想像力でよく作家になれたもんだ」

わたしは目をすがめた。

「我没有能力當作家《おれはさっかになれなかった》」

出し抜けに中国語に切りかわる。相変わらず顔は黒く塗りつぶされてはいるが、その声をわたしが聞き間違えるはずはなかった。

「親父が死んだ理由なんか、いまさらどうでもいい。親父がなんで蘇大方の話をでっちあげたかなんて知ったことか」

「誠毅《チェンイー》……」

「だけど、おまえはどうなんだ？」声に苛立ちが紛れこむ。「作家ってのはそういう物語に生かされてるんじゃないのか？　作家にとって後悔や苦痛は魂の鮮度を保ってくれるものだろ、ちがうか？　作家としておまえがいちばん悔しいことはなんだ？　書きかけの物語が未完のままくたばっちまうことじゃないのか？」

　それが藤巻琴里の声と重なった。作家にとってもっとも遺憾なのは、作品を完成させられずに絶筆となることだと思います。誠毅はなぜおなじメッセージをふたりの人間に託したのか？　考えるまでもない。それを強調したいからだ。

「作家なら考えろ。この物語にどんな結末がありうる？　親父は本当に自殺だったのか？　それとも、中国で働いた悪事のせいで誰かに消されたのか？　生きるためにやむをえなかったとしても、他人から奪うことを、傷つけることを、台湾に婚約者がありながら中国で結婚したことを親父がどう正当化したのか……『怪物』という小説はまだ終わってないんだよ、立仁《リーレン》、終わらせてしまうにはまだ早いんだ。おまえはまだ最良のエンディングにたどり着いてない。だから目を覚ましてくれ、従弟、あんなやつに……あのアバズレのイカレた旦那なんかにおれたちの物語を終わらせるな」

　この物語を支配しているのは王誠毅だ。王誠毅のゲームだ。なのに、彼はわたしに考えろと迫る。でも、なんのために？　わたしがなにを考えようと、それは誠毅が練った言葉にすぎないというのに。

　奇妙な感覚だった。苛立ちはない。虚しさも。それどころか、体にあたたかな光が満ちてくるのを感じた。たしかにあの男の言うとおりだ。わたしは知りたがっている。ありえたかもしれない、もうひとつの結末を。

「こういうのはどうだろう」気がつけば、そう口走っていた。「蘇大方は本当にいたんだ。たとえば、彼は二叔父さんの幼馴染《おさななじ》みだった。戦争がはじまると、二叔父さんは空軍に入隊し、蘇大方のほうは村に残った。彼は心根がやさしくて、とても人殺しができるような人間じゃなかった。そもそもそんなダサイ名前のやつに人なんか殺せるわけがないんだ。そうさ。蘇大方は虫も殺さないような善良な男だったんだ」

「その調子だ」誠毅が声を張った。「それからどうなる？」

「それから……」わたしは即興で物語を組み立てていった。「それから、戦局は国民党にとってだんだん厳しいものになる。それは歴史的な事実だ。で、二叔父さんたちはとうとう台湾へ撤退することになる。だけど、二叔父さんにはあらぬスパイ容疑がかかってしまうんだ。それというのも、共匪《きょうひ》が潜んでいる村への爆撃命令に異議を唱えたからだ。二叔父さんはどうして爆撃に反対したのか……じつはその村に共匪が潜んでいるというのはただの噂で、はっきりした証拠がなかったからだ。だから、二叔父さんは上官に食ってかかった。噂だけで罪もない村人を殺せないから」

「その上官は功を焦っていた」

「そう！」

「なんとか蔣介石に取り入って、台湾に渡ったあとの地位を確保したかったんだな？」

「そのとおり。だから敵なんかどこにもいやしない村の爆撃を、二叔父さんの隊に命じた。二叔父さんはその上官に逆らった。だから、そいつは二叔父さんにスパイ容疑をかけたんだ」

「有可能《ありそうな話だ》、真他媽的有可能《そうだとも》！」

「そんなとき、蘇大方が捕えられた」話せば話すほど、体が軽くなっていくようだった。「二叔父さんが国民党に入ったあと、蘇大方は共産党に入った。あんなやさしい男がなぜ兵隊に？　それは……たぶん、蘇大方の人の善さが災いしたんだ。たとえば、たまたま好きになった娘が人民解放軍に肩入れしていたとか」

「それか徴発されたのかもな」

「それもありえる。とにかく、蛇のように執念深いその上官は、どういうわけか蘇大方と二叔父さんの関係に気づいた。蘇大方が命乞いをしたときに、二叔父さんの名前を出してしまったのかもしれない。それで上官は二叔父さんに蘇大方を殺すように命じる。もしおまえがスパイじゃないなら、それを証明しろというわけさ」

「幹《くそ》、一罰百戒ってやつだ！」

「そうさ、見せしめさ。そいつはそういう陰険な男だったんだ。二叔父さんは兵隊たちに取り囲まれて、自動小銃をむけられている。蘇大方はたしかにいまは敵だが、二叔父さんの幼馴染みでもある。友達を殺さなきゃ自分が殺されるという局面で、二叔父さんになにができる？」

――立仁！

誰かがわたしを呼んでいる。とっさに縁側に顔をふりむけたが、誰もいない。それどころか、縁側そのものが消えてなくなっていた。庭も、その先に広がっているはずの街並みも、色も音も消え失せている。

――聞こえるか、立仁？

その声がまるでロープのように体に巻きつき、問答無用でわたしをぐいぐい手繰り寄せていく。

「そのときのことがトラウマになってるんだ」わたしはそれにあらがうようにしゃべりつづけた。「だから、二叔父さんはあの村で蘇大方を名乗った。二叔父さんにしてみれば、蘇大方を殺したことは罪ではなくて罰だったんだ。ふつうはまず罪があって、それから罰せられる。だけどなにも悪いことをしてないのに、あの意地の悪い上官のせいで罰を受けた。こんな理不尽なことがあるか？」

――起きろ、帰ってこい！

大きな力がわたしを求めている。その圧倒的な意志に、わたしはしばし声を失う。針にかかった魚にでもなったような気分だ。どんなにあがいても運命はあらかた決しており、あとは水面から釣り上げられるのを待つばかりに思えた。

――瞼《まぶた》が動いてる！

強烈な光線が閃き、そのたびになにかの残像がまたたいた。手の火傷痕、〈FICTION〉と書かれたドアプレート、頬を流れ落ちる涙、スズメの大群、墜落する偵察機の黒い煙、白い部屋の窓辺に腰かけた老人、雲が低く垂れこめた海、わたしの本を買わなかった台湾の少女……世界が切り取られていく。まずキッチンがどこかへ剝がれ落ち、次いで居間が奪われ、四方の壁は花びらのように一枚ずつむしり取られ、足下の床にぽっかりと穴が開き、しまいにはソファがかすめ取られ、気がつけば体ひとつで光も闇もない空間に浮遊していた。

ひどく薄っぺらな空間だった。薄い壁一枚隔てた別の空間の物音が漏れ聞こえてくるほどに。あたりをドタバタ走りまわる足音、神経を逆撫でする理解不可能な言葉。意識レベル三桁の患者さんが呼びかけに反応しています！

「その経験が……親友を殺した経験が、二叔父さんをねじ曲げてしまったのかもしれない」最後の意地をふり絞って、わたしは激しくまくしたてた。「そうじゃないと誰にわかる？　先に罰を受けたんだから、多少の罪を犯したってそれがなんだというんだ？　きっとそんなふうに思ったんだ」

——目を覚ますんだ、立仁！

わたしを引き上げようとする力はますます高圧的になり、一瞬でも気をゆるめたら体を乗っ取られてしまいそうだった。水圧が減じて肺が膨張するように、なにかがわたしのなかで急速に膨らんでいく。

「わかるか、誠毅？」起きろ、目を覚ませという声が邪魔で、そして巨大な風船と化していく意識が苦しくて、わたしはほとんど怒鳴っていた。「二叔父さんが蘇大方を蘇らせたのは、不当に受けた罰をすこしでも公平なものにしたかったからなんだ。先払いさせられた罰に対する、せめてもの抵抗だったんだ。蘇大方の無念を晴らしてやりたかった——」

「起きろ！」

なにかがはじけ飛んだ。空間に満ちていた無が音もなく破裂し、世界を構成する原理がどっと流れこんでくる。

わたしというちっぽけな器は、驚くべきことに、それを一滴もこぼさずに吸収していった。瞬時のうちに古代から現代までのあらゆる出来事を経験した。万里の長城の建造から産業革命までを。ゴルゴダの丘へと追い立てられる傷だらけのイエス・キリストから、大海原をゆくガレオン船につながれた黒い体までを。わたしは少年の無垢な瞳に映る独裁者を見た。それからダグラス・マッカーサーのパイプから噴き上がるきのこ雲や、ドナルド・ダックの描かれた爆撃機がばら撒く爆弾や、クリーデンス・クリアウォーター・リバイバルを聴きながら煙草を吸う海兵隊員たちを見た。滑走路での野球の試合、入道雲に溶けてゆく白球、飛行隊員たちの歓声——そのほとんどは愛と死にまつわることだった。若き父と母が出会い、恋に落ち、もう明日なんかないというふうに愛しあう。受精卵が秒速で細胞分裂を繰り返し、わたしを形成していく。ひとりぼっちで文章を紡ぐ日々、降って湧いたような文学的奇跡、またたく無数のフラッシュ、やっと指先が触れかけたぬくもり——事ここに至っては、古い世界はもはや修復不能なまでに破壊しつくされていた。

「さあ、立仁、目を開けるんだ」

文字の海を浮上していくわたしの耳に、その声はやさしく、道しるべのようにとどいた。わたしに残された唯一の道は、その声に従うことだけだった。

だから、そうした。

第二部

13　愛が家に入ってきたら、自由は窓から逃げ出す

昼と夜が不規則に訪れた。

窓から射しこむやわらかな光のなかでまどろみ、頰にそよ風を感じながら、時間の流れに取り残される心地よい不安のなかでこんこんと眠った。

夜中にふと目を覚まし、寝静まった病院の物音に耳を澄ませる。誰かが廊下を歩きまわる足音以外、とりたてて面白いこともなかった。ひそひそ声がいつまでも鳴りやまないことがあった。そんなときはこの病室で死んだ者たちの冷たい息吹を感じ、頭から蒲団をかぶってぶるぶる震えた。部屋の隅に影のようなものがうずくまっていることもあったけれど、それは頭痛と脳波の異常が見せる眩暈《めまい》のせいなのだと自分に言い聞かせた。脳挫傷《のうざしょう》であると医者に告げられたとき、ついでにこうも告げられた。

「あなたの脳はいまキャッチャーミットみたいに腫れていて、脳波はまるで株価みたいに乱高下《らんこうげ》しています」

わたしがぽかんとしていると医者は腕組みし、左脚に体重をかけ、右足の爪先でリノリウムの床を苛立たしげにたたいた。聴診器を首にかけ、白衣の胸にはまるで将軍のように千葉ロッテマリーンズのピンバッジをジャラジャラつけていた。わたしは衝撃を受けた。こんな文学的な表現

をする医者がこの世にいたのか！　そして、すこしだけ安堵した。たとえこのまま息を引き取ったとしても、この医者ならばきっと文学的な死亡診断書を書いてくれるにちがいない。私はその人を常に先生と呼んでいた。そう、夏目漱石ふうの書き出しがいい。彼は著名な作家だったので、この死亡診断書にはただ先生と書くだけで本名は打ち明けないことにしよう。

　この医者のせいで、きりきりする頭の痛みはいつもキャッチャーミットのイメージをともなうこととなった。不規則に押し寄せてくる頭痛は、まるでミットにバシッと収まるスピードボールのようだった。乾いた音が頭のなかで炸裂《さくれつ》し、夏空に溶けていく。びっくりした鳥たちが梢から飛び立ち、蟬の声が一瞬だけやむ。わたしは体を丸めて痛みに耐える。審判の拳《こぶし》が高々と上がり、ストライクを宣告する。頭の隅々にまで響くその声には、尖った棘がびっしりと生えている。どうにか痛みを逃がそうと、わたしは口を大きく開けてゼエゼエ喘ぐ。すると捕球音がゆっくりと四散し、気を取り直した蟬たちがふたたび鳴きだすのだが、そのときにはもうピッチャーがつぎの投球モーションに入っている。

　痛みがそれほどひどくないときには、ベッドのなかで右手の指を一本ずつ折り曲げ、それが終わると左手の指を折り曲げ、最後に両足の指を閉じたり開いたりした。ひととおりやってしまうと、また最初からやった。そして、また最初から。それで手足がちゃんと動いてくれることに胸を撫で下ろし、幻のキャッチャーミットが空飛ぶ円盤のように浮かぶ闇のなかでようやく目を閉じることができた。

　どんなことにも二面性がある。痛みにはよい面もあった。頭が痛んでいるうちは、肉体が意識を抑えこんでくれる。痛みは、手の施しようもなくもつれてしまった意識の糸を、ハサミのようにばっさりと断ち切ってくれた。わたしはこんがらがった記憶をそっと脇にどけて、体の痛みにだけかまけていればよかった。ところが痛みが和らぐにつれて、意識のほうが肉体をもてあそびはじめる。言い換えれば、なにが現実でなにが夢だったのか、だんだんわからなくなってしまうのだ。

とりわけ藤巻琴里の赤い車に乗って、静岡まで彼女の祖父を訪ねたことに確信が持てなかった。真夜中に彼女が突然あらわれて、あなたは怪物が書いている物語の登場人物にすぎない、あなたはこれから事故に遭うことになっていて、しかもその事故はもう起こってしまったのだと告げられる。だからあなたにはもう時間がなく、いますぐいっしょに来てほしいと、ほとんど命令に近い調子で懇願される——そんなことが現実にあったとは思えないけれど、それではなにが現実だったのかとなると、なにもかもが曖昧《あいまい》で判然としなかった。

ひとつだけ、いやに鮮明に憶えていることがある。藤巻琴里が無数の青い鳥になって空に飛んでいく像が、頭のなかで何度も繰り返し再生された。鳥の囀《さえず》りに眠りを破られることもあった。そんなときは、頭のなかから青い鳥が逃げ出したのではないかと訝《いぶか》しんだ。目に映るはずのないものを目に映し、ちゃんと見えているはずのものがいっこうに見えてこない。それはまるで作家の人生のようで、だから怪物はまだこの物語を書きつづけているのではないかと思った。

自分が生身の人間だと実感するために、わたしは過去ばかりふりかえっていた。なみなみならぬ情熱を持って、読者に共有されえないわたしだけの記憶を何度も何度も反芻した。その記憶だけが、わたしがわたしであるよすがだった。頭に怪我を負った者にはありがちなことだが、たとえ最近のことは忘れてしまっても、過去のことは驚くほど鮮明にまざまざと立ち上がってくる。

部隊とともに各地を転戦していたとき、祖父はとある村で祖母を見初めた。花も恥じらう十六歳だった祖母は道端にしゃがんで、青唐辛子をおかずに薄い粥をすすっていた。祖父がいっしょに来いと言うと、祖母は黙ってビニール袋から青唐辛子をひと摑み取り出して差し出した。祖父はそれを人生で大切なものを手に入れるための試練と受け止め、全部口に放りこんで挑戦的にバリバリ嚙み砕いた。それで祖母は祖父についていくことを決心した。

荷造りのためにいったん家に帰ると、祖母は赤い絹《きぬ》のハンカチに大洋《ダーヤン》（中華民国時期の銀貨）を六枚包んで懐の奥深くにしまった。六歳で里子《さとご》に出されてから、祖母は実の親に会ったことがなかった。里親は、男のほうは脚が悪く、女のほうは意地が悪かったので、祖母はずいぶんと苦い涙を呑んだそうだ。朝な夕なに家から五キロも離れた井戸から水を汲んでこなければならず、祖母の両肩は天秤棒《てんびんぼう》をかつぎすぎて石のような瘤《こぶ》ができてしまった。脚の悪い男は祖母のことを可愛がったが、おぞましいやり方でだった。祖母が屋外便所へ入ると、悪いほうの脚をひょこひょこ引きずってやってきて、祖母の尻を拭きたがった。祖母はいやがったが、男の女房はもっといやがって、祖母を木の棒でひっぱたいた。ケツに花でも咲いてんのかい、この小さな売女《ばいた》！　家を出るには先立つものがなければどうしようもない。そのことに気づいたのは九歳のときだった。その六枚の銀貨は祖母が家事の合間によその畑を手伝ったり、里親の足を洗ってやったあとの濡れた手でお針子をしたり、青唐辛子を売ったりしてこつこつ稼いだ虎の子だった。中国人にとって六という数字は「六六大順」といって縁起がいい。祖父についていくと決めたとき、祖母はこの六枚のコインを一枚も失わずに持っていれば鉄砲の弾に当たることはなく、そのかわり一枚でも失えば死ぬという願をかけて、肌身離さず持ち歩いた。そして心がくたびれたときに取り出してはコインどうしをチンと打ち合わせ、耳元へ持っていって大洋の声を聞いた。すると、たとえいま死んでも、少なくとも今生で誰にも愛されなかったわけではないのだと自分を慰めることができた。

わたしが日本へ引き取られていくとき、祖母はこの命より大事なコインを一枚持たせてくれた。

彼女が赤い絹のハンカチをそっと開くと、なかから大陸の風がさっと吹いてきてわたしの前髪をふわりと持ち上げた。そこには六枚の銀貨がまばゆく輝いていた。祖母は目を潤ませながら、わたしの手に一枚握らせてくれた。日本に持っていきな、きっとあんたのことも守ってくれるからね。それはひんやりと冷たくて、まるで祖母の人生の六分の一を掌に載せているみたいだった。わたしはそのコインを大事にした。ひどく黄ばんでいたので、歯ブラシに歯磨き粉をつけてぴかぴかに磨きあげた。祖母を思い出しては四六時中磨いていたので、でっぷり肥えて厳めしかった袁大頭《ユエンダートウ》——大洋の一元硬貨には袁世凱《えんせいがい》の横顔が刻まれていたのだ——をごしごしこすってぴかぴかに磨きあげた。祖母を思い出しては四六時中磨いていたので、でっぷり肥えて厳めしかった袁大頭の角が取れてだんだん丸みをおびていった。すると、袁世凱がすこしだけ親しみやすくなった。あまりにも磨いたものだから、とうとう袁大頭の輪郭がぼやけて平らになり、しまいには袁世凱なんだかアルフレッド・ヒッチコックなんだかわからなくなってしまった。

六枚の大洋銀貨は祖母の命を守ったかもしれないけれど、祖母の産んだ子供の命までは面倒を見切れなかった。祖母は十七歳で初産《ういざん》を経験した。しかしその子、つまりわたしの伯父は、二歳のときに突然腹痛を訴え、二週間苦しんでそのまま事切れた。祖母はひどく嘆き悲しみ、青唐辛子に慰めを求めた。戦場で毎日のように死人を見ていた祖父は、一生懸命祖母を慰めた。死は一時的な別れにすぎず、死んだ赤ん坊はあの世でおまえを待ってるんだ、赤ん坊は無垢なまま死んだので、おまえもこの世でのお勤めをちゃんと果たさなければ赤ん坊とおなじところへ行けないぞ。そう言って祖母を慰め、抱き寄せ、つぎにわたしの母を授かった。

そんなわけで、祖母にとっては辛いものが食べられない者など、いつだって取るに足りない存在だった。晩年などは、青唐辛子にさっと醬油をかけたもの以外、なにを食べても味を感じられなくなってしまった。とくに祖父が亡くなってからは、ほとんどそれしか口にしなかった。それは辛いものを食べすぎて味蕾《みらい》がやられたせいもあるけれど、国民革命軍のカーキ色の軍服を着て、足に布の脚絆《ゲートル》を巻いた若き日の祖父を想っているのかもしれなかった。

千葉ロッテマリーンズの医者がやってきて、ペンライトでわたしの目に光を当てたり、腕を持ち上げたり、彼の指の動きを目で追わせたりした。見たところ、わたしよりもうんと若い。疲れた目をしていて、頬を無精髭がおおっていた。彼は落ち着いた声で質問をならべた。あなたのお名前は？　生年月日は？　いまぼくの指が何本見えますか？　どこか痛いところはありませんか？

「ご職業は？」

ベッドに横たわったまま「作家です」と答えると、彼はすこし驚いたように眉を持ち上げた。

「作家、ですか……へぇえ、そうなんですか」

頭にかかった靄《もや》が重みを増し、わたしの自己認識を白く閉ざしていく。作家ではないとすれば、わたしはいったい何者なのか？　作家ではないとすれば、そもそもわたしは椎葉リサと知り合うこともなかった。それとも、椎葉リサという人間すら存在しないというのか？

「じゃあ、どんな本を書いてるんですか？」

わたしはその質問に答えることができなかった。

医者は冷めた目でわたしを見下ろし、ペンライトをカチカチとつけたり消したりした。塁と塁のあいだにはさまれて挟殺《きょうさつ》を待つばかりのドジな走者を見るような目だった。それから、静かに出ていった。

船橋に住む妹が病院にかよいつめて、なにくれとなく世話を焼いてくれた。そのことには感謝しているし、持つべきものは妹だとも思うけれど、遥玲《ようれい》のやつは世話をする以上、文句を言うのは当然の権利だと思っているようだった。ふた言目には自業自得だと言った。

「自業自得よ、他人《ひと》の奥さんに手を出すなんて……なに、そういうのが文学的だとでも思ってんの？　道ならぬ恋のひとつも経験してないと、文章に魂が宿らないとでも思ってんでしょ」

「おまえの旦那だってわからないぞ」

「あの人はそんなことしません。お兄ちゃんみたいにむらっ気じゃないし、子供たちにだって手をあげたことないし、人様のものに手出しなんかしないから」

それは希望がないからだよ、などと言えるはずもない。ああ、なんと多くの男があきらめをやさしさでごまかしていることだろう。希望がなければ不安も焦燥《しょうそう》も生じえないのだから、いつもおだやかなのはあたりまえじゃないか。大海原へ漕ぎ出さぬ者に、新大陸など見つけられっこない。

不幸中の幸いだったのは、目が覚めてからは自力でトイレに行けたことだ。妹にそこまでの艱《かん》難《なん》を強いれば、なにを言われるかわかったものではない。よろこんで子供時代にまでさかのぼって、今回のことを引き起こしたわたしの至らなさをひとつひとつ数えあげたはずだ。

遥玲は車でやってきて、午後の一、二時間を病室で過ごし、保険給付金のこまごました事務手続きをしたり、医者とひそひそ話をしたり、人生の愚痴をこぼしたりした。そして小学生の息子たちが帰宅するまえに、そそくさと帰っていった。彼女はわたしの体を拭き、洗濯ものを引き受け、果物の皮をむき、王誠毅《おうせいき》がもう台湾へ帰ってしまったと教えてくれた。

「憶えてる、お兄ちゃん？」花瓶に花を挿しながら、そう言った。「お兄ちゃんが意識を取り戻したとき、そばについてたのは誠毅兄ちゃんだったんだよ」

わたしはうなずいた。

「憶えてるの？」

「そんな気がしただけだ」

「仕事があるからもう台湾に帰らなきゃいけないけど、なにかあったらいつでも飛んでくるって言ってた」

「おれはどれくらい眠ってた？」

「四日。それからは寝たり起きたり。あの男に襲われたのが七月九日で、今日はもう十八日よ」

窓の外に目を転じると、夏空に入道雲が力強く盛り上がっていた。遠くのほうから子供たちの笑い声が聞こえてくる。窓辺に見舞いの花や果物のバスケットがいくつか置かれていて、立札には出版社の名前が書いてある。それを眺めているだけで心が落ち着いた。

「新聞とかにも載ったんだよ。でも、そんなに話題にはなってないみたい。ネットではいろいろ取り沙汰されてるけど、テレビでは見かけないし。とりあえず死人は出てないしね」

「それで……」声を絞り出すのがえらく難儀だった。「あの男はどうなった？」

「あの女に説得されて自首した。ぶっちゃけ、お兄ちゃんさあ、あんな地味な女のなにがそんなによかったの？」

つまり、椎葉リサもわたしの妄想などではなかったということか。

「きっと魅力的な人なんだろうね」妹は憫笑《びんしょう》を隠そうともしなかった。「あたしにはさっぱり理解できないけど」

「彼女は無事なんだな？」

「こういうことはどっちのせいでもないけどさ。てゆーか、どっちも悪いんだけど、一度くらいお詫びに来てもよさそうなもんじゃない？　あの女のせいで、お兄ちゃん、頭を西瓜みたいにバットでたたき割られたんだよ」

夢で見た男が眼間《まなかい》に揺れた。あのバットから滴り落ちていた黒い血は、椎葉リサのものではなかったのだ。

「まあ、世の中、わからないことだらけだけどさ。男を何人も手玉に取って殺しちゃうような女なんて、どれも首を傾げたくなるようなご面相だもんね」

逆襲する境界線、咬みつく現実──不意に『リアリティ・バイツ』という古い映画を思い出した。就職の面接でウィノナ・ライダーが面接官に「皮肉」の定義を尋ねられて返答に詰まる。帰宅した彼女は怒り心頭でイーサン・ホークにぶちまける。面接って最悪よ、皮肉の定義なんてわかる？　するとイーサン・ホークがたしかこう言うのだ。真実を逆の言葉で表現すること。

「お兄ちゃん！」

妹の金切り声がわたしを現実に引き戻す。

「なにそれ⁉」彼女は丸椅子から跳び上がり、青くなって後退《あとずさ》りした。「やめてよ、どうしちゃったの？」

「……なにが？」

「なにがって……」遥玲が叫んだ。「お兄ちゃん、勃起してるじゃない！」

言われた場所に目をやると、たしかにパジャマのまえが途轍《とてつ》もないことになっていた。まるで東京タワーのような猛々《たけだけ》しさだった。まったくの無自覚だったので、不思議をとおり越して愉快になった。にやにやしているわたしを見て、妹は震えあがった。皮肉と言えば、これも皮肉と言えるのかもしれない。わたしはセックスのことなど、これっぽっちも考えていなかった。なのに椎葉リサのことを考えただけで、体が勝手に反応した。これを逆の言葉で表現するなら、わたしはこんなにも彼女を愛していたということになる。憐れなことだった。彼女を忘れるために、わたしはこれからひどく苦労することになるだろう。勃起をともなわずに彼女を思い出せるようになるまでは。

頬を紅潮させた我が妹は目のやり場に窮《きゅう》したあげく、口ごもりながら逃げるようにして帰っていった（「もう十日も入院してるもんね、じゃあ、あの……ごゆっくり」）。たぶん、と国債のように膨らんだ自分の股間を他人事のように眺めながらぼんやり考えた。椎葉リサも、怪物も、蘇《そ》大方《だいほう》も、そしてこの人生ですら、ただの皮肉にすぎないんだ。それらはたったひとつの真実をわたしに伝えようとしている。それは間違いない。ただし、それを言い表す言葉となると、わたしはいまだ持ち合わせないのだった。

退院する前日にふたり組みの刑事がやってきて、すでにわたしが知っていることも含めて、事件のあらましを教えてくれた。

背後からわたしを襲ったのは西峰信哉《にしみねしんや》という男で、歳は三十九、音楽関係のデザイナーをしていて、椎葉リサとは三年前に結婚していた。強い殺意を持った殺人未遂ということになるから、たとえ自首してきたことを斟酌《しんしゃく》しても、おそらく執行猶予はつかないだろうというのが彼らの見解だった。

「今回の場合はあきらかにあなたを殺害しようとしたわけですから」ひとりがそう言うと、もうひとりが話を継いだ。「どうやら彼の奥さんがあなたをかばってくれたようです」

なにも憶えていない。記憶はまるで水に浮いた虹色の油膜のようだった。たしかにそこにあるのだが、どうやってもすくい取ることができない。たまたますくい取れたとしてもそれはほんの一瞬で、しかもあまり意味をなさない断片ばかりだった。

「西峰の奥さんはずいぶん交友関係が派手だったみたいですね」ふたりの刑事はかわりばんこにしゃべった。「西峰もそのことは知っていて、それでもおたがい自由でいようと決めていたようです。いるんですよ、そういうふわふわした人たちが」

「ところが、今年の四月ごろから奥さんのようすが変わりはじめたそうです。心当たり、ありますよね？」

「具体的には何度か離婚話を切り出されたようで」

「彼は、このままでいいじゃないか、自分はけっして束縛したりしないからと奥さんを説得しようとしたのですが、奥さんのほうが頑《かたく》なだったみたいで」

「それで西峰は奥さんのあとを尾《つ》けはじめたのですが、四月以降、彼女はあなた以外の男性とはいっさい会っていなかったようです」

「それで西峰も奥さんが本気だと知ったわけです。いやあ、好かれちゃいましたねえ」

「まあ、自由なんて、代償を払わずに楽しむための方便なのかもしれませんね。それこそが愛だと言う人もいますが、先生の本もそんな感じですかね」

「たしかに愛と自由はなかなか両立しませんからね。ほら、誰かが言ってませんでしたか、愛が家に入ってきたら自由は窓から逃げ出すみたいなことを」

「とくに結婚してるとね……おっと、作家さん相手にこんなことを言うなんて釈迦に説法でしたか！」

　ふたりは声をそろえて笑った。

「ともあれ、あなたが襲われた日、西峰の奥さんはあなたとの打ち合わせがあると漏らしていたようなんです」ひとりが笑いを収めてそう言うと、もうひとりも真顔に戻った。「で、やつはあのろくでもないバットを持って、お宅で待ち伏せていたというわけです」

「それで、裁判には兄も出廷しなければならないんですか？」病室の隅に控えていた妹が口をはさんだ。

「もうすこし回復されたら柏山先生の供述調書は取らせてもらいますが、おそらく出廷しなくてもいいと思います」

「西峰は犯行を全面的に認めていて、事実関係で争うことはないでしょうから」

「裁判はいつごろになりそうですか？」

「早ければ九月ごろでしょうかね」ひとりが答え、もうひとりが補足した。「ひとつお伺いしておきたいのは、損害賠償請求をするかどうかということです」

「損害賠償命令制度というのがありまして、柏山先生が申し立てをすれば、今度の裁判でそのまま損害賠償請求についての審理も行うことができます」

「つまり、あらためて民事訴訟を起こさなくてもいいということです」

たとえ頭を殴られていなくても、頭の痛くなる話だった。実際、頭が痛くなりすぎて鼻血を出してしまったほどだ。

「損害賠償請求はしません」鼻から滴り落ちる血を手で受けながら、わたしはきっぱりと言った。

「病院代だけ出してもらえればそれでいいです」

「それでいいんですか？」

「はい」

パジャマの胸に垂れた血は刑事たちを落ち着かなくしたようで、こちらの意志を再度確認し、わたしが翻意しそうにないと悟ると、こそこそと目配せをして退散した。

「まあ、お兄ちゃんがそれでいいならいいと思うけど」遥玲がよっこらしょと丸椅子から立ち上がり、ティッシュペーパーを差し出しながら言った。「そもそも、お兄ちゃんが他人の奥さんに手を出したわけだしね」

　なぜ別れた妻なんかに電話をかけるんだとわたしに訊かれたとき、父はこう答えた。長く夫婦をやっているとおたがいに侮りが生じる、ぼくたちは別れてはじめてその侮りを捨て去ることができたんだよ——あのときは父の言わんとすることがわからなかったけれど、頭をぶん殴られたいまならわかる。

　わたしと椎葉リサは西峰を侮っていた。彼をほとんど存在しないものと見なしていた。たとえ存在していたとしても、わたしたちの領域には入って来られないとたかをくくっていた。本を読む者の傲慢《ごうまん》さで、わたしたちは本を読まない彼のような人間を見下していた。実際に西峰がどんな人間か知りもしないくせに。侮りは蠅のようなもので、新鮮なものより腐っているものにたかる。わたしたちもまた腐っていたのだ。かつての父と母とおなじように。

　だから、崩壊した。

「でも、なるほどね」妹が感慨深げにうなり、わたしは目顔でその理由を尋ねた。「あの刑事さんたち、うまいこと言うなと思って……あたし、お兄ちゃんの本があんまり好きじゃない理由がわかった。自由について書かれた本をありがたがるのって、けっきょく愛のない人たちだったんだね」

　つまり、わたしが思っていることを、彼女もまた思っていたというわけだ。

退院の日は土曜日で、遥玲は長男のサッカーの試合があるとかで、わたしはタクシーを拾ってひとり静かに家路についた。

頭にはまだ包帯が巻かれていて、日盛りの陽光に白くかすむ街並みをぼんやり眺めていると、自分がひどく歳を取ってしまったように感じた。

「お客さん、今日退院ですか?」

ええ、まあ、とわたしはあやふやに答えた。

しばらくして、また声をかけられた。「どうされたんです?」

はあ、まあ、いろいろと、とわたしはぞんざいに答えた。

タクシーは沈黙を乗せて走った。沈黙こそわたしがタクシーに求めるものなのに、その日はどうしてもそれが得られなかった。赤信号で停車したとき、運転手がおもむろに助手席からウクレレを取り上げて弾きはじめたのである。一瞬、どこにいるのかわからなくなった。予期せぬ自由に触れると、人はうろたえてしまう。

「ウクレレみたいでしょ?」運転手が肩越しに笑った。「じつはギターなんです。トラベルギターというやつです」

よく見てみると、たしかに弦が六本ある。

運転手はギターをかき鳴らし、喉をふり絞って歌った。じつに見事な演奏だった。ほどよく枯れてはいるけれど、まだ充分に張りのある声で彼が熱唱したのは「朝日のあたる家」だった。

おふくろは仕立て屋で

おれにまっさらなブルージーンズを縫ってくれた
おやじは博奕打《ばくち》ちさ
ニューオリンズにいるんだ

信号が青に変わると、彼は歌の途中でギターを置いて車を出した。

「音楽で食っていきたかったんですがね」と笑いながら言った。「まあ、いろいろありますよ」

いろいろあるのは、そう、なにもわたしだけではないのだ。だから人は小説を書いたり、ギターを弾いたり、誰かにすがりついたり、誰かの頭をバットでぶん殴ったりする。


二週間ぶりに帰ってきた我が家は、まるで洞窟のようにひんやりとしていて、よそよそしかった。

玄関先にしばしたたずみ、きょろきょろとあたりを見まわしてみたが、痴情のもつれによる痛ましい痕跡はどこにも見当たらなかった。血痕とか、黄色い規制線の切れ端とか、扉のへこみとか。

封書やチラシの類であふれ返っている郵便受けをさらい、玄関扉を解錠して家に上がると、壁にかかっているブルーグレイの写真をしばらく眺めた。その写真はたしかにわたしがカメラ屋にたのんで引き伸ばしてもらい、自らの手で額装してこの場所に飾った。なのに、名状し難い違和感を覚えた。そこにあるべきではないような気がしてならない。すこし迷ってから額を取りはずし、裏返しにして壁に立てかけておいた。

家と自分のあいだにそこはかとない遠慮のようなものを感じた。家はまるで打ち解けない猫みたいに、わたしのことを警戒していた。廊下にはうっすらと埃が積もっていて、歩くとぺたぺた足跡がついた。わたしは家を驚かさないようにそっと居間へ入った。

掃き出し窓が開け放たれた縁側から、風が吹きこんでいた。安楽椅子は庭のほうをむいていて、傍らの床にあるタンブラーが陽光をはじいていた。西峰信哉に襲われる前日の夜、わたしはここにすわってウイスキーを飲みながら彼の妻と電話で話した。打ち合わせは外でしましょう、と彼女はじらすように笑った。先生のおうちに行っちゃうと、いつも打ち合わせにならないから。椎葉リサはそのようにして自分が差し出せるものの価値を高めようとした。わたしたちはそれを楽しんでいた。

ソファに腰を下ろし、郵便物をひとつひとつあらためていく。出版社からの支払い明細、定期的に送られてくる文芸誌、宅配便の不在票、ＤＭ類のなかに、藤巻琴里からの葉書が混ざっていた。彼女の祖父が亡くなったことを報せる喪中葉書だった。薄墨《うすずみ》の文字で印刷された型どおりの挨拶文のほかに、直筆でひと言添えられていた。

〈最後に柏山先生とお会いし、胸中を吐露することができて祖父もたいへん喜んでおりました、先生の益々のご活躍をお祈り申し上げます〉

そのおかげで、わたしは藤巻琴里が現実の存在だと確信できた。思い立って、ゴミ箱をのぞいてみた。ほとんど空っぽで、レシートが一枚だけ入っていた。それを拾い上げて、ためつすがめつした。御殿場《ごてんば》にあるカフェの名前と住所が印字されている。コーヒーがふたつでしめて七百六十円。実感は湧かなかったけれど、こうして動かぬ証拠がある以上、わたしはやはり藤巻琴里といっしょに静岡へ行ったのだろう。この数年、それ以外に静岡県の土を踏んだ記憶はない。日付は七月二日、時間は午後三時四十一分になっていた。

その日、わたしは彼女の運転する車で藤巻徹治を訪ねたのだ。深夜などではなく、常識的な時間に。彼女は赤いＢＭＷでわたしを迎えに来てくれた。家まで来てもらうのは申し訳ないから、鷺ノ宮駅で待ち合わせようとわたしは提案した。わたしとしては女性を自宅に呼びつけるのは失礼だし不適切だと思ったのだが、彼女はそういうふうには受け取らなかった。なぜですか、と電話のむこうから声が返ってきた。大丈夫ですよ、ナビもスマホもあるので迷子になりようがありません。押し出しの強いその単純な好意に、ラテン気質のようなものを感じた。あの白っぽい老人ホームで、わたしは彼女とともに彼女の祖父の話を聞いた。そのとき、わたしはＩＣレコーダーを持っていた。

喪中葉書をほかの郵便物と分けてテーブルに置き、しばらくのあいだぼうっと庭を眺めていた。花期をとうにすぎた木蓮は葉がこんもりと生い茂り、乾いて黒ずんだ実がいくつも根元に落ちている。かなり長いあいだそうしていた。冷蔵庫のなかの賞味期限切れの牛乳や食料品を処分してしまうと（たまげたことに、ヨーグルトはまだ食べられた）、また飽きもせずに庭を見た。コンクリート塀の割れ目に白い花が咲いている。面白くもなんともない風景だが、わたしはべつに面白いことを求めているわけではなかった。ようやくソファから体を剝がして書斎へ行ったときには、もう陽が暮れかけていた。

ＩＣレコーダーは書架に置いてあった。その場所にはほかにもなにか大切なものがあるべきだったけれど、思い出そうとすると頭がきりきり痛んだ。あきらめてＩＣレコーダーのレビューボタンを押し、すこし早戻しをしてから再生してみた。

〈――は自殺しました〉

わたしの声だ。

〈いまのいままで蘇大方という人間が本当にいたのだと思っていました。子供のころ、ぼくたちは蘇大方のことをソーダ水と呼んで馬鹿にしていました。あんな恐ろしい人間がこの世に存在するなんて理解できなかったから、馬鹿にするしかなかった。叔父はその怪物のような男を撃ち……あなたの拳銃で撃ち、そのおかげで正気に戻って呪われた大陸から脱出できたのだと〉

〈ぼくの拳銃で?〉

〈ええ。墜落のあと、あなたの南部十四年式を拾ったと〉

〈そうですか……だけど、ぼくは拳銃を持って任務に出たことはないんです〉

長びく沈黙の背後には老人の気遣わしげな眼差しと、窓の外に広がる雨上がりの空があった。

〈そうか、二叔父さんは蘇大方を撃たなかったのか〉

〈そうでしょうか……本当にそう思いますか?〉

藤巻徹治が言った。

〈罪の意識はいつだって遅れてやってきます。そのときはただ必死で、なにも考えられない〉

わたしはＩＣレコーダーを握りしめたまま、書斎の真ん中に立ちつくした。レビューボタンを押して、もう一度聴いてみた。

〈――叔父さんは蘇大方を撃たなかったのか〉

〈そうでしょうか……本当にそう思いますか？　罪の意識はいつだって遅れてやってきます。そのときはただ必死で、なにも考えられない〉

そして、もう一度聴いた。

罪の意識はいつだって遅れてやってきます。再生可能なその一文字一文字がわたしを揺さぶり、胸の奥を強く突いた。わたしはたしかにこの言葉を、この声を、あの場所で聞いた。なにもかもが白く、記憶までもが漂白されてしまったようなあの老人ホームの部屋で。

――そのときはただ必死で、なにも考えられない。でも生きるためにしたこととはいえ、あとから苦しめられることもあります。大陸で王康平《おうこうへい》と再会しなければ、ぼくは彼の死を自殺として受け止めることができたと思います。王康平のなかにはふたりの人間がいました。そして彼は蘇大方をどうしても許せなかった。

こんなことがありました。

青牛塘で暮らしはじめてしばらく経ったころ、王康平がやってきて藪から棒にこう言ったんです。

「おまえは銃器の扱いがうまかったな、邱治遠《きゅうじえん》？」

ぼくは注意深く「そんなことはない」と否定しました。

「隠さなくてもいい。射撃訓練のときに見たことがある。隊の誰かがおまえのことを神槍手《スナイパー》と呼んでいたのを思い出したんだ」

「たしかにおれは銃を撃つのが下手じゃない」彼には恩義を感じていたので、認めざるを得ませんでした。「だけど、これまで人を撃ったことはない」

「そうか」と王康平は思慮深い顔で言いました。「しかし、何事にもはじめてはある」

とうとうきたか、と思いました。いよいよ飲み食いのツケを払うときがきたのだと。

「きみとあの兄妹をこの村で預かることに関して、村人のなかに快く思わない者がいる」王康平が言いました。「もう知ってのとおり、この村は民兵とその家族がたくさん暮らしている。誰もが村になんらかの貢献をしている。このご時世だ、もし誰もが好き勝手に親類縁者や友達をこの村に呼び寄せてもいいなんてことになったら……わかるだろ？」

「つまり、おれも貢献しなきゃここにはいられないってことなんだな？」

「そこは資本主義とおなじさ。なあに、むずかしい仕事じゃない。その男の居場所も、行動パターンも摑んでいる。おまえは決められた場所に隠れて、男があらわれたら撃つだけだ」

「いやだと言ったら？」

彼は肩をすくめました。「兪蘭《ゆらん》と兪桂《ゆけい》のことを考えろ」

先に目をそらしたのは、ぼくのほうでした。ぼくは首をふりながら尋ねました。「どんなやつなんだ？」

すると、彼の顔に満足そうな笑みが広がりました。「おれが排除したいと思ってるやつさ」

こうしてぼくは、顔も知らなければ名前も知らないし、なんの恨みもない男を撃つことになりました。

あたえられたのは、日本軍が使っていた九九式狙撃銃でした。四倍の狙撃眼鏡がついているので、千メートル離れていても標的に当てられます。

その日、ぼくは蘭に二、三日留守にすると言って出かけました。蘭はとても心配そうにしていましたが、桂は心得たもので、ただ黙ってうなずきました。ぼくは家を出て、村はずれの納屋に隠しておいた狙撃銃と食糧を取り出しました。王康平は姿を見せませんでした。そのかわりにあばた面の麻子《マァヅ》がやってきて、あれこれ指図していきました。桂が言っていたとおりの卑しい男に見えましたが、顔はたしかに蟻《あり》を食らう穿山甲《センザンコウ》のようにでこぼこしていました。

「男なんか殺《や》っても面白うなかろ」と彼は同情をこめて言いました。「女を殺るのも面白うないが、殺るまえは面白い」

ぼくは狙撃銃を肩にかけ、片脚を引きずってのろのろ歩きました。そうやって青牛塘から西へむかって二日ほど歩くと、麻子《マァヅ》に知らされた場所に着きました。そこには干上がった川があって、川には朽ち果てた水車がありました。そして一本の老木のそばに水車小屋がありました。あとはなにもありません。三百六十度、目路のとどくかぎり茫洋《ぼうよう》たる荒れ地しか見えません。珍しく寒い冬の午後でした。標的はその水車小屋に身を隠しているということでしたが、こんなところに王康平を煩わせるような重要人物がいるとは思えませんでした。それどころか、人の気配すらありませんでした。

風向きと太陽の位置をたしかめ、水車小屋から死角になっているくぼみに這いつくばって狙撃銃を構えました。距離はだいたい八百メートルくらいだったと思います。それくらいの距離なら、絶対に外さない自信がありました。

一時間もしないうちに、水車小屋の扉が開いて人が出てきました。ぼくは狙撃眼鏡に目を押しつけ、かじかんだ指を引き金にかけました。

狙撃眼鏡のなかで、男はゆっくりと動いていました。顔はコートの襟に埋もれて見えません。頭にはフェルト帽をかぶっていました。その高価そうなフェルト帽だけが、もしや本当に重要人物なのではないかと思わせる唯一のものでした。

ぼくは引き金を引きました。でも、石のように硬くて動きません。弾が詰まったんです。ぼくは焦って槓桿《こうかん》をガチャガチャ引きましたが、詰まった弾を取り出すことはできませんでした。そんなことをしているうちに、相手に気づかれてしまいました。男がこちらへ走ってきます。急いで小銃を分解し、詰まった弾を取り除き、また組み立てようとしました。とても間に合いません。だから、銃を捨ててナイフを抜きました。体を起こしてくぼみから飛び出したときには、男との距離が二、三十メートルほどにまで縮まっていました。

自分の目が信じられませんでした。驚きのあまり、その場でおろおろしてしまったほどです。そこにいたのは王康平だったからです。

「どうしたんだ、邱治遠?」風に逆らって、あなたの叔父さんが声を張り上げました。「なぜ撃たない?」

「どういうことだ?」ぼくも叫び返しました。「おまえが排除したいやつはどこにいるんだ?」

けっきょく、そんな人間はどこにもいなかったんです。寒風が巻き上げる土埃のなかで、ぼくたちはしばらくぼうっと立っていました。

わかりますか?

王康平はぼくに彼自身を撃ってほしかったんです。そのとき、ぼくは思いました。ああ、王康平も蘇大方に苦しめられているんだ、彼が排除したかったのは蘇大方なんだ、と。だから、ぼくには彼の死がどうしても自殺だとは思えないんです。たとえ見た目には自殺だったとしても、王康平は王康平を殺したかったわけじゃない。絶対にちがう。あなたの本に書かれているとおりです。彼が殺したかったのは蘇大方なんです。

闇の底から言葉たちが泡のように湧き上がり、ゆらめきながらまぶしい水面《みなも》へと立ちのぼっていく。

わたしは背筋を伸ばし、ＩＣレコーダーをじっと見つめながら、わたしを――作家としてのわたしを目覚めさせるそのひと言を待ち受ける。

そして、わたしはついにそれを聞く。

〈だから、ぼくの考えでは、王康平はやっぱり蘇大方を撃ったんですよ〉

14　大股開きの夜

わたしはすぐに『怪物』の加筆修正にとりかかったわけだが、これが遅々としてはかどらない。集中力がちっとも長続きしないのだ。仕事をする時間帯をいろいろ変えてみても結果はおなじで、パソコンにむかっていること自体が苦痛でならなかった。

書くために必要ななにかが抜け落ちてしまったような感じだった。頭をガツンとやられて生死の境をさまよったあげく、わたしは九死に一生を得た。フィクションを凌駕する経験をしてしまったせいで、想像力がすっかり縮こまってしまったのかもしれない。

作家としては致命的な事態だが、どうすることもできなかった。なにを書いても嘘っぽく感じられ、書いては消し、消してはまた書き、気がつけば椎葉リサのフェイスブックやツイッターを呆けたように眺めているというていたらくだった。

彼女のSNSはまったくの手つかずだった（そりゃそうだ！）。最新のツイッターは事件の前日――七月八日――のもので、担当する女性作家の新刊に対する賞賛のつぶやきだった。自分の手を自撮りしたとおぼしき写真が載っていて、長くのばした爪にその本の表紙がプリントされていた。

彼女の名前を検索にかけるたびに、わたしは安堵と失望のはざまでほろ苦い自己嫌悪を舐めさせられた。自分が取るに足りないものに思えてくる。非常によくない徴候だった。インターネットには中毒性があるといわれるが、それは本当だ。刺青関連のサイトを閲覧して、一日つぶしたこともある。おかげで、刺青に詳しくなってしまった。孔雀の刺青が象徴するのは幸運や極楽や平和で、羽の模様が目玉に似ていることから、災いが降りかからぬよう見守る守護の意味合いもあるらしい。こんなことをしている場合ではないのだ。重々承知していたが、馬鹿なことをするならいましかないとも思っていた。

そうこうするうちに、書こうと努力することすらやめてしまった。まるで麻薬を遠ざけるかのように、わたしはパソコンを脇に押しのけた。スマホはあのどさくさで紛失してしまったが、新しいのを買う気にはなれなかった。

こちらから連絡しようとは思わなかったけれど、心のどこかでは彼女からの連絡を待っていた。いや、嘘はよそう。わたしは彼女のほうが連絡してくるべきだと思っていた。なんらかの申し開きがあってしかるべきだ。だからこそ、いっこうに連絡がないことに腹を立て、遮二無二《しゃにむに》彼女の粗探《あら》しに励んだ。地味、十人並、ふしだら……恋愛は信託投資ではない。一度でも誰かに感情を預けてしまえば、その感情をすっかり回収することなどできやしない。無理にそれをやろうとすれば元本割れして、相手を憎むようになるだけだった。

日がな一日むすっと酒を飲んだり、冷笑的に音楽を聴いたり、舌打ちをしながら庭の手入れをしたり、不貞腐《ふてくさ》れた態度で近所を散歩したりしながら、なけなしの想像力がちっぽけな自我の手にかかって縊《くび》り殺されていくのをただ黙って見ていることしかできなかった。言い換えれば、彼女のことも小説のこともいっさい考えなかった。考えないようにしていた。彼女と小説はわたしのなかで分かち難く結びついていたので、どちらかだけを考えるという芸当はできなかった。どちらかを考えれば、どちらかがもれなくついてきた。

夜は魔物だった。ベッドに入り、電気を消したとたん彼女があらわれる。考えまいとすればするほど考えてしまう。フロイトが賢明にも看破したように、抑圧はこの魔物のごちそうなのだ。彼女のやさしさが強迫観念のように憑《つ》きまとって、わたしを眠らせなかった。夜がこんなに長いということを、わたしは数十年ぶりに思い出した。そんな眠れぬ夜にこそ風情《ふぜい》があるなどとほざいている吉田兼好《よしだけんこう》は、殺しても殺し足りないやつだった。

台湾には何度か電話した。

「おれが怪物？」王誠毅が笑いながら言った。「そりゃまた身に余る光栄だな」

「夢のなかではあんたが作家で、おれはただの登場人物だったよ」

退院してからどうにも書く気になれないのだと打ち明けると、だったらしばらく台湾に帰ってこいと誘われた。

「苦悩ってのは場所にも憑くんだ。だから、とりあえず東京から離れてみろ。そうすりゃ心に空きができる。そこが自分を立て直す突破口になるんだ。怪物の言うことを信じろ。帰ってこいよ、立仁《リーレン》。こっちですこしのんびりして、書きたくなったらまた書けばいいじゃないか」

「それじゃ食っていけない」

「曲肱之楽《きょくこうのたのしみ》さ（貧しい暮らしのなかにも楽しみはあるという意。『論語』述而より）。どうせ独り身じゃないか。幸か不幸か、貧乏したって文句を言うやつもいない。中国人ってのは、神様でさえときどき仕事をさぼって遊んでんだぞ。おれたちがそうしちゃいけない道理はないだろ？」

そのとおりだ。

「印税だってあるんだろ？　おい、資本主義に毒されてるぞ。おまえの十分の一も金を持たないおれが楽しくやってるのに、なにを思い詰めることがあるんだ？　もっと楽しめ。つぎは頭をかち割られない程度にな」

誠毅と話していると、なにもかもたいしたことではないと思えてくる。偏っていた心の重心が、また真ん中に戻ってくるような気がした。

元担当編集者の植草から電話があったのは、八月に入ったばかりの水曜日の午後だった。降りきれない雨のせいで空はどんより曇り、肌にまといつくような湿った熱い風が吹いていた。その朝、物置を整理していて大学のときに買ったフォークギターを掘り出した。それをなんとなく縁側に立てかけておいて、レコードを聴きながら午前中いっぱい横目でちらちら眺めていた。なにかを新しくはじめたい気分だった。そうやって、すこしでもいまいる場所から離れる。あらゆる失恋とおなじように、前進することがわたしの復讐だ。躊躇《ちゅうちょ》したのは、挫折したときの気分の落ちこみが想像できたからだ（作家の想像力をなめてもらっちゃ困る）。楽器は自由や解放の象徴だが、自由や解放にはいつだって挫折がつきまとう。いまギターを手に取るのは、しばらく麻薬をやめていたジャンキーが自分を試すためにちょっとだけ麻薬に手を出してみるようなものだった。小さな油断が致命傷になりかねない。ふたたびあの昼も夜もない検索地獄に陥るのはまだ可愛いほうで、椎葉リサの名前をつぶやきながら狂ったようにマスターベーションなんかしたくなかった。そのようなマスターベーションは敗北以外のなにものでもなく、自分で自分をレイプするようなものだ。だめだ。悲しすぎる。

破れかぶれでギターを取り上げたのが昼前で、チューニングしようとペグをまわしたとたん、弦がいっぺんに二本も切れてしまった。不吉なことだった。わたしは恐れ慄《おのの》き、ギターを蘇らせようと躍起《やっき》になった。インターネットで調べると駅前に楽器店があったので、走っていって弦を買い求め、きりきり張り替えた。

電話がかかってきたのは、昼食もとらずに YouTube で「朝日のあたる家」のコード進行を追っているときだった。植草は見舞いの言葉を述べ、くどくどとあやまったあとで、椎葉リサが会社を辞めたと告げた。

「彼女の同期から聞いた話では、どうやらシンガポールへ行くみたいです。オーストラリアに留学していたころの友達がむこうにいるとかで……なので、当面はぼくがまた柏山さんの担当に戻ります。『怪物』が文庫化されるころには、つぎの担当をご紹介できると思うんで」

わっと叫んで、受話器を壁に投げつけたい衝動に駆られた。シンガポールだと？　やい、このビッチめ、このおれから逃げられると思うなよ！　しかしそんなのはわたしの流儀ではないので、呼吸の乱れと込み上げてくる吐き気を抑えながら、あえてゆっくりしゃべった。

た。

頭のひとつも掻きむしりたい気分だった。受話器を握りしめる手が汗ばみ、ぶるぶる震えてい

「会ってないいっすね」

「会ってないのか？」

「ええ、まあ、メールで」

「彼女と引き継ぎをしたのか？」


彼女がシンガポールへ行ってしまう。わたしにひと言の挨拶もなく。そんな不義理を許せるほど、わたしは大人ではない。腹が立つことにも腹が立った。こんなことくらいで腹を立てるなんて、これまでの人生、無駄に無駄を積み重ねてきただけのような気にさせられる。自分がひどくちっぽけな人間に思えたし、実際にわたしはちっぽけで無力だった。怒りはそこからやってくる。

「ぼくが言うのもなんですが、彼女は本当に柏山さんのことが好きだったんだと思いますよ」

頭に血がのぼりすぎて、返事すらできなかった。

「彼女と最後に会ったとき……つまり、別れ話を切り出されたときですけど、好きな人でもできたのかと訊いてみたんすよ。きみに好きな人がいたってこれまでどおり会えるんじゃないか、そう言って彼女をつなぎ止めようとしました。ぼくはきみを束縛しないし嫉妬《しっと》もしない、もっと自由な関係もあるんじゃないかと」

「ありきたりだな」反吐《へど》が出そうになったが、「下半身にしゃべらせるとそういうことになる」という意地悪はどうにか言わずに呑みこんだ。

「すると、彼女が言ったんです。自由だの愛だの言いだしたら、破局まではもう秒読みですよって」受話口からため息が漏れた。「すごくないっすか？」

なんということだ。こんな真理はついぞ聞いたことがない。グルーチョ・マルクス級だ。自由だの愛だの言いだしたら破局まではもう秒読み。まさに読者を悶《もだ》え死にさせる不滅の一文じゃないか！　なんと切り返せばいいのかわからず、思いついたことをそのまま口にしてしまった。

「彼女はとてもいい編集者になっただろうね」

「そうっすね」と植草も認めた。「ぼくもそう思いますよ」

それからはたいした話もしなかった。

電話を切ったあとで、わたしは自由と愛についてとっくりと考えてみた。はたしてわたしに彼女の不義理を責める資格があるのだろうか？　そもそものはじまりから、わたしたちはおたがいに対していかなる義理もしがらみもない。だからこそ彼女との時間は純粋で美しかった。美しくないわけがない。愛を証明できるのは痛みだけなのに、わたしたちはどちらも注意深く傷つくことを避けていた。自由を証明できるのは孤独だけなのに、わたしたちはそこからも目をそらしていた。わたしたちは無償の愛と自由を心ゆくまで謳歌《おうか》した。あとに残ったのは、まるであるじを失った二匹の犬のような痛みと孤独だけだった。

だとしたら、これはもう旅に出るしかないじゃないか。もしくはギターを弾くか。なにしろ旅の本質は孤独で、音楽の本質は痛みなのだから。

わたしはギターを抱え、あたりが暗くなり、フレットボードに置いた指先が見えなくなるまでたどたどしく弾きつづけた。しまいには指の皮が破れ、血が滲んだが、やめようとは思わなかった。古今東西いろんな小説で描かれてきたことではあるが、もしもたったひとつの経験が少年を大人へと変えてしまえるのなら、逆にいい大人を瞬時にして馬鹿なティーンエイジャーへと引きずり戻してしまうような経験もたしかにあるのだ。

小説に捧げていた情熱を、わたしはすべてギターにそそぎこんだ。夏のあいだじゅう弾いていたおかげで、かなり上達した。アニマルズ、デビッド・ボウイ、エルビス・プレスリー。人がなにかを成し遂げるのは、まさにこういうときなのだ。失ったものを、ほかのもので埋め合わせようとするとき。

なるたけ椎葉リサのことを考えまいとしたが、そうすると不思議なもので、世界じゅうがわたしに彼女のことを思い出させようと仕向けた。小さな女の子と手をつないだ母親（「ねえ、リサちゃん、今日はなにが食べたい？」）、すれちがう女性の残り香、ショーウィンドウに飾られたエナメルの靴、女性アイドルの美しい爪の色——そのたびにわたしはおたおたと雑踏のなかで居場所を見失う。レコードを聴けば、フランク・シナトラですらその陰謀に加担していた。

もしもねだられたら、本だって書けるよ
きみの歩き方、ささやく声、顔立ちについてさ
ぼくたちの出会いから書きはじめるんだ
誰にも忘れられないようにね

筋書きの秘密は簡単さ
きみが好きってことを伝えるだけなんだ、何度もね
そうすればぼくの本を読み終えたときにわかるはずさ
どうすれば友達から恋人になれるかってことがね

わたしはソファに身を投げ出してむせび泣いた。それからまたギターを引き寄せて、魂をこめて演奏するのだった。

わたし以外の万物が恋をしていた。散歩をすれば鳩が求愛していて、夕焼け空を見上げればトンボが番《つが》ったまま飛んでいる。わたしは大声をあげて鳩どもを追い散らし、トンボに石を投げた。テレビをつければ、川のなかで鮭が身を震わせて射精している。そいつらを捕って頭からバリバリ食べるヒグマを、心の底から応援せずにはいられなかった。

道端で猫の交尾を食い入るように眺めていると、雄猫に威嚇《いかく》されてしまった。わたしは冷笑した。なんだ、文句あるのかという目つきで、折り重なっている猫たちを無遠慮に睨《ね》めまわした。こんなところでヤッてるおまえらが悪いんだぞ。雄猫が喧嘩のときの低い声を出した。ほほう、なかなか気の強いやつだ。しかし、それが災いした。わたしにガンを飛ばすことに夢中になりすぎて、交尾のほうがおろそかになってしまったのだ。その隙に雌猫がするりと身を引き離した。彼はおおわらわで恋人を押さえつけようとしたが、後の祭りだった。興醒めした雌猫はひょいと壁に跳び上がって、どこかへいなくなってしまった。おいおい、そりゃないぜ、という感じで雄猫がひと声鳴いた。おまえにいくら使ったと思ってんだよ。

「恨むなら女に集中しなかった自分を恨むんだな」わたしは薄ら笑いを浮かべ、情けない顔の雄猫に言ってやった。「『墓場は勝ち気で負けず嫌いな若者でいっぱいだ』とユル・ブリンナーも言ってるぜ」

すっかりいい気分になって立ち去ろうとしたとき、わたしと猫のやりとりの一部始終を見ていた女と目があった。四十歳くらいの、かなりの美人だった。その瞳は雨に濡れた紫陽花《あじさい》のように艶《あで》やかで、かつ愁《うれ》いをおびていた。ひと目見て、わたしは彼女のなかに悲しみを受け入れる度量の広さを感じた。それこそが、わたしの求めているものだった。手にスマホを持っていて、小さな白い犬を引き連れている。

新しい出会いの予感に、わたしの傷ついた魂は激しく打ち震えた。埋葬された棺桶のなかで息を吹き返したような気分だった。ここで打って出るか、さもなくば朽ち果てるのみだ。わたしは勇敢に微笑みかけた。いまのは『荒野の七人』という映画のなかのセリフですよと教えてやると、彼女はスマホでわたしの写真をパシャッと撮り、小犬をさっと抱き上げ、美しい目を恐怖に染めて走って逃げていった。小犬がびっくりしてキャンキャン吠え、わたしはまたしても世界に押しつぶされそうになった。膝から力がぬけ、電信柱に摑まって体を支えなければならなかった。世界よ、これがおまえのやり口なんだな。いいだろう。このおれと根競《こんくら》べというわけか。

ギターを弾いているうちに台風がいくつかやってきて夏を連れ去り、秋風が立ち、気がつけば秋虫のすだく声に耳を澄ませながら月を見上げていた。

「傍聴に来てた人はそんなにいなかったわよ」電話越しに妹が言った。「拍子抜けするくらいチャッチャと終わっちゃったし。まあ、検事さんの求刑にあっちの弁護士さんがほとんどなにも反論しなかったからね。被告は殺意があったって認めてるし、やっぱり執行猶予はつかなかった。控訴はしないってさ」

懲役三年。それが西峰信哉に下された判決だった。

「それで、あの、なんと言うか……」

「来てたわよ」遥玲が軽蔑したように吐き捨てた。「あの女、写真で見ても地味だったけど、実物はもっと地味なのね。裁判だから、おとなしいかっこうをしてたんだろうけどさ。旦那のことを心配そうに見守ってたけど、人間ってわかんないよね。だったらよその男にちょっかい出すなって話よ」

「そうか」

会話が途切れ、わたしはまたぞろ見事な十五夜の月を見上げた。掃き出し窓を開け放った縁側から涼しい風が入ってきた。

「裁判所を出るときにさ、あの女が話しかけてきたよ」

「それで？」わたしは受話器に意気込んだ。「なんて言ってた？」

「柏山先生はどうしていらっしゃいますか、だってさ。このたびは本当に申し訳ありませんでしたって」

「それだけか？　で、おまえはなんて言ったんだ？」

「『あんたねえ、あのクズ野郎と別れるつもりがないんならもっと早くあやまりに来るべきなんじゃないの』って、そう言ってやったわよ。こっちは損害賠償請求してもよかったんだからね」

「なんでそんなこと言ったんだ⁉」どやしつけてやった。「彼女がおれを殴ったわけじゃないんだぞ！」

「はあ？　あたりまえでしょ、そんなの。じゃあ、なんて言えばよかったの？　頭をぶったたかれて兄の馬鹿が治ったからありがとうございます、とでも言えばよかったの？」

「もういい！　ほかは？」

「それだけよ」電話を切るまえに、妹がぷりぷりして言った。「もしお兄ちゃんの聞きたいことがあの女が連絡するって言ってたかどうかってことなら、そんなことはひと言も言ってませんでしたから」

何人かの編集者はわたしの状態を気にかけてくれたが、全員というわけではなかった。それでも、ありがたいことに変わりはない。彼らから連絡があるたびに、わたしはまだ見捨てられていないことに安堵し、いつまで彼らを裏切りつづけることができるだろうかと不安に駆られた。

裁判が終われば椎葉リサから連絡があるはずだと決めつけていたので、落胆の毎日だった。何度かこちらから連絡しようかとも思った。なんといっても彼女はまだ若い。ここはわたしが大人の余裕を見せるべきなのではないか。だけど、彼女の電話番号はなくしたスマホのなかに入っているし、そうじゃなくても自分がけっきょくそうしないことは知っていた。

自分のほうから連絡するには、わたしの想像力は豊かすぎた。もし彼女がほだされて、わたしの目論見《もくろみ》どおりの結果になったとしたら、つぎはどういうことになる? もちろん、何事もなかったかのように関係を再開するわけにはいかない。わたしたちは今度こそ西峰信哉に真正面から向き合わなければならない。西峰に対する罪悪感がわたしと彼女を蝕み、押しつぶし、やがて憎み合うようになるかもしれない。そしてすべて取り返しがつかなくなったとき、わたしがかけた一本の電話が崩壊のはじまりだったと思い知ることになるのだ。

十月に入ったばかりのある月の明るい晩に、植草がふらりと訪ねてきた。

わたしはブランケットを肩にかけ、淹《い》れたての熱いコーヒーをすすりながら、キッチンテーブルで本を読んでいた(本を読もうという気になるまで三カ月近くかかった!)。植草をソファにすわらせ、湯気の立つコーヒーを注いでやり、彼のまえに腰を下ろしてじっと待った。

「なんの本を読んでたんすか?」

「用件はなんだ?」

「えぇえ、いきなり喧嘩腰っすか」

「言っておくが」わたしはなるたけくつろいだ声を出した。「あの女の話なんかするなよ、わかったか。ジョン・ファンテの『塵《ちり》に訊け！』だよ」

「どんな話なんです？」

「どうしようもない男の、どうしようもなく無様《ぶざま》なラブストーリーだ」

「面白いっすか？」

「サリンジャーより面白いね」

わたしたちはコーヒーを飲んだ。植草が煙草を吸ってもいいかと訊くので、好きにしろと答えてやった。

植草もさぞや落ちこんでいるのではないかと思いきや、あにはからんや、いつものようにあっけらかんとしていた。髭をきれいにあたり、髪は油で丁寧に梳《くしけず》られていた。紺色のチェックのジャケットに白いパンツ、足には革靴を裸足《はだし》で履いているると見せかけるためのあのちびっこい靴下を履いている。どうやらわたしはやつを見くびっていたようだ。ジン・トニックのようないいにおいまでさせていた。

沈黙が長引くまえに、わたしたちは同時に口を開いた。植草が譲り、電子タバコを吸った。

「きみの女々しい泣き言なんか聞きたくない」誤解のないように、わたしははっきり言ってやった。「いいか、ひと言だってだめだ。おれたちには悲しむ資格なんかないんだ」

「いや、ぼくはべつに悲しんでなんか――」

「おいおい！　たのむから心にぽっかり穴が、なんて言うなよ……え？　悲しくないのか？　じゃあ、なんで来た？」

「柏山さんがぜんぜん小説を書かないからでしょう！」植草が声を張り上げた。「なんなんすか、いったい。どんだけダメージ受けてんですか」

「き、きみのような男にはわからないだろうがね」激しい動揺のせいで言葉がもつれた。「愛というのは苦痛によってしか証明できないんだ。おれのこの胸の苦しみだけが、彼女が存在した証《あかし》なんだよ」

「馬鹿なこと言わないでくださいよ」一蹴されてしまった。「そういうことは他人に言わずに小説に書いてください。さあ、出かけましょう」

「どこへ？」

「黙ってついてくればいいんですよ。そんな苦しみなんて、ぼくがささっと取り除いてみせますから」

「ど、ど、ど、どこへ行くんだ？」

「女を買いに行きましょうよ」

「気はたしかか？」ため息と同情を禁じ得ない。「きみはいくつだ？」

「四十一ですが」

「四十一にもなって、そんなことしかできないのか？　ふん、いままでろくな女と付き合ってこなかったんだな。男と女はセックスだけなのか？　そうじゃないだろう」

「訊かれたから答えますけどね」植草がむっとして言い返した。「ろくでもない女といえば、椎葉は表彰ものっすよ」

「彼女を侮辱《ぶじょく》するな！」

「はじまりがあれば終わりがあるんです。いいじゃないっすか、さんざん楽しんだんだから」

「女をあてがえばおれの問題がすべて解決すると思ってるんだな」わたしは虫けらを見るような目をやつにむけた。「自分がいやにならないのか？　いつもそうやって安易に問題から目をそらしてきたんだな」

「問題ってなんすか？」

「うっ」予想外の切り返しに、返答に窮す。「それはだな――」

「問題があるとすれば、それはこの先あんなに都合がよくて若い娘ともうヤレないかもしれないってことでしょ？」

「身も蓋もないことを言うな！」

「それこそ、金も払わずに買い物をしたんだからツケがまわってくるのは当然だとでも思ってるんでしょ？　わかります、わかります。言っときますけどね、その喪失感はローンがまだ何年も残ってるのに、事故かなにかでポシャッてしまった愛車に対して感じてるものとおなじっすよ。新しい車を買ったら三秒で忘れちゃうんですって」

わたしは歯ぎしりをした。

「柏山さんに必要なのは新しい車なんすよ」植草がいけしゃあしゃあとぬかした。「騙されたと思って、さあ、行きましょう。金さえ持ってりゃ失恋なんてどうとでもなるんすから」

「気持ちはどうなるんだ？　たしかに金があれば若い娘の体は買える」わたしは自分の胸を拳でドンドンたたいた。「だけど、気持ちはどうなるんだ？」

ほとほとあきれたというように、植草が目をぐるりとさせた。「柏山さんの気持ちなんて知りませんけど、気持ちよくはなりますよ。それだけじゃだめっすか？　こうなったら、せめて気持ちいいほうがいいじゃないっすか」

「それでも編集者か？　いや、それでも男か？　きみはおれのことをなにもわかってない」

「そうかもしれませんけど、とにかく試してみる価値はあるでしょ？」

わたしはやつをにらみつけた。

この憐れな男には一生愛の意味などわかりっこない。しかしそれを言うなら、わたしもおなじだ。苦痛は愛を証明するかもしれないが、同時に魂から古い愛の痕跡を消し去り、まったく新しい指針を書きこみもする。指針が書き換えられるたびに、愛はだんだん席次を下げていく。そうやって、人は刹那主義者になっていくのかもしれない。もしくは、本当の自分自身に。

わたしは植草の女性遍歴を尋ねてみたい衝動に駆られた。こいつをこんなクズ野郎にしてしまった物語を聞いてみたかった。が、どうにか思いとどまった。そのかわり売られた喧嘩を買うようなつもりで彼といっしょにタクシーに乗りこみ、錦糸町方面へ繰り出した。

生まれてはじめて金で買ったセックスは、ただのセックスだった。高揚だけがあって、悲しみはなかった。我と我が身を憐れむ余裕すらなかった。そんな感情はすべて金銭がワクチンのように消してくれた。ロケット花火にくくりつけられて空に打ち上げられたような気分だった。考えるまえに物事がはじまり、そして終わっていた。ドッカーンとわたしは敵娼《あいかた》のなかで飛び散った。彼女の体は驚くほど素敵だった。若くて、熱くて、奔放で、椎葉リサへのわだかまりをすっかり消し去ってくれるほどに。悲しいといえば、それが悲しかった。

植草とはその後も一回だけいっしょに出かけ、三回目以降はひとりで行った。


「東京ですよ、練馬です」

「どうしてこんなところで働くようになったの？」

「弁護士さんの紹介です」

「どういうこと？」

「はじめウリをやってたんですけど、いっしょにツルんでた娘《こ》が彼氏を刺し殺しちゃって。麻薬がらみです。その娘の弁護士に言われたんです。生きていくには金がいる、そしてきみにはほかに金を稼ぐ手立てがない、だったらひとりで稼ぐよりも組織に属したほうがいいって。この店にもいつまでもいちゃだめだって言われました。でも、足を洗うにしても段階を踏んだほうがいいそうです。ウリからソープに、それからたぶんヘルスとかにいって、最後はキャバくらいになって……だんだん軽くしていくんです、わかります？　ふぅん、なるほどなって思って」

「熊本です。中学を出て、しばらく福岡でアイドルみたいなことをしてて」

「すごく若く見えるね。まさか未成年じゃないよね」

「ちがいますよお！　でも、ありがとうございます」

「熊本ってどんなところ？」

「ほとんど鹿児島でしたけど……息が詰まりそうな温泉街があって、ヤクザ者がたくさんいて」

「友達にもいるの？」

「中学のときの同級生がなりましたね。とにかく悪かったですよ、そいつ。暴走族の先輩が事故って死んだとき、そいつも落ち込んで飛び降り自殺したんですけど、けっきょく死にきれなくて。あるとき、おなじクラスだった女の子が事件に巻きこまれて殺されちゃったんですけど、その犯人が猿を飼ってたんです。ええ、ふつうのニホンザルです。そしたらそいつ、その猿に火をつけて焼き殺しちゃったんですよ！　それを動画に撮ってネットにアップして……それで身元が割れて少年院行きです。まあ、そのふたりって中学のときに付き合ってたから頭にきたんでしょうけど、それにしてもひどくないですか？　だって、猿、関係ないし」

「男と別れるときって、みんな最後にヤリたがるじゃないですか？　あたし、いつも口で勃《た》たせてやってから、あとは自分でしてねって言ってやるんです。そういうときの男の顔って、言葉にできないくらい悲しげなんですよね。あたしと付き合ってたのは体だけが目的じゃないと思うんですけど、その瞬間は間違いなく最後の一発が最大の関心事で。ああいうとき、男ってもどかしいでしょうね。セックスだけじゃないはずなのに、やさしいこともいっぱいしてくれたし、楽しい時間もすごしたんだけど、そんなの全部吹き飛んじゃって、自分がものすごくつまんないやつに思えるんじゃないですか？　最悪なのは言い訳できないことですよね。ヤルまえは引き止めようとしてるみたいだし、ヤッちゃったらなにを言っても嘘っぽくなっちゃうし。あはは……まあ、一度それでめちゃめちゃに殴られたことがありますけど」


ひとりでギターを弾いているときは孤独だが、女たちと情けを交わしているときは寂しかった。狂乱のひとときが過ぎ、敵娼に見送られて悪所を出て繁華街をとぼとぼ歩きだしてからも、いつまでも孤独が姿を現さないことがあった。孤独に見限られたそんな夜は、ひょっとしたらおれはもう二度と書けないいんじゃないかと空恐ろしくなった。

実際、なにも書けなかった。ただの一行も。書こうとすら思わなかった。連載の約束はひと月延び、ふた月延び、無期限に延ばされた。エッセイも二本ほど飛ばした。潮時《しおどき》だった。

これからも作家でいたければ、こんなことはもうおしまいにしなければならない。それでも、わたしは毎週のように女たちのもとへ足を運んだ。金で買えるぬくもりと単純さが、なにより彼女たちの無償ではない愛が好ましかった。愛が無償じゃない場所でなら、痛みを恐れる必要もない。心を痛めたくなければ、懐を痛めればすむ話だ。

「ああ、もう！」

「……え？」

「ちょっと、髪には触らないでくれる」

戸惑いつつも、わたしは詫びの言葉を口にした。

敵娼はわたしの下から抜け出し、むくれたまま上になった。気を取り直してプロに徹しようとしてくれたが、わたしのほうはもう気持ちが萎えてしまった（あくまでも気持ちだけ）。それが伝わったのか、彼女が一段とあられもない声を出した。わたしたちは肉体を共有しながら、同時に曰く言い難いみじめさも共有していた。セックスで伝わってしまうことはあまりにも多いので、人を近づけも遠ざけもするのだ。

もう若くない女だった。

かつては美人だったと思わせる目鼻立ちが、疲労のためにゆがみつつある。わたしに跨って腰をくねらせる女を見上げながら、彼女はひとりでいるときにどんな貌《かお》をするのだろうかと考えた。スーパーで野菜の品定めをしたり、誰もいない部屋でスマホを見たり、野良猫に餌をやったり、かつて本気で愛した男のことを夢に見て涙を流したりするのだろうか。髪に触れられたくないというのは、キスだけは断固としてさせない娼婦のように、それが彼女の拠り所だからだろう。彼女くらいになると、もはやセックスだけではなにも証明できない。相手に対しても、自分自身に対しても。髪の毛は彼女が愛を伝えるための、苔《こけ》むした最後の砦《とりで》なのだ……

「そんなわけないでしょう!」植草が一笑に付した。「どんだけナイーヴなんすか、柏山さん……たぶん手にローションかなんかがついてたんすよ」

わたしはやつを冷たく見据えた。

「いいっすか、彼女たちって一日に何人も客を取るわけでしょ? で、まえの客の気配がしたら、誰だって引くじゃないっすか。髪にローションがついちゃうと、洗わなきゃならなくなるんすよ。いやでしょ、柏山さんも。ソープ嬢の髪にまえの客のローションなんかがついてたら。幻想が壊れちゃうじゃないっすか。それに一日に三回も四回も髪を洗ったらボサボサになっちゃうし、二十分くらい時間のロスになるから、稼ぎが減るんすよ」

「そうなのか?」

「でも、苔むした最後の砦という表現は好きっすねえ。なんか、もういまの時代には通用しないのに、威厳だけが亡霊みたいに備わってる感じがして」植草が言った。「ねえ、柏山さん、そろそろなんか書いてくださいよ。こういう表現は口に出して言うものじゃなくて、本に書くためのものなんすからね」

二週間後、わたしは思い悩んだあげく、髪を乾かすのと同時に保護もしてくれますよという店員の美辞麗句《びじれいく》を鵜呑みにして、大型家電量販店で若干値の張るドライヤーを購入した。アンナさんにプレゼントするためだ。アンナさんはわたしの絨毯《じゅうたん》爆撃的な悪所通いではじめてリピートした敵娼で、彼女の源氏名もこのときに憶えたのだった。

彼女のほうもわたしを憶えてくれていて、ふたりきりになるなり、先日の無礼を詫びてきた。

わたしは謝罪を受け入れ、「これ、よかったら」とドライヤーを渡した。

「なんですか、これ？」

「店の人に訊いたら、これが髪にいいって言うから……おれ、なにも知らなくて。客の汚い手で触られたら、いちいち髪を洗わなきゃならないって聞いたから」

彼女は目を白黒させ、それから声をたてて笑った。

その日の彼女はひと味もふた味もちがった。それまでの敵娼が若さと美しさで勝負しているとしたら、アンナさんの本当の武器は年季の入った技術だった。

「いまの若い娘にこんなことを期待したってだめよ」

わたしは身も世もなく呻《うめ》いた。彼女のほうもナイアガラの滝みたいに濡れていた。

「あたしだってもうめったにしないんだから……どう、これ？」

わたしは心のなかでありがとうございますと叫んだ。どうだ、椎葉リサ、おまえにこんなことができるか？　おまえなんかいなくても、おれはこんなにも人生を謳歌しているんだぞ！

店を出るときにはほとんど足腰が立たない状態だった。

「ねえ」ガウンのまえを掻き合わせながら、アンナさんがわたしのコートをそっと捉まえた。

「今日は早くあがらせてもらえるから、なんか食べにいかない？」

わたしはミイラのようになっていたので、茫然自失の体《てい》でうなずいた。「じゃあ、焼肉でも……このへん、あんまり知らないけど」

アンナさんが微笑み、店の名前を告げた。


なにを食べたかもわからないうちに、目のまえの皿が空になっていた。

「こう見えても、結婚してたのよ」焼き網のホルモンを箸で押さえつけながら、アンナさんがしんみりと身の上を語った。「元夫はやさしい人だったけど、あたしのほうに好きな人ができちゃって。夫と別れてその人といっしょになろうと思ったんだけど、その人はけっきょく奥さんと別れられなくてね。彼が離婚話を切り出したら、奥さんのほうが激怒して、勢いで自分にもほかに男がいるって言っちゃったんだって。彼にしてみたら寝耳に水だったんだけど、奥さんとその愛人がいっしょに写ってる写真を見せられたの。わかるでしょ？　つまり、そういう写真だったの」

わたしはビールをがぶりと飲んだ。そういう写真と言われてわたしに思い浮かぶのはそういう写真だけだが、アンナさんの表情から察するに、そういう写真で間違いなさそうだった。

「男と女って不思議だよね」彼女は焼きあがったホルモンをわたしに取ってくれた。「そういう写真を見せられたおかげで、彼と奥さんはやっぱりやり直そうってことになったんだって。で、あたしとはバイバイってわけ。家にいるときはふたりとも裸でいようって決めて、奥さんがペットショップで大型犬の首輪を買ってきて彼の首につけたの。最後に彼と会ったときにその首輪を見せてもらったんだけど、ちっちゃな南京錠がついてた」

「へぇえ、ちょっと気の利いた貞操帯のつもりかな」混じりけなしにぶったまげてしまった。

「人生って奥が深いなあ！」

「お客さんは？」

「おれ？」

「作家さんなんでしょ？」

「……え？」

「店のボーイさんがお客さんの本を読んだことがあるって言ってた」アンナさんが微笑《わら》った。

「なんで風俗通いなんかしてるの？　ストレスとか？」

　わたしはホルモンを口に放りこみ、しばらくもぐもぐ嚙んでいた。わたしはなぜ風俗通いをつづけているのか？　まさにそれが問題だった。なにか相手を感心させられるようなことが言えればよかったのだけれど、どう考えてもたったひと言ですんでしまう話だ。あまりにもありふれた理由なので自分に腹が立ち、煮るなり焼くなり好きにしてくれという気分で打ち明けた。

「ただの失恋だよ」

　アンナさんが小さくうなずいた。

「相手は既婚者で、おれは彼女の旦那にバットで頭をぶん殴られた」口のなかのホルモンは、嚙めば嚙むほどみじめな味がした。「それきり、彼女ともなしのつぶてさ」

　アンナさんが新しいホルモンを網にのせると、まるで被弾した戦闘機のように火を噴いた。

「好きだったんだね、彼女のこと」

「どうかな……挫折した本みたいなもので、うまくいかなかったから忘れられないだけかもしれない」

「挫折した本なんてさっさと忘れちゃえばいいのに」

　わたしたちはしばし自分の殻に閉じこもり、ホルモンだけにかまけていた。この世に、ホルモンをうまく焼く以上に大切なことなどなにもないというふうに。

「またおいでよ」アンナさんが言った。「それまでに先生の本を読んどくからさ」

　煙がしみて、目をしょぼしょぼさせてしまった。たったいま腰が抜けるほど抱いたばかりなのに、わたしはもう彼女の体が恋しくなっていた。アンナさんにすがりついて、なにもかも忘れたかった。古い苦しみを終わらせるために、新しい苦しみを求めてなにが悪い？　わたしはホルモンをひっくり返し、網にぎゅうぎゅう押しつけて焼いた。はじめから挫折するとわかっている本なら、本当に挫折しても痛みは少ないはずだ。そうだろう？

「たぶん」とわたしは言った。「もう行かないと思う」

「そうね」とアンナさんが言った。「それがいいかもね」


恋々《れんれん》としているうちに、東京に初雪が降った。

低く垂れこめた雲が胸までふさいでしまいそうな暗い金曜日だった。ひどく寒い一日の仕上げに、わたしはまたしても人肌恋しさに打ちひしがれていた。一日じゅうギターを弾いていたが、それくらいではなんの慰めにもならなかった。陽が落ちると体のうずきはいっそう耐え難くなり、取るものも取りあえず電車を乗り継いで上野へ行ったのだった。

まずなにか腹に入れておこうと思って商店街をふらふら歩いていると、よさげな焼肉屋が目についた。店のたたずまいに見覚えがあるなと思ったら、いつかアンナさんと行った店だった。

それで無性にアンナさんを抱きたくなった。

その小さなストリップ小屋は、焼肉屋のとなりにあった。コートのポケットに手を突っこみ、背中を丸めてとおりすぎるわたしを、客引きがつまらなそうに見送った。アンナさんのあたたかな体に思い焦がれて足を速めたとき、頭のなかで小さな声がした。

足を洗うにしても段階を踏んだほうがいいそうです。ウリからソープに、それからたぶんヘルスとかにいって、最後はキャバくらいになって……

ふりむき、ストリップ小屋をじっと見つめる。派手な電飾看板が〈東洋一エロティック無双〉

と謳《うた》っていた。よもや神がわたしになにか伝えようとしているのではあるまいか。そう考えると、この寒さも、わたしを炙《あぶ》りつづける常ならざる情欲の炎の意味も理解できるような気がした。

　客引きの男が気づき、笑いながら近づいてくる。わかってますよ、おまかせくださいという顔で。さあさあ、社長、ちょっと見てってくださいよ。そう言って、わたしの袖を引いた。

「ちょうど全国巡業から帰ってきたコンチータさんのショーがはじまるところですよ」

　彼にしてみれば、コンチータさんを知らないのはオードリー・ヘップバーンを知らないのとおなじくらいありえないことにちがいない。わたしは彼の顔を立て、入場料の四千五百円を払った。なにかを本気で変えようと思うならぐずぐずするべきじゃないし、たしかにストリップはソープランドよりは軽い。たとえなにも変えられなくても、わたしには失うものなどない。

　小屋は地下にあった。

　階段を下りてなかへ入ると、音楽と光とむっとする人いきれに包まれた。それほど広いハコではなかったものの、八割方埋まっている。ステージでは、さほど年でもないが若くもない女が『なまいきシャルロット』の軽快なリズムに乗って素っ裸で踊っていた。毒々しい紫色のライトを浴びたダンサーが艶やかに微笑み、鳥打帽をかぶった年寄りのまえで両脚を大きく広げる。

　通路にたたずんでいると、親切な男がここにすわれと手招きしてくれた。どう贔屓目《ひいきめ》に見ても七十歳より下ということはなく、鼻に酸素吸入のチューブを挿していた。わたしは彼のとなりに腰を下ろした。彼がうなずき、わたしもうなずきかえす。ダンサーはべつの男のまえで大股を広げていた。かぶりつきでそれを見ている人たちのなかには、驚いたことに女性もいた。

　ここにいったいなにがあるというのか？　男たちは死ぬまで女の体から自由になれないのか？　それとも、わたしはなにか決定的なものを見落としているのだろうか。彼らは踊り子の体をとおしてなにを見ているのか？

　つぎに出てきたのは、金髪のかつらをかぶったセーラー服の女だった。先ほどのとくらべれば、若い女と言ってもよかった。彼女はアイドルのようなステップを踏み踏み、そしてやっぱり素っ裸になって開脚した。時折り励ましの声が飛んだが、わたしには彼女がこれ以上なにをどうがんばればいいのか皆目《かいもく》見当もつかなかった。

　だけど、わかったこともある。

　主は与え、主は奪う。なけなしの四千五百円を払ってこの約束の地へとたどり着いたのは、奪われし者どもなのだ。そして、二度とふたたび与えられることはない。わたしとて例外ではない。四十七歳という年齢を考えれば、これからもっと多くが奪い去られるだろう。椎葉リサは、これから失われてゆくあらゆる大切なもの、唯一無二なもの、わたしをわたしたらしめているものの象徴なのだ。ゆえにわたしたちは、まるで古いアルバムを眺めるように踊り子の股間に顔をうずめる。彼女たちのトンネルは過去につながっているのだ。男たちが男たちだった時代に。もしくは男になり損ねた日々に。

　大股開きに次ぐ大股開きでまたたく間に時はすぎ、ついにコンチータさんの登場となった。照明が薄桃色に切り替わり、偽物の桜吹雪《ふぶき》がちらちら舞い落ちると、客たちが大物の登場に色めき立った。皆様、お待たせいたしました！　場内アナウンスが興奮を煽る。本日華のラストステージ、とりを飾るのはストリップ界の救世主、ご存じコンチータ嬢です、よろしくお願いします！

　ステージにあらわれたシルエットは、炎のような真っ赤な長襦袢《ながじゅばん》に包まれていた。長い髪を結《ゆ》い上げているが、おくれ毛がひと筋、顔にかかっている。その姿が悲しげな雅楽《ががく》と相まって、見紛《まご》うことのない狂気を演出していた。女は遊女で、どこぞの若旦那に恋慕しているのかもしれない。遊びに来た客にうっかり心を開いたばかりに、彼女は身分違いの悲恋に身を焦がしている。この女もまた奪われし者なのだ。はんなりと舞う踊り子に見とれていると、となりの男が顔を寄せてきてささやいた。

「コンチータさんは華があるよな。南米のどっかの国の血が入ってるって話だよ」

ステージに目をむけたまま、わたしはうなずいた。

うまく言えねえんだけど、と男が言った。「どんなふうになっても汚《けが》されねえ女っているんだよな」

わたしは目を見張った。このひと言が呼び水となって、椎葉リサのことを思い出したからではない。それどころではなかった。コンチータさんの正体に気づいたのは、彼女が長襦袢から肩をぬき、白い乳房をあらわにしたときだった。

座席からころげ落ちそうになった。目をこすってよくよく見てみたが、やはり間違いない。理性と本能がせめぎあう客席の片隅で、わたしだけが口をぱくぱくさせていた。一瞬、自分はまだ昏睡《こんすい》から目覚めておらず、長い夢のなかに囚われたままなのではないかと訝《いぶか》しんだ。

長襦袢をはらりと足下に落とした藤巻琴里は、一糸まとわぬ姿でステージに横たわり、両脚を天にむけて誇らしげに交差させた。それから、艶めかしく腰を波打たせた。若旦那のやさしい愛撫を体が思い出しているのだ。

最前列の客たちがまえのめりになって、女体の深奥を見極めようとしている。すべての女が生まれながらにして持つ、慈悲やあきらめの生まれいずる泉を。それほどまでに、藤巻琴里の美しさは神がかっていた。

彼女は脚を広げながら身をよじり、身をよじりながら肩越しに微笑《わら》った。聖なる娼婦、淫らな女神。不意にその眼差しがわたしを射抜く。一瞬こちらを認めたような気がしたが、もちろんそんなことはない。すぐにほかの客にやさしげな視線を移した。優雅な身ごなしで膝立ちになり、惜しげもなく男たちに彼女自身をさらけ出す。こんな世界には借りひとつだってつくるもんか、とでも言いたげに。

わたしはひっそりと席を立ち、忍び足でストリップ小屋を抜け出した。

階段をのぼって外に出ると、雪が降りだしていた。これ以上生きていてなにかいいことがあるだろうか？　泣くに泣けず、笑うに笑えなかった。エロティック無双を謳う看板の陰で、客引きの男がぼんやりと夜空に煙草を吹き流していた。

まあ、受け入れることだ。状況を、悪運を、失われた世界を、自分自身の浅ましさを。そうすれば、神の借金取りにつきまとわれることはない。椎葉リサの言うとおりだ。すべての小説はあきらめについて書かれている。

やわらかく舞い落ちる雪に、わたしは凍えていた。かかとを引きずって駅まで戻り、ちょうどホームに入ってきた電車に乗った。人身事故のせいで、山手線に遅れが出ていた。わたしは車輛いっぱいに詰めこまれた人々にうずもれて、がっくりと肩を落としていた。床がひどく濡れていた。

家に帰り着いたのは午後十一時過ぎで、書斎に直行して数週間ぶりにパソコンの電源を入れた。更新しなければならないプログラムがいくつかあって、使えるようになるまでえらく時間がかかった。わたしは仕事机のまえにすわって、貧乏ゆすりをしながら青い更新画面をじっとにらみつけていた。

ようやくパソコンが立ち上がると、検索サイトでヒットしたいちばん上の航空会社の、いちばん早い便を予約した。翌朝の八時五十分羽田発、十一時半台北着。ぬかりなく入力フォームをやっつけ（三度もエラーが出た！）、予約確定のボタンをクリックしたときにはすでに午前一時をまわっていた。

グラスにウイスキーを注ぎ、縁側の安楽椅子に体を沈めてゆっくり飲んだ。灰色の雪がうっすらと庭をおおっていた。父が吸っていたパイプのにおいを思い出したが、それはそれだけのことだった。飲み終わると、もう一杯飲んだ。それからスーツケースを押入れからひっぱり出し、ざっと旅支度を整え、本を数冊みつくろって放りこんだ。溜まりに溜まっていた出版社からのメールにすべておなじ文面で返事を出した。柏山康平はまだ書けるのだということを知っておいてほしかった。おれはまだ終わってない、もうすこしだけ時間をくれ、と。

シャワーを浴び、髭を剃ってしまうと、夜が終わりかけていた。髪を乾かし、着替え、コートを羽織り、ご自慢のパネライを腕に巻く。鏡のまえに立つと、くたびれ果てた男が映っていた。瞼《まぶた》が重く垂れ、口元はだらしなくゆがみ、いまにも聞くに堪えない悪態をつきそうに見える。白《しら》髪《が》が目立ち、目は濁っていた。わたしはそいつに言った。すこしだけ時間をくれ、兄弟、ちょっとだけ柏立仁に戻らせてくれ、そうすれば世界を吹き飛ばす小説を書いてやるぞ。

それから家を出て、ドアに鍵をかけ、スーツケースをずるずる引きずって明《あ》け暗《ぐ》れの街を駅まで歩き、ベンチにすわって始発電車を待った……

15　棒と石

まだ機は熟していなかった。

まるで出走ゲートに入った競走馬のように気は逸《はや》ったが、ふたたび書きだすためのしるしをわたしは求めた。

あっさりと自分を許してやるつもりはなかった。わたしは小説を裏切った。苦痛にのたうちまわっているときこそ言葉は鋭く研ぎ澄まされ、まばゆい閃光《せんこう》を放つ。なのに、わたしはみすみすそんな言葉たちを取り逃がした。たったひとつの文章が隠し持つ救済を信じきれなかった。そのせいで孤独に愛想をつかされた。作家であるというわたしのたったひとつの宝石を、わたしは口に入れて舐めてみるべきだった。そうすれば、自分が何者か思い出せたはずなのに。

「そういや迷信深い婆さんだったな」王誠毅が言った。「おまえは癇《かん》の強いガキでな、赤ん坊のころはそりゃ夜泣きがひどかったよ。おれと曾祖母さんはしょっちゅう夜中におまえを散歩させてたんだぞ。そのころ、おれは五つか六つでな。でも、よく憶えてるよ。曾祖母さんは、ガキが泣くのは魂が道端に落ちてるからだと言ってた。だからそのへんの石ころを拾って『好了《さぁ》、回家了《うちへ帰るよ》』なんて大声で言いながら、おまえをうちへ連れ帰ったもんさ」

「つくづく石が好きな婆さんだったんだな」

「叫　魂《ジャオフン》というらしい」

「それでおれは泣きやんだのか？」

「どうだったかな」

女たちに逃げこむかわりに、わたしはどうあっても文章で復讐を企てるべきだったのだ。ここで何食わぬ顔で小説にすり寄れば、わたしの書くものは一文残らず売女《ばいた》になってしまう。

「馬鹿なことを言うな！」誠毅が叫んだ。「人生は小説のためにあるわけじゃないぞ。小説のほうが人生のためにあるんだってスティーヴン・キングも言ってるんだからな」

「本当か？」

「たしかそうだったような気がする」

そんなわけで、わたしは小説を書かなかった。

誠毅もわたしを急かしたり、焚きつけたりしなかった。彼は彼自身の新しい短篇小説に取りかかっていた。いくら書いてもちっとも筆が進まない、例の自分は誰かが書いた物語の登場人物にすぎないと感じる作家の話はあきらめて、ふしだらな図書館司書の物語をアリス・マンロー風に書こうとしていた。その女性は夫のある身でありながら、図書館にやってくる妖しげで魅力的な高校生にたぶらかされて売春するようになる。その売春宿へ夫が客としてやってきて、なんだかんだあって、最後には夫婦の絆を取り戻すという筋立てだった。無理矢理原稿を読まされたわたしは、アンナさんのことを話さずにはいられなかった。

「まさにそういうことなんだ」誠毅が鼻息を荒らげた。「離婚話を切り出した旦那に腹を立てて、自分も浮気をしているとぶちまける。おまけに愛人と同衾《どうきん》している写真まで見せる。ふつうなら流血沙汰だけど、そうはならないのが男と女の不思議なところなんだ」

彼はこの作品に磨きをかけて、知り合いの編集者に見せるのだと意気込んでいた。

幸運を祈るとわたしは言った。「うまく仕上がれば、いい作品になるよ」

「小説なんてまやかしだ」誠毅が言った。「でも、書くことは職業ではなく、呪いみたいなものだとむかし誰かが言っていた。そのとおりだと思うよ」

書くことが職業なのではなく、作家であることが職業なのだ、、、、、、、、、、、、。その意味で、作家でもないのにひたすら書きつづける誠毅の呪いは途轍もなく強く、純粋だ。わたしも作家という職業にしがみつくためではなく、ぼちぼち呪いのために書くことを思い出す必要があった。

毎朝、誠毅がマントウをつくりに出かけてしまうと、わたしは居間でぼうっとテレビを観たり、植物園をぶらぶら散歩したりした。無心になって歩いているつもりが、気がつけば男と女の真理について考えていることがあった。その男女とは、わたしと椎葉リサだった。この世のあらゆる真理とおなじように、わたしは、わたしたちの個人的な関係性から宇宙の真理を演繹しようとした。

熱帯植物の遊歩道や蓮池のほとりを脚が痛くなるまで歩いて得た真理は、しかし、どれも短命だった。すると、わたしはイライラしてもっと歩いた。ぶつぶつ文句を垂れ流しながら、ひたすら歩いた。すれちがう人々をおびえさせ、大王椰子の幹をつつくキツツキを見上げてはしばし足を止め、それからまた歩いた。

来る日も来る日もずんずん歩いているうちに、小さな変化が訪れた。それは鹿康平《ルウカンピン》やシャオとの対話というかたちをとった。

「椎葉リサが連絡を絶ったのは、もうおれのことなんかどうでもよくなったからだ」

いいえ、それはちがうわ。シャオは胸に手を当て、心をこめて諭した。連絡がないのは彼女がまだあんたにこだわっとるからなの、彼女も苦しんどるんじゃよ。

「椎葉リサの不幸を願っているときがあるんだ」

可愛さ余ってというやつさ。鹿康平はひょいと肩をすくめた。それこそが、おまえが彼女のことをないがしろにしなかったという証拠なんだ。

「おれにはもう耐えられそうにないよ」

だったら、おれみたいに自殺したいのか？　おれやおまえの二叔父さんみたいに？　耐えられるさ。だって、おまえには小説があるじゃないか。

「小説がなんの役に立つ！」

そうだな、役に立たないかもしれないが、おまえだけはそう言っちゃだめだ。それに、それもひっくるめてのあきらめなんじゃないのか？

あきらめて、あんたの愛するものを愛せばいいの。それがあんたという人間なんじゃから。

「でも、その愛するものってやつがよくわからないんだ」

誰だってそうじゃよ、だからみんな小説を読むの。

　事ここに至って、わたしはようやく革命の本質を理解した。それまで頭で理解していたものが、すとんと腑に落ちた。革命の激情《パトス》とは早い話、体制に対する失恋なのだ。おれがおまえを捨てたのではないぞ、体制よ（椎葉リサよ！）、おまえがおれを捨てたのだ。だからおれはどうあってもおまえを乗り越えて、誰もがうらやむ社会を（小説を！）つくってやるんだ。

　もし毛沢東が生きていたら、きっと賛同してくれたにちがいない。なんといっても彼は、世界の坂本龍一も認める詩人なのだから（坂本龍一は「千のナイフ」の冒頭で毛沢東の詩を引用している）。そのとおりだよ、柏立仁《バイリーレン》君、手痛い失恋を経験したことのない者には、革命のなんたるかは永遠に理解できんのだ。あれほど美しい詩を書く感性の持ち主なら、わたしを抱き寄せて両の頬に賞賛のキスをしてくれたかもしれない。もしくは農村部に下《か》放《ほう》して、死ぬまでロバのように働かせただろう。いずれにせよ、詩人は一国の指導者になどなるべきではない。ろくなことにならない。カナリヤかなにかを愛でながら、浮世離れした言葉の仙境を逍遥《しょうよう》するのがよい。

これがしるしでなくて、なんだというのか？　わたしは植物園から走ってうちへ帰り、誠毅の書架から埃をかぶった『怪物』をひっぱり出した。それから陽が落ちるまで竜巻のようにあちこちめくったり、どやしつけたり、壁に投げつけたりした。

「どうしたんだ、立仁？」帰宅した誠毅が素っ頓狂な声をあげた。「自分の本と喧嘩してるのか？」

「なにか書くものを貸してくれ」

誠毅はわたしをじっと見つめ、それから用箋《ようせん》とボールペンを持ってきてくれた。

「香港で二叔父さんをたすけてくれたのはイギリス人だったな？」

「ああ、その人のおかげで親父はアメリカ領事館に身を寄せることができたんだ」

「名前は憶えてないんだろ？」

「名前どころか、いきさつも思い出せないよ」

「おれが創ってもいいか？」

「もちろんだ」誠毅がにやりと笑った。「加油《がんばれ》、従弟」

わたしは部屋に引き取り、朝まで書きつづけた。


ミスター・メナードは一九五〇年から香港で暮らしているイギリス人で、もちろん米国領事館の職員などではなかったが、歴代の領事たちにアジア通として重宝がられていたおかげで、星条旗のひるがえる領事館をまるで別宅のように使っていた。彼は中国語と日本語とタイ語とマレー語を自在に操ることができた。

大英帝国の湖水地方で生まれたミスター・メナードは、八人兄弟の下から二番目だった。生来の風来坊《ふうらいぼう》で、十一歳で単身バーミンガムへ出て鉄道会社で働き、十六歳で前歯の大きな女を孕ませたが、赤ん坊が生まれるまえに第一次世界大戦が勃発した。渡りに舟とばかりに、ミスター・メナードは身重の女房を残して陸軍に志願し、お国のために一命を擲《なげう》って西部戦線で戦った。砲煙弾雨の戦地で華々しく散るほうが、前歯の大きな女とほしくもないガキの面倒を一生見るよりずっとましだった。

敵弾が炸裂しては土と肉片を高々と放り上げていく塹壕のなかで、彼はシケモクをくわえて機関銃を撃ちつづけた。

ドイツ人を撃つのは、ことのほか簡単だった。結婚は気の迷いだが、戦争もそうじゃないかという気がした。破滅したくなければ、これはもうとっととズラかるしかない。逃げもせず、生きようともせず、耳障りな雄叫《おたけ》びをあげて突進してくるドイツ野郎はこれでも食らえ！

ミスター・メナードは撃って撃って撃ちまくり、そして戦争が終わってからも家に帰らなかった。復員したその足でリヴァプールへ行き、マンチェスターから運ばれてくる綿織物を世界じゅうに送りとどける貿易船に飛び乗った。

方々を転々とした。二十年以上かけて日本や英領マラヤに遊び、香港の女性と所帯を持ってこの地に根を張ったのは五十二歳のときだった。

そのミスター・メナードの口添えのおかげで、米国領事館の対応は申し分なかった。少なくとも、門衛とすったもんだした四日間の焦燥を帳消しにできるほどには真摯《しんし》に対応してもらえた。

鹿康平にあてがわれたのは地下の食糧庫のとなりの小部屋で、ベッドと書き物机のほかには、備え付けの洗面台があった。トイレは一階にある職員用のものを使った。ミスター・メナードの話では中華民国国防部と連絡がついて身分確認がとれたので、あとは飛行機の手配をすればいつでも台湾へ帰れるとのことだった。

「しかし、警備総司令部は難色を示しているらしい」ミスター・メナードは首をふりながらため息をついた。「きみが三年ものあいだ中国でなにをしていたかに神経を尖らせている。わかるだろ？」

わかりますと鹿康平は答えた。

「きみは結婚しているのかね？」

その何気ない質問は彼をうろたえさせたが、相手はそれを悪くは取らなかった。それどころか共犯者めいた笑みを浮かべて、片目をぱちっと閉じてみせた。

鹿康平はその意味を測りかねた。

「わたしだったらいまはまだ台湾に帰らない。しかし、国家も結婚もおなじようなものだ。どちらも縁を切るほうがむずかしい」

そう言ってミスター・メナードは、ほっほっと笑いながら部屋を出ていった。

なんと言っていいかわからなかったので、鹿康平は彼の親切に対して礼を言った。それから部屋のなかをぐるぐる歩きまわり、椅子に腰かけてこの数日来の出来事を思い返した。

尖沙咀《チムサーチョイ》から渡し船に乗って香港島へ渡ると、シャオとふたりして靴も履かない汚れた足で中環《セントラル》を目指した。

ようやく米国領事館にたどり着いたのは五月最後の火曜日で、青牛塘を出てからひと月ほどが経っていた。鹿康平の顔は垢《あか》で黒ずみ、シャオも似たり寄ったりの有様だった。どちらも髪に虱《しらみ》を涌かしていたので、ときどきおたがいの頭を抱き寄せて、虱どもにここが楽園なんかじゃないことを思い知らせねばならなかった。

領事館の門衛は初老の香港人だった。鹿康平は中国語で事情を話し、米国の保護と台湾への送還を求めた。

老門衛は広東語でわめき散らし、まるで蠅でも追い払うように手をふりまわした。鹿康平が英語でおなじことを訴えると、彼は敵意のこもった目でにらみつけ、くるりと背をむけてゲート脇の詰め所に亀のように引きこもってしまった。

鹿康平はなおもゲートにしがみついて窮状《きゅうじょう》を訴えたが、自動小銃を肩にかけた屈強な衛兵に突き倒されただけだった。

こうなることははじめからわかっていたというように、シャオがため息をつきながら助け起こしてくれた。

「あの門衛のおじいさんは世界が嫌いなんじゃろうね」

「そうじゃない中国人なんているのか？」

彼女は小さく肩をすくめただけだった。

それから三日間、ふたりは領事館の壁に寄りかかってすわっていた。立派な車が出入りするたびに鹿康平は果敢に飛び出していき、おれは台湾人で、軍人で、米華相互防衛条約（アメリカと台湾のあいだで結ばれた軍事同盟条約。一九五四年締結、八〇年失効）のもとに庇護《ひご》を求めると叫んだ。

官車にすがりつき、窓ガラスをバンバンたたいたが、たいていは衛兵に引き倒されて自動小銃の銃口をむけられた。

悠然と走り去る車をなす術もなく見送ってしまうと、またぞろシャオのとなりに腰を下ろして膝を抱えた。

そんなとき、シャオはいつも憐れみをこめて首をふるだけだった。

「これはおれひとりの問題なのか？」たまりかねて鹿康平がこぼした。「すこしは動いたらどうなんだ。そうやってすわってるだけで上げ輿《ごし》が迎えに来て、台湾まで連れていってくれるとでも思ってるのか？」

するとシャオの目が突然輝きだし、見る見る頰に赤みが差した。

「なんだ？」

「なんでもない」

鹿康平は舌打ちをし、石を拾って道路に投げた。シャオはにやにやしながら顔を伏せていた。上目遣いでちらちらと鹿康平を盗み見た。

「なんなんだ？」

「だって」ともじもじしながら言った。「これってうちの問題でもあるん？」

意味を理解するのに、すこしだけ時間を要した。ほんの数秒だった。そして理解したときには、もうすべてが終わっていた。

すっと冷めていくシャオを見つめながら、鹿康平はなにかが崩れ去るのを正しく感じ取った。いずれ直面しなければならない問題だったのに、それがすぐそばまで迫っていることに気づきもしなかった。生きて台湾へ帰ることで頭がいっぱいだった。シャオの手を握りしめると、彼女もにっこり笑って握りかえしてきた。

「もちろん、おまえの問題でもある」嘘か本当かは重要ではなかった。たとえ嘘だとしても、それは心の底から出た言葉だった。「いっしょに台湾へ帰ろう」

シャオがうなずいた。

鹿康平はうろたえ、饒舌《じょうぜつ》になった。台北の街のこと、食べ物のこと、家族のことを矢継ぎ早にまくしたてた。

「おまえはもう家族だ。うちに住んで、おふくろの手伝いをしながら学校にかよえばいい。それとも、占い師にでもなるか？　おまえならきっと大儲けできるな」

まるで土を掘って大事な骨を隠す犬にでもなったような気分だった。シャオがその骨を横取りすることはないと知っているのに、それでも隠さずにはいられない。いっそ遠くへ放り投げてしまえれば、どんなにか物事が単純になるだろう。台湾なんか忘れちまえ、女なんてどれもおなじじゃないか。

そして、シャオがいちばん聞きたくないとわかっていることを言った。

「おれの女房になる女は料理がうまくてな、きっとおまえも好きになるよ。ガキが生まれたら乳母になってくれ。そうだ！　おまえさえよければ乾媽《ガンマア》（子供の後見人としての義理の母親）になってくれよ」

シャオはうつむいたまま、何度もうなずいた。けっして果たされない約束の、やさしい部分だけを慈しむかのように。

夕焼けが空を茜色《あかねいろ》に染めていた。その光が小南門や廣州街や植物園、そして薄暗い居間で虚空を見つめる婚約者の横顔を一瞬だけ鮮明に照らし出す。

いまごろ、美霏《メイフェイ》はどうしているだろうか？　母といっしょにサヤエンドウの筋でも取っているだろうか。それとも、もうほかの男といっしょにいるのだろうか。

あふれんばかりの郷愁が胸をしめつけてくる。

料理好きで、そのうえ手際もよかった美霏は、母が教える鹿家の味をたちまち習い覚えてしまった。しかし母が彼女をいちばん気に入っていたのは、なんといっても唐辛子の使い方が大胆なところだ。

はじめて美霏を家に連れ帰ったとき、母は彼女に唐辛子の醬油漬けを出した。唐辛子で男の度量を測り、唐辛子で生涯の伴侶を決めた母は雨の日も風の日も唐辛子を食べつづけ、しまいには極めつきに辛いものにしか味を感じられなくなっていた。

美霏はそれを事もなげにぺろりと平らげただけでなく、こんなにシンプルでおいしい唐辛子を食べたのは生まれてはじめてだと目を輝かせた。

飛行任務に就くまえは、いつも腕によりをかけて美味い食事を出してくれた。どれも美味かったが、かならず一品だけ掛け値なしに不味《まず》い料理が混ざっていた。

三年前のあの最後の夜は、臘肉《ラーロウ》(燻製肉)がハズレだった。燻煙《くんえん》をたっぷり吸った塩辛い湖南《こなん》臘肉は鹿康平の好物だったが、あろうことか、美霏はその料理に大量の砂糖を入れていた。鹿康平は顔をしかめ、恨みがましい目で婚約者を見た。

全部おいしいとあなたが明日死んじゃう気がする。そう言って、美霏が笑った。なにかやり残しておかないと、神様が安心してあなたを連れていっちゃうからね。

ことによるとこの三年というもの、おれはあの不味い臘肉のために踏ん張ってきたんじゃなかろうか。領事館の門をうかがいながら、鹿康平はそんなふうに思った。美霏の本気の臘肉をもう一度食うためだけに生きてきたんじゃないだろうか。

「なにを考えとるん?」

鹿康平はシャオに横目をむけた。「なんだと思う?」

「食べ物のこと」

「やっぱりお見通しなんだな」

「そんな顔しとればわかるわ。食べ物のこと、食べ物をつくってくれた人のこと……」

シャオは最後まで言わなかった。鹿康平はそのことに苛立ち、そして救われた。空っぽの部屋でいつまでも鳴りつづける電話のベルのように、うしろめたさだけが残った。

「幹《くそ》」ため息が漏れた。「おまえたち広東人はなんだって食い物にあんなに砂糖を使うんだ?」

シャオは返事をしなかった。

いまにして思えば、どちらもそれが別れの言葉だと知っていたのだ。

ミスター・メナードが通用門から出てくることを教えてくれたのも、もちろんシャオだった。

「ここにいろ」朝靄《あさもや》のなかへ駆けていくまえに、鹿康平はシャオの両肩を摑まえて釘を刺した。「いいか、どこへも行くな」

シャオがうなずいた。

「おまえひとり、どうとでもなる」彼女の目をのぞきこむ。「わかったか?　ここを動くんじゃないぞ」

「行って」シャオは彼の頰に触れた。「早《はよ》うせんともうチャンスはないかもしれん」

「ここにいるな?」

「うん」

「どこにも行かないか?」

「大丈夫、どこにも行かんよ」

鹿康平は大きく息を吸い、シャオをその場に残し、領事館の外壁に沿って走った。

すぐに涙に追いつかれてしまった。

彼は胸を波打たせ、しゃくりあげながら、もっと走った。立ち止まることで失われるもの、走りつづけることで手放してしまうもの、そのどちらも決定的で、どちらも取り換えがきかず、どちらを選ぶにしても自分が卑怯者であることに変わりはなかった。

鹿康平は走った。

通用門から出てくるミスター・メナードにほとんど体当りをする勢いですがりついたときには、嗚咽《おえつ》のせいでなにも言えなくなっていた。

ミスター・メナードはわななき声をあげたが、鹿康平はその白髪の老人のシャツをしっかりと摑んで放さなかった。

シャオはもうどこにもいないのだと知っていた。

恰幅《かっぷく》のいいその老人にしがみつき、ほとばしる涙に声を詰まらせながら、自分は台湾人で、空軍の軍人で、米華相互防衛条約云々と言い募った。激しくしゃくりあげながら、おれはけっして自分を許すことはないだろうと思った――いったいどこで間違えたのだろう。もしくは間違えなかったのだろう。どこまでさかのぼれば、おれたちはこの瞬間をともに乗り越えることができただろう。

それからはあてもなく植物園を徘徊《はいかい》するかわりに国家図書館へかよったり、台湾大学界隈《かいわい》の古本屋をめぐったりして日々を過ごした。

もう一度あの時代の台湾と中国大陸の関係を洗い直したかった。正直なところ、そんな必要はまったくなかった。必要な資料なら、すでに充分すぎるほど日本の自宅にそろっている。しかし辞書と首っぴきで文献にあたる作業を、わたしはリハビリテーションと捉えていた。自己憐憫《れんびん》と自堕落な生活ですっかりなまってしまった書くための筋肉をほぐさなくてはならない。なにより、忙しく動いていたかった。

　ある晴れた日に思い立って、高速鉄道に飛び乗って新竹まで遠征した。新竹にはかつての空軍第三四中隊の基地があり、いまも黒蝙蝠中隊文物陳列館がある。台北からは高速鉄道で三十分ほどの距離なので、昼前には着くことができた。

　駅前でタクシーを拾い、行先を告げると、人のよさそうな老運転手がおだやかにうなずいた。空にはうっすらと霞がかかり、強い風が吹いていた。冬季のこの季節風のおかげで、新竹は風城《ふうじょう》と呼ばれている。ＩＴ関連企業が数多く拠点を置いているために、台湾のシリコンバレーとも呼ばれていた。

　はじめて訪れる街を異邦人のもの悲しい目で眺めていられたのは、しかし、最初のうちだけだった。すぐにわたしは手足がつっぱり、背中を冷たい汗がだらだら流れ落ちた。運転手が車線変更するたびに体が右へ左へぶれ、ドアグリップに摑まらなければならなかった。首をのばして速度計をうかがうと、優に時速百十キロは出ている。高速道路でもないのに、老運転手は目を吊り上げ、まえだけをにらみつけてアクセルペダルを踏みつづけた。わたしはシートベルトをしっかりと締めた。

「あの……そんなに急がなくても大丈夫ですよ」

　わたしの声が小さすぎたのか、はたまた車体にぶつかる横風の音が大きすぎたのか、とにかく老運転手は飛ばしに飛ばした。荒っぽく加速と減速を繰り返し、車線変更し、先行車輛をごぼう抜きにしていった。まるで命に関わることでもあるかのようだった。風のうなりは、墜落する飛行機を連想させた。列車のなかで調べたかぎりでは、駅から黒蝙蝠中隊文物陳列館までは車で二十分ほどかかるはずだが、我が老運転手はものの十分でわたしを目的地へと送りとどけてくれた。震える手で運賃を支払うわたしに、彼は愛想をふりまいた。

「慢走喔《お気をつけて》」

いや、あんたもな！

小ぢんまりとした陳列館は大通りからすこし奥まったところにあり、赤い屋根の小洒落た民家のようなたたずまいだった。建物のまえには大王椰子の植わった青々とした芝があり、芝にのびるコンクリートの歩道には黒蝙蝠中隊がかつて使用した飛行機の型番が刻まれている。C－46輸送機、E－2早期警戒機、もちろん二叔父さんたちが乗っていたB－17戦略爆撃機も、まるでチャイニーズシアターにあるスターたちの手形のように残されていた。

なかに入ると、ボランティアの老人たちが迎えてくれた。先客がひとりいるだけで、陳列館はひっそりとしていた。

わたしはゆっくりと時間をかけて、壁にかけられた黒蝙蝠中隊の飛行ルートや写真の説明を読んでいった。あのころ黒蝙蝠中隊を背後で操っていたCIAは、台湾では西方公司《シーファンゴンス》という名前で共産主義の拡張を防ぐべく暗躍していた。隊員たちが使っていたレイバンのサングラス、隊徽《たいき》入りのジッポーライター、猛進するサイが描かれたマフラー（なぜサイなんだ?）、腕時計、紺色の制服。敵の攻撃をかいくぐって生還した隊員たちが飛行機のまえで撮った記念写真があった。敵弾を浴びた機体は破損し、ギザギザにめくれあがっていた。説明によると、機体に穿《うが》たれた穴の大きさからミグ17の仕業だと推測できるとのことだった。すでに本や資料で知っている以上のものはなかったけれど、隊員たちの私物や写真を目の当たりにして、わたしはおおいに感じ入った。あのジッポーライターで二叔父さんは煙草に火をつけたことがあるかもしれない。たとえ小説に書かれなくとも、それらは当時を物語る皮膚感覚として、わたしの文章を力強く支えてくれることだろう。

背後から声をかけられたのは、男女が入り乱れて踊る白黒写真を眺めているときだった。

「ダンスパーティ、ビリヤード、コカ・コーラ、ナイトクラブ……」写真を指さしながら、先客の男が言った。「それに見てください、隊員の奥さんたちの綺麗なこと。あのころの台湾にこんな生活があったなんて信じられませんよ。まるでアメリカだ。基地の外の田んぼにはまだ水牛がいたんですよ」

「一度任務に就いたら生きて帰れる保証がなかったですからね」

「楽しめるときに楽しんどけってことですね。ひょっとして関係者ですか？」

「どうして？」

「なんとなく……真剣に見ていたから」

「叔父が隊員だったんです」

わたしたちは肩をならべて、壁にかけられている写真を眺めた。その一角には隊員たちのプライベートを切り取ったスナップが展示されていた。彼の言うとおり、どれも豊かで明るい写真ばかりだった。艶やかな旗袍《チーパオ》(チャイナドレスのこと)を身にまとった美しい女性たち、ローラースケートをしている隊員、チークダンスを踊るカップル。マッチ箱みたいな乗用車と写っている隊員の写真を彼は顎でしゃくった。

「痩せこけた台湾人が三輪車を漕いでいる時代に、この人たちは自分の車を持てたんです」

「死にゆく者たちへの、国家としてのせめてもの罪滅ぼしだったのかもしれない」

「だとしたら、死刑囚にあたえる最後の晩餐みたいなものですね」

その不穏な比喩に、思わず無遠慮な視線を投げかけてしまった。三十代半ばと思しきその男は目の覚めるような黄色のアウトドア用ジャンパーを着ていて、バックパックを背負っていた。長い髪を頭のてっぺんでひとつに束ねている。あらためて見ると色は浅黒く、彫りの深い顔立ちをしていた。

「華やかな人生には、かならず代価があるんでしょうね」

どうやらただの話好きの台湾人ではなさそうだ。その澄んだ目に居心地の悪いものを感じて、わたしはそっと彼から離れた。こういうところから国民党に対する不満、ひいては外省人と本省人の対立にまで話がおよぶのは、わたしの望むところではない。だからあえてペースを崩して館内をめぐり、必要以上に写真を撮り、いかにも黒蝙蝠中隊の歴史を堪能したというふうを装って陳列館をあとにしたのだった。

外は相変わらず強い風が吹いていた。

人心地つき、時計を見るともう二時近かったので、タブレットで城隍廟《じょうこうびょう》までのルートを検索した。家を出るまえに誠毅から、新竹に行くなら米粉《ビーフン》と貢丸《ゴンワン》(豚肉を練ってつくったミートボール)を食べなきゃ嘘だ、城隍廟のあたりに行けば間違いないと言われていた。

わたしは行くべきところへ行き、食べるべきものを食べ、帰りのタクシーの安全運転に満足し、ふたたび台北へと戻る列車に乗った。自由席の往復券を買っていたのだが、上り列車は混みあっていて席がなかった。

車輌のデッキに立ち、扉の窓ガラスに額を押しつけた。灰色の風城に吹く灰色の風を眺めていると、ついぞ鹿康平と結ばれることのなかったシャオの悲しみに胸がふさいだ。ふたりは結ばれなかった。わたしがそのように決めたせいで、鹿康平は台湾に帰ってから大きな代償を支払うこととなった。窓外を流れ去るくすんだ色合いの街並みは、さながら彼の心象風景みたいだった。こんな色の消え失せた世界から、鹿康平は最後まで抜け出すことができなかったのだ。彼にはどんな選択肢がありえたのか。物語の分岐点はどこにあったのか。

「柏山老師嗎《柏山先生ですか》？」

ふりかえると、そこに彼がいた。黒蝙蝠中隊文物陳列館にいたあの長髪の青年が。わたしの目に浮かんだ警戒の色に、彼は申し訳なさそうに弁解した。

「さっきこの列車に乗るのが見えたので……ぼくも台北に戻るんです」

わたしはうなずいた。相手の出方を探るようなぎこちない間を埋めるべく、彼がおずおずと手を差し出した。

「先生の本を読みました」

わたしたちは握手をしたが、彼のつぎの言葉にわたしは開いた口がふさがらなかった。

「ぼくは地下室《ディシャアシイ》です」

「……地下室？」

「詩人なんです」彼はそう言った。「地下室というペンネームで詩を書いているんです」

警戒心を掻き立てられるべきだったのかもしれない。しかし、わたしは好奇心を掻き立てられた。こういう無害で哀しい人間たちに、わたしはいつだって惹かれてしまう。この大都会の片隅で、なんと多くの孤独な魂が傷つきながらも光りを放っていることだろう。

「きみはおれがはじめて出会った詩人だ」

わたしがそう言うと、地下室ははにかみながら、台湾にはじつに多くの詩人がいるのだと教えてくれた。

「たまに仲間どうしで自作の詩を持ち寄って朗読会をしています。日本にはあまりいないんですか？」

「日本人はそういうことをあまり他人に言わないかもしれない」

「どうして？」

「さあ……恥ずかしいのかな」

「詩を書くことが？」彼は心底びっくりしたようだった。「でも、それじゃ詩を書いている人たちはなんと言って自己紹介をすればいいんですか？」

「たしかにそうだね、なんと言って自己紹介をするんだろう」

「詩を書いていれば、みんな詩人ですよ」

その素直さをわたしは好ましく思った。せまい部屋に充満する煙草の煙と、赤ワインと、言葉しか寄る辺のない者たち。それでも、魂は飛翔する。彼らはパリの屋根の下でアコーディオンを聴くように、おたがいの詩にうっとりと耳を傾けているのだろう。酔っぱらってセーヌ川で溺れた仲間の死を悼み、キャバレーの踊り子の首飾りについての詩を詠《よ》んだり、エミール・ゾラの小説をめぐって殴りあうのだ。

「どうして地下室なの？」無粋《ぶすい》だと思いながらも、尋ねずにはいられなかった。

「地下室は階段を下りて行きます」

「そりゃそうだ」

「上の建物は目に見えるけれど、地下室は見えない」列車がトンネルに入り、地下室は声を張った。「もしかすると、そこに住んでいる人だってめったに思い出さないかもしれない。あえて目をそむけている人だっている。そこにはなにもないかもしれない。ガラクタしかないかもしれないし、ガラクタより悪いものが……うんと危険なものが息をひそめているかもしれない。でも、地下室もやっぱり建物の一部なんです――わかりますか、ぼくの言ってること？」

「なんとなく」わたしは彼の耳に口を寄せた。「つまり、地下室というのは人間の無意識の象徴なんだね？　きみはそういうものを詩にしている」

やっとトンネルを出たと思ったら、列車はまたつぎのトンネルに飛びこんでいく。光と闇が交互に訪れるデッキで、地下室の目だけが常夜灯のように輝いていた。

「やっぱりだ。先生の小説を読んで、この人も詩人にちがいないと思ったんです」

列車が台北に着くまで、わたしたちは日本や詩の話をした。詩に関するわたしの知識は女性を口説くとき引き合いに出す程度のものなので、そこはもっぱら彼がしゃべり、わたしは化けの皮が剝がれないように相槌《あいづち》ばかり打っていた。彼は三十二歳で、京都に大好きな喫茶店があるとのことだった。道中はトンネルがいくつもあったので、わたしたちは顔を寄せ、相手の耳元でがなるようにしてしゃべった。列車が揺れると、おたがいに摑まって体を支えあった。何度かそうしているうちに、彼の手がわたしのコートを摑んだまま、落ちそうで落ちない木の葉《このは》のように危なっかしく留まっていることに気づいた。わたしはその手に目を落とし、また彼を見つめた。地下室があの澄んだ目で見つめかえしてくる。先に目をそらしたのは、わたしのほうだった。彼が顔を近づけてきて、わたしの耳に息を吹きかけた。

「先生にキスしてもいいですか？」

驚愕と疑念と当惑がいっぺんに襲いかかってきたけれど、そのとき列車がまたガタッと大きく揺れた。まるで太極拳の達人のように、地下室はその揺れに乗ってわたしの唇に唇を重ねた。

神様はわたしになにを伝えようとしているのだろう？　わたしは腹を立ててもよかったし、笑ってごまかすこともできたし、あやまってもよかった。なにか誤解させるようなことをしてしまったのだろうか。

　わたしはなにもしなかった。ただ彼がそうしたいのなら、それでかまわないような気がした。列車のデッキにはわたしたちのほかにも、座席にあぶれた人たちがいた。彼らは男同士のキスに動じることもなく、スマホをいじったり、外を眺めたり、本当の自分を押し隠したりしていた。やがて地下室が体を離したとき、彼の顔に書きこまれていたのは後悔と悲しみだった。

「すみません」ミントの残り香のする声だった。「軽率でした」

　驚いたことに、そのときわたしの心を捉えていたのは怒りでも侮蔑でもなかった。わたしがとっさに手で口をおおったのは、昼食に食べた米粉と貢丸湯のにおいが急に気になったからだ。わたしの動揺は、動揺すべきことに動揺せず、そんなつまらないことに動揺してしまったことに対する動揺だった。たぶんあのとき、わたしは地下室へとつづく階段に足をかけていたのだ。

「なにかあったの？」

　地下室から返事がとどいてくるまで、列車はまたトンネルをひとつくぐった。

「恋人が、死にました」

　わたしは目を伏せた。

「ぼくはいいパートナーじゃなかった」地下室は自分の胸をぎゅっと摑んだ。「彼が生きていたときから、ほかの人と関係を持っていました。でも、彼が死んでからはもう誰ともそういうことをしたいとは思えなくなりました。先生をあの陳列館で見かけたとき、すぐに柏山康平だとわかりました。死んだ彼が貸してくれた本で先生の写真を見ていたから……彼が言っていたんです、先生もたぶんぼくたちとおなじだって」

「おれは……」否定しようとはしたのだ。「おれにもわからないよ」

「彼が言っていたのは、たぶん性的嗜好《しこう》のことじゃないと思います。うまく言えないけど、性的なことを超えたところでおなじ景色を見ている人という意味だったんじゃないかと思います」

こんなときなのだ。どうしようもなく自分を偽物だと感じてしまうのは。彼とおなじ景色を見ているのは、わたしなんかではない。それは椎葉リサのような人間だ。他人の目にはどれほど自由奔放に映ったとしても、彼らはその自由にこそ痛めつけられ、いつも血を流している。わたしのような作家はそこにつけこみ、言葉巧みに彼らをたぶらかす。さも彼らとおなじ景色を見ているという貌をして。

「鹿康平が自殺したときは悲しかったです。だって彼はシャオをちゃんと愛せたかもしれないのに、そのことに目をつむったから。彼は目先のことに囚われすぎていました」地下室の頬を涙が流れ落ちた。「ぼくもおなじです……彼をもっとちゃんと見てあげるべきだったんです」

癒しようのない痛みに耐えかねて、孤独が愛を求めて吠えていた。地下室の恋人は死んだ。鹿康平はシャオのもとを去り、椎葉リサの愛人だった男はまだ生きている。だけど、もはや愛する者を癒す術がないという点ではみんなおなじだった。

「きみはその人をとても愛していたんだね」誰に言ってるんだ？　地下室なのか、鹿康平なのか、それとも自分自身なのか。「たぶん、きみなりのやり方で、精一杯……」

地下室はもうなにも言わなかった。階段を下りて、重たい鉄の扉を閉ざしてしまった。

わたしたちは顔をそむけたまま、わたしたちを現実へと連れ戻す列車に、ただ揺られていた。

そして人生はなんの気負いも予告もなしに、つぎの段階へと入っていく。厳しかった季節が不意に表情をやわらげ、わたしはなにかが過ぎ去ったことを知るともなしに知る。現実が薄れ、古き良きフィクションがまたわたしを支配していく。

『怪物』に欠けていた環、それは鹿康平が大陸でしでかした悪逆非道なふるまいの数々でも、蘇大方に屈してしまった弱さでも、彼の自殺にまつわる真相でもない。そのことを、わたしは地下室との出会いをつうじてやっと確信した。そのような見映えのする派手な展開は、ほかの作家にまかせておけばいい。

わたしの考えでは、『怪物』で語られなかったもっとも重要なことは、鹿康平とシャオが恋に落ちる瞬間のエピソードだ。すべての愛と痛みの生まれいずる場所。人は同時にふたつの人生を生きられない。台湾を捨て、シャオとともに生きるもうひとつの人生を鹿康平に想像させなければならない。彼にはせめて地下室のドアノブに手をかけてもらわなければならない。ふたつの人生、ふたつの未来、陽の当たる場所と地下室のあいだでもっと揺れ動かなければならない。鹿康平とシャオがたがいを意識する場面は、極めてさりげなく書かなくてはならない。さりげなさのなかに、ひんやりとした火花が飛び散っていなければならない。

国家図書館に詰めて資料を読むのに疲れると、道路を渡ってだだっ広い中正紀念堂をぶらぶら歩きまわった。その日、気分転換の散歩から図書館に戻ってみると、受付カウンターで白人の男がものすごい剣幕でなにやら訴えかけていた。どうやらすこしのあいだ席を離れた隙に、バッグを盗まれてしまったらしい。彼は天井を指さし、監視カメラの映像を確認してほしいと求めた。受付の中年女性は口をぽかんと開けていた。相手がなにを言っているのか、まるでわかっていない顔だった。男は顔を上気させ、あきらかに相手の鈍さに苛立っていた。声を荒らげ、バッグのなかにはパスポートが入っているんだとわめいた。わたしには彼の言葉が完璧に理解できたので、どうにもいたたまれなくなって助け舟を出してやった。ここは台湾で、あなたが使っているのは日本語で、日本語は日本でしか通用しないことを教えてやると、彼は面食らって目をしばたたいた。

「それで？」誠毅が真剣な面持ちでつづきを促した。「どうなったんだ？」

「図書館の人が警察に連絡したよ」わたしはため息をついた。「なかなか流暢《りゅうちょう》な日本語をしゃべってたのに、そいつは日本と台湾の区別もついてなかったってことさ」

「その話、おれが書いてもいいか？」

「もちろん。役に立つかもしれないと思ったから話したんだ」

「やっぱりおまえも人妻司書と高校生の出会いが弱いと思ったか？」

「たとえばこういう出会いもあるんじゃないかってことさ」

わたしたちは同時にビールをあおった。

大晦日に衡陽路《こうようろ》を歩いていてたまたま見つけたビアレストランで、わたしと誠毅は一杯百九十元もするクラフトビールをちびちびやっていた。

「なあ、立仁、その話の教訓はなんだと思う？」

「なんだよ？」

「いつも自分の居場所をちゃんと知っておけってことさ。クソをしたら拭くべきところを拭かなきゃならないんだ。洟《はな》なんかかんだってしようがないってことさ。あらゆる誤解や思い上がりはそこから生まれるんだ」

「なるほど、そうかもな」

「まあ、作家たるもの、居場所を見失ったら見失ったでそれを楽しむことだ。物語ってのはどこにころがってるかわからないからな」

「余計なことかもしれないけど、いいエピソードがそのままあんたの短篇にすんなり溶けこめるとはかぎらない」

「そうだ。うん、もちろんだとも」

「なんといってもあんたの小説に出てくるあの邪悪な高校生は台湾人で、おれが見かけたのは中国語の話せない老外《外国人》だからな」

「白人といえば、おまえは？　親父をたすけてくれたイギリス人のことを書いてんのか？」

「ああ」わたしはうなずいた。「ほとんどおれが勝手に創りあげた」

「作家柏山康平によって、名もなきイギリス人に永遠の命が吹きこまれるわけだ」

そう、すべてはフィクションなのだ。生きていくのに邪魔っけな真実などより、生きていくために必要な方便のほうがずっと価値がある。二叔父さんの死の真相など、誠毅を傷つけない程度に書いておけばいい。藤巻徹治の話を馬鹿正直に盛りこむことはない。蘇大方はたしかに存在したのだ。たとえそれが二叔父さんの創り出したもうひとつの人格だったとしても、あの飢餓大陸で生き延びるためには必要な欺瞞《ぎまん》だった。二叔父さんが大陸で家庭を持っていたなんて、誠毅が知る必要はない。

物語を支配しているという全能感に、わたしはひさしぶりに酔いしれていた。いい夜だった。いろいろあった一年だけど、とにかくわたしはこうして生きていて、北極星のようにわたしを導いてくれる従兄と酒を飲んでいて、また小説のことを考えはじめている。

わたしたちは飲みつづけ、すでに泉下《せんか》の客となった人たちの話題でおおいに盛り上がった。劉医師のところの老陳なんて九十過ぎても毎日一キロ泳いでたんだぜ、屛東《へいとう》の秦大哥《しんさん》は遺産の半分を妾《めかけ》にやったらしいね、大陸に帰った郝公公《かくじいさん》は息子たちに家を建ててやったのに最期は商売女に看取《みと》られたって噂さ。そして三杯目だか四杯目だかのビールを運んできたウェイトレスの手に火傷の痕を見つけて、わたしはまたしても度を失った。

瞬時にして、あの悲しみの沼に引き戻された。勢いよく立ち上がったわたしに、ウェイトレスがたじろぐ。

「どうした、立仁？」誠毅がおろおろととりなした。「具合でも悪いのか？」

わたしは彼女を見つめ、彼女の手に目を落とした。それは火傷の痕ではなかった。ぜんぜんちがった。ただの刺青だった。判読不能な文字が書いてある。わたしは打ちのめされ、もごもごと無礼を詫び、その刺青を知っているような気がしたのだと弁解した。

「それはなんと書いてあるんですか？」と苦し紛れに尋ねた。

ウェイトレスは自分の手の甲を見下ろし、「Sticks & Stones」と答えた。チリチリの長い髪をひとつに束ねた、尻の大きな女性だった。

「棒と石？」

「Sticks and stones may break my bones, but words will never hurt me――棒と石は骨を砕くけれど、言葉はすこしもわたしを傷つけない……アメリカの子供たちが喧嘩のときに使う決まり文句です」

「でも言葉も人を傷つけるよ」

「もちろん」彼女は肩をすくめ、テーブルを離れるまえにこう言い残した。「でも、棒と石みたいには傷つけませんから」

その瞬間、彼女は光り輝く真理そのものだった。

作家は自分の言葉こそが棒と石だと思っている。だけど本物の棒と石をまえにしたとき、言葉はかくも無力だ。作家は言葉でなにかを変えられると思っている。だけど棒と石の後ろ盾がなければ、その変化は微々たるものだ。愛を言葉に託す者もいれば、愛を棒と石に託す者もいる。もしくはバットに。これでは椎葉リサの目が覚めてしまうのも致し方がない。もしもわたしが女で、どうしてもどちらかを選ばなければならないとしたら、わたしだって言葉なんかではなく、棒と石で愛を証明してくれる男を選ぶだろう。

「了不起《すごいな》」誠毅が賞賛の口笛を吹いた。「こんなところに聖なる端女《はしため》がいたとはな」

棒と石は骨を砕くけれど、言葉はすこしもわたしを傷つけない——誰のことも傷つけないものは、けっきょく誰のことも守れないのだ。

「どうした、従弟？　地獄で仏にでも会ったような顔をしてるぞ」

「彼女はもう連絡してこないと思う」

誠毅がじっと見つめてくる。「そう思えるようになったら、失恋も一段落だな」

「失恋したことがあるのか？」

「したことなくても、それくらいはわかるさ」

「そうか」

「忘れたのか？　おれはいま恋愛小説を書いてるんだぞ」

わたしたちはビールを飲んだ。

「そろそろ日本に帰るよ」自分でも意外だったが、自然とそう口にしていた。「ずいぶん回り道をした」

「やっとか。でも、まあ、それが表現するってことさ」

我が従兄の口からなにが飛び出すのか、わたしはわくわくしながら待ち受けた。「最短距離でメッセージを伝えるのはただの伝達だ。表現ってのはうんざりするほど遠回りをしてメッセージを伝えるやり方さ。だけどそうしなきゃ伝わらないことがあるし、作家はそうやって解釈する余地をこじ開けるんだ」

さっきのウェイトレスが尻をふりふり、トレイにビールを載せて運んでいく。このレストランを仕切っているのは自分で、ここではたとえ王様だろうと勝手は許さないというふうに。わたしたちのテーブルをとおりすぎるとき、パチッとウィンクをしてくれた。そのおかげでわたしは日本へ帰ることについて、幸福な肯定を得たような気分になれた。この世はかくも単純明快なのだ。「世界よ、おれのためによろこんでくれ」わたしはグラスを掲げた。「あのお嬢さんに乾杯だ」

16　文字が残されるとき

東京へ戻ったわたしは、力ずくで日々を律した。

朝は七時に起き、八時から昼ごろまで仕事をする。昼食のあとは一時間ほどギターを弾き、短い午睡を取る。午後三時ごろから仕事を再開し、六時ごろには切り上げる。調子がよければ、もうすこし書く。それから、近所を一時間ほど散歩する。適当な店に入って夕食をすませたあとは、家で本を読んだり、音楽を聴いたり、またギターを弾いたり、すこしだけ酒を飲んだりする。そして十一時過ぎにベッドに入り、麻薬から足を洗おうとする者のように、今日もまた一日厄介事を遠ざけていられたことに感謝しつつ眠りにつく。

「そうですよ」我が意を得たりとばかりに、植草が箸の先をわたしにむけた。「だいたい柏山さんがあんなに落ちこんでたことのほうがびっくりですよ」

わたしは曖昧にうなずき、生ビールをあおった。

打ち合わせのあとで銀座へ繰り出し、植草がどうしても連れていくと言って聞かないガールズバーの開店時間までを、わたしたちは銀座らしからぬ大衆居酒屋でだらだら飲んでつぶしていた。植草がわたしに対して親近感を抱いているのはあきらかで、二言目には「だって、ぼくたち兄弟じゃないっすか」と言った。迷惑な話だった。たのみもしないのに、いま狙っているその店の女の子とのＬＩＮＥのやりとりまで見せてくれた。とても見ちゃいられなかった。

「けっきょく金なんすよ。そういう娘《こ》には、そういう娘みたいな友達がいるんです。もうこうなったら言っちゃいますけど、ほら、営業に牧野《まきの》っているでしょ？　ぼくと牧野で、おなじ部屋で四人でヤッたことありますよ。マッチングアプリで知りあった娘なんすけどね……あ、誰にも言っちゃダメですからね。こんなこと言えるの、柏山さんだけですから。だって、ぼくたち兄弟じゃないっすか！」

植草が年甲斐もなく「ウェーイ、ウェーイ」と叫んでジョッキを掲げ、わたしはこいつの首を絞めたい衝動に駆られた。残念極まりないが、植草は目当ての女をものにするだろう。こいつほど面の皮が厚ければ、猫からマタタビを巻き上げることだってできるはずだ。

とはいえ、このチャラけた男のおかげで救われたのもまたたしかだった。植草の口から語られるしょーもない色恋沙汰や聞くに堪えない閨房《けいぼう》哲学のひとつひとつが、恋に盲目になっていたわたしの目を開かせてくれる。月並みだが、女は星の数ほどいるのだ。

「おい、まさか椎葉さんともそういうことをしたんじゃないだろうな」わたしは軽蔑と嫌悪をあらわにした。

「あ、やっぱ気になります？」植草はやにさがって鷹揚《おうよう》にかまえた。「まあ、提案したことはありますけど――」

「貴様！」

「でも、ことわられましたよ。どう考えても、彼女はそういうタイプじゃないっすよね」

「あたりまえだ」

「でも、人は見かけによらないじゃないっすか。あんなに手広くやってる女には見えなかったなあ！　そういえば、右手に火傷の痕みたいなのがあるじゃないっすか？　あれってなんの痕か知ってます？」

　わたしは空とぼけて酒に逃げた。

「なんべんか訊いたんすけど、けっきょく教えてくれなかったんだよなあ」そう言いながら、植草は電子タバコを吹かした。「そうか、柏山さんも知らないんすね……まあ、知らないほうがいいっすけど」

「情が移るからか？」

「情が移るような話なんすか？」

　はじめて彼女と肌を合わせたときの光景がフラッシュバックした。いまでもあの夜の、痛いほどの衝動を思い出すことができる。記憶の断片は鮮明で、いやに生々しい。しかし、なにかが決定的にちがっていた。それがなんなのかを、わたしは考えてみた。考えるまでもなかった。わたしがいま感じているのは、ただの性欲でしかない。数カ月前までわたしを苦しめていたものを、いつのまにか性欲が凌駕していた。いまではまるで無声映画を観るように、椎葉リサの嬌態《きょうたい》を見ることができる。なにかが抜け落ちてしまった。ぬくもりのようなものが。そのために彼女の肌はわたしの性欲を昂《たか》ぶらせるだけのものに堕してしまった。季節を三つ見送っただけでそうなった。彼女との思い出はもはやわたしを傷つけない。

愛や自由についても考えようとしたが、うまくいかなかった。そんなことを考えることにいったいなんの意味がある？　曲がりなりにも愛や自由についてなにか考えられるのは、愛や自由を失ったときだけなのかもしれない。セルバンテスはセビーリャの監獄で『ドン・キホーテ』の着想を得たし、サドだってバスティーユで『ソドムの百二十日』を書いたじゃないか。オー・ヘンリーだってそうだ。わたしと椎葉リサは、どちらも愛なんか手に入るわけがないと決めつけていた。だから、愛を笑い飛ばした。自由だけが愛に対抗できるたったひとつの切り札だと思いこんでいた。憐れなことだった。

「よし」わたしは景気よく声を張った。「そのガールズバーに行ってみようか」

「そうこなくっちゃ」植草がぴしゃりと膝を打った。「『怪物』文庫化の前祝いをパアッとやりましょう！」

銀座の夜はきらびやかで、無関心がそこかしこに透けていて、そしてありのままだった。

さよなら、と愛が言った。さよならとわたしは言った。お帰り、と孤独が言った。ただいまとわたしは言った。どんな気分だい？　自由が尋ねた。またひとりぼっちになった気分は？　悪くないよ、とわたしは言った。いまきみに電話してそう言おうと思ってたんだ……

椎葉リサから連絡があったのは、二月もなかばをすぎたころだった。

一日の仕事を終え、夕方の散歩のついでにふと思い立って、駅前のスマホショップに立ち寄った。仕事を再開したからにはやはりスマホがあったほうがなにかと便利だし、それに新しいスマホを手に入れることで心機一転、正月みたいに過去を清算できるのではないか。そんなふうに思った。のみならず、誰かに失礼な態度を取られたとき、スマホがあればこちらもなめた態度でスマホをいじることができる。そう自分に言い聞かせながら、最新機種を勧めてくる店員の説明にふむふむと相槌を打った。機種を決め、いろいろ設定してもらい（まえの電話番号がそのまま使えた）、料金プランを決め、どうにか使える状態になったぴかぴかのスマホとスーパーの買い物袋をさげて帰宅したときには、午後八時近くになっていた。

玄関扉に鍵を挿しこむまえから、家のなかで電話が鳴っているのが聞こえていた。わたしはジョギングシューズを脱ぎ散らかし、廊下を突進して受話器をひったくったが、電話はすでに切れていた。

なんて堪《こら》え性のないやつなんだ！

わたしは舌打ちをし、キッチンテーブルにスーパーで買ってきた弁当（割引シールつき）を広げ、スマホをいじりながら静かに食べた。スマホがだんだん自分仕様になっていくのは気分がよかった。こっちが世界に合わせるのではなく、世界のほうが猫みたいにこちらへすり寄ってくるような気がする。待ち受け画面をどうしようかとあれこれ思い悩み、やっぱりギターにしようと決めてあちこちに置いて写真を撮っていると、また家の電話が鳴った。壁の時計を見ると午後九時半で、電話を取ると椎葉リサだった。

「先生、いま大丈夫ですか？」

危うく受話器を取り落としそうになった。これが人生ってやつのやり口なのだ。こっちがやっと立ち直りかけたところを狙いすましてつぎの手を打ってくる。

「先生？」

「あ、ああ……」唾を呑み、声の通り道を確保する。「大丈夫だよ」

するともう、今度は相手が沈黙した。

いたたまれずに「どうしたの？」と訊いてみたが、それがなんとも場違いかつマヌケな質問に思われた。無意識に頭の傷痕に手をやりながら、あわてて言い足した。

「そうそう、シンガポールへ行っちゃうんだって？　植草から聞いたよ」

「あたし、ずっと先生にあやまらなきゃって思ってて……」

「きみのせいじゃないよ」あんなのはまったくどうということもない、簞笥《たんす》の角で足の小指をぶつけた程度のことだという声をどうにかつくった。「幸いにして後遺症もほとんどないし」

「裁判のときに先生の妹さんにお会いしました」

「ああ、そうらしいね」

「このたびは夫がとんでもないことをしてしまい、本当に申し訳ありませんでした……ごめんなさい。損害賠償のことも、本当にありがとうございます」

「あいつの言うことなんか気にしなくていいよ」夫という言葉に軽い衝撃を受けながら、わたしは努めて明るく言った。「むかしから口の悪いやつだから」

「先生、いまから出てこれますか？」

「……え？」

「いま新宿のあのバーにいます」椎葉リサが言った。「すこしだけ会えませんか？」

ほとんどなにも考えずに家を飛び出していた。スウェットの上にコートを羽織り、大通りまで突っ走り、身を乗り出してタクシーを停めた。

苦労して積み上げたものが、ガラガラと音をたてて崩壊していく。季節をいくつ見送ろうとも、わたしはもとの場所から一歩たりとも動けていなかった。この胸を切り開けば、まだ乾ききらない未練がじくじくと膿んでいる。

まるであのはじまりのときから時間をさかのぼるようにして、わたしはタクシーを降り、エレベーターに乗りこみ、フロア表示灯を見上げ、エレベーターを降り、〈FICTION〉というプレートがかかっているドアを引き開け、窓辺の席で外のネオンをぼんやり眺めている彼女のまえに腰を下ろした。

椎葉リサが悲しげに微笑んだ。

わたしは心をこめてうなずいた。

彼女がすこし泣いた。

店員がやってきて、わたしはバーボンのオン・ザ・ロックを注文した。店にかかっているソウルミュージックまで、あの日のつづきなのではないかと思った。椎葉リサの空のグラスのなかで、氷が溶けて崩れた。黒のタートルネックセーターに、小さな十字架のネックレスをつけている。テーブルの上で組みあわせた手指にマニキュアはつけておらず、そのせいで右手の火傷痕が剝き出しのまま締め出されているように見えた。

目が合い、わたしは彼女を勇気づけようと微笑む。

すると、彼女がもっと泣いた。

あの夜、自分に腹を立てて店を飛び出したわたしを、椎葉リサは追いかけてきた。あれがわたしたちの分岐点だった。わたしたちは別々の道を行くこともできた。だけど、わたしたちはそうしなかった。とにかくあの夜だけは、そうしたくなかった。そしていま彼女は涙を流していて、わたしは途方に暮れている。

「なんでこんなことになっちゃったんだろう」
彼女がつぶやき、わたしは酒に口をつける。
アルコールが喉を灼《や》きながら体に広がっていくと、浸透圧の高いフィクションのなかに現実が溶け出していくような、あの心許ない揺らめきにまたしても襲われた。科学の分野ではおそらく「勘違い」と定義されるのだろうが、「虚構《フィクション》」という名のバーで、わたしはそのときたしかに鹿康平やシャオや二叔父さんや蘇大方の息吹を感じた。彼らはわたしになにかを伝えようとしていた。

沈黙のなかでウイスキーを舐めながら、わたしは彼らの足音を聞き取ろうと意識を集中させた。

鹿康平はシャオをあとに残し、ミスター・メナードのもとへ走った。走りながら、彼は泣いた。シャオがおとなしく待っているはずがないと知っていたからだ。どこかで、そのことに安堵《あんど》してもいた。自分の罪を知るシャオを、台湾へ連れ帰るわけにはいかなかったからだ。それでも、涙があふれて止まらなかった。すべてを受け入れてくれた女を切り捨てていかなければならないことに、胸が張り裂けそうだった。彼の死はそこからゆるやかにはじまった。

二叔父さんは台湾へ帰るためなら、どんなものでも利用した。蘇大方という虚構を創り出し、悪事の責任をすべてその怪物に押し付けた。愛の出る幕などなかった。台湾へ帰ったあと、彼は飢餓の大陸で特権を手にするために犯した数々の罪に押しつぶされた。あるいは、まったく押しつぶされなかった。拷問のせいで精神を病んだ。あるいは、まったく病まなかった。

「蘇大方はやっぱり残しておくことにしたよ」
椎葉リサはマスカラの滲んだ目を上げた。
「『怪物』の加筆修正の打ち合わせをしたとき、おれが蘇大方を削りたいと言ったのを憶えてるかい？」

　彼女がうなずく。

「あのとき、きみは削ることに賛成してくれた。おれはとてもうれしかった。だけど、やっぱり削らないことにしたよ」

「どうして？　だって、蘇大方という人は実際にはいなかったんでしょ？」

「叔父が蘇大方を撃ったという幻影は、叔父の名誉のためではなく、おれたち家族にこそ必要だったんだ。たぶんおれたちは、家族のなかに怪物がいることに耐えられなかった。愛する人が怪物かもしれないなんて思いたくなかった。だからこそ鹿康平は罪の意識に、二百人を殺したことやシャオを捨ててしまった後悔に、押しつぶされて自殺しなければならなかった。無意識にせよ、それはおれが叔父に望んでいたことだったんだ」

「人間のままで……怪物ではなく、人間のままでいてほしかったということ？」

「そう。人間のあり方について、おれはとても偏狭な見方しかできなかった。だから、たとえ鹿康平がシャオを選んだとしても、おれはやっぱり彼を殺していたかもしれない。そのことに気がついたら、叔父が産み落とした蘇大方という怪物は擬人化したままでいいと思ったんだ。そのほうが忘れずにいられる。おれはけっきょく、自分が理解したいように叔父を理解していただけなんだってことを」言葉を切り、彼女を見つめる。「他人の目にどう映ろうと、西峰は怪物なんかじゃない。彼は実際に怪物じみていた。でも、きみが彼を見捨てないのは、怪物ではない彼がちゃんと見えているからだろう？　もし鹿康平もそんなふうに自分を見ることができたら、つまり、もしおれが叔父をそんなふうに見てやることができたら、おれは鹿康平を自殺させなかったかもしれない。もっと真剣に生きる道を探してやれたかもしれない……とにかくおれが言いたいのは、小説とちがって本当の人生では不都合な部分だけを切り離せないということだ」

「わたしは彼がちゃんと見えているのかな……」

「少なくとも、きみはちゃんと見ようとしている」

「愛とか……そういうんじゃないかもしれません。いつか先生が言ってた、これは密度の問題なんだって」

わたしはうなずいた。

「先生との密度が薄かったとは思わない。ぜんぜん逆なんです。短い時間だったけど、とても濃厚で……濃厚すぎて、なにもかもどうでもよくなっちゃったんだと思います。それがこんなことになって……たぶん、それまでしてきたいろんな選択がみんな間違ってたんじゃないかって、それが積み重なってこんなことになっちゃったんじゃないかって思ったら……」彼女は胸を波打たせて大きく息を吸った。「離婚も考えました。でも、それすらも間違ってるような気がして、なにがなんだかわからないうちに時間だけがどんどん過ぎて――」

「まだ迷ってるってこと？」

うなずく彼女の顔に虚ろな影が射す。

「シンガポールへ行くことも？」

「迷ってます」

「彼はなんて言ってる？」

「もう別れたほうがいいって」

「だから、余計に別れられないんだね？」

「彼の目なんです。あんなことをしでかしたのに、彼の目はやっぱりあたしをおびえさせないんです。こんなことになったのはあたしのせいなのに、ずっとやさしいままなんです」

　ああ、この女もまたずっと岐路に立たされているのだ。

「彼はピアノを弾くんです。あんなふうに楽しそうにピアノを弾く人が誰かを傷つけることができるなんて……」彼女はぽつぽつと言葉を継いだ。「あの日も弾いていました。家を出るまえに声をかけると、曲調が変わりました。急に楽しげなラグタイムを弾きだしたんです。まるでコメディ映画に出てくる酒場のピアノ弾きみたいにおどけて……あたしが呆気《あっけ》にとられていると、はい、これでおしまい、という感じでポンッと鍵盤《けんばん》をたたきました」

「それで？」

「それだけです」そう言って、椎葉リサは耳をふさいだ。

　愛も自由もいっさい寄せつけない、原始的で本源的な強さがほしかった。魂を売り渡してでも生き残る道を選んだ二叔父さんのような強さが。そうすれば、いまだけは救われる。だけどわたしと彼女は、わたしたち自身から遠く離れすぎていた。本を読みすぎて、愛や自由のことを考えすぎた。あらゆる愛と自由に理解を示しすぎた。だから、自分がどうしたいのかすらわからなくなってしまった。

　最後の一音に指を落とす陽気なピアノ弾きの後ろ姿が見えた。はい、これでおしまい。もう充分に笑っただろ？　これでおひらきだ。

「どっちを選んでも正しいし、どっちを選んでも後悔するよ」

　椎葉リサがすがるように見つめてくる。

「おれに決めさせてくれないか」わたしは席を立った。「ちょっと歩こう」

未来永劫華《えいごう》やぐ新宿の街を、わたしは記憶をたよりに歩いた。

底冷えのする夜だった。ビルに切り取られた夜空に星がひとつふたつ、寒々しくまたたいていた。

ある時点で正しい道を行っているのだと確信し、椎葉リサの手を摑まえた。彼女は握りかえしてこなかったが、ふりほどきもしなかった。小さくて、冷たい手だった。火傷の痕まで冷え切っていた。

雑踏のなかを、わたしはほとんど彼女を引きずって歩いた。角をいくつか曲がり、人混みを何度かかいくぐると、彼女もわたしがどこへ向かっているのか気がついたようだった。

つないだ手から躊躇が伝わってくる。

わたしは臆せずにその手を握りしめた。頭のなかでは、はじめてこの道をとおったときの記憶が狂おしく渦巻いていた。あの夜もわたしたちはこうして手をつなぎ、馬鹿みたいに笑いながら、ひとつになれる場所を探し求めてこの道を走りぬけた。過去も未来も関係ない。あるのはいまこの瞬間だけだった。

わたしの想いが伝わったのか、彼女の手がすっと軽くなる。足を速めると、彼女も歩調を合わせてきた。呼吸と感情がシンクロしていく。はじまりの夜の濃密な思い出にほとんど溺れかけながら、いつしかわたしたちは走っていた。誰も関心を払わない路地をぬけ、曲がり角で人とぶつかりそうになりながら、ひたすら走った。ハイヒールを履いた彼女がよろめくたびに、わたしは笑いながら抱き止めてやった。わたしが道を見失うと、彼女が「こっち」と言ってわたしの手をひっぱった。そのようにして、わたしたちはあの夜のホテルにたどり着いた。

足を止め、向きあう。

つないだままの手がとても心細く感じられたけれど、どちらも放そうとはしなかった。わたしは息があがっていたし、それは彼女のほうもおなじだった。顔を上気させ、肩で息をしていた。

「きみが欲しい」とわたしは言った。

「あたしも」と彼女が言った。

椎葉リサの目をのぞきこむと、彼女もわたしとおなじものを見ているのだと感じられた。わたしたちの吐く息は白く凝《こご》り、まるで欲望がちょろちょろ漏れ出しているみたいだった。

人を結びつけるのは愛ではなく、弱さなのだ。二叔父さんも、鹿康平も、藤巻徹治もそうだった。弱さの代償から目をそむけて逃げだす者もいれば、一生その代償を払いつづける者もいる。最後まで逃げずに払いつづけた者だけが、それを愛と呼ぶことができる。

だけど、それはちがう。

弱さは鼻が利く。自分をさらけ出していい相手と、絶対にそうしてはいけない相手を嗅ぎ分ける。もちろん、間違えることだってある。それが命取りになることも。

「先生が決めて」彼女が言った。「それがどんな結末になっても、今度こそあたしはそれを受け入れる」

だけど、これだけは言える。自分の弱さにリボンをかけて相手に差し出したその瞬間、愛が芽吹くのだ。それがどんな相手だろうと、わたしたちは愛さずにはいられない。みんな誰かを愛した。シャオも、兪蘭も、そして椎葉リサも弱さをプレゼントする相手としては申し分ない。彼女たちは弱さを別のものにすりかえてくれる。生きていくための妥協や、死にゆくための心構えや、その中間にあるなにかに。あの蘇大方でさえそうなのだ。

女の肩を抱いた男がホテルに入っていく。どこか遠くでサイレンの音が聞こえ、身を切るような風が吹きぬけていった。

「おれたちはおたがいに弱さを見せあった。それが無意味だったとは思わない」

彼女が強くうなずく。

「今度はおれたちが選ばない道を選んでみよう」わたしは指先で彼女の火傷痕を撫でた。「イマジネーションを奮ってここでお別れだ」

言葉には棒と石ほどの力はないけれど、さよならだけは例外なのかもしれない。椎葉リサが顔を伏せ、肩を震わせて泣いた。

それが台湾の詩人の言葉だということに気づいたのは、ずっとあとになってからだった。父の蔵書のなかにその詩人の詩集が数冊あり、作家になってから読んではみたものの、さっさと放り出してしまった本にあった一節。イマジネーションを奮って別れをつげ、文字でその跡を追いかける――それをあの別れの夜に、わたしは椎葉リサに対して使った。言葉の出所に漠とした危うさを感じながら。

まるで怪しい降霊術師のように他人の言葉で誰かを慰める。その後ろ暗さは、しかし、別れの甘い時に搦《から》め捕られてはかなく溶けていった。考えてみれば、わたしたちの関係は一篇の詩からはじまった。臆面もなくはじまった関係が、やはり臆面もなく終わったというわけだ。わたしが椎葉リサとの物語を書こうと決めたのは、このときだったのかもしれない。

わたしたちはどちらも、この夜が永遠ではないことを知っていた。それを知らないでいるには、わたしたちはいろんなことを知りすぎていた。これからも日々はつづき、本が書かれ、列車は走り、わたしたちの道はまた別々に分岐してゆく。その道の先にはまたそれぞれの愛があって、痛みがあって、自由があって、孤独がある。またなにかがはじまり、なにかを掴み取ろうとひたむきに手をのばし、そしてまたなにかをしくじるのだ。

椎葉リサが泣いた。それから顔を上げて、にっこり笑った。悲しみの薄い膜を透かして、彼女をすっかり書き換えてしまう淡い光のようなものが見えた。

悪くない結末だ。女たちが去ろうとも、物語は残る。詩人も言っているように、文字が残される時およそ無駄なものはない。

さあ、いい頃合いだ。そろそろ華々しくフィクションへと凱旋しようじゃないか。

17　本だって書けるさ

物事はいつだって誰かの狂った夢によって動く。

それが誰の夢であるのかは重要ではない。しかし、この国で夢を見ることができる者はかぎられている。

だから蘇大方《スウダーファン》にその計画を持ちかけられたとき、現状に鑑《かんが》みて、たしかにそれがいちばん合理的だと鹿康平《ルウカンピン》は判断した。

貯水池建設のために近隣の村々の住民を立ち退かせ、彼ら自身にこの工事を請け負わせる。どうせ反対したところで、甘い夢を見ている誰かがそうすると決めたからには、物事はそのように動いていく。

つまり、強制退去は免れない。だったら、家と仕事の両方をいっぺんに失うより、仕事だけでもあったほうがいい。

「じゃが、問題がふたつほどある。ひとつめは――」そう言って、蘇大方は人差し指を立てた。

「損益計算上、すでに労働力は足りとるということじゃ。むろん、ひとりあたりの労働時間と労働報酬をどう設定するかにもよるが、とにかく上のほうではそう判断しとる。今回の貯水池建設のための人員はすでに充分確保できとるとな。ふたつめは、村から立ち退かせたやつらの新しい住処《すみか》を用意してやらにゃならん」

鹿康平はとりあえず相槌を打ったが、この話が自分といったいなんの関係があるのか、まるで見当がつかなかった。

誰かを痛めつけて言うことを聞かせたいなら、たしかにおれの出番だ。でも、何百人、何千人規模の人々を殴って従わせることはできない。だとしたら、この爺さんはなぜおれにこんな話をしているんだ？

「わしが請け負ったのは、建設予定地にかかっとる村のやつらとなにかを交渉することではない」祭壇の蠟燭にマッチで火をつけながら、蘇大方は静かにつづけた。「それはほかのもんがやる。打ち明けてしまえば、交渉は順調にいっとる。みんなこの国がいまどういう状況にあるのかわかっとるし、目的達成のために共産党がどうするのかもちゃんと心得とる。しかもわしらは、うんといい条件を提示しとるんでな」

言葉を切り、蠟燭の火で線香をともす。蘇大方はそれを胸のまえに捧げ持ち、祭壇の位牌《いはい》とその上に掛けられた掛け軸に恭《うやうや》しく正対した。掛け軸には清朝時代の礼服を身にまとったひと組の男女、蘇家の祖宗が描かれている。彼が朝な夕なの参拝を欠かさないことは家じゅうの者が知っていた。

祭壇は龍鳳《りゅうほう》の透かし彫りの入った太師壁のまえに、東向きに置かれている。極楽浄土のある西方にむかって祈禱《きとう》をするためだ。その両脇の壁沿いには、紅褐色《こうかっしょく》の太師椅子が四脚ずつならべられている。優美な脚となめらかな肘掛けを持つその八脚の椅子はどれも年代物で、上等の花梨《かりん》でつくられているため、すわるとそこはかとない薔薇の香りに包まれるのだ。

蘇大方は瞑目《めいもく》し、心中でご先祖様に語りかけ、線香を持ち上げて三拝してから香炉に立てた。だだっ広い廳堂《ちょうどう》に、香の煙が薄く漂った。

「それで？」鹿康平は機を捉えて疑問を口にした。「いったいなにが問題なんですか？」

蘇大方は彼に向き直り、じっと見つめた。

その黄色く濁った目を見た瞬間、また誰かが不幸になる話を聞かされるのだと悟った。血腥《ちなまぐさ》い話をするとき、このジジイはいつもこうやって相手をじっと見つめやがるんだ。

問題は、と蘇大方が言った。「農民どもに約束した条件を、わしらに履行する力がないちゅうことじゃ」

鹿康平は眉をひそめた。

「農民どものなかにも目端《めはし》の利くもんはおる。村から立ち退いたあとでこちらが約束をたがえたとなりゃあ……このご時世じゃ、なにが起こるかわからん。中央に嘆願書を出すくらいならご愛嬌じゃ。どうせ封も切られずに屑籠《くずかご》行きじゃろう。じゃが、みんな腹をすかせて殺気立っとる。わかるかね？」

「暴動、ですか」

「上のほうはたしかにそれを懸念しとる」蘇大方が満足げに微笑した。「まあ、上を責めることはできんじゃろう。守るべきもんがあると、人は臆病になるもんじゃからな」

「じゃあ、どうするつもりなんですか？」

「おまえならどうする、康平？　遺恨を残さずにこの問題を解決するには、どうすりゃいい？」

おれならどうする？　そんなことは考えたくなかった。考えたってなんの意味もない。なにせこのジジイのなかではすでに答えが出ているのだから。

鈴の音がして目を向けると、羊が儀門《ぎもん》から廳堂を覗きこんでいた。遅い朝の光を浴びて毛並みが銀色に輝き、目を細めて口をもぐもぐさせている。

羊のほかにも、蘇大方邸には孔雀や鶏や金剛鸚哥《コンゴウインコ》がいて、すこしまえまでは豚と猿もいた。しかし豚は党幹部を招待した宴席に供され、猿は気がついたらいなくなっていた。十中八九、家の者が食ってしまったにちがいないのだが、家のあるじは意に介するふうでもない。それどころか、悪さばかりして往生していたからかえってせいせいしたと嘯《うそぶ》いていた。

羊は勝手知ったる顔で敷居をまたいで廳堂に入り、しばらく蘇大方にまとわりついていた。

「よしよし、おまえはまた鉢植えのクワズイモの葉を食ろうたんじゃな」蘇大方は羊の頭を撫でた。「ダメじゃぞ、クワズイモには毒があるんじゃからな。わかったか？　さあ、わかったんならもう行きなさい。わしはまだこのおじさんと話があるからな」

羊はこうべを垂れ、まるで青いナツメのようなふたつの睾丸《こうがん》をぶらぶらさせて廳堂を出ていった。足音と首の鈴の音から察するに、階段をのぼって二階へ行ったようだった。

蘇大方がふりむき、鹿康平は肩をすくめた。

「それで？」

「なんと言おうか……これは毛沢東方式とでも呼ぶべきかな」

「毛沢東方式？」

「死ぬべきもんが死ねば、残ったもんの分け前は増える」

鹿康平は目をすがめた。

「カラクリは簡単じゃ」蘇大方が言った。「死んだもんを生きとることにすりゃ、やつらの配給票をみんなに分けることができる。しかも、やつらの移住先や移住後の生活に煩《わずら》わされんですむ」

「一石二鳥ってことですか」鼻で笑ってしまった。「でも、そんなことは――」

「この国では不可能なことなんぞありゃせん。不可能を可能にするのは人脈じゃ。人脈さえありゃ、猫にワンと吠えさせることもできるわ」

「つまり、上のほうとはもう話がついてるということですか？」

「数えきれんほど非道をしてきた」蘇大方はやるせなさそうに首をふった。「死んだら間違いなく地獄往きじゃ。じゃがな、そのどれひとつとして上と話がついとらんかったためしはない。康平よ、もしおまえがわしの良心を問題にしとるんじゃったら、こんなわしにだって良心はあるぞ。ただ、その良心で救えるのはわしのまわりにおるわずかなもんだけじゃ。わしには世界を救う力なんぞありゃせん。今回の貯水池建設で村から追い出されるやつらは、たとえわしが手を下さんでも死ぬ定めにある。ちゅうのも、そのほうが上にとって好都合だからじゃ」

「どうしてそんなことができるんですか？」鹿康平は皮肉をこめて尋ねた。「どうすればあなたみたいに割り切れるんですか？」

「おまえは軍人じゃろうが」蘇大方がびっくりして叫んだ。「将軍に命じられて人を殺すのと、このわしに命じられて人を殺すのと、どこがちがう？　人を殺すのは人間の本性なんかじゃありゃせん。わしはそう思うとる。じゃが、どうしても殺さにゃならんときには、おのれをごまかすやり方がいくつかある。日本人はわしら中国人を犬ころじゃ言うて殺した。アメリカ人は日本人を猿じゃ言うて殺した。相手をおのれとおなじ人間じゃと思うとったら、あんなふうに殺せるもんじゃない。殺すかどうかの判断をおのれより大きな力に委ねるのも、そうしたごまかしにすぎん」

「あなたのように？」

「おまえはちがうとでも言うんか？」

「じゃあ、毛沢東はどうなるんです？」

「わからんか？　独裁者どもにとって人民は数字でしかないんじゃ。やつらは直接手を下さん。算盤《そろばん》をはじいて足したり引いたりするだけじゃ。その算盤すら、おのれじゃはじきくさらん。何百人もの人間がはじき出した数字のなかから、いちばん気に入ったもんを選ぶだけじゃ。じゃが、やつらが動かせる数字は誰よりも大きい。希特勒《ヒトラー》しかり、斯大林《スターリン》もしかりじゃ。蔣介石だっておなじじゃろう？」

「台湾では少なくとも人々は餓えて死ぬことはありませんがね」

「そこは台湾の美点を謙虚に認めねばなるまいな。ひとつには台湾島の狭さ、ふたつには温暖湿潤な気候、いまひとつにはおそらく中国よりも信頼できる数字が手に入りやすいんじゃろう。経済も政策も言うてしまえば数字遊びじゃが、いまのこの国は凌遅《りょうち》の刑（生きている罪人の肉をすこしずつ削り取って死に至らしめる処刑法。清代まで中国で行われていた）にされても正しい数字なんぞ出てこん。おまけにどんな数字よりも革命的情熱とやらが優先するんじゃ。それさえあれば一日じゅう働いとっても疲れるはずがないし、汚職などありえんし、豊作以外の年などあるわけがない。十五年でイギリスを追い越すなんぞ屁の河童じゃ。じゃが、現実を見てみろ。それもこれもみんな数字がでたらめだからじゃ。それでも、わしらはここで――」自らの言葉を補強しようとするかのように、蘇大方は地面を何度も指さした。「この場所で生きていかにゃならん。盗まんやつ、不正を働かんやつ、嘘をつかんやつ、略奪をせんやつ、上に取り入ろうとせんやつ、ごまかさんやつからこの世を去っていくんじゃ。この国で生きていくためにはな、康平よ、生き延びる隙をひとつたりとも見逃すことはできんのじゃ」

その声が銅鑼《どら》のようにわんわん鳴り響き、廳堂に吸い取られていった。

放心した蘇大方は虚ろな目でご先祖たちの掛け軸を見上げた。線香の煙が雲のように鹿康平の眼前をよぎっていった。

二階の床をひっかく蹄《ひづめ》の音が天井で響く。羊は気の向くまま、のんびりと行きたいところはどこへでも足を運んでいるようだった。

中庭のほうから漂ってくるのは、金剛鸚哥たちの悪魔じみた鳴き声。もとは三羽いたのだが、いちばん頭がよくて愛想のよかった一羽は殺されてしまった。使用人たちのぼやきをいつのまにか覚えてしまい、一族郎党に危害をおよぼしかねない共産党の悪口を大声でしゃべるようになったためだった。

「それをおれがやるということですか？」鹿康平は声を絞り出した。

「強制はせん」

「おれが決めていいんですか？」

蘇大方は肯定も否定もせず、ただ悲しそうに笑っていた。

「移住させられるのは何人ですか？」

「六百人じゃと聞いとる」絶句した鹿康平を励ますように、蘇大方は言い添えた。「じゃが、実際にはその三分の一程度じゃ。わかるじゃろ？」

もちろん、わかる。すこしでも多くの配給を受けるために、農民の数を水増しして申請しているのだ。

つまり、実際に殺さねばならないのは二百人。たいした数でもない。戦争中であれば、取るに足りない小競り合いでもそれくらいの数は死ぬ。まったくものの数ではない。

「いや、もっと少ないかもしれんぞ」まるでその事実がこの上ない慰めだと言わんばかりの口調だった。「すでに少なからず死んでおるはずじゃからのう」

鹿康平はため息をつき、苛立ちを噛み殺して尋ねた。「どうやるつもりですか？」

「老頼《ライ》という男に会ってこい。ここからすこし南へ下ったところに茅蛙《マオワア》ちゅう村がある。段取りはやつに一任しとる」

「どういう男なんですか？」

「あのあたりの生産隊の隊長じゃ」

二の句が継げなかった。つまり生産隊が村人を売ろうとしているわけか。

「おまえの考えとることはわかる。誰もこんなことはしとうない。老頼は頭んなかに大きな瘤《こぶ》ができてもう長くないんじゃ。やつには子供が三人おって、上のふたりはごくつぶし、いちばん下の子は目が見えん。いくばくかのもんを遺してやりたいちゅうのも親心じゃろうが」

だからといって誰かを殺していいことにはならない。舌の先まで出かかったそのひと言を、どうにか呑みこんだ。おれもおなじだ、生きて台湾へ帰るために蘇大方の犬に成り下がっているようなやつにそんなことを言う資格なんてありはしないんだ。

「いまからわしのオートバイを使うて行きゃあ、日没までには帰ってこられよう」

「この時間だとみんな人民公社の仕事に出ているんじゃないですか？」

「おまえが行くことはもう老頼に伝えてある」

なるほど、万事ぬかりはないということか。

「やつは村でおまえを待っとるはずじゃ。それと、今晩はあの娘と食事をする」蘇大方は事のついでのように付け加えた。「ちょいと正式な晩餐にしようと思うとる。服はあとでとどけさせる。着替えさせて、そうじゃな……六時に食堂へ連れてきてくれんか」

その日、改稿を終えた『怪物』をようやく植草に送ったわたしは、なかばようつけのようになってギターをかき鳴らしていた。

四月も終わりかけの、木曜日の午後だった。

原稿を編集者に送った直後はいつも落ち着かない。まるで子供を受験に送り出す母親のような心境だ。そんな心持ちが弦を押さえる指先にも伝わって、いつもは出せる音がうまく出せなかった。わたしは焦れて、おなじフレーズを病的なまでに繰り返していた。

空は晴れているのに小雨のぱらつく昼下がりで、電話が鳴ったのはちょうどコーヒーを淹れてひと休みしようとしていたときだった。

コーヒーサーバーを手に持ったまま、わたしはキッチンテーブルの上で身をよじるスマホを見下ろした。いまも瞼《まぶた》に焼きついている椎葉リサの最後の笑顔。確信に近い予感のせいで、すぐには電話に出ることができなかった。画面には知らない番号が表示されていたが、わたしの確信は深まるばかりだった。震える指で通話ボタンをタップし、スマホを耳にあてがう。

「もしもし、柏山先生のお電話でよろしかったでしょうか？」

低い女性の声にわたしはごくりと唾を呑み、恐る恐る「はい」と返事をした。

「ご無沙汰しております。藤巻琴里です」

思いもよらなかった名前を耳にして、わたしは動転してしまった。

「もしもし？　聞こえますか？」

「ああ……すみません、聞こえてます」あわててスマホを持ち直す。「ご無沙汰してます」

「じつはいま鷺ノ宮駅の近くに来ているのですが、もしお邪魔でなければご挨拶にあがりたいと思いまして」

なにがなんだかわからないうちに、彼女がやってくるまでのおよそ二十分、わたしはとっ散らかった居間を片付け、テーブルを磨き、掃除機をかけ、縁側の掃き出し窓を開け放って淀んだ空気を入れかえなければならなくなった。インターホンが鳴ったときはちょうど着替えの真っ最中だったので、片脚でぴょんぴょん跳びながらジーンズを穿き、フランネルのシャツのボタンを留めながら玄関へ急いだ。ドアを開けると、彼女が微笑んで頭を下げた。

「突然にすみません」

わたしは首をぶんぶんふった。

「執筆中だったのではないですか？」

「ぜんぜん」ドアを片手で支え、彼女を招じ入れた。「どうぞ」

藤巻琴里はベージュのカーディガンにチェック柄のロングスカート、そしてフランスのオシャレな田舎者風の緑色の帽子をかぶっていた。相変わらず狂気じみた長い髪を垂らしていたが、その狂気は文学に人生を捧げた者の狂気ではないことをわたしはもう知っている。それどころか、その狂気は彼女の属する世界では狂気などではないのだった。

上がり框《かまち》のところで、彼女は壁に立てかけてある裏返しの額縁に気がついた。まるでそうするのが礼儀だと言わんばかりに、藤巻琴里はそれを取り上げた。わたしの口から漏れる非難めいた声を一顧《いっこ》だにせず、彼女は青い鳥の写真をしげしげと眺めた。その屈託のなさと彼女が醸《かも》し出すリズムのようなものが、やはりどこか大陸的なものに思えた。

「ブルーグレイ・タネージャーですね」

「はい」わたしは肩をすくめた。「はじめてお会いしたとき、鳥の話をしたのを憶えてますか？」

「もちろん」

「あのあと、ネットでこの写真を見つけたんです」

彼女はうなずき、写真を眺め、そして無造作に壁の釘にかけ直した。

わたしは思わずなにか言いかけた。でも、自分がなにを言いたいのかわからなかったし、彼女がそうしたいのなら、それはそれでいいような気もした。鳥の写真がもとの場所に戻っただけのことだ。

「この鳥の和名をご存じですか？」

「えっと、たしか……」わたしは首をひねった。「いや、なんだったかな」

「空色風琴鳥《そらいろふうきんちょう》です」と教えてくれた。「父はこの鳥から一文字を取ってわたしの名前につけました」

「そうだったんですか」

「エクアドルの小さな村で母にプロポーズしたとき、この鳥がたくさん飛んでいたそうです。まるで風琴鳥の里みたいだと父は思いました。だから、わたしの名前を琴里にしたのだと」

「ご両親は、いまは？」

「京都に住んでいます。父の勤める研究機関がむこうなので」

菓子折りを携えた藤巻琴里を居間にとおし、淹れたてのコーヒーといっしょにそれを出してやった。美味そうな最中《もなか》だった。彼女は物珍しそうに書架の本を目で追ったり、レコードの棚を眺めたりした。

「もうお加減はいいんですか？」

わたしは頭を撫でながら、ええ、まあ、と曖昧な返事をした。「馬鹿が治りました」

「何度かご連絡をしたのですが、ぜんぜんつながらなくて」

「ああ、すこしまえに携帯を買いかえたばかりなんですよ」それから思い出してお悔やみを言った。「徹治さんのご葬儀に伺えずにすみませんでした」

「九十一だったので、まるで宴会みたいなにぎやかな葬儀でした」そう言うと彼女は居住いを正し、じつは、と切り出した。「イギリスへ行くことになりまして」

イギリス！　わたしは大げさに驚いてみせた。琴里、おまえもか。

「はじめてお会いしたとき、物語歌《バラッド》のお話をしたのを憶えていますか？」

「はい」

「コッツウォルズというところの大学に送っていた論文が審査をとおって、非常勤講師として招《しょう》聘《へい》してもらいました」

困惑が顔に出ないよう、わたしは口を引き結んでうなずいた。

「最初は日本語を教えることになるし、一年契約なのですぐ日本に帰ってきちゃうかもしれませんが、実績を積んで認められたら専任講師になれるかもしれません」

おめでとうございます、とわたしは言った。

「あっちの新学期は九月からですが、そのまえにヨーロッパを見てまわろうと思っています。住むところも探さなきゃいけないので、来月には日本を発つつもりです」

「それでわざわざご挨拶に？」

「祖父のことで先生にご迷惑をかけたかもしれないと思って」彼女はためらいがちにつづけた。「王康平さんの死は自殺ではないと祖父は言っていました。でも、祖父の解釈がどうであれ、けっきょくそれは自殺でした。先生には失礼なことをたくさん申し上げてしまって……」

「とんでもない」わたしはかぶりをふった。「叔父が大陸でどうしていたのかが聞けて、とてもよかったと思っています。それをそのまま小説に反映させることはないけど、それでも真実はなんらかのかたちで作中の人物たちに影響をおよぼすと思います」

「そういうものですか」

「ええ。たとえば蘇大方という人物を、ぼくは最初アル・カポネのような人物として描いていました。冷酷で、饒舌《じょうぜつ》な人物です。でも、徹治さんのお話をうかがってから、彼をもうすこし粗野であたたかみのある人間に書きかえました。田舎者というか……彼が叔父の分身であるなら、ぼくの知っている叔父と共通したなにかがあるはずだから。空気感というか、そういったものです」

「そう言っていただけて、なんだかほっとしました」

わたしたちはコーヒーを飲み、最中を食べた。艶《あで》やかなスポットライトを浴びた彼女の肢体が眼前にちらつき、わたしは悲しい気分になった。彼女にいったいどんな論文が書けるというのだろう？　どんな大学がストリッパーを講師として雇うというのか？

わたしのひとりよがりの感傷は、またしても見当はずれだった。なぜなら、藤巻琴里はたしかに論文を書きあげ、嘘偽りなくイギリスへ渡り、コッツウォルズの大学で日本語を二年間教えたのだから。

ストリッパーだった過去を彼女が打ち明けてくれたのは、渡英まえにわたしを訪ねて来たこの日から数えて一年半後のことだった。そのとき、わたしは彼女のコッツウォルズのアパートメントにいた。白を基調としたこぢんまりと心地よい部屋には、彼女がアンティークショップで買ったという古い椅子と、瑪瑙《めのう》のようなフロアランプがあった。椅子の上にはコンチータさんの写真が額に入れて飾られていた。季節は秋で、花で有名な街には色とりどりの花が咲き乱れていた。窓から花香が流れこみ、テーブルの上には彼女がつくったミートローフと、わたしが日本から持ってきた羊羹《ようかん》と、そしてスペイン産の素晴らしい赤ワインがあった。

彼女は来期からケンブリッジの単科大学へ移るつもりだと話し、そのついでのようなさりげなさで、ストリッパーをやりながら論文を書いていた日々のことを持ち出したのだった。ほら、あの椅子のところの写真がそう。彼女はあの時代を悔いても恥じてもいなかった。コンチータっていう源氏名を使っていたんだけど、母の名前なの。さぞや売れっ子だったろうね。わたしがそう言うと、彼女は謎めいた微笑を浮かべた。さあ、どうかしら。その表情がとても晴れやかで、素敵だった。これでもう隠し事はないわよ、とでもいうように。わたしはグラスを掲げ、彼女の不屈の精神に敬意を表した。

だけど、あの日、彼女が不意に訪ねて来た四月の午後には、そんな未来がわたしたちを待っているとは思いもしなかった。

「その後……」藤巻琴里が単刀直入に尋ねた。「あれから彼女とは会ったんですか？」

「はい、一度だけ」

「それだけですか？」

「それだけです」

「後悔してますか？　つまり、出会ったことを」

「いろんなことを後悔していますよ」わたしは素直に認めた。「だからこそ彼女がぼくにとって、なんでもなかったわけじゃないのだと思えます」

「おっしゃりたいことはわかります」

「いまはそれだけでいいと思っています。まあ、少なくとも、ひとりの女のために死にかけたという自慢話ができるし」

「たしかに誰もができる自慢話ではないですね」

わたしが笑うと、それが彼女にも伝染した。

「聞きたいですか？」と、わたし。

「話したいですか？」と、彼女。

「話したほうがいいような気がします」

「じゃあ、聞きたいです」

わたしは空になった彼女のコーヒーカップを覗きこみ、ソファから立ち上がった。「おかわりを持ってきます」

「お酒のほうがいいです」

「今日は車じゃないんですか？」

「ここへ来るまえに、知人に安く譲りました」藤巻琴里が言った。「だから、もしよければ」

もちろんだ！

わたしは冷蔵庫から缶ビールを二本取ってきた。それからレコードプレイヤーの電源を入れ、ターンテーブルに載っていたレコードに針を落とした。スピーカーから流れてきたのは、フランク・シナトラの「アイ・クッド・ライト・ア・ブック」だった。

缶ビールを手に持ったまま、縁側に目を走らせる。鈴の音が聞こえたような気がした。だけどいまは一九六〇年ではなく、ここは蘇大方の幽暗《ゆうあん》な屋敷でもなく、だから孔雀もおらず、もちろん羊なんかどこにもいなかった。

もしもねだられたら、本だって書けるよ
きみの歩き方、ささやく声、顔立ちについてさ

五年後、ロンドンのヒースロー空港でピアノを弾いている東洋人を見かけた。

誰でも好きに弾いていいピアノのようで、その東洋人は大きなバックパックを傍らに投げ出し、エリック・サティの「ジムノペディ」を淡々と奏でていた。見事な演奏だった。わたしは足を止めて聴き入り、腕時計をのぞき、その場を立ち去った。

搭乗口付近のコーヒーショップで本を読んでいると、おずおずと日本語で声をかけられた。目を上げると、そこにさっきピアノを弾いていた男が立っていた。顔は精悍で、よく陽に焼けていて、顎鬚を生やしていた。大きなバックパックを背負っていた。わたしが会釈すると、彼もそうした。

「柏山先生ですよね？」

わたしは照れ隠しに肩をすくめ、そうですと答えた。

彼はすこしためらってから、自分は西峰信哉だと名乗った。

その名前を理解するのにすこしかかった。わたしはびっくりして、彼の顔をまじまじと見つめてしまった。

「あのときは本当に申し訳ありませんでした」そう言って、西峰信哉が深々と頭を下げた。「ご挨拶にも伺わずにすみませんでした」

伏し目がちな彼の瞳に、口をあんぐりと開けているわたしが映りこんでいた。どうしたらいいのかわからず、とりあえず立ち上がって頭を下げた。

小さな丸テーブルをはさんで、大の男がふたり所在なくたたずんでいた。同時に口を開き、言葉がぶつかる。おたがいに照れ笑いをしながら、イギリスにいる理由を打ち明けあった。西峰信哉は世界じゅうを旅してまわっているとのことだった。わたしは彼に椅子を勧めたが、もうすぐ飛行機が出るからとやんわり辞退された。彼はモロッコへ向かう途中だった。

もじもじしながら、わたしたちはぎこちなく立っていた。言うべきこと、訊くべきことはひとつしかないのに、言葉はいつまでもぐずぐずと出てこようとしなかった。じつは言うべきことなどなにもないのかもしれない。五年という月日は、わたしが思うより多くのことを変えていた。わたしの心と頭の傷はとうに癒え、生半可なことではびくともしない。やがて意を決して「リサとは別れました」と彼が言ったときも、心乱されるどころか、すでに知っていることをようやく告げられたような気がした。懐かしさすら感じた。ああ、わたしもとうとう歳を取ってしまったのだ。

「ぼくが出所したあと、話し合って別れることに決めたんです」

静かな声でそう打ち明ける西峰信哉の目は、たしかに椎葉リサが言うようにやわらかな光をたたえていた。まるで彼が弾くピアノのように。わたしを襲った日も彼はピアノを弾いていた。彼にはあまり似合わない、跳ねるようなラグタイムを。わたしと椎葉リサはたとえ一時的にせよ、彼の目からこのやさしさを、すべての善良なものを奪った。彼がふたたびこの目を取り戻せて、ピアノの音を取り戻せて、本当によかった。

「それで、彼女はいま……」

「ニュージーランドにいます。むこうの人と再婚して、すこしまえに子供が生まれたそうです」

わたしはうなずいた。

「あのとき、リサはあなたにおおいかぶさって守ろうとしました。あんなリサは見たことがありませんでした」

「ぼくのほうこそ、あなたにあやまるべきです」わたしは彼に頭を下げた。「あのときは本当に申し訳ありませんでした」

「とんでもない」西峰信哉はかぶりをふった。「いろんなことをうやむやにしてきたのは、ぼくのほうです。そうすることが正しいとは思わなかったけど、大切な人といっしょに暮らしていくには必要なことだと思っていました。少なくとも、ぼくとリサには必要でした。なのに、それが報われないとわかったとたん、自分を抑えられなくなりました。リサは何度も別れようと言ってたのに……本当にすみませんでした。リサのおかげで取り返しのつかないことをせずにすみました」

所在なさげに立ちつくすふたりの東洋人に注意を払う者はあまりいなかった。喧騒のまにまにピアノの音が聞こえてくる。誰かが「ジ・エンターテイナー」を弾いていた。

「では、これで」

「はい、お気をつけて」

彼は丁寧に頭を下げ、ピアノが聞こえてくるほうへちらりと顔をふりむけてから、背中のバックパックを揺すり上げて行ってしまった。

それだけだった。

とっくのむかしに終わったと思っていたものが、もう一度終わった。エンドロールのエンドロール。その風景のなかをスコット・ジョプリンのラグタイムが流れていることに、わたしはささやかな感動を覚えていた。完璧だ。たった一本のバットにたたき割られたいくつもの物語のエンディングテーマとして、これ以上にふさわしい曲はない。

それにしても椎葉リサはどちらを守りたかったのだろう？　搭乗ゲートへと遠ざかる西峰信哉の背中を見送りながら、ふとそんな疑問が頭をよぎった。わたしだったのか、それとも彼だったのか？　それから椅子に腰を下ろし、搭乗案内のアナウンスに呼び戻されるまで、かなり長いこと放心していた。


日本へ帰る機内で見た夢に、椎葉リサが出てきた。

彼女が夢にあらわれるのは、はじめてのことだった。あのいちばんひどかったときでさえ、眠りに落ちてしまえば、あらゆる幻影から逃れることができたというのに。

椎葉リサは二人乗りの戦闘機に乗って空を飛んでいた。彼女は後部席にいて、前方の操縦席で戦闘機を飛ばしているのは白い羊だった。風防《キャノピー》を開け放っていたので、わたしにはふたりの顔まではっきりと見ることができた。

単座式戦闘機のコックピットから、わたしは彼女たちに機関砲を浴びせた。非情に撃ちつづけた。二機の戦闘機が空中で踊っていた。見ようによっては、蝶々《ちょうちょ》が戯れているみたいだった。わたしのほうが操縦技術が優っていたので、いつも彼女たちの背後を取った。しかし羊のほうが飛行機を速く飛ばすことができたので、なかなか仕留められずにいた。

椎葉リサがふりむき、肩越しににっこり笑った。

つぎの瞬間、視界が白い煙に包まれた。羊が煙幕を張ったのだとわかった。ずっしりした煙のなかで、わたしは雄叫びをあげて闇雲に機関砲を撃った。地上からは、その発火炎はまるで雲が放電しているように見えたにちがいない。

わたしはついに彼女を仕留めることができなかった。煙幕が晴れると、わたしは弓なりの蒼穹《そうきゅう》にたった一機で飛んでいた。ほかには誰もいなかった。遠くから声が聞こえてくる。これから軽食をご提供いたします……

あくびをして目をこすると、手に涙がついた。わたしは窓際の席にいて、窓の外は青一色だった。わたしたちに軽食を配るために、キャビンアテンダントが忙しそうに通路を行ったり来たりしていた。

見たばかりの夢の意味をぼんやり考えた。いまはニュージーランドで暮らしているわけだから、椎葉リサの飛行機を羊が操縦していたことについては、誰がなんと言おうと納得できる。

問題は、なぜわたしがあんなにも意固地《いこじ》になって彼女を撃ち落とそうとしていたかだ。いろいろこじつけてみたあげく、軽食を食べ終えるころになって、どうにか納得のいく解釈をつけることができた。

わたしはどこかで男は自由を象徴していて、女は愛を象徴していると思いこんでいたのだ。しかし夢のなかでは、まったくあべこべだった。わたしが愛で、彼女が自由だった。そう、誠毅が作家で、わたしが一介の登場人物にすぎなかったあの長い夢のように。わたしは血眼《ちまなこ》になって椎葉リサに追いすがり、撃墜しようとし、彼女は煙幕を張ってでもわたしから逃げ出したかった。羊は彼女の味方だった。もちろんだ。なにしろ羊はいつだって自由の味方なのだ。

別れの夜、椎葉リサは泣き腫らした顔で微笑《わら》った。あのとき彼女が見ていたものがなんであれ、それはわたしが想像していたようなものではなかった。男がそうであってほしいと望むようなものではなかった。空疎《くうそ》な言葉にうっとり酔いしれていた作家など、もう眼中にすらなかったのかもしれない。彼女の目に映っていたのはこそこそ逃げ出していく愛などではなく、手招きをしている自由のほうだったのかもしれない。あの涙は彼女の武者震《むしゃぶる》いだったのかもしれない。あの決別の刻《とき》にシャオが見つめていたのも鹿康平の女々しい背中ではなく、風に逆らって飛ぶ青い鳥のような自分の心だったのかもしれない。誰にわかる？　彼女たちは果敢にそれに従った。

　そして遠い道の先で、愛と自由を両方とも手に入れるのだ。

第三部

18　鈴の音

とにかく扉の多い屋敷だ。

正面玄関である南向きの中門《ちゅうもん》には一対の石獅子が配され、蘇大方《スウダーファン》と彼の客人しか使うことを許されない。

門の外には馬に乗るための上馬石《じょうばせき》があったが、村の家畜はとうに食い尽くされ、馬どころかロバすら一頭もおらず、たいていは暇を持て余したガキどもがぼうっとすわっていた。蘇大方の軍用サイドカーが停まっていれば、大はしゃぎでよじのぼったり、もぐりこんだりした。蘇大方がとおりかかれば、みんな「蘇爺爺《おじいちゃん》」と呼んで挨拶をする。そんなときは蘇大方も子供たちの名を呼び、頭を撫でてやった。お父《とう》とお母《かあ》は元気かと尋ね、大人の言うことをちゃんと聞いていい子でいるように言い含めた。子供たちが素直に「はい」と答えれば、甘酸っぱい干し山査子《サンザシ》やきれいな色の飴玉をあたえてやることもあった。

朱塗りの中門には墨痕《ぼっこん》も鮮やかに「藻耀高翔《そうようこうしょう》」と書かれた扁額《へんがく》がかかっており、この門をくぐる者の文才の発揮と仕官への道が滞りなきよう祈願していた。

中門を入ると、つぎは儀門《ぎもん》がある。これは玄関を入ってすぐにご先祖様と正対するのは無礼だとみなすこの地の信仰の賜物《たまもの》だった。儀門の先が祖先を祀った廳堂で、この広間が屋敷の中心である。女中や家僕《かぼく》は東側の側門《そくもん》から出入りしなければならなかった。

屋敷内には細い廊下が幾筋も走っており、それぞれの廊下の継ぎ目にあるのが衆門《しゅうもん》だ。これらの門は蘇大方があとからつけさせたもので、昼間は開け放たれ、夜間に閉ざされるのは、ひとえに賊の侵入を防ぐためである。壁には青磚《チンジュアン》と呼ばれる、ひんやりした青灰色の煉瓦が使われていた。

紫檀《したん》の廻廊《かいろう》にぐるりと囲まれた中庭には植物の鉢植えと青磁の水瓶《みずがめ》があり、水瓶のなかには金魚と小さな亀が泳いでいる。孔雀が一羽、金剛鸚哥《コンゴウインコ》が二羽、首に鈴をつけた羊が一頭と鶏が数羽放し飼いにされているが、鶏たちは頻繁に卵を産んだので料理女たちに重宝がられていた。

二羽の鸚哥たちは気さくで、よく人語を解し、使用人たちの口癖を真似ては皆を笑わせた。かつては三羽いたのだが、うっかり共産党を批判してしまった一羽が目のまえで息の根を止められたので、遺った二羽はけっして党批判をしなかった。中庭は吹き抜けになっていて、鸚哥たちはべつに風切羽を切られたり止り木に脚をつながれたりしているわけでもないのに、飛んで逃げるようなこともなかった。

孔雀は閉鎖した動物園から蘇大方がもらい受けてきたもので、彼にとってその七色に輝く美しい羽は幸運の象徴だった。

「物事には道理ちゅうもんがある」と孔雀に話しかけることもしばしばだった。とりわけ彼の体から甘ったるい死臭が漂うようになってからは孔雀の迷惑を顧みることもなく、あとをついてまわりながら、やるせない心中を吐露した。「喜びや悲しみや恨み、そしてわしの死にもちゃんと理由があるんじゃ。じゃが、いまの中国には理由がない。理由がないところでは、物事はほんのひと握りの人間の理由で動くんじゃ。わかるか、孔雀よ？　その理由とは極めて単純なもんじゃ。

他人から尊敬されたい、馬鹿にされとうない、ひとたび手に入れたもんは手放しとうない、もっともっとほしい……やつらは力を持っとる。力さえありゃ、理由は結果につながる。力のないもんは、おのれ以外の誰かの理由によって引き起こされた結果を甘んじて受け入れるしかない。この国は狂っとるよ。外では人が餓えて死んどるのに、この家にはなんでもある。おまえにだけ教えてやるがな、孔雀よ、この状況は一部のやつらのうんざりするほど単純な理由によって引き起こされとるんじゃ」

蘇大方がふりまく腐臭は高価な麝香《じゃこう》でも隠しきれず、屋敷のなかを亡霊のように漂った。そのにおいのおかげで、彼を出し抜こうとする者たち——考えるともなしに蘇大方を殺すことを空想している者から、卵の数をごまかそうとする使用人まで——は、いたるところにあるじの気配を感じて青ざめ、監視されているような落ち着かない気分になって、いつもなにかを先延ばしにするのだった。

鹿康平《ルウカンピン》は中庭の廻廊をまわり、木の階段をのぼって娘の部屋の扉をたたいた。扉には「有」という字を上下対称に組み合わせた斗方《ドウファン》（赤い紙にめでたい文字を書いた正月の飾り）が貼ってある。鹿康平がこの屋敷に住みだしてからずっと貼られているが、真新しいままで破れもせず、墨汁のにおいまでしていた。しばらく待っても返事がなかったので、そっと扉を押し開けた。

娘は窓辺の椅子に腰かけ、紙を張った木窓を開け放って表をぼんやりと眺めていた。

「六時に蘇大人《たいじん》と食事だ」顔だけ差しこんでそう告げた。「時間になったら迎えにくる。あとで服をとどけさせるから、着替えて待ってろ」

返事はない。

「聞こえたか？」

娘はやはりうんともすんとも言わず、ただ窓の外に顔を向けていた。

鹿康平は舌打ちをして、乱暴に扉を閉めた。きびすをかえしたとき、外廊下の欄干《らんかん》に青い金剛鸚哥が飛んできて「革命不是请客吃饭（革命とは客を招いてご馳走することではないという意。『毛沢東選集第一巻』より）」とわめいた。

「去你媽的《こんちくしょうめ》！」

腕をふり上げると、鸚哥はギャーギャー啼きながら逃げていった。鹿康平はとぼとぼと外廊下をまわり、衆門をくぐって階段を下りた。

サイドカーのキーを取るために厨房へ行くと、料理女にサソリは英語でなんと言うのかと尋ねられた。「Scorpion」だと教えてやると、ほかの料理女たちといっしょになって「死公平《スウゴンピン》、死公平」と言ってゲラゲラ笑った。

「なるほどなあ、公平なんかもうどこを探したって見つからんからねえ！」

鹿康平はうなずき、壁のフックにかかっているキーを取って側門から屋敷を出た。

上馬石のそばに停められたサイドカーには、子供が四人へばりついていた。ひとりは運転席でハンドルを握り、まるで戦闘機でも操縦しているみたいに「ヒュー、ダダダダダ！」と架空の敵と戦っていた。あとの三人はサイドカーのシートの上に折り重なっている。鹿康平が近づくと、いっせいに「台湾人、台湾人」と囃《はや》し立てた。

台湾人、台湾人、飛行機が落っこちてたすけを叫ぶ
けつに火がつきゃ、とっとと台湾屁をぶっこきやがれ

空が晴れていればこうして屋敷のまえに停め、村の子供たちに好きに遊ばせたが、たとえ鍵がついていたとしても盗もうとする輩はいない。人民解放軍の正式採用車輌であるこのサイドカーを保有していることが、蘇大方の持つコネクションを満天下にほのめかしている。純朴な村人たちからすれば、蘇大方から盗みを働くことは、偉大なる共産党から盗みを働くこととおなじだった。雨が降れば家僕が庭に引き入れたので、鶏がサイドカーのシートで休んでいることもあった。

ほかにやることのないガキどもがまとわりついてきて「干活啊《仕事か》、台湾人？」と訊いてくるので、「滾開《どけ》」と言って追い払わなければならなかった。

サイドカーはよく手入れがされていて、どんなときでもキック一発でエンジンがかかる。この日も期待どおりだった。排気筒が白煙を噴き、車体がぶるぶると振動した。

砂礫《されき》防止のために飛行眼鏡をつけ、ギアペダルを一速に落とし、ゆっくりとスロットルをまわしながらクラッチをつなぐ。動きだすとすぐにギアペダルを二速に蹴り上げ、村を出てからは一気に四速まで上げて土塊《つちくれ》道を時速五十キロで走った。

青牛塘《チンニュウタン》を出たのが午後一時過ぎで、二時前には目的地に到着していた。代わり映えのしないでこぼこの悪路を南へ走り、最初に行き当たった村が茅蛙《マオワア》だった。

サイドカーを停め、あたりを見渡す。これまで目にしてきた村とすこしも変わらない。土壁のくすんだ家々がかたまって建っていて、小さな広場があって、広場には井戸がある。半壊している家も見受けられ、屋根がない家もあった。

どこにも人影は見当たらない。

鹿康平はゆっくりとサイドカーを走らせた。低いエンジン音が空っぽの村に響き渡った。ギアを二速に上げる間もなく、村を一周してしまった。

サイドカーを停め、しばらく待ってからもう一周した。

すると、朽ちかけた土壁の陰から少年がひとりあらわれた。上半身裸の少年は、人民帽のほかは紺色のズボンだけを身につけ、破れた布靴を履いていた。明後日《あさって》のほうを向き、壁に手をついて体を支えている。十四、五歳くらいに見えた。壁伝いにもたもた歩き、そしてやはり明後日のほうを向いたままで声を張り上げた。

「蘇爺爺のところの人じゃろうか？」

鹿康平がキーをまわしてエンジンを切ると、少年は途方に暮れたように天を仰いだ。まるで空に立ちのぼっていくエンジンの音を見送っているみたいだった。

「おまえは老頼《ライ》の息子か？」

少年の顔がさっと声の来し方を向く。「はい」と返事をした。どうやらこの善良そうな少年が老頼のいちばん下の息子で間違いなさそうだ。

「親父はどこだ？」

「いまはおりません」少年がおずおずと答えた。「公社で喧嘩沙汰があって、村の衆が呼びに来よりました」

鹿康平はオートバイから降りて少年に近づいていった。少年はその足音を聞き取るために首を傾げた。

背丈が自分の胸くらいまでしかない少年を見下ろす。肋骨《ろっこつ》の浮き出た体は痩せ細り、手足は垢《あか》で黒ずんでいた。友好的な笑みを浮かべた顔をあちこちに動かすものだから、鹿康平は自分が翅《は》虫《むし》かなにかになったような気がした。うっすらと開いている瞼の奥には、暗い闇しかなかった。

「蘇爺爺からおまえの親父に会うように言われている」冷たく言い放った。まさにおまえのために、おまえの親父は村人を裏切ろうとしているんだと怒鳴りつけてやりたかった。「なにか聞いてないか？」

「今日は遅うなるじゃろうから、また日をあらためてほしいとお父が言うとりました」

鹿康平の舌打ちに、少年がびくりと身を強張らせる。

胸が締めつけられた。

幹《くそ》、こいつだって好きで目が見えないわけじゃないんだ。胸の裡《うち》で毒づいた。たとえこいつの親父が地獄へ堕ちることになっても、こいつにはなんの責任もないじゃないか。

盲目の少年のおびえたような顔を見ていると、鹿康平はこれから老頼とやろうとしていることにもいくばくかの道理と救済があるような気がしてくるのだった。

「おまえのせいじゃない。また出直すことにするよ」

「無駄足を踏ませるのは申し訳ないで、納屋を見せてやれとお父に言われとります」

「納屋になにがあるんだ？」

「あんたは軍人じゃと聞いとります」少年が言った。「軍人なら見ればわかるはずじゃと言うとりました」

鹿康平は少年の表情を探ったが、彼が口にした以上のことはなにもわからなかった。

「わかった、納屋を見せてくれ」

少年はうなずき、土壁に触れながら先導した。

庭に入ると左手に屋外便所があり、そこもまた壁が崩れ落ちていた。正面にある母屋は、扉がないことを除けば、目立った損傷は見当たらない。

少年はゆっくりと母屋まで歩き、扉がない玄関脇の籐《とう》椅子に腰を下ろし、父親の客人がたしかについてきていることを聞き取ろうとした。

「納屋は裏手にあります」そう言って、ズボンのポケットから鍵を取り出した。「これが鍵です」

真鍮製の小さな鍵だった。

少年は顔を上げて体を揺らしていた。役目を果たした満足感のようなものが頰のあたりにあらわれていた。

鹿康平はわざと足音を立てて母屋をまわりこんだ。

瓦礫《がれき》の散乱した細い通路を踏み越えると、小さな祠《ほこら》のような納屋が、家の庇《ひさし》に隠れるようにして建っていた。コンクリート製で、頑丈そうな鉄の扉がついており、取っ手に太い鎖が巻きつけてあった。

少年に手渡された鍵は、その鎖にかかっている南京錠のものだった。

空気中になにか手がかりはないかと鼻をひくつかせてみたが、乾いた埃とネズミの糞のにおいしかしない。解錠し、鎖を解く。鉄の扉は錆びついておらず、意外なほどすんなり開いた。しばらく待ってみたが、少年は姿を見せなかった。

納屋のなかには木箱がふたつぞんざいに放り出してあるだけで、ほかにはなにもなかった。農具もなにもない。

鹿康平は驚かなかった。

あらゆるものが奪い去られているのだ。木材は鉄をつくるために燃やされ、金属類は鉄の目標生産量のために溶かされ、煉瓦は建築資材として供出させられ、棺桶すら掘り起こして再利用されている。さんざん見てきた光景だ。北京では万里の長城の石ですら持ち去られているという話だった。

蹴ってみると、木箱は思いのほか重量がある。蓋を開けるまえに、顔を近づけてにおいを嗅いでみた。

とたん、蘇大方と老頼の思惑がどっと流れこんできた。火炎のイメージがあまりにも鮮明で、鹿康平はしばし立ちつくした。

「幹《くそ》……」深いため息が漏れた。「あのくそったれどもめ」

舌打ちをし、木箱の蓋を持ち上げる。思ったとおり、中身は火薬だった。湿気《しけ》ないように厚手のビニール袋に入っているが、解き放たれたきな臭いにおいが狭苦しい納屋に充満した。

ふたつめの箱には錆びた榴弾《りゅうだん》の殻や対戦車地雷の残骸、束ねられたエナメルの導線などが放りこまれていた。雷管《らいかん》もある。乾いた泥がこびりついた対戦車地雷は、どうやらソ連製のようだった。

真っ先に頭をよぎったのは地獄の光景だった。針の山で串刺しにされ、血の池で煮しめられ、舌を抜かれ、ありとあらゆる責め苦を受けている自分自身の姿だった。

子供のころに近所の駄菓子屋で買ってもらった巻き物のおもちゃを思い出した。その巻き物をすこしずつ伸ばしていくと、スタート地点から道がどんどん伸び出し、つぎつぎに枝分かれしていく。分岐点にさしかかるたびに、子供たちは自分の裁量で選んだ道を指でなぞっていく。首尾よくいけば、天国までたどり着ける。しかしひとつでも道を誤れば、十八ある地獄のどれかに堕ちることになる。

問題は、たどるべき道筋のヒントがまったく用意されていないことだ。分岐点には道徳的な質問が用意されているわけではなく、正しい答えが正しい道へと導いてくれるような工夫もない。直感で右か左かを決めねばならない。つまり天国へ登るも地獄へ堕ちるも、完全に運まかせなのだ。三度もやれば正しい道順をすっかり憶えてしまい、面白くもなんともなくなった。

木箱の榴弾を見下ろす。

搭乗したB－17偵察機が撃ち落とされ、自分がまだ生きていると気づいた瞬間から、ずっとこの巻き物のおもちゃの上を歩かされているような気分だ。正しい答えも、正しい道もない。なのに、一歩ずつ着実に地獄へ近づいている。最悪なのは、たとえやり直すことができたとしても、自分はまたおなじ道を選ぶだろうと知っていることだった。

飛行機が墜ちたあと、東へ向かわずに西へ行けばよかったのかもしれない。そうすれば、蘇大方と出会わずにすんだ。

でも、西にいったいなにがある？　この国の憐れな百姓たちのように餓えて死ぬのが正しい道なのか？

活路は東にあったのだ。たとえこれから二百人もの人間をこの火薬で吹き飛ばそうとも、それ以外の道は考えられない。この道だけが台湾へとつながっている。ゴールは台湾で、地獄はただの通過点にすぎない。

物音にふりかえると、老頼の息子が納屋の戸口にあらわれた。鹿康平は木箱の蓋を閉め、上から何度か踏みつけた。

「大丈夫ですか？」少年が心配そうに尋ねた。「遅いから、なにかあったんかと」

「もう出る」

「見ましたか？」

鹿康平は返事をせず、少年に手を貸して来た道を引き返した。瓦礫につまずいて少年がよろめくと、体を支えてやった。彼の手を引いて庭に戻り、玄関先の籐椅子にすわらせてやった。

「蘇爺爺がおまえの親父に連絡すると思う」少年に鍵を返しながらそう言った。「おれが来たことだけ伝えといてくれ」

「わかりました」

鹿康平は少年を見下ろした。少年は彼にしか聞こえない音を聞き取ろうとして、耳を家の外に向けていた。このガキのせいじゃないんだ、と思った。なにせこのガキが歩いてきた道はいつも誰かが手を引いてやっていたし、これから先の道もたぶん誰かに連れていってもらうしかないのだから。

「じゃあな」

「さようなら」

いったん立ち去りかけた鹿康平は、ふと足を止めて少年に声をかけた。「おまえ、あの箱の中身を知ってるのか？」

少年はただ頭を揺らしていた。

庭を出る。照りつける午後の陽射しのなかで、土塊道に堂々と停めたサイドカーが白っぽくかすんで見えた。

もう一度少年をふりかえってから、サイドカーまでゆっくり歩いて戻った。シートに跨がり、キーを挿しこみ、スロットルグリップをまわしながら力をこめてキックペダルを蹴ると、エンジンが息を吹き返した。

しばらくシートにすわったまま、体にエンジンの振動を感じていた。それからオートバイを降り、靴を脱いでシートの上に置いた。足音を忍ばせて引き返し、土壁の破れ目から少年のようすをうかがった。

少年はエンジンの音に耳を傾けていたが、その顔には特大の笑みが貼りついていた。背筋がぞっとするような冷たい笑い顔だった。

足下の瓦礫を蹴飛ばしてしまったのは、まったくの不注意からだった。思わず後退《あとずさ》りしたかかとに瓦礫をひっかけた。小さな瓦礫が大きな瓦礫を巻きこみ、瓦礫の山がひとつ崩れた。

少年の顔からさっと笑みが消えた。被害者のような、傷ついたような顔をこちらにふりむけてくる。

「おまえ、親父がなにをしようとしてるか知ってるんだな?」

少年は答えず、聖なる盲人の風格をたたえて頭を揺らすばかりだった。

歩いてサイドカーまで戻ると、鹿康平は飛行眼鏡をしっかりとつけ、オートバイに乗って茅蛙の村をあとにした。

この世にはたしかに、どうしようもないことがいくらでもある。どうしようもないことだらけだ。しかしどうしようもないからといって、閻魔大王に大目に見てもらえるわけではない。

地獄の門は万人に平等に開かれている。

青牛塘へ戻り、老頼との顔合わせが不首尾に終わったことを報告すると、蘇大方はただ「わかった」とだけ言い、それ以上のことはなにも訊いてこなかった。

「火薬がありました」鹿康平は相手を試すように切り出した。「あれを使えってことですか?」

「やり方は老頼にまかせとる」蘇大方が申し訳なさそうに言った。さも自分にも決定権はないのだという感じで。「もしおまえが二百人の人間を機関銃かなんかで撃ちたいんじゃったら、手配できんこともないぞ」

「もうひとつだけ」引き下がるつもりはなかった。「おれと老頼だけでやるんですか？」

口を開くまえに、蘇大方はじっと鹿康平を見つめた。「やつのふたりの息子も手伝うてくれることになっとる」

「四人でやるということですね？」

「そういうことになるのう」

「なぜおれなんです？」

蘇大方の眉尻が下がり、寂しげな笑みが口の端に浮かんだ。

「おれ以外にも、こういう仕事に慣れてるやつがいくらでもいるはずです。麻子《マアヅ》ならよろこんでやりますよ。おれが台湾人だからですか？」

「誰かがやらねばならんのじゃ。じゃったら、こうしたことに押しつぶされてしまうもんより、どうにか耐えていけるもんを選んだほうがええじゃろう」

質問の答えになっていない。

もっと食らいつこうとしたが、無意味だと思い直して言葉をひっこめた。どうせこの老獪《ろうかい》な爺さんにはぐらかされて、いつもの戯言を披露する機会をあたえるだけだ。大切なものをふたつとも守ることができなければ、せめてひとつだけでも守るほうがいい、そのためにわしは甘んじて地獄へ堕ちようとかなんとか。

質問をつづけるかわりに、鹿康平は茅蛙の村から帰ってくる道すがら胸中にわだかまっていた疑念を検証した。

首尾よく二百人を吹き飛ばしたあと、蘇大方はつぎの手をどう打つか？　屋敷じゅうを衆門だらけにするような用心深い老人がおれたちをねぎらい、いくばくかの褒美《ほうび》をあたえ、それですべてが落着するとはどうしても思えない。

「老頼は不憫《ふびん》な男なんじゃ」どうかわかってほしい、わたしはきみの何倍も辛いんだよとでも言いたげな口調だった。「おまえが会うたあの目の見えんガキはやつの実の子ではない。奥さんの連れ子なんじゃ。ふしだらな女でのう、田舎で食えんくなると、ガキどもを置いてさっさと広州へ出ていきよった。もう二年もなしのつぶてじゃ。彼女《あれ》をたまたま広州で見かけたもんによれば、売女《ばいた》に身をやつしとるちゅう話じゃった。自業自得じゃ。まあ、本当かどうかはわからんがの。こういう話では、女はたいてい都会で体を売っとるちゅうことになる。上のふたりはおのれの胤《たね》じゃが、手のつけられん乱暴者での、わしの兵隊が茅蛙へ行ったときもたったふたりだけで戦いよった。乾草をかき集める三叉《みつまた》を大八車のまえにくくりつけて突っこんできよったんじゃ。鉄砲相手にじゃぞ」

鹿康平は感心して相槌を打った。

胸に抱いた疑念はいつしか溶解しかけていた。蘇大方の誠実な話しぶりは善悪を超えて、聞く者の魂に直接触れてくる。なによりもこの老人は、中国人の血に書きこまれている太古からの憧れを熟知している。英雄たちへの語り尽くせぬ畏敬の念を。

そんなものは作り話にすぎないと重々承知していても、あらがい難く魅せられてしまう。三叉を構えて、たったふたりだけで鉄砲を持った民兵どもに立ち向かったんだって？　まさか！

蘇大方はこう言っているのだ。きみがこれからいっしょに仕事をする者たちは、『水滸伝《すいこでん》』に出てくる豪傑《ごうけつ》たちと比肩《ひけん》しうるのだよ。豪傑譚《たん》のなかでは、死はこの上なく美しい。無念であればあるほどその死は光り輝き、人生を象徴し、聞く者の胸に深く刻まれる。

「目の不自由なガキは村人にさんざんいたぶられたそうじゃ。上のふたりはそのたびに血のつながらん弟のために喧嘩をしよった。じゃから、老頼が生産隊の隊長に推されたときは、そりゃみんなよろこんだわい。これでなにかが変わると期待したんじゃろうな。なにせ気骨のある男じゃから……実際、変わったわい。飢餓がひどくなると、村人はあの手この手で人民公社から食糧をかすめ取りよった。そのたびに老頼が尻拭いをさせられたんじゃ。村人と党の板挟みになって、やつもようやく気がつきよった。おのれは人身御供《ひとみごくう》にされたんじゃということに。党に大目玉を食うのはいつも老頼じゃ」

手足を痺れさせる心地よい義憤が鹿康平の全身を駆けめぐった。そんな目に遭っていたんじゃ、あの盲目の少年があんなふうに笑うのも致し方がない。世界が滅びる空想にすがったっていいじゃないか。悪いのは老頼一家を食い物にした村人なのだから。

「さあ、部屋に戻ってすこし休め」蘇大方が表情を和らげて言った。「あとは六時にあの娘を食堂に連れてきてくれりゃ、今日の仕事は終わりじゃ」

逸《はや》る血気を持て余しながら、鹿康平はほとんど熱に浮かされたような覚束《おぼつか》ない足取りで自室へ引き取った。

ベッドにひっくり返ると、天井を見上げ、木端微塵《こっぱみじん》に吹き飛ぶ二百という数字を想像して武者震いした。飛び散る血肉や千切れた手足を想像しようとしたが、うまくいかなかった。それはただの数字だった。

ひとたび人間が数字になってしまうや、物事はずいぶん簡単になった。おかげでくつろいだ気分になり、柱時計の鐘に破られるまで、しばし午睡を貪ることができた。

天井をにらみつけながら、雲散《うんさん》していく五つめの鐘の音を聞いていた。先ほどまでの高揚は、もうどこを探しても見当たらない。寝覚めのだるさと自己嫌悪が重石《おもし》となって胸をふさいでいた。

よくよく考えてみたが、どちらが本当の自分なのかわからなかった。無情に二百人を爆死させようとしている自分と、こんなところからはとっとと出ていけとささやきかける自分と。いつものロジックに堕ちていく。おれがやらなくてもほかの誰かがやるさ、たとえ保羅蒂貝茨《ポール・ティベッツ》が広島への原爆投下を拒否したとしても、かわりはいくらでもいたんだ、そうだとも――とりとめなくそんなことを考えているうちに、柱時計がまたひとつポンッと鐘を打った。

午後五時半。

ため息をつき、不都合な考えを頭から締め出す。莫蓙《ござ》を敷いたベッドから起き上がり、琺瑯《ほうろう》引きの痰壺《たんつぼ》に唾を吐き飛ばした。

手で顔をつるりと撫でたが、それはまるで顔を付け替えようとしているみたいだった。実際、ドアを開けて部屋を出た彼の顔からは表情がすっかりぬぐい取られていた。

毅然《きぜん》とした足取りで廻廊を歩いていく。こういうときこそ、ちゃんとかかとをつけてどっしり歩いたほうがいい。さもなくば悪運に目をつけられてしまう。板張りの廊下をしっかり踏みしめて無心に歩くうち、ふたつに引き裂かれていた自分がまたひとつに癒合《ゆごう》していくのが感じられた。

昨日さらってきた娘を、これからあのジジイに引き合わせなければならない。あの死にぞこないは、たかだか十七のその小娘に人の運命が見えるという噂を真に受けているのだ。死期が迫ると人はおかしくなっちまう。鹿康平は思った。たとえジジイが今日から水銀を飲むぞと言いだしても、おれは驚かないだろう。

中庭では料理女が金盥《かなだらい》のそばにしゃがんで鶏をさばいていた。女の大きな尻を見て、せつないものを感じた。その尻を代用品として見ている自分に嫌気が差す。代用品といえば、青牛塘での日々も一秒残らず本物の人生の代用品だった。

ざわざわしている金盥のなかにはサソリが入っていて、おたがいの体を脚でひっかいていた。一匹が盥の縁からぽとりと落ちる。料理女は気づかず、鶏たちだけが色めき立った。

小さなサソリはクワズイモの鉢植えにむかって一目散に走っていったが、柱の陰からひょっこり出てきた孔雀に食べられてしまった。暴れるサソリをつついて食べてしまうと、孔雀はまるで猫のようにひと声鳴いた。それから長い尾羽をひきずって、優雅な足取りでどこかへ行ってしまった。料理女はふりむきもせず、鼻歌を歌っていた。

階段をのぼって娘の部屋のまえに立つと、今度はノックもせずに扉を押し開けた。娘は相変わらず椅子に腰かけ、窓枠に両足をひっかけていた。まるで一日じゅうそこから動かなかったかのように。

窓から夕陽が射しこみ、壁に吊るした白い旗袍《チーパオ》の金糸《きんし》銀糸《ぎんし》を輝かせている。ふりむいた娘の目鼻立ちが意外なほど整っていることに、鹿康平は息を呑んだ。右目の下にまるで美しい文章に間違って打たれた句読点のようなほくろがあったが、それがかえって彼女の威厳とはかなさを際立たせていた。

「そこから飛び下りたら逃げられるぞ」鹿康平は言った。

「どこへ？」

娘は目を伏せ、またぞろ窓の外に顔をむけてしまった。鹿康平もそれに倣《なら》って外へ視線を飛ばしたが、心楽しくなるようなものはなにも見えなかった。瘦せ細った大地の黄色い砂を、風がさらさらと撫でているだけだった。

「あの枯れ木の根元で膝を抱えとる人、それと壁際で休んどる人ら……あれは見張りじゃろ？　どこへも逃げられやせんよ」

「それがわかってるなら、なぜ着替えない？」

答えはなかった。

「六時に食事だと言ったはずだ」鹿康平は苛立ちを噛み殺し、壁の旗袍を取って差し出した。

「さあ、大人《たいじん》がお待ちかねだ」

「なんでこんなことをするん？」娘は窓枠から足を下ろして彼に向きあった。「なんの意味があるん？　うちは医者じゃないし、病気なんか治せんのに」

「それは自分で言え。おれの仕事はおまえを時間どおりに晩餐の席へ連れていくことだけだ」

「あんたは台湾人じゃろ？」

鹿康平はため息をついて肩をすくめた。「だからなんだ？」

「あんたはここから出ていく機会をうかがっとる。ちがう？　そのときがきたら、あいつを殺して逃げようと思っとる」

「先のことがわかるんだってな」鼻で笑ってしまった。「じゃあ、今夜どんな料理が出るのか教えてくれよ」

「鶏肉料理とサソリの唐揚じゃ」

「………」

「さっき厨房のおばさんが見えたのよ」娘がひょいと肩をすくめた。「うちには先のことなんかわかりゃせんよ。ただ、ときどき物事がよう見えるだけ。見て、考えて、あとはどうなるか予測する」

蘇大方から聞いた話を思い出す。飢饉が慢性化の兆しを見せはじめたころ、毛沢東が死んだという噂が流れた。

台湾へ退却していた蔣介石がこの好機を逃すはずがない。すでに汕頭《スワトウ》市には国民党の旗がひるがえっているらしい。警察も軍隊も戦争に備えなければならないから、いまなら国の穀物倉庫を襲っても捕まることはない。実際、何々村の某《なにがし》は首尾よく食糧を奪ってたらふく食い、芳しいげっぷをしているではないか――

さあ、世界の終わりのはじまりだ。

終末観に浮かされた人々が略奪をはじめた。人民公社、穀物倉庫、食糧を積んだ列車がつぎつぎに襲われた。

わしがわしのいいい民兵をつくったのもこのころじゃった、と蘇大方は述懐した。ほかの百姓どもが農具しか持たんのに、わしらには鉄砲があった、わしは地方幹部と良好な人間関係を結んどったんでな。

食べ物を奪う側、守る側双方に死人が出た。

列車の火夫だった何々村の誰某《だれそれ》は仲間と共謀して荒れ野の真ん中で列車を停め、ほかの火夫や警備員を皆殺しにして黍《きび》を何十トンも奪った――そんな根も葉もない流言飛語がまことしやかにささやかれた。

人民公社の共同食堂を占拠しとった農民を公安が火を放って焼き殺したんじゃが、そんとき食堂の壁に『満江紅』（宋の岳飛が書いた憂国の詞）を書きつけたのは、なにを隠そうおれ様の兄弟分よ。目標生産量を上げようとしとった狗《いぬ》幹部が肉切り包丁で切り殺されたとき、わしの弟もその場におって、そいつにひと突きくれてやったんじゃぞ。

誰ひとりとして真相を知る者はいないのに、誰もがさも自分の親類縁者が事件の首謀者であるかのような口ぶりでせっせと嘘を広めた。そして口から口へ渡り歩くたびに噂の枝葉末節《しようまっせつ》はより残酷なものになり、それがよりいっそう人々の残酷なふるまいを加速させた。

蘇大方が聞きつけたその少女の噂も、真偽のほどは怪しいものだった。この期に及んでは略奪はもう止められない。だけど、誰も死なずにすむやり方があるかもしれない。そう考えた少女は村人に、いついつにどこそこで隠れて待っていてくれと持ちかけた。そうすれば誰も傷つかずに食糧が手に入るから、と。

村人は半信半疑だったが、人民公社は機能を停止していて仕事はなかったし、もう失うものなどなにもないしということで、話に乗った。

手に手に鎌や鍬を持った村人たちが、少女に言われたとおり土塊道の脇に這いつくばっていると、砂塵を巻き上げながら軍のトラックがガタゴトやってきた。そしてちょうど村人が待ち伏せているあたりで、タイヤが破裂して立ち往生してしまったのである。

いまじゃ！　少女の声を合図に皆の衆がいっせいに鬨《とき》の声をあげ、鎌や鍬を高々とふり上げた。運転席にいたふたりの軍人はすくみあがり、とっさに所持している鉄砲の弾数とトラックを取り囲んだ人々の頭数《あたまかず》を勘定した。そして、有话好说《話せばわかる》、都是自己人《みんな味方じゃないか》、你们要的话《ほしいなら》通通拿去《全部持ってけ》、と後退りしながら逃げていった。

トラックの荷台に飛び乗った男たちは眉をひそめた。食糧が積んであると思いきや一粒の米もなく、かわりにかび臭い軍服が山積みになっていた。

おい、こりゃいったいどういうこっちゃ？　腹を立てた数人が少女に詰め寄った。こんなもんのために、わしらは軍に楯《たて》突いたんか？

少女はあわてず騒がず、とにかくこの軍服に着替えてくれと彼らにたのんだ。男たちは顔を見合わせたが、軍に逆らった事実はもう取り消せないし、せっかくの戦利品だしということで、ええい、ままよ、と少女の言葉に従ったのだった。

「食糧庫を襲うまえに、まず軍服を奪うとはな」鹿康平が言った。「それも見て、考えて、予測したたってことか」

「あんたが訊きたいことはわかる。なんでそのトラックに軍服が積んであるのがわかったかということじゃろ？」

鹿康平は目をすがめた。

「簡単じゃ。軍に友達がおった。食糧庫の倉庫番はうちらを軍人だと思うて、あっさり食糧を渡してくれた。トラックに積むのを手伝うてくれた人もおった」

「それでおまえは未来を予見できるってことになったんだな」

「人の噂にまで責任持てんわ」

「噂が噂を呼んで、この家の大人《たいじん》はおまえがどんな難病も治せると信じこんでいる」

「そんなの、尻で考えてもでたらめじゃとわかろうに」少女が言った。「なのに、あんたはそんな妄想の片棒を担いどる」

「生きていくためだ」

「ひとつ教えて。もしあのおじさんが生娘《きむすめ》の生血が病気に効くって言いだしたら、あんたはうちを殺す？」

「おまえはどう思う？」

「あんたはそんなことせん」

「台湾に帰るためなら、おれはなんだってやる」鹿康平は腰に挿した拳銃を抜き取ってひらひらさせた。「さあ、着替えるんだ」

娘は動かない。

「面倒をかけるな」

やおら椅子から立ち上がると、娘は鹿康平の面前でシャツを脱ぎ捨てた。下着はつけておらず、小さな乳房を挑発するように見せつけた。

その圧倒的な尊厳を正視できず、鹿康平は目をそらした。彼女は無表情のまま紺色のズボンも脱ぎ、彼の手から絹《きぬ》の旗袍を取り上げた。

まるで神様がそこにヒントがあるとほのめかしているみたいに、窓からの光芒がふたつの乳房を力強く照らした。ここではないどこかへ到るための、いまの自分ではないもうひとりの自分を見つけるためのヒント、それが彼女の胸の裡にともっているかのように。いったいどうすればこの娘を汚《けが》すことができるんだ？　美しい旗袍に袖をとおす娘を見ながら、鹿康平はそんなふうに思った。この小娘はきっとどんな取り引きにも応じないだろうな。

顔がほころんだ。

誰もが蘇大方の顔色をうかがっているこの村で、彼女だけが唯一神様の顔色をうかがっている。自分の魂の顔色を。

それに引きかえおれは、ただの保身を台湾へ帰るという大義名分にすりかえているだけだ。命さえたすかるなら、おれは蘇大方の股のあいだをくぐって犬の鳴き声すら出すだろう。

娘が長い髪をたくし上げて背をむけると、鹿康平はドレスのファスナーを閉じてやった。

「お化粧なんてしたことないから、してほしけりゃ誰か寄こして」

「あの爺さんが聞きたがってることを言ってやればいいんだ。時間を稼いでりゃ、そのうちやつの時間のほうが先に尽きる」

めてくる。

娘は髪を下ろして彼に向き直った。頬にかかる前髪の陰で、濁りのない大きな瞳でじっと見つめてくる。

「おまえ、名前は？」

「そうじゃね」

「丁暁《ディンシャオ》」と言った。「あんたは？」

「鹿康平《ルウカンピン》」部屋を出ていくまえに、彼はこう言って念を押した。「いいか、シャオ、とにかく時間を稼げ。おれにおまえを殺させるな」


月光が中庭を青白く浮かびあがらせていた。

鹿康平は廻廊の欄干に腰かけ、煙草を吸いながら金剛鸚哥たちをぼんやり眺めていた。赤と青の二羽は止り木の上を摺《す》り足で行ったり来たりしていた。気が向けば羽を広げてバタバタやった。鶏たちは巣箱で眠っている。羊は雲隠れし、金魚たちは静かだった。

暗がりからあらわれた孔雀が全身をぶるっと震わせて羽を大きく広げ、挑むようににらみつけてくる。それから羽を広げたまま、勝ち誇ったようにまた暗がりに消えていった。

気配がして目を落とす。またしても厨房から脱走したサソリが、脚に這い上がろうとしていた。くわえ煙草で尻尾の先をひょいとつまみあげると、サソリが腹を立てて暴れた。鹿康平はそいつを床に置き、しばらく足で進路の妨害をして遊んでいたが、やがてそれにも飽きて逃がしてやった。

蘇大方に下賜《かし》された勞力士《ロレックス》を見ると、九時をすこしまわっていた。

「幹《くそ》」と小声で毒づく。「なにやってんだ、おれは？　あの小娘を待ってんのか？」

あんな小娘のことなんかより、おれにはもっと考えなきゃならないことがあるんだ。煙草を踏み消し、部屋へ戻りかけたときだった。

回廊のむこう側にシャオがいた。

クワズイモの葉陰にたたずむ彼女の姿は、こう言ってよければ、息を呑むほど神々《こうごう》しかった。白い絹のドレスが緑色に輝いていた。唇には紅が引かれ、ほっそりした手首には翡翠《ひすい》の環、小さく結い上げた髪は七色に光る蝶の簪《かんざし》で留められている。夜空の月を仰ぎ見るその横顔は、千里の彼方にいる誰かを想っているかのようだった。

鸚哥たちは鳴りをひそめ、彼女の背後に控えた羊は神妙にうな垂れていた。

鹿康平は声をかけようとしたが、自分にはそんな資格はないような気がした。だから、開きかけた口をまた閉じた。

気配を感じてこちらに顔をめぐらせたのは、彼女のほうだった。まっすぐに見つめてくるシャオの目は、まるで羅針盤《らしんばん》のように正しい道、正しい答えを指し示していた。鹿康平にはそう見えた。

鹿康平が中庭に入ると、彼女も足を踏み出した。敷石に生えた苔《こけ》が淡い光を放っていた。スイカズラはまだ花期を迎えていないはずなのに、その蕾《つぼみ》からはもうそこはかとないジャスミンやレモンの香りがふわふわと漂い出ていた。

ふたりは金魚の水瓶のそばで向きあい、水の音を聞き、しばらく相手の出方を探っていた。羊がやってきて彼女の尻を頭で押したので、鹿康平との距離がすこし縮まった。羊はこれでお役御免とばかりにメエとひと声鳴き、衆門を器用にまたぎ越して暗がりへ溶けこんでいった。

首の鈴の音が遠ざかってしまうと、シャオが静かに切り出した。

「うちを待っとったん？」

「はあ？」鹿康平は大げさに顔をしかめた。もしやこの女は本当にへんな力を持っているんじゃないか？「涼しいからここで煙草を吸ってただけだ」

「ふぅん」

「じゃあ、まあ、ついでに訊くがメシはどうだった？」

「悪くなかったわ。あのおじさんも紳士じゃった」

「なにか言われたか？」

「どうすれば病気が治るかって訊かれた」

「で？」

「北の海に棲む大亀の甲羅と、南の山に棲む赤い猿の尻尾と、東の沼で何人も子供を呑んだ大蛇の肝と、十年に一度だけ咲く西の谷のヤマユリの根っこを煎《せん》じて服めば治るって言うてやったわ」

「本当にそんなことを言ったのか？」鹿康平の目が丸くなった。「あいつはなんと言っていた？」

「笑っとった」シャオが肩をすくめた。「それから、わしらはおなじじゃと言われた」

「おなじ？」

「おまえは反抗を薬のように考えとるじゃろう？」彼女は蘇大方の声色を真似た。「不自由な体制や愚かな政策を治療するにはそれしかないとな。根気よく反抗をつづけておれば、いずれ党の目も覚めるじゃろうと」

いかにもあのジジイの言いそうなことだ。それからシャオはできるかぎり感情を交えずに話したが、まるで本物の蘇大方の声が聞こえてくるようだった。

じつを言えば、おまえたちがいくら反抗しても、政府はちっとも困らん。考えてもみろ、おまえたちが奪った食糧は本来、ほかのもんの口に入るはずじゃった。政府にしてみりゃ、それを誰が食おうがどうでもいい。わかるか？　わしらはただの数字なんじゃ。こちらが減ってあちらが増えても、その逆でも、全体として見ればなんのちがいもありゃせん。わしがやっとることも、おまえたちとなにひとつ変わらん。まあ、たしかに誰かは貧乏くじを引くことになるが、生き残るためにはそれも致し方がない。生きるために、わしは力を使った。いくら綺麗事をならべたところで、おまえたちだってそうじゃろう。わしは国に意見しようとは思わんが、わしらがやっとることはおなじじゃ。おまえたちが軍の食糧庫を襲ったせいで、間違いなく誰かが餓えたはずじゃろう。言ってみりゃ、わしらは同じ穴の狢《むじな》じゃ。

「あのおじさんは、これは尊厳の問題じゃと言うとった」シャオは言葉を継いだ。「迫り来る死をほたっとったら、その死がやってくるまえにほかの人たちに命を奪われてしまう、それが弱った獣の宿命じゃ、そうなったら死ぬまえにもうなしくずしに死んでしもうとるんじゃと」

なんと言えばいいのかわからなかった。蘇大方は狂っている。それは間違いない。いや、ひょっとすると狂っているのはおれのほうなのかもしれない。いずれにせよ、なにも言う必要はなかった。

「三日だけ待ってやると言われたわ」シャオが事もなげに言った。「そのあいだにようく考えとけじゃと」

鹿康平は奥歯をぎゅっと嚙みしめた。

「うちに言わせりゃ、あのおじさんはもう死んどる。もっともらしいことを言うとるけど、けっきょくはほかの人を道連れにしたいだけじゃ。いっしょに腐り果ててくれる人がほしいんじゃろう。むかしの皇帝たちとおんなじじゃ。三日後はうち、そのつぎはあんたかもしれんよ」

こんな小娘に言いくるめられるのは納得いかないが、シャオはたしかに物事の本質を言い当てている。

あのジジイは、そう、二百人の殉死者を求めているのだ。

そして、天啓を受けたかのように悟った。その考えがあまりにも正しくて、しばし我を忘れた。すべてがつながった。蘇大方のためならどんなことでもやる男たちがいくらでもいるのに、なぜおれだけがこの屋敷に住まわせてもらっているのか。ほかのやつらが命懸けで略奪してきたものを食わせてもらい、たいした仕事もなくこうしてのうのうと生かしてもらっているのはなぜなのか。

蘇大方はもっと大きな仕事のために、おれをとっておいたんだ。たとえば二百人をまとめて始末しなければならないような仕事のために。

まるで鹿康平の内側で吹き荒れている嵐を見透かすように、シャオは澄んだ目を彼に向けていた。

その日に気圧《けお》されて、鹿康平は夜空を仰ぎ見た。大きな月が薄い雲に隠れようとしていた。料理女が厨房から出てきて、盥《たらい》の水を溝に流した。

「ええ月じゃねえ」彼女はそこに立って月を見上げ、しばらくするとまた厨房へひっこんでいった。

厨房の窓から漏れる淡い光に、小さな蛾《が》がまとわりついていた。

「どっちを選んでも正しいし、どっちを選んでも後悔するじゃろう」シャオが言った。「あんたがいまなにを迷っとるにせよ」

鹿康平は目を戻した。

「それでも生きとるかぎり、なにも選ばんわけにはいかん。なにも選べんようになったら、人間はおしまいじゃ」

鸚哥たちが藪から棒に奇声をあげた。一羽が笑い、もう一羽が「革命万歳」と叫んだ。いつのまにか孔雀が戻ってきていて、クワズイモの葉陰にうずくまって眠っていた。

この娘の言うとおりだ。鹿康平はしんと冴えた心持ちで考えた。どっちにしろおれは正しいし、どっちにしろおれは後悔することになる。生きて台湾へ帰り着くにしろ、この天涯の地でくたばるにしろ。

太陽が西から昇らないかぎり、蘇大方はおれを殺すだろう。そうすれば、すべてを台湾から潜入したスパイのせいにできる。

彼がうなずくと、彼女もうなずきかえした。

羊はどこにも見当たらなかったが、静まりかえった屋敷のどこかで鈴の音が響いていた。鹿康平は耳を澄ました。カラン、コロン、カラン、コロン……もしも自由に音があるとしたら、と思った。それはきっとこんな音なんだろうな。

19　白雪姫は青い鳥を見たか

二日後、またサイドカーを駆って茅蛙へ赴いた。

老頼は人民公社の昼食時にいったん村へ帰ってくることになっていたので、鹿康平は正午過ぎに着くように青牛塘を出た。

まだ四月だというのに、暑い日がつづいていた。真昼の陽射しがハンドルを握る両腕と首筋をじりじり焼いた。

田野《でんや》で農民たちの長い行列とすれちがった。彼らはサイドカーをとおすために道をあけたが、人懐っこい笑みを見せる者もいれば、挑発的に顎をしゃくる者もいた。サイドミラーのなかで行列が小さくなり、すぐに見えなくなった。

殺伐《さつばつ》とした風景のなかで目新しいことといえば、二日前にはなにもなかった場所に死体がひとつころがっていることくらいだった。

陽炎に揺らめく茅蛙の村が見えてきたところで、鹿康平はギアをひとつ落として減速した。サイドカーのエンジン音が空っぽの村に谺《こだま》した。

村の入り口に男がひとりしゃがんでいた。ゆっくり近づいていくと、男が尻の埃を払いながら立ち上がった。

それが老頼だった。

鹿康平がサイドカーを停め、老頼が地面に唾を吐き飛ばす。それから、ちらちらおたがいを値踏みした。

よく陽に焼けた赤黒い男で、歳は四十から五十のあいだに見える。頬がこけ、目は落ちくぼみ、半袖シャツからのぞく両腕は筋張っていた。

「台湾人か?」

鹿康平がうなずくと、老頼が破顔した。その口のなかには歯が三本しかなかった。にこにこと愛想はいいが、歯がないせいか、この男の存在自体がひどい罠に思えてならない。もし塔羅牌《タロットカード》に歯が三本しかない男が描かれていたら、それは裏切りを意味するはずだ。

「この歯か?」たのみもしないのに、老頼はにっと口を開けて歯を見せてくれた。「戦争のときに国民党にやられたんじゃ。ある日いきなりやってきて、武器を出せとぬかしよった。鍬や鎌のほかに、村には武器になりそうなもんはなかった。そんなもんじゃないとやつらは腹を立てた。銃だ、銃を出せとわめきよった。わしらは首をふった。で、兵隊のひとりがわしを摑まえて、石で口を何度も殴りくさったんじゃ」

「おなじような話はこっちにもある」鹿康平が言った。「ある村に共産党がやってきて隠してる銃を出せと村人を脅しつけた。村人があんたみたいに首をふると、兵隊が白髪頭の婆さんを縛りあげて殴った。それでも誰も銃を出さなかった。その兵隊はどうしたと思う?」

「ははーん」老頼の目が鈍く光った。「わしが嘘をついとると思っとるんじゃな?」

鹿康平は肩をすくめた。「似たような話を聞いたことがあるってだけさ」

「で、その婆さんはどうなった?」

「さあな」

「……」

「でも、たぶん歯は折られなかったと思う。もともと歯がなかったはずだから」

老頼がけたたましく笑った。その甲高い声がまるでサイレンのように響き渡ったので、鹿康平は警戒してあたりに目を配った。いつでもサイドカーを出せるように、スロットルグリップに手を置いた。あまりにも激しく笑うので、笑い声を合図に仲間たちがわらわら出てくるのではないかと思った。

そんなことにはならなかった。老頼は腹を抱え、体をふたつに折り、息も絶え絶えに笑った。

「老頼と呼んでくれ」と笑いながら言った。

鹿康平は肩の力をぬき、謙虚に「頼《ライ》哥《兄さん》」と呼んで挨拶した。すると、老頼がもっと笑った。三本の歯は、まるでこの男の口を笑いの形に固定しておくための釘みたいだった。

「一昨日はすまんかったな」目尻の涙をぬぐいながらそう言った。「公社でちょいと揉め事があってな」

ふたりは握手し、老頼がサイドカーに乗りこんで鹿康平を家まで案内した。

「オートバイは庭に引き入れてくれ」

鹿康平がそうすると、老頼はサイドカーからひらりと飛び降り、母屋にむかって声を張り上げた。

「おい！　客人じゃぞ！」

男がふたり、家のなかからのっそりと出てきた。鹿康平はエンジンを切り、オートバイから降りた。

「倅《せがれ》たちじゃ」老頼は彼らを指さした。「背の低いほうが兄貴の頼龍《ライロン》、高いほうが弟の頼熊《ライション》じゃ。おまえたち、お客さんに挨拶せんか」

兄弟は頭を下げたが、目には打ち解けるつもりのない光があった。

戸口に置かれた籐椅子のほか、家のなかには家具がいっさいなかった。老頼は鹿康平を地面に敷いた筵《むしろ》にすわらせ、自分は地べたにじかにすわった。あの盲目の少年はどこにも見当たらなかった。

しばらくすると長男の頼龍がひび割れた茶碗で白湯《さゆ》を出してくれたが、それがうっすらと黄色く濁っていた。鼻を近づけるとアンモニアのにおいがする。

老頼のうしろで、頼兄弟がにやにやしていた。

「飲んでくださいよ」頼龍が勧めると、頼熊があとを継いだ。「さあ、遠慮せんで」

「ありがとう」鹿康平は茶碗を下に置いた。「あとでもらうよ」

「そんなこと言わずに」と頼龍。「さあ、ひと口だけでも」

「はるばる青牛塘から来てくれたんじゃ」と頼熊。「さぞや喉が渇いとるはずでしょうが」

「それともあんたは鵷鶵《えんすう》（伝説上の神鳥）で、醴泉《れいせん》の水しか飲まんのか？」

よく似た兄弟だった。

目が細く、鼻が大きく、唇が薄い。どちらも頭をきれいに剃りあげ、頭頂部に髪をすこしだけ残している。中国ではなんと呼ぶのか知らないが、台湾では日本の連合艦隊司令長官山本五十六《やまもといそろく》の頭にちなんで山本頭と呼ばれている髪形だ。

老頼がじっとこちらを見つめている。

鹿康平は目を閉じ、ため息を押し殺した。例の巻き物のおもちゃが見えた。またしても分岐点だ。

理性に従うなら、たとえ小便でも飲んだほうがいい。こいつらをよろこばせるのは癪《しゃく》だが、ここは負けるが勝ちだ。おれの目的は台湾へ帰ることで、こんなところでくだらない命のやり取りをしている場合じゃない。

本能に従うなら……拳銃はサイドカーのなかに隠してある。取りに行くのは造作もない。すこしだけ小便に口をつけ、大げさに気持ち悪がって表に吐きに出る。で、素早く拳銃を取り出し、家のなかで大笑いしているこの馬鹿どもに一発ずつぶちこむ。

蘇大方なんかくそ喰らえだ。そのままサイドカーに乗って行けるところまで行って、あとは這ってでも香港までたどり着いてやる。

老頼はまばたきもせず、相変わらず鉛のような目をこちらへ向けている。肚が決まると、鹿康平はまず憐れっぽく頼龍と頼熊を見上げた。

その情けない顔に、頼兄弟はほとんど踊りださんばかりだった。頰を紅潮させ、目前に迫った勝利に鼻孔を膨らませていた。鹿康平が降参したようにため息をつくと、身を震わせてたがいを肘でつつきあった。

老頼が口を開いたのは、鹿康平が茶碗に手を伸ばしかけたときだった。

「頼龍」

「なに、お父《とう》？」

「おまえが飲め」

自分の耳が信じられなかったのは、鹿康平だけではなかった。頼兄弟も目を泳がせながら、父親の真意を測ろうとした。

老頼は息子たちに目もくれない。

「でも、お父……」おろおろと弟の頼熊がとりなす。「こ、この水は――」

「頼熊」老頼が一段と声を張った。「你也給我喝一半《半分はおまえが飲め》」

頼兄弟が顔を見合わせた。

「喝《飲め》！」

草木もたわむほどの大音声に、頼兄弟が小猫のように身をすくめる。それから渋々父親の言いつけに従った。

まず兄が飲み、つぎに弟が飲んだ。

「呑下《呑みこめ》」老頼が師傅《しふ》のように超然と命じた。「不许吐《吐くな》」

頼兄弟は目に涙を浮かべて、口に含んだ液体をごくりと呑み下した。激しく咳きこみ、もつれあって庭へ飛び出していく。

すぐにゲエゲエ嘔吐《えず》く音が聞こえてきた。

兄貴がちょびっとしか飲まんからわしのほうがたくさん飲む羽目になったんじゃと言って、弟が兄をなじった。兄は兄で、こんな鬼主義《ろくでもないこと》を思いついたのはいったいどこのどいつじゃと弟を責めた。

「大人をなめくさりよって……許してくれ。近ごろのガキは礼儀を知らん」

鹿康平はうなずいた。老頼は不惘な男だと蘇大方が言っていたが、聞くと見るとでは大違いだ。「問題なんかありゃせん」老頼が仕切り直した。「蘇大人に十二トンの軍用トラックを三台手配してもろうとる。それをわしらが運転する。それだけのことじゃ」

「けっきょく全部で何人なんだ？」

老頼は口を開きかけたが、実際にしゃべったのは庭から騒々しく戻ってきた息子たちだった。「そんなことを知ってどうするんじゃ」口をぬぐう頼熊は、目を真っ赤に怒らせていた。「べつに頭数で金をもらうわけじゃねえぞ」

「とにかく三台ありゃみんな積める」弟のうしろで頼龍が同調した。「わしらはトラックをころがして、頃合いを見計らってやることをやるだけじゃ」

「还不够《まだ足りないのか》？」老頼が抑えのきいた声で息子たちを制した。「大人の話にガキが口出しするな。くそたわけどもめ、おまえたちもトラックの荷台に乗りてえか？」

ふたりはしゅんとして、全部おまえのせいだと言わんばかりに鹿康平をにらみつけた。鹿康平は努めてこの兄弟とは目を合わせないようにした。

決行は二日後の早朝で、トラックで七つの村をまわって移住者を拾い集めるということで話はすでにまとまっていた。

「どこでやる？」

「案ずるな」と老頼。「おまえはわしらについてくりゃいい。トラックはころがせるんじゃろ？」

「ああ」

「じゃったら、なんの問題もない」

「どうやる？」鹿康平は重ねて尋ねた。「念のために段取りだけは知っておきたい」

「蘇大人の決めた場所でトラックをパンクさせるのよ」老頼が声を落とす。「地面に鉄びしを撒《ま》いとくんじゃ。爆弾はそこに埋めてある。わしらはタイヤを調べるふりをしてトラックから離れる」

「トラックに仕掛けないのか？」

「阿呆か、トラックに仕掛けたら起爆スイッチを入れるやつも死ぬじゃろうが」答えたのは頼兄弟だった。「誰がスイッチを入れるんじゃ、おまえか？」

「とにかく明後日じゃ」老頼が言った。「夜が明けるころ迎えに行く」

それ以上訊くこともなかったので、鹿康平は老頼の家を辞去することにした。

オートバイに跨がってエンジンをかけたとき、頼龍と頼熊がぶらぶら近づいてきて耳元でこうささやいた。

「わしらの伯父貴は国民党に殺されたんじゃ」どちらかがそう言い、どちらかが応じた。「国民党がなんで負けたか知っとるか？　戦争中なのに温かい飯しか食わんし、おまけに昼寝までしくさりよったからじゃ」

ふたりが肩を揺すって笑った。兄貴のほうは十九、二十歳くらいか。図体の大きい弟のほうは、顎からひょろひょろの髭が何本か伸びている。

「おまえら、もう立派な大人だな」飛行眼鏡をつけながらそう言うと、ふたりとも目をすがめた。

「おれの兄貴は十六歳で共産党に殺されたよ」

「屁でもこきやがれ！」と頼熊。「あの戦争は老蔣《ジャン》が引き起こしたんじゃぞ、このくそたわけが」

「四・一二惨案《ざんあん》（一九二七年四月十二日に蔣介石が起こした上海クーデターのこと。これにより共産党員の粛清がはじまり、第一次国共合作が崩壊した）を知らんのか」と頼龍。「兄貴が殺されたじゃと？　ケッ、そんなの自業自得じゃ」

「おれが言いたいのはな、おれはおまえらを大人として認めてるってことさ」

それだけ言うと、鹿康平はサイドカーを出した。ゆっくりと庭を出て、瓦礫の山をよたよたと踏み越えてからギアを蹴り上げて加速した。

エンジンが吼え、後塵がもうもうと巻き上げられた。

ガキなら尻のひとつもひっぱたいてやればいい。熱い風をまともに受けながら、ひとりでに笑みがこぼれた。だけど大人には、大人同士のやり方ってものがある。

そうだろ？

帰路は頼家のやつらをぶち殺す妄想にひたすら没頭していたので、あっという間に青牛塘へ帰り着くことができた。

翌朝、命じられてシャオを廳堂へ連れていくと、蘇大方はちょうど朝のお勤めのさいちゅうで、焼香してご先祖と対話しているところだった。香の煙が彼の放つ腐臭にまとわりつき、棺桶や観音菩薩のイメージを喚起した。

すこし離れたところにあばた面の麻子《マァヅ》がすわっていて、鹿康平を認めると親しげに名前を呼んで挨拶してきた。

「よう、台湾の兄弟。調子はどうじゃ？」

鹿康平も当たり障りのない返事をした。この男がここにいるということは、また誰かが不幸になるということだ。そういう目で麻子《マァヅ》を見ると、むこうもまったくおなじ目でこちらを見ていた。

シャオを置いて立ち去ろうとする鹿康平を、蘇大方は瞑目合掌《めいもくがっしょう》したまま呼び止めた。「おまえもおってくれ」

麻子《マァヅ》があからさまな忍び笑いを漏らし、鹿康平とシャオは顔を見合わせた。

蘇大方は三拝してから線香を香炉に挿し、ご先祖の掛け軸にもう一度叩頭《こうとう》してから、長袍《チャンパオ》（長いコートのような中国服）の裾を払ってふたりに向き直った。

「さて、わしは死ぬんか？」なんの挨拶も前置きもなく、いきなり核心に切りこんできた。「できれば人はいつか死ぬなんちゅう戯言は聞きとうない」

鹿康平は横目でシャオを盗み見た。

彼女の横顔は澄んでいて、はかなげで、こう言ってよければ、柔和な仏像のような揺るぎない曖昧さをたたえていた。

「あんたは死ぬわ」と蘇大方をまっすぐ見て言った。「いつかなんかじゃのうて、たぶん、もうすぐ」

微笑を顔に貼りつけたまま、蘇大方がうなずいた。

中庭のほうから料理女たちの怒鳴りあう声が聞こえ、鶏が長く鳴いた。儀門のほうで気配がして目を走らせると、柳の木の下で孔雀が地面をつついていた。

「今日で約束の三日じゃ」蘇大方は静かに言葉を継いだ。「治せるか？　治せんまでも、おまえの力で死を遠ざけることはできるじゃろうか？」

「うちにはどうしようもない」

「よく考えてくれ。もしおまえがわしの役に立ってくれるなら、わしもおまえの役に立てるじゃろう。じゃが、そうでなけりゃ――」

「役に立たんもんはいらん」

シャオの口調に挑発的なところはなかった。一片の怒りも焦りもない。それどころか、悲しげだった。

「西洋人は食事のまえに祈るじゃろ？」蘇大方の口調もおなじくらい悲しげだった。「今日の糧《かて》をあたえてくれた神に感謝するために」

「あんたは神じゃない」

シャオがそう言うと、麻子《マアヅ》が吹き出した。全員の冷ややかな視線を一身に集めた彼は、にやにやしながら降参のポーズを取った。

「むろん、ちがうとも」と蘇大方。「わしは神なんかじゃありゃせん」

「もとは公社の料理人じゃった」

「そのとおりじゃ。じゃが、ほかのどこにも食い物がないときでも、いつもどおり飯を出せる料理人じゃった。もちろん、皆にというわけにはいかん。誰に食わせるか誰に食わせんかを、心を鬼にして決めねば共倒れじゃ。簡単なことじゃと思うか？」

シャオが口をつぐんだ。

「そりゃ皆に公平じゃったとは言えん。こんなときに公平だ平等だと言うとられんからな。うなぎは蛇に似とって、蚕《かいこ》はイモムシに似とるが、うなぎと蚕は人に大事にされ、蛇とイモムシは踏みつぶされよる。まあ、そういうことじゃ。みんな似たり寄ったりのかたちをしとるのに、お天道様は公平に扱ってはくれんじゃろうが。わしは元来、臆病な人間じゃ。それはいまも変わらん。ガキの時分はちょっとかすり傷をこしらえただけで、破傷風《はしょうふう》になりゃせんかと何カ月もおびえとった。お袋のつくった粥にちょっとでもゴミが入っとったら、それで中毒になりゃせんかと思って食えんかった。それでよく殴られたわ。お袋に麺棒《めんぼう》で殴られたところは、いまでもちょっとへこんどるよ」そう言って、自分の白髪頭をひと撫でした。「じゃから国に鉄をつくれと言われたとき、そんなら食い物は誰がつくるんじゃと真っ先に思った。わしら百姓が畑も耕さんと鉄ばっかりつくっとったらそのうち食い物がなくなりゃせんかと騒いだら、まわりに大笑いされたわ。中国はいまや計画経済じゃからそんなことになるはずがない、おまえは党を信じとらんのか？　それでも、わしは心配でならんかった。そういう性分じゃ。食い物が足りんくなったら、わしらはどうなるんじゃ？　心配で心配で夜も眠れん。国がなんとかしてくれるとは思えんかった。いや、国がなんとかしようにも、末端の幹部どもはいざとなったら我が身可愛さでわしら百姓を切り捨てるかもしれん。わかるか？　心配の種ちゅうのはな、摘み取ろうとすればするほど、蒲公英《たんぽぽ》みたいにどんどん遠くへ飛んでいきよるんじゃ。じゃから、知り合いからこっそり鉄砲を譲ってもろうた。もし食い物が足りんくなったら、せめておのれの食扶持《くいぶち》だけでも守ろうと思ったんじゃ。それでしばらくは安心しとった。じゃが、すぐにこんな鉄砲一挺《いっちょう》で大丈夫なんかと心配になりだした。それで、もっと大きな自動小銃を手に入れた。一挺が二挺になって、三挺、四挺、五挺になった。そうこうしとるうちに、わしの心配は的中しよった。それで、また心配になったとえおのれの食扶持を守れたとしても、食い物は食えばのうなる。そのあとはどうすりゃええんじゃ？」

「じゃから、あんたは奪われるまえに奪うことにしたんじゃね。それで安心できたの？」

　蘇大方は悲しそうにかぶりをふった。「今度は仲間に裏切者が出るんじゃないかと心配になった。わしの寝首を掻いて、食い物を盗もうとするやつが出てくるんじゃないかとな」

「心のなかに鬼《グイ》がおるからじゃ」

「そのとおりじゃな。わしはどうすればええか考えて、考えて、考えぬいた。百獣の王の獅子でも、腹がくちくなりゃむやみにほかの動物は襲わん。それが道理じゃ。じゃから、わしは仲間たちに気前よく分け前をやった。わしがやったのはそれだけじゃ。で、気がつけばこんなところに住んどる」

「ここはのう、もとはこの郷《ごう》役場じゃったんじゃぞ」麻子《マァヅ》が声を張り上げた。「ここのくそったれ郷長が、あろうことか、蘇大人を襲いよったんじゃ。それで麦やらトウモロコシやらが奪われた。じゃが、やつらがそれを口にするまえに、わしらが奪い返したんじゃ。この建物ごとな。ぺっ！　くそったれ郷長は樹に吊るして鴉《からす》の餌じゃ」

「わしは鳥なき里の憐れな蝙蝠じゃ。もし鳥がおれば、誰もわしになんぞ見向きもせん」

　蘇大方が視線を移した先にいたのは、羽を大きく広げた孔雀だった。全身から瑠璃色の光を放つ大きな鳥が、じっとこちらを見ていた。

「おまえやあの鳥みたいに、わしも美しかったらよかったのにのう。そうすりゃ誰かに守ってもらえたかもしれん。わしは醜い。わしは人目につかず、いつもおびえとって、夜にしか飛べん。じゃが、美しくて勇気のあるもんより長生きしとる。わしの臆病のせいでこんな立派な家に住めとるし、おまえとも知り合えたんじゃ」

「うちは来たくてこんなところに来たんじゃない」シャオが言い返した。「出ていけと言うんじゃったら、いますぐ出ていく」

「わかっとろう。残念ながら、そういうわけにはいかんのじゃ」

一瞬、シャオの瞳が強い光を放つ。

「おまえは美しい。じゃがな、シャオよ、いまはそれだけで生きていける時代ではないぞ。この屋敷におるもんは皆美しい。やつらが美しいのは、誰かのために泥濘《でいねい》に這いつくばったことがあるからじゃ。わしはそういうもんが好きじゃ」

「うちにもあんたのために泥にまみれろと言うとるの？」

「そうは言わんが……そうすることと、そうせんことを秤《はかり》にかけてみても悪いことはあるまい？寿《いのちなが》ければ則《すなわ》ち辱《はじ》多し（辱めに耐えねば生きてゆくことはできないという意。『荘子』より）と言うしな」

「うちがそうしたら、あんたは神様みたいに食べさせてくれる」

蘇大方が微笑した。

「でも、うちにはあんたの病気を治す力はない」

決然とそう言い放ち、後は野となれ山となれと廳堂を出ていこうとするシャオ。それを押し止めたのは、ゆらりと太師椅子から立ち上がった麻子《マアヅ》だった。

「どこへ行くんじゃ、お嬢ちゃん？」

「あんたも聖なる泥にまみれたひとりなんじゃね」

面とむかって麻子《マアヅ》にそう言ったあとで、シャオはちらりと鹿康平に目をやった。刺されたような痛みを胸に感じたが、鹿康平は表情を変えなかった。

「気の強《こわ》い娘っ子じゃ」麻子《マアヅ》がにやりと笑った。「大人《おとな》にそういう口のきき方はいかんぞ。もしおまえがわしの娘なら折檻《せっかん》じゃ」

「娘がおるの？」

「ペッ！　ガキなんざ面倒なだけじゃ」

「ようわかっとるね」

「そうじゃろ」

「あんたの家はあんたの代で絶たれたほうが世のため人のためじゃ」

麻子《マアヅ》が気色《けしき》ばみ、鹿康平はいつでもふたりのあいだに割って入れるように身構えた。

「へぇえ」麻子《マアヅ》は鹿康平とシャオを交互に見た。「おまえら、そういうことかい」

「わしは未来を見通せる少女の噂を聞いた」蘇大方が言った。「そんで、わしはその噂を信じた」

「うちには先のことなんかわからん」シャオがふりむく。「でも、あんたのことはわかる。あんたはじきに死ぬ」

「ひとたび芽生えた希望が潰《つい》えるのはつらいのう。それが祟《たた》って希特勒《ヒトラー》は自害し、墨索里尼《ムッソリーニ》は大衆に殺されて広場に逆さ吊りじゃ」

「この国でそんなことが起こらんのは希望がないからじゃとでも言いたいの？」

「希望はいつだってあるぞ。わしらの国は社会主義じゃからな。この国の問題は希望がないことじゃのうて、なんの腹の足しにもならん無謀な希望にあふれとることじゃ」

「死ぬのが怖いん？　さんざん人の命を奪ってきたくせに？」

蘇大方はおだやかに目を細めた。この爺さんがこういう目をするときは、はらわたが煮えくり返っているのだということを鹿康平は知っていた。

「むかしなら阿片《あへん》かなにか探してきてあげれたかもしれん。でも、いまのうちにできるのは、せいぜいあんたが死ぬときに手を握っててあげることくらい」

「わしはいったいどうすりゃええんじゃ？　どうすりゃ、おまえが心を開いてくれるんじゃろう？」

「時が満ちて運が変わるのを待つんじゃね。否極泰来《ひきょくたいらい》（悪いことが窮まったら、つぎは良いことが来るという意）じゃ」

「そんな悠長なことは言うとられん。泰が来るまえにわしは御陀仏《おだぶつ》じゃ」

シャオはひとつため息をつき、それから口調を変えて言った。「いいことと悪いことと、どっちから聞きたい？」

蘇大方の顔に面白がるような、相手を試すような笑みが広がった。「じゃったら、悪いほうからじゃ」

「あんたは死ぬ」

「それはもう聞いた」

「でも、その病気じゃ死なん」

「どういうことじゃ？　誰かに殺されるちゅうことか？」

「うちにはなんとも言えん。じゃが、それが真っ先にあんたの頭に思い浮かんだことなんじゃね？」

「なあ、シャオよ、おまえと遊んどる暇はないんじゃ」蘇大方は拱手《きょうしゅ》の礼をとった（片手で拳をつくり、もう片方の手でその拳を包みこむ中国の挨拶。感謝や依頼を表わす）。「どうすりゃええんじゃ？　跪いておまえのことをお祖母ちゃんと呼べばええんか？」

「あんたがどうやって死ぬのか、うちにはわからんよ。車に轢かれるのかもしれんし、銃殺されるのかもしれんし、空からなんか落ちてきて頭に当たるのかもしれん」

「じゃが、この病気では死なんのか？」

「あんたの吐く息からは病気のにおいがする。じゃが、それは死のにおいとはちがう」

「なにがなんでも無理か？」

「誰を残して誰を連れていくのかは、うちが決めることじゃないから」

「おい、口のきき方に気をつけろ」と麻子《マアヅ》。「これで二度目じゃからな」

「たしかにそれはおまえが決めることじゃないな」

蘇大方は微笑み、鹿康平に顔をふりむける。その目には見紛《みまご》うことのない命令が書きこまれていた。

「誰を残して誰を連れていくか……それを決めるのは、わしの仕事じゃ」

「わしにやらせてくださいや、蘇大人」麻子《マアヅ》が出張り、貪婪《どんらん》に光る目をシャオの体に這わせた。

「なあ、おまえとわしで傳宗接代《でんそうせつだい》（子孫を残して血統を継ぐこと）と洒落こむのはどうじゃ？」

蘇大方が静かに麻子《マアヅ》の名を呼んだ。「わしのご先祖様のまえでそんな無礼なふるまいは許さんぞ。おまえにはほかにやることがあるじゃろうが」

「ご心配にはおよびませんよ、蘇大人、すぐ片付けてきますさあ」

「どう言えばわかってもらえるかのう……」蘇大方は手を顎に当ててしばし考えこんだ。「年寄りの獅子と、告げ口屋のオオカミと、狡賢《ずるがしこ》いキツネの噺《はなし》を知っとるか？」

険を隠そうとして、麻子《マアヅ》の目尻が下がる。

「歳を取って病気になった獅子がおってな、寝とるとオオカミがやってきて告げ口をしよった。あのキツネの野郎は王様を馬鹿にしとりますよ、ほら、みんな王様のお見舞いに来るのに、あのキツネだけちっとも来よりゃせん。ちょうどそのとき、キツネがお見舞いにやってきたんじゃ。獅子は腹を立てて吠えた。ちょっと待ってください、とキツネが平然と言うた。わしがお見舞いに来られんかったのは、王様の病気を治す薬を探しとったからなんじゃ。獅子はたちまち機嫌を直してその薬を求めよった。すると、キツネがこう言うんじゃ。生きたオオカミの皮をひんむいて、まだあたたかいうちに体に巻けばいいんですよ、とりわけ人の悪口を言うオオカミの皮は薬効があるそうじゃ」

短い沈黙のあとで、麻子《マァヅ》が口を開いた。「それで？　それからどうなるんです？」

蘇大方は目を閉じ、麻子《マァヅ》の名を呪文のように三度唱えた。「それからどうなるかじゃと？　麻子《マァヅ》よ、おまえはまだわからんのか？」

「十中八九、そのオオカミはろくなことにならんのでしょうね」

「そんなことはどうでもいい。大事なのは、おまえの目におのれがどう映っとるかということじゃ。獅子とオオカミとキツネ……おまえはまず獅子ではないな？　あとはオオカミとキツネじゃ。麻子《マァヅ》よ、おまえはおのれをキツネじゃと思うとるじゃろ？　どんなときでも抜け目なく立ち回れると。じゃがな、わしの目には物事がちぃとばかし違《ちご》うて見える」

麻子《マァヅ》が目を伏せる。

「わしの言いたいことがわかるか？　おまえがわしの仕事からどんな余禄《よろく》を得ようと、それはかまわん。じゃがな、あんまりおのれを過信せんことじゃ。わしを怖がらせたら、おまえも長くないぞ」蘇大方はそう言い、鹿康平に顔をふりむけた。「康平、おまえがやってくれ」

鹿康平はうなずき、腰帯《ようたい》から拳銃を抜き取った。

シャオは別段驚いたふうでもなかった。先を見通す力がなくても、こうなることはわかっていたのだろう。

「この屋敷ではいかんぞ」蘇大方は合掌してご先祖を見上げ、大きく嘆息した。「ああ、ご先祖様よ、この世はなんちゅう苦海《くかい》じゃろうなあ！　一難去ってまた一難、あんたらの子孫めはもうどうしたらいいかわからんですよ」


シャオにつづいて、側門から外へ出る。

幽暗な屋敷に慣れた目を陽光が刺した。

屋敷の裏手は、亀裂の入った耕作放棄地がどこまでも広がっている。彼方の道路を馬車が一台走っているだけで、あとは耕す者とてない田畑が地平線までつづいていた。見捨てられた小屋がぽつぽつと望めた。

一日はまだはじまったばかりで、朝陽が荒廃をまぶしく照らしていた。

ふたりは無言で歩いた。

シャオがまえを行き、拳銃を持った鹿康平がそのうしろを歩いた。乾いた土が足下で砕け、土埃となって風に吹き飛ばされていく。

どこまで行けばいいのか、鹿康平にもわからなかった。とにかく歩きつづけた。彼女と向きあう瞬間を、すこしでも先延ばしにしたかった。

この娘を殺せば、おれは堕ちるところまで堕ちてしまう。シャオの背中で揺れる長い三つ編みを見つめながら、そんなことを思った。

が、つぎの瞬間にはそんな感傷を笑い飛ばしていた。馬鹿馬鹿しい、明日には二百人に引導を渡さねばならないのに、いまさらひとりくらい増えたところでなんだってんだ。

ほっそりしたシャオの背中からは、おびえがまったく感じられなかった。そのせいで鹿康平は何度か目的を見失った。こうして歩いているのは彼女を殺す場所を探しているのではなく、誰も餓えておらず、誰も奪われず、誰も殺されない平和な朝にただぶらぶら散歩しているだけのような気にさせられた。

ふたりはどんどん歩いた。シャオの足取りは揺るぎなく、まるで行先をちゃんと知っているかのようだった。

いましがた馬車がとおっていった道を越え、つぎの荒れ地に足を踏み入れる。石と土と瓦礫の、まったくおなじ風景が広がっていた。

そのまましばらく行くと、打ち壊された小屋に行き当たった。屋根はなく、四方の土壁だけがかろうじて立っていた。そばに焼けて黒ずんだ白楊《はこやなぎ》があり、その骸骨のような枝に青い鳥が一羽止まっていた。木材が木の下に積まれている。鉄を溶かす炉にくべるために剝ぎ取られたのだろうが、すでに腐乱して土に還りつつあった。

「ここでいい」

シャオが足を止める。

「こっちを向け」

「このまま撃ったらええ」という返事がかえってきた。「これから殺す人の顔を憶えとかんでいいじゃろう」

それでまた心がぐらついた。他人の死に無頓着《むとんちゃく》な人間ならいくらでもいる。あの麻子《マァヅ》がそうだ。だけど、こんなにも自分の死に無頓着な人間を、鹿康平はほかに知らなかった。弱気を払い除けようと、彼は語気を強めた。

「いいからこっちを向け」

真正面から見ても、やはりシャオからはおびえも怒りも感じられない。

荒野の真ん中でふたりは言葉もなく向きあい、いたずらに時をやり過ごした。風が吹き、彼女の三つ編みを揺らした。

「おれはおまえになんと言った?」沈黙に耐えきれなくなったのは、鹿康平のほうだった。「時間を稼げと言わなかったか?」

「言うた」

「じゃあ、なんで言われたとおりにしない?」苛立ちがつのり、拳銃を持ち上げて彼女の顔に向けた。「おまえが自分で招いたことだからな」

「うん」

シャオが申し訳なさそうに顔を伏せた。

彼女はただそこに立っていた。生きるも死ぬもすっかり鹿康平に委ねているような、そんな落ち着いたたたずまいだった。いまさらながら、シャオの小ささに気づく。美霏《メイフェイ》より頭ひとつ低い。細くて華奢《きゃしゃ》で、なのに押し包まれるような深さがあった。言い換えれば、自分を殺そうとしている男を彼女はもう許しかけていた。

挑まれているような気がして、鹿康平はほとんどむきになって引き金に指をかけた。が、いくら力をこめようとしても、指が言うことを聞いてくれない。汗が頬を流れ落ちた。幹《くそ》、と心中毒づく。ちょっと指を曲げるだけだ、そんなにむずかしいことじゃないだろ。

シャオがどこでもないどこかを見ていることに気づいたのは、何度か引き金を引こうとして叶わなかったあとだった。

鳥の囀《さえず》りが耳に入った。

銃口をシャオに向けたまま目を走らせると、焼けた白楊に羽を休めている青い鳥が喉をふり絞って歌っていた。

「あんな鳥、見たことある？」シャオが言った。

鳩ほど大きくもなく、スズメほど小さくもない。まるでムクドリに誰かが空色のペンキでもぶっかけたみたいな鳥だった。

「うちはこれで三度目」

シャオに目を戻す。

「一度目は飢餓がはじまったころ。民兵たちがのさばっとって、いちばん残忍な組織がいちばん裕福じゃとみんなが気づきだしたころじゃった。うちの親はそんな無理無体を見すごせんかった。よせばいいのにやつらに逆ろうて、ふたりとも棍棒で首をたたき折られたわ。そのときに、はじめてあの鳥を見たんじゃ」一呼吸つく。「二度目は飢餓があたりまえになったころじゃった。鉄づくりがなにより優先されて、村にある鉄はみんな取り上げられた。でも、うちの叔母さんは針を一本だけ隠し持っとった。その一本の針を村の女たちがみんなで使うて繕《つくろ》いものをした。うちの叔母さんはそのなかのひとりとささいなことで言い争いになった。針を使う順番を守らんかったとか、そんなつまらんことじゃ。その女は叔母さんを密告しよった。すぐに役人が飛んできて、叔母さんを殴りつけてその針を取り上げよった。そんなにこの針が大事か、と役人が言うた。それから、その針で叔母さんの目を刺したんじゃ。そのときもうちの屋根にあの鳥が止まっとった」

……それが二度目」

「なにが言いたいんだ？」

「あの鳥はな、怪物どもといっしょにやってくるんじゃ」

怪物？　鹿康平は思った。このおれが？

「ねえ、うちらはお話のなかで生きとるような気がせん？」シャオが明るく尋ねた。「このいっさいがっさいは誰かが書いたお伽噺《とぎばなし》で、自分はそのお話に出てくる端役《はやく》にすぎんと感じたりはせん？」

なんと答えていいか、わからなかった。

「あの青い鳥はね、うちがいま目にしとるもんが本当じゃないって教えてくれとるの。あんなきれいな鳥、この国にはおらんから……うちはいまお伽噺のなかにおって、そこには悪い怪物たちがうじゃうじゃおって、うちは殺されて食われてしまうかもしれんけど、なんも怖いことはないの。だって、うちはただの脇役で、うちがおらんようになってもお話はつづいていくんじゃから」

「おまえは……」干上がって粘つく口を、どうにか動かした。「おまえはそれでいいのか？」

「なんでいかんの？　うちがいかんと思ったら、なにかが変わるん？」

しばし言葉を失った。

起こってほしいと願うことは起こらず、起こってほしくないことばかりが起こる。善いことは報われず、悪いことは罰せられない。だったら、善悪にこだわることになんの意味がある？

「できれば犬死はしとうないなあ。うちの死がちょっとでも正義の味方の役に立てばいいんじゃがね」

不意に跳ね上がったシャオの目を追うと、白楊から飛び立った青い鳥が舞っていた。鳥はせわしなく翼をはばたかせ、だんだん小さくなり、遠ざかり、すぐに見えなくなってしまった。

「あの鳥はね」シャオが言った。「お伽噺からお伽噺へ渡り歩いていくんじゃ。そんで、やっぱりうちみたいな人に『あんたがいまおる世界は本当じゃないよ』と教えてあげとるんじゃ」

あとにはまっさらな陽光に照らされた荒野があるばかりだった。なにもかもが骨壺のように輝いていた。唐突に、鹿康平はなにかを突き抜けてしまったと感じた。どん底だったはずの地面がガラスのように砕け散り、宙に放り出されたと思ったつぎの瞬間には、もう世界のてっぺんに立っていた。まるで古いページがめくられて、新しい物語に頭から飛びこんでいったみたいだった。

「お伽噺ねえ」鼻で笑ってしまった。「なあ、白雪姫の話を知ってるか？」

シャオが首を横にふる。その目はひたすらおだやかで、それどころかこの男が自分を殺すことはないと知っているような、この物語の結末をすっかり知っているかのような笑みさえ浮かべている。

「悪い継母《ままはは》が猟師に命じて白雪姫を殺させようとするんだ」肺のなかで淀んでいたものが鹿康平の口から吐き出された。

シャオがうなずく。

「もしあの鳥がお伽噺を渡り歩くのだとしたら、白雪姫もあいつを見たかもしれないな」

目を落とすと、乾いた土塊のあいだから白いヒナギクが顔をのぞかせていた。野火焼不盡《野火にも焼き尽くせぬ》——空っ風が一篇の詩を運んでくる。春風吹又生《春風吹けばまた萌えいずる》。そのあまりの陳腐さに、思わず失笑してしまった。同時に、それこそが真実だとも思った。太陽はまぶしく、人の世がどれほど堕落しようとも、けっして焼き尽くされない正しいものはある。正しきものは目立たず、主張せず、恨まず、芽吹くときを知り、恵みをあたえ、不用になればまた焼かれ、そうやって淡々と流転していくだけだ。もしこれがお伽噺なら、と思った。これからどういう展開になるのかな。

「それで、その白雪姫はどうなるんだ？」
「また今度教えてやるよ」そう言って、鹿康平は拳銃を腰帯に挿し戻した。「もしおまえが明日もここにいたらな」

20　積乱雲

その夜は明け方までまんじりともせずに、どんなシナリオがありうるかを繰り返し検証した。トラックが三台に対して、こちらは四人。火薬、榴弾の殻、エナメルの導線——ここから、どんな画《え》が描ける？

どれか一台にふたりが乗ることになる。おまえはこのへんに不案内だから助手席でのんびりしていろ、なんてことをやつらが言うはずがない。おれに運転させるはずだ。老頼にもトラックを運転できるかと訊かれた。もしおれの運転するトラックに頼家のやつらが同乗するなら、そいつがおれを殺す手はずになっているのかもしれない。

殺《や》るとすれば、タイヤがパンクしてトラックが立ち往生したときだ。トラックを走らせているときにおれを殺せば、やつらだって無事ではすまない。

拳銃を使うとは考えにくい。荷台に積みこまれた農民たちが銃声に驚いて、蜘蛛《くも》の子を散らすように逃げ出してしまう。あの臆病な蘇大方のことだ、ひとりたりとも生存者を許すはずがない。ナイフか？　それともワイヤかなにかで首でも絞めるつもりなのか？　あるいは、おれのトラックには誰も同乗しないかもしれない。いずれにせよ、トラックが走っているあいだはなんの心配もない。

殺るなら、三台のトラックが爆破されたあとだろう。轟然と燃え盛るトラックを阿呆みたいにぼうっと眺めているおれの頭に、頼家の誰かが一発撃ちこむ。バンッ！　それで終わりだ。が、このパターンも完璧ではない。トラックが三台なら、巻き添えを食って死ぬ運転手も三人いなければならない。あとで軍なり警察なりが現場を検証したとき、運転席に誰も乗っていなかったことが発覚すれば面倒なことになる。運転手が三人とも難を逃れていれば、どんな間抜けでも不審に思う。

　どうすればいい？

　おれごとトラックを吹き飛ばせば、運転席にはおれの焼死体が残る。いや、それはありえない。もしやつらが台湾のスパイにすべてをなすりつける気なら、黒焦げの死体では都合が悪い。見分けのつく、原形を留めた死体が必要なはずだ。

　だとすれば、トラックが触れただけで爆発する起爆装置を使うことはないだろう。どうしたって、おれをトラックから降ろしてから爆破させなければならない。

　おそらく榴弾に火薬を詰めて地面に埋め、導線を使って離れたところから起爆させるつもりなのだ。よく映画で見かける、あのT字棒が挿しこまれた箱型発電機《ダイナマイト・プランジャー》を使うのかもしれない。

　榴弾を埋めた場所でトラックをパンクさせ、運転手だけが車を降り、すこし離れたところで誰かが発電機のT字棒をカチッと押せば、ドカン！　なんの罪もない百姓たちは木端微塵《こっぱみじん》だ。

　それから適当な焼死体をみつくろって、運転席だった場所に置いておけばいい。それでなんの矛盾もない。生存者がひとりもいないのだから、誰がトラックを運転していたかなんてわかるはずがない——そこまで考えて、鹿康平はすべてを笑い飛ばした。運転手がいようがいまいが、そもそもそんなことは問題にすらならないだろう。上のほうにいる人間が、魔法のようにあらゆる不都合を揉み消してくれる。二百人の死すらなかったことにされるかもしれない。

老頼たちはたまたま近くにいて、爆音を聞きつけて駆けつけてみたら、トラックが燃えていた。そして、現場から逃げ去る不審者を捕まえた。不審者、つまりおれが激しく抵抗したため、揉みあっているうちに誤って殺してしまう。おれが持っていた拳銃を取り上げて、それでおれを撃ったということにしてもいい。で、よくよく調べてみたら、じつは台湾から潜入していたスパイだったというわけだ！

暁《とき》をつくる一番鶏の声を聞きながら、拳銃の弾倉を抜き出し、実包を確認する。弾倉に八発、薬室に一発、都合九発装塡《そうてん》できる南部十四年式だが、残弾は四発。つまりこの三年足らずで、おれは五回引き金を引いたってことか。たしかに威嚇射撃のときもあったが、その数が多いか少ないかは考えないようにした。

柱時計の針は五時四十五分を指している。

拳銃を腹の上に横たえ、ベッドにひっくり返って待っていると、遠くのほうで孔雀の啼く声がした。すると急に瞼が重くなった。まるで不意打ちのように襲ってきた睡魔に押し流されながら、シャオのことが頭に浮かんだ。ねえ、うちらはお話のなかで生きとるような気がせん？　するよ。夢の縁からこぼれ落ちながら、鹿康平はそう答えた。いまがまさにそんな気分だ。

暗闇のなかで目を開けると、見も知らない家の安楽椅子にすわっていた。どこからか静かなピアノ曲が流れてくる。

目が暗さに慣れるまで、息を殺してすわっていることしかできなかった。やがて闇と折り合いがつくと、正面にあるリビングルームの輪郭がぼんやりと浮かび上がってくる。ソファがあり、センターテーブルがあり、壁一面の本棚があり、その先はどうやらキッチンになっているようだった。

　本棚のなかほどに、パイロットランプをともしたレコードプレイヤーがある。ピアノの音はそのレコードプレイヤーのふたつのスピーカーから聞こえていた。どこか懐かしいような、それでいて思い出したくない記憶を呼び覚まされるようなメロディーだった。顔をめぐらせると背後に大きな窓があり、窓の外には木蓮《もくれん》の樹があった。樹には薄紫色の花がたくさんついていて、素晴らしい花香をふりまいていた。

　いったいここはどこだ？

　立ち上がろうと身じろぎした拍子に、膝の上にあったなにかが大きな音を立てて床にころがり落ちた。死人さえ目を覚ましそうなその音に、思わず身をすくめてしまった。空っぽの家に響き渡る凶暴な音が収まってからそろりと拾い上げてみると、それは野球のバットだった。

　木製のバットだったが、いったいなぜ自分がバットなんかを持って、まるで追われる者のように見知らぬ家で息をひそめているのか、まったく心当たりがなかった。バットはアメリカ製のルイビルスラッガーで、新竹空軍基地の滑走路で野球をやったときに、西方公司のアメリカ人たちが使っていたものとおなじだった。背後で鈴の音が聞こえたような気がしてふり返ってみたものの、羊はどこにもおらず、ただ闇のなかで木蓮の花影がゆらめいていた。

　レコードプレイヤーからは静かなピアノ曲が流れつづけている。ターンテーブルに載った古いレコードは表面がかすかに波打ち、そのせいでレコード針がまるでゆるやかな丘陵地帯を走る車のように「ヴェクサシオン」の上を走っていた。石を踏んだような雑音が一定の間隔で混じる。

　そうだ、これはエリック・サティの「ヴェクサシオン」だ、どうしていままで思い出せなかったんだ？

鹿康平は安楽椅子にすわり直し、なにを待っているのかもわからないまま、カードが配られるのをじっと待つギャンブラーのように待ちつづけた。いまの手札ではどうあがいても勝ち目はないけれど、つぎのカードしだいでは勝負に出るしかないとわかっていた。必要とあらばこっちが先に手札をオープンしたっていい。手の内をすっかりさらけ出してから、相手の出方を探るのだ。そのように心が決まると、自分を取り巻く暗闇にすこしだけ無関心になることができた。

カチリと玄関扉の解錠される音が耳朶《じだ》を打ったのは、バットの握り具合をあれこれたしかめているときだった。ドアが引き開けられると、淀んでいた空気がひしめく蟲《むし》たちのようにザワッと揺れ動いた。暗闇の底を手探りするような静寂のあとで、廊下を踏みしめる足音がゆっくりと近づいてきた。

なにかがやってくる。

汗ばんだ手でルイビルスラッガーのグリップを握りしめた。そして、不意に悟った。これからなにが起こるにせよ、それはもう起きてしまっている。その証拠に、いつのまにかバットに黒い血がべっとりとついていた。もうすぐこの暗い廊下の先から怪物があらわれる。膝の上にバットを横たえながら、暗闇にひたと目を据えた。おれはどうあってもこのバットでそいつを叩き殺さねばならない。

だけど、本当にそうだろうか?

本当にそれだけしか選択肢はないのか?

床を軋《きし》ませながら足音が近づき、とうとう闇から吐き出された怪物がこちらの領分に足を踏み入れてきた。そのシルエットがすこし戸惑っているように見えた。しばし静寂のなかで立ちつくし、それから忍び足でキッチンをぬけ、のっそりとリビングに侵入してくる。男の形をしたその怪物は、黒い液体のように揺らめきながら、しばらくレコードプレイヤーを見下ろしていた。なぜこんな曲がかかっているのか、どうにも腑に落ちないようすだった。領分を侵しているのは怪物ではなく、自分のほうなのだという気がしてくる。その間にも、後悔の産声のような「ヴェクサシオン」は反復すべき八百四十回のうちの数回を淡々と消化していった。

怪物が明かりをつけようとして壁のスイッチに手をのばしたとき、機先を制して口を開いたのは鹿康平のほうだった。

「そのままで」

怪物がぎくりとして動きをとめ、黒く塗りつぶされた顔をふりむけてくる。それを見て、確信した。怪物がおれのまえにあらわれたのではなく、このおれがやつの棲み家に乱入してきたのだ。おれはいま、怪物の懐に飛びこんでいる。震えそうになる声を抑えつけて、どうにか言葉を押し出した。

「わかっていると思うが、こんなことは現実には起こらなかった。つまり、おれとあんたはこんなふうに話したりしなかった。すべてはあっという間に終わった」

すべてはあっという間に終わる。そう、いつだってそうだ。問題はその終わらせ方なのだ。動揺を気取られまいと鹿康平は鷹揚にため息をつき、脚を組み替えた。

「じゃあ、どうしておれがあんたのまえにあらわれたのか？」もしくは、おまえがおれのまえにあらわれたのか。「それは、おれたちが答えを知りたがっているからだ」

「……答え？　なんの答えだ？」

「ありえたかもしれない――」

最後まで言うことができなかった。その答えをおれはたしかに知っている。知っているのだ。

しかし、それを形にするのが恐ろしかった。口に出してしまえば、後戻りできなくなる。言い訳ができなくなる。正しい答えを知っていたのに、みすみす間違った選択をしてしまったことを認めなければならなくなる。

不信感に満ちた沈黙のなかで、怪物の荒い呼吸だけが聞こえていた。その動揺が敵意にまで育ちかけたとき、出し抜けに柱時計の鐘がボーンと鳴った。

その厳かな音が、まるで地球が自転を止める合図のように頭のなかで谺《こだま》した。薄目を開け、鐘の音を数えながら天井を見上げる。鐘は六回鳴って、ようやくやんだ。あとには規則正しく揺れる振り子の音だけが残された。

ベッドに横たわったまま、夢のなかで聞こえていたピアノについて考えた。夢のなかではたしかに曲名を知っていたのに、どんなに頭をひねっても思い出すことができない。ただ死を思わせるその旋律だけが、耳の奥で静かに鳴りつづけていた。本物の死の旋律が聞こえてくるまで、その幻聴に耳を澄ませていた。遠い地鳴りのようなエンジンのうなりは、はじめのうちはかすかだったので、夢のなかから聞こえてきているのかと思った。

本当にそうだったらよかったのに。

着実に近づいてくる怪物たちの重々しい足音を全身で感じながら、鹿康平はなおも短い夢のなかで得た悟りについて考えていた。あの黒い濁水《だくすい》のような怪物はきっと二百人分の怨霊《おんりょう》にちがいない、だからおれと怪物はあんなふうに話すことなんてできっこなかったんだ。そんなふうに思った。だって、すべてはあっという間に終わっちまうはずなんだからな。

大きく息を吸ってから勢いをつけて立ち上がると、拳銃を腰帯に挿して上着で隠した。何度か深呼吸をし、胸の鼓動を落ち着かせる。

「どうせ地獄往きだ」虎のように肩を怒らせ、フウフウと荒い息を吐きながら自分に言い聞かせた。「一人殺《や》るも二百人殺るもおなじだ、そうだろ？」

扉を開けて出ていくまえに、もう一度部屋をふりかえった。三年近く寝起きした部屋はしんと静まりかえり、空っぽで、人の気配がまるでしない。鏡を見ているようだった。そりゃそうだ、と思った。おれは生きることにこだわりすぎて、たぶんずっと死んでいたんだろうな。

廻廊をまわって側門へ向かったが、途中で足を止めた。すこし考え、中庭を突っ切っていくことにした。

朝が早い鶏たちに、料理女が餌をあたえていた。木桶のなかの稗《ひえ》を撒きながら挨拶してきたので、鹿康平も応じた。

「今日は雲が低いな」

料理女が空を見上げる。「ほんとだ、こりゃ蒸し暑くなりそうじゃね」

鶏たちが地面をつつき、水瓶のなかの金魚たちは水草のあいだを泳ぎまわっていた。クワズイモの葉に朝露《あさつゆ》が光っていた。

開け放たれたばかりの衆門をくぐり、暗い廊下をとおって石畳の前庭へ出る。右が蘇大方の祖先を祀った廳堂、左が儀門だが、廳堂に蘇大方の姿はなかった。

そのかわり、薄暗い広間の戸口に男がひとりたたずんでいた。家の者ではない。見たこともない男だった。土気色の顔は瘦せこけ、紺色の人民服に布靴、赤い星のついた人民帽をかぶっている。

男はうつむいていた。その立ち姿はそよ風にゆらめく柳のようにはかなげで、夜更けの鳥のように行き場がなく、蠟燭の火が燃え移った蛾のように切羽詰まっているように見えた。

「你是誰《おまえはだれだ》？」

男のかわりに、庭掃除にやってきた年寄りの家僕が答えた。「誰と話しとるんだ？」

鹿康平は男に向かって顎をしゃくった。

家僕はちらりとそちらを見やり、ため息をつきながら首をふった。

「那是誰《あれはだれだ》？」

「见鬼啦《お化けでも見たか》？」

鹿康平はびっくりして家僕と男をかわるがわる見た。この爺さんにはあの男が見えないのか？

「今日じゃろ？　あんまりいろいろ考えなさんな」年寄りは同情するように眉尻を下げ、竹ぼうきで庭を掃きながら離れていった。「頭を空にして、やらにゃならんことをやれ。それが生きるということじゃ。考えすぎるとろくなことにならん」

あの世のものを見せてくれる陰陽眼は額にあるという話を思い出し、ためしに掌で額をおおってみた。すると、男が見えなくなった。額から手を放す。男はやはりそこにいた。もう何年もそうしているように見えた。

「怎么了《どうした》？　熱でもあるんか？」

「ここに鬼《グイ》がいる」

「阿弥陀仏、阿弥陀仏」年寄りが笑った。「鬼《グイ》ならそこらじゅうにおるわ。この屋敷にはとりわけ多かろうなあ」

鹿康平はうなずき、戸口の男を一瞥《いちべつ》してから、儀門を跨ぎ越した。

「おい！　その門を使っちゃいかん！」

かまわずに中門から表に出ると、二頭の石獅子のあいだに立ち、屋敷のまえに停まっている三台の軍用トラックを見渡した。エンジンをかけたままの二台は濃緑色で、もう一台は迷彩塗装が施されていた。荷台の幌《ほろ》がはずされている。車尾に灰色の排気ガスがわだかまり、朝靄と混ざりあっていた。

右端のトラックから老頼が飛び降り、ドアを開け放ったまま、鹿康平のまえを足早に横切っていった。

「おまえがこいつに乗れ」

鹿康平はほかの二台に目を移した。

朝陽が反射してよく見えなかったが、汚れたフロントガラスのなかで頼兄弟が目をきつくしていた。ひとりはステアリングを抱くようにして、もうひとりは窓枠に頬杖をついている。老頼は左端の迷彩塗装の助手席によじのぼった。運転席にいるのは頼熊のようだった。

「なにをぼけっとしとるんじゃ！」老頼が窓から顔を突き出し、三本しかない歯を全部見せて怒鳴った。「革命は待っちゃくれんぞ！」

おびえても焦ってもいないことを知らしめるために、鹿康平はゆったりとトラックに歩み寄った。そして運転席側のステップに片足をかけ、ドア枠に摑まって体を半分引き上げたところで、そのまま固まってしまった。

助手席にさっきの鬼《グイ》が乗っていた。赤い星の人民帽を目深《まぶか》にかぶり、鉛色の顔を伏せ、陽光に透けてしまいそうな体を小さく縮めていた。

こいつはあの怪物がおれを見張らせるために送りこんだんだ。それが最初に胸中をよぎったことだった。でも、なぜ？　言うまでもない、おれが正しい道を選ぶのを邪魔するためだ。二百人の怨霊が産まれ落ちるためには、まず誰かの手にかかって殺されなければならない。もしおれが土壇場で怖じ気づいたら、怨霊にされちまうのはおれのほうだというわけか。あまりにも強く確信したので、思わず質問をすっ飛ばして答えだけを求めてしまった。

「對吧《そうだろ》？」

強気でいくのが鬼物を相手にするときの作法だと知っていたが、この日の鬼《グイ》はそんなことくらいでは微塵も動じず、悪意とたくらみに満ちた沈黙をひたすら守っていた。

「おい、台湾人！」頼龍が無遠慮にクラクションを鳴らし、窓から唾を吐き飛ばした。「なにをやっとるんじゃ？　話があるんならさっさと言え、屁がこきてえんならさっさとこきやがれ！」

「媽的《くそったれ》、有眼光《見る目があるな》」鹿康平は鼻で笑い、小声で毒づきながら体を運転席に引き上げた。

「你知道今天跟着我會有好戲看《おれについてくれば今日は面白いものが見られると知ってるんだな》」

湿り気をおびた熱風に、鹿康平の体はじっとりと汗ばんでいた。

村を五つまわった時点で、三台のトラックがほぼ人でいっぱいになった。荷台に立たされている農民たちは、ほとんどなにもしゃべらなかった。しゃべったとしても小声でささやきあう程度で、足腰の弱った老人を寡黙《かもく》な男たちが支えて立っていた。そんな彼らを太陽が炙っていた。太陽は毛沢東の象徴なので、文句を言う者はいなかった。

休憩のために停車すると、農民たちがわらわらと荷台から飛び降りた。鹿康平もトラックを降りたが、鬼《グイ》は微動だにしなかった。好きにするさ。そうつぶやいて手足を伸ばし、体をほぐした。すでに太陽は真上に来ていたが、食べ物を用意している者はほとんどいなかった。誰もがそのへんをうろついたり、立小便をしたり、腰を伸ばしたり、ぼうっと突っ立って田野を吹き渡る風塵を眺めたりしていた。若い母親が人目も憚《はばか》らずに服をたくし上げて赤ん坊にお乳をやった。その乳房は老婆のように萎《しな》びていた。

頼龍と頼熊がトラックから大きな布袋を引きずり下ろし、「さあ、メシじゃぞ」と叫んだ。彼らが頭上に掲げたマントウを見て、農民たちの目の色がさっと変わった。四方八方から突進してきて、喚声をあげて頼兄弟に飛びかかった。

貧しい者に施しをする僧侶のように頼兄弟がふるまえたのは、はじめのうちだけだった。すぐに異変に気づいて青ざめた。飢民は赤黒い腕を伸ばし、あれよあれよのうちに頼兄弟をもみくちゃにした。

「あわてるな！」彼らは怒濤《どとう》のように押し寄せる人々をどやしつけ、乱暴に押しのけた。「ちゃんとみんなのぶんはある！」

殺気立った老若男女が口々に文句を言った。こっちじゃ、なんであっちばかりやるんじゃ！　水がないと食えんぞ、豚の頭で考えてもわかる道理じゃろうが！　うちは三人家族じゃから三つおくれ！　それじゃない、そっちの大きいほうをちょうだい！

「順番じゃ！　あわてるな、順番じゃ！」

マントウをふたつかすめ取った男がほかの男たちに袋叩きにされた。容赦なく殴り倒されたその男はマントウを懐に抱いて体を丸めたが、甲斐なく奪われたうえに拳骨を雨あられと落とされた。なめたまねをしくさりよって！　唾を吐かれ、さんざん足蹴《あしげ》にされた。ざまみろじゃ、この腐れプチブルめが！　ようやく制裁が一段落つくと、彼はよろよろと立ち上がってトラックまで歩き、タイヤの陰で膝を抱えてしくしく泣いた。

その間にも、頼兄弟の受難はつづいていた。十重二十重《とえはたえ》に取り巻いた農民たちは拳骨をふりまわし、頼龍と頼熊の不手際をこきおろした。えこひいきは許さんぞ！　見ろ、まだ袋が膨らんどる！　余ったぶんをこっちによこせ！　頼兄弟は悲鳴をあげ、腰砕けになり、最後のほうはおのれの身を守るためにマントウを袋ごと遠くへ投げ捨てなければならなかった。

農民たちは頼兄弟を突き飛ばし、我勝ちに袋に飛びついた。相手を押しのけ、ひっかき、呪い、もつれあってごろごろころがった。

重囲《じゅうい》を脱した頼龍と頼熊は茫然と立ちつくし、ほうほうの体でマントウを奪いあう人々を眺めた。顔に引っかき傷をこさえ、ランニングシャツは破れ、目には恐怖と軽蔑の色を浮かべていた。ひとつのマントウにしがみついているふたりの女が、金切り声をあげて摑みあっていた。激昂《げきこう》した女がマントウを相手の顔面に投げつけると、ゴン、という身の毛もよだつ音が響き渡った。鼻血を噴いた女を見て、鹿康平にはマントウが乾燥して石のように硬くなっているのだとわかった。

「まだか？」がつがつとマントウを貪りながら、誰かが声を張りあげた。「いったいいつになったら新しい住処《すみか》に着くんじゃ？」

「あと村をふたつまわる」三本の歯をちらちら覗かせながら、老頼が諭した。「まあ、そんなにあわてなさんな。河はどうしたって海に流れ着くもんじゃ」

「新しい村はどんなところじゃ？」

「ええところじゃ。それだけは間違いない」

老頼が秘密めかしてそう言うと、ふたりの息子たちがおたがいを肘でつついてにやにや笑った。

「土地はどうなんじゃ？」べつのほうからも声がかかる。「肥えとるのか？」

「もちろん肥えとる。言うまでもないじゃろうが。おまえはわしらの党を信じとらんのか？」

「家はもうあるの、老頼？」

「ちゃんと一家に一軒あるよ、孔《コン》の奥さん」

「もったいぶっとらんで教えてちょうだい、本当はどんなところなんじゃ？」

「木には果物がなっとって、河には魚が泳いどる。水は甘くて、風は芳しい」老頼は目を閉じ、まるでワインを飲むフランス人のように風のにおいを嗅いだ。「誰でも十歳は若返ること請け合いじゃ」

　みんなうっとりし、鼻をくんくんさせ、パサついた硬いマントウを美味そうにかじった。まるでそれがみずみずしいマンゴーかパパイヤであるかのように。

「ああ、早く着かんかなあ！」子供たちがわめいた。「わしは新しい家で犬を飼うんじゃ」

「どこへ行ったっておなじよ」年寄りが大声でぼやくと、男たちがうなずいた。「いまより悪いことにはなりゃせん」

「別想一口吃个胖子（ひと口食べただけで太ることはできない。転じて、物事にはゆっくりあたらねばならないの意。急がば回れ）」老頼はそう言い、こう付け加えることも忘れなかった。「まあ、このご時世、そのひと口だってままならんがなあ！」

　農民たちがどっと笑った。

　六つめの村もまた人数が多く、すでに立錐《りっすい》の余地もない三台のトラックに分散して詰めこまれた。

　先客たちはすこしずつ譲りあい、あとから来た者たちを荷台にひっぱり上げてやった。ひと言、ふた言挨拶が交わされると、また静かになった。赤ん坊も泣くには泣いたが、長つづきしなかった。

「泣くにしても体力がいるんだ」トラックを走らせながら、鹿康平は鬼《グイ》に話しかけた。「さっき赤ん坊におっぱいをやる母親を見かけたよ。まだ若い娘なのに……シャオとおなじくらいに見えたけど、体はもう婆さんみたいだったな。あれじゃもう長くないよ。赤ん坊もガリガリに痩せていた。なあ、おまえは知ってるんだろ？　あいつらみんなこれからおまえの仲間になるんだぞ。老頼はどんな爆弾をつくったんだろうな。もしあのおっさんにそんなものがつくれるんなら、やっぱりむかしは軍にいたのかもな。おい、どんな気分だ？　仲間が増えてうれしいか？」

鬼《グイ》はうつむいたまま、むっつりと黙りこくっていた。

鹿康平は肩をすくめて運転に集中した。

七つめの村にもそこそこの数がいて、荷台に入りきれなかった者たちがトラックの屋根によじのぼった。彼らはまるで元宵節《げんしょうせつ》（旧正月から十五日めの満月の日）の提灯のように足をだらりと外に垂らしたので、トラックが揺れるとその足もおなじように揺れた。

鈴なりの農民たちを積んだトラックは一路南へ走った。

先頭を老頼と頼熊が走り、あいだに鹿康平をはさんで、しんがりは頼龍だった。ガタつくトラックのステアリングを切り盛りしながら、鹿康平はその位置取りに老頼の思惑《おもわく》のようなものを感じていた。

「あいつらはおれを殺すと思うか？」

地面のくぼみにタイヤをとられ、車体が大きく跳ねる。荷台や屋根の上にいる農民たちがどよめいた。

鹿康平はブレーキを踏み、窓から頭を突き出して叫んだ。「大丈夫か？　落ちたやつはいないか？」

大丈夫だという返事がまばらに返ってくる。ああ、落ちたやつはおらんよ。屋根の上からもおなじ返事がとどいた。

うしろのトラックが苛立たしげにクラクションを鳴らす。サイドミラーに頼龍のゆがんだ顔が映っていた。

「なあ、鬼《グイ》よ、おまえは自分が誰かが書いた物語の登場人物にすぎないと思ったりするか？」ギアを入れ直してトラックを出す。「シャオに言われて、おれはずっとそのことを考えてるんだ。おれが生きているこの世界は、ひょっとすると本当に誰かが創り出した虚構でしかないんじゃないかって気がしてな。たとえば、そうだな……おれが台湾へ帰れたとして、それから結婚して、ガキが生まれて、そのガキが作家になって、いつかおれのことを小説に書くかもしれない。絶対にないとは言いきれないだろ？　書き出しはどうするかな」

　まえを走る老頼たちとの距離を一定に保ちながら、鹿康平はいっとき真剣に考えた。

こんなのはどうだ、とつづけた。「鹿康平が怪物を撃ったのは一九六二年のことだった……どうだ、いい書き出しだろ？　いっそのこと具体的に一九六二年四月二十四日にしてもいいな。怪物ってのは蘇大方のことさ。おれのこの三年間についての小説なんだ。おれたちの偵察機が大陸で撃墜されて、おれは運よく生き延びるけど、蘇大方にとっ捕まっちまう。で、食い物と引き換えに、おれはやつのために汚い仕事をするようになる。そしてとうとう二百人も殺さなきゃならなくなるんだ。わかるか？　つまり、このむかつく現実は現実なんかじゃなくて、じつはおれのガキが書いた小説だってことさ。だとしたら、おれが今日死ぬことはない。だっておれがここで殺されちまったらガキも生まれないし、この小説も書かれないし、いまだって存在しないことになるからな」

　三台連なって走るトラックは、ゆっくりと小さな木橋を渡った。水はすっかり干上がり、河床《かしょう》には乾いた泥と白骨化した獣の骸《むくろ》しかなかった。

しばらく行くと、辺土の懐に入りこんだようにあたりが茶褐色に塗りつぶされた。どっちを向いても、鶏は卵を産まずウサギはくそを垂れない不毛の地が地平線までつづいている。まえのトラックが巻き上げる砂礫のせいで、ちょくちょくワイパーを動かしてフロントガラスをぬぐわなければ視界が確保できなかった。目に見えない小さな石礫《いしつぶて》が飛んできて、パチパチと車体に当たった。

と、パンッという乾いた破裂音がした。

まえのトラックがぐっと右側に傾ぎ、タイヤを軋らせた。体勢を立て直そうと頼熊がとっさにステアリングを左に切ったせいだろう、車体がふらつき、数人が荷台から投げ出された。トラックは傾いたまま、すこし走ってから停まった。砂埃が入道雲のように湧き、風に運ばれていく。アイドリングするエンジンの音と、人々の呻き声のほかは、なにも聞こえなかった。

「車から降りるな！」後方でドアの閉まる音がし、頼龍の怒声が聞こえた。「ただのパンクじゃ、なんでもない！」

前方のトラックの左右のドアが開き、老頼と頼熊が同時に降りてくる。そして、やはり農民たちにむかって「そこにおれ、ただのパンクじゃ」とわめいた。

「さて、地獄へ堕ちる時間だな」そうつぶやいて、助手席に目をむけたときだった。

鬼《グイ》が笑っていた。

うつむいたまま、まるで土気色の顔が裂けてしまったかのように、口の両端を吊り上げている。

背筋が凍りついた。サイドミラーに目を走らせる。強張った顔つきの頼龍が、うしろから迫ってきていた。

「台湾人！　なにやっとる、さっさと車から降りろ！」

フロントガラスの先では、老頼と頼熊がこちらをうかがっている。

頼龍が大股で歩み寄り、外からトラックのドアを引き開けた瞬間、鹿康平は腰帯から拳銃を抜き取って相手の胸に一発撃ちこんだ。

吹き飛んだ頼龍の手から黒い拳銃が逃げだし、鹿康平は人生の転轍機《てんてつき》が切り替わる荘厳《そうごん》な音を聞いた。

とっさに取った浅はかな行動にたじろぎ、後悔に襲われてもいたのに、教会の鐘のようになんの濁りもないその音に胸をぐっと押され、蘇大方に仕えていたこの三年のあいだではじめてひと口だけ息が吸えた。口を大きく開けて空気を貪ると、自分を閉じこめてきた鏡の部屋に亀裂が走り、無数の破片が無数の鏡像を道連れにして飛び散っていった。

未知の鉄軌《てっき》が鈍く輝きながらぐんぐん延び出していく。そのあまりの速さに頭がくらくらした。新しいレールが新しい結末へと導いてくれるのか、たんに新しい破滅へと至るだけなのか、それはわからない。ただ、このなにもかもがあの夜のシャオに、クワズイモの葉陰から月をふり仰いでいたあの横顔につながっているような気がした。

いずれにせよ、道は一本に絞られた。たじろぐ老頼と頼熊を後目に、トラックから飛び降り、あまり狙いもつけずに二発放った。

「操你妈的《くそったれ》！」

老頼が吼《ほ》え、拳銃を乱射した。銃弾はフロントガラスを砕き、ドアや車体に当たって火花を散らした。

鹿康平は一発応射してから自分の拳銃を投げ捨て、頼龍が取り落としたトカレフに飛びついた。農民たちがいっせいに荷台から飛び降り、散り散りに逃げだす。なんじゃ、なんじゃ？　状況

が理解できないまま、こけつまろびつ悲鳴をあげて逃げ惑った。なにがどうなっとるんじゃ⁉

連射音に肝を冷やして顔をふりむけると、頼熊が雄叫びをあげて自動小銃を撃ちまくっていた。ソ連製のＡＫ－47に見えるが、数年前から国内でコピーされている五六式自動歩槍《ほそう》かもしれない。トラックの陰に身をひそめた老頼がなにかわめいたが、すっかり頭に血がのぼっている息子の耳には入らない。

「あのくそ野郎、兄貴を撃ちくさりよった！」

射線上に遮蔽物《しゃへいぶつ》がなにもないので、鹿康平は地面に身を投げ出して両腕で頭をかばった。銃弾が体のすぐそばをかすめ、口のなかに砂の味を残していく。

弾を撃ちつくした頼熊が銃身から弾倉を抜き取り、腰帯からバナナ型弾倉を取り出したところで、鹿康平は落ち着いて伏射した。バン、バン、と二発。距離にして二十メートルほどだったが、一発がはずれ、一発が首に命中した。

頼熊が両手をふり上げてうしろざまに倒れる。

「よくもわしの倅を殺しよったな！」老頼が絶叫して自動小銃に飛びついた。「殺してやる！殺してやる！」

敵が自動小銃に給弾している隙に、鹿康平は体勢を低く保ったまま最後尾のトラックに向かって走った。流れ弾にあたった男が七転八倒していた。救命啊《たすけてくれ》！　救命啊！

泣きわめく男のそばを走りぬけながら、これでまたひとつ閻魔大王の帳面に罪名が書き加えられたなと思った。トラックのドアを引き開けるのと、そのドアに銃弾がめりこむのと、ほとんど同時だった。

鹿康平は熱いタイヤの陰に身をひそめた。

老頼はやはり元軍人のようだ。無駄弾を撃たず、二、三発ずつ細かく分射してくる。もしあれがＡＫ－47なら、バナナ型弾倉にはたしか三十発入る。

鹿康平は頼龍の拳銃を見下ろした。ソ連製のトカレフ、装弾数は八発。頼熊を仕留めた二発をさっぴくと、あと六発残っている計算になる。ただし、それは全弾が装塡されていた場合の話だ。

「出てこい、台湾人！」老頼が撃ちながら近づいてくる。トラックのヘッドライトが砕け散った。「蘇大人は絶対におのれを逃がさんぞ！」

鹿康平は両手で拳銃を捧げ持ち、自らを鼓舞するように何度か強く息を吐き出した。一気に立ち上がり、つづけざまに三回引き金を引く。

三発ともはずれたが、敵をトラックの陰に押しこめた。

運転席に躍り上がる。連射音が耳をつんざき、フロントガラスが爆発した。四散した破片がまともに顔面を襲う。

「どこへも行けんぞ！」老頼が目をむいて大笑《たいしょう》した。「この良心の欠片《かけら》もないごろつきめ！　七代先まで祟ってやる！」

エンジンはかけっぱなしになっている。

ドアを閉める暇もなく、鹿康平はシフトレバーを一速にたたきこみ、アクセルペダルをぎゅっと踏みこんだ。

車首に銃弾がばら撒かれる。老頼がトラックのまえに立ちはだかり、腰溜めで銃弾を浴びせていた。

頭を下げて、ギアを二速に上げる。

「このくそたわけが！」

鬼の形相《ぎょうそう》の老頼が眼前に大写しになる。人を撥《は》ね飛ばした衝撃が走り、鹿康平はブレーキを踏みつけた。

トラックはタイヤを滑らせながら停まり、それきりもうもうたる砂塵のなかで静かになった。物音ひとつしない。なにかの前触れのような静寂の正体を見極めようと、鹿康平は目をしばたたいた。そろりそろりと身を起こすと、ガラスの破片がぱらぱらと落ちた。開きっぱなしのドアから顔を突き出してうしろをふりかえる。

農民たちが倒れ伏した老頼のまわりに集まり、びくびくしながらこちらをうかがっていた。トラックを跳び降りる。頬に触れると、手に血がついた。左目の下も切れている。ガラスの破片がいくつか刺さっていたので、指でつまんで抜いた。

農民たちが大わらわで散っていく。

「爆弾があるぞ！」足早に歩きながら、鹿康平は彼らにむかって叫んだ。「逃げろ！　とっとと家に帰れ！」

それから、仰向けに倒れている血塗れの老頼を見下ろした。

その虚ろな目に、曇天《どんてん》の雲が映りこんでいた。口を動かしたが、出てきたのは呻き声と血のあぶくだけだった。三本の歯は一本たりとも折れてはいない。それでこそ老頼だ。

自動小銃を拾い上げると、やはりAK-47だった。弾倉をはずして残弾を確認し、また銃身に収めた。小銃のストラップを肩にかけ、きびすをかえして立ち去る。

ゆっくり五つ数えたところでふりかえると、はたして老頼が懐からもぞもぞと拳銃を取り出そうとしているところだった。

老頼が動きを止めて、血に染まった歯を見せてにやりと笑った。

鹿康平はその三本の歯をほとんど好きになりかけていた。まるで三つの墓標みたいじゃないか。老頼とふたりの息子たちの。そして、すこしだけあの盲目の三男を憐れんだ。復讐しようにも、あれではどうしようもない。

おもむろに自動小銃を構えて一発撃った。

弾は老頼の腹に当たり、体をわずかに跳ね上げた。銃声の残響が消えてからも、老頼は横たわったまま動かなかった。驚くほどあっけなかった。

死人の拳銃を回収してからトラックに戻り、運転席によじのぼった。拳銃と自動小銃を助手席に放り出す。

農民たちがまたあらわれ、小さなグループに分かれて死者たちを取り囲んだ。

「言ったろ?」ギアを入れ、トラックを出す。「今日は面白いものが見られるって」

まるで雌鶏が卵を抱くように、助手席の鬼《グイ》は拳銃や自動小銃の上にひっそりとすわっていた。相変わらず陰気に顔を伏せてはいるが、もう笑ってはいなかった。すこしも面白そうではなかった。

屋敷のまえでトラックを乗り捨て、銃器を持って中門をくぐる。

サイドカーのまわりにいた子供たちが、遊ぶのをやめて鹿康平の背中を見送った。

儀門を抜けて庭に入ると、数人の家僕が柳の木の下で煙草を吸っていた。朝、庭を掃いていた年寄りもいる。鹿康平の姿を認めると、ぴたりと話し声がやんだ。

鹿康平はあえて拳銃をちらつかせたりしなかったが、いつでも撃てるようにあたりに目を配った。ふだんは屋敷の雑事をしている家僕たちは、一朝《いっちょう》事あるときには得物《えもの》を手に取り、蘇大方の私設民兵となって略奪に加担する。屋敷に住んでいなくても、彼らはいたるところで蘇大方のために動いていた。

　麻子《マァヅ》が煙草をはじき飛ばし、剣呑《けんのん》な面持ちで出張ってくる。この男も用向きがあるときだけ屋敷を訪れ、蘇大方の指示を仰いでいる口だった。

「動くな、麻子《マァヅ》」鹿康平は銃口を持ち上げた。「おれはいまどちらかといえば、おまえを殺したいと思っている」

「血相変えてどうしたんじゃ、兄弟？　今日だったんじゃろ、首尾はどうじゃ？」

「おれを兄弟なんて呼ぶな」

「なんじゃと？」麻子《マァヅ》が口角を凶暴に吊り上げた。「いまなんちゅうた？」

「おまえは人間のクズだ。もっと早くおまえを殺さなかったことを、おれはものすごく後悔している」鹿康平はほかの男たちひとりひとりに目をやった。「類は友を呼ぶとはよく言ったものだ」

　男たちを包む空気が硬くなる。

「おのれのなにがそんなに特別なんじゃ？」顔は知っているが名前を知らない男が凄んだ。「おのれだけ聖人君子のつもりか、ああ？」

「二百人たすけたら聖人君子になれるんなら、今日のおれはそうだ」

「なんじゃと……」

「訊かれたから言うが、みんな家に帰したよ」

「老頼はどうした？」

「どうしたと思う？」

「百姓どもを家に帰したじゃと？」仲間を押し退けて麻子《マァヅ》が出張る。「ペッ、おのれにそんな度胸があるか！　なめくさりよって、蘇大人に命令されにゃケツも拭けんくせに……いつも憐れむような目でわしらを見下しよってからに」

「それはおまえたちが憐れな人間だからだ」

「屁でもこきやがれ！　女を姦《や》るときも、おのれだけ知らん顔をしくさりよって。賭けてもいいがな、蘇大人がやれって言やあ、おのれだって姦っとったじゃろ？　そうじゃろ、兄弟？」

男たちが笑った。

「わしらになにぬかしたか憶えとるか、兄弟？」

鹿康平はため息をついた。

「おのれはこう言うたんじゃ、『そこまで堕ちるわけにはいかない』……ふざけよって、ようも言いたいことを言うてくれたのう。こっちこそさっさとおのれをぶち殺しときゃよかったわ。何様のつもりじゃ、ああ？　もしおのれが蘇大人のお気に入りじゃなきゃ――」

銃声が轟き、鹿康平の腕が跳ね上がる。

麻子《マアツ》はどてっ腹に開いた穴を見下ろし、信じられないという顔つきで鹿康平に目を戻し、煙があがっている腹の穴をもう一度まじまじと見た。それから丸太のようにバタリと倒れた。

男たちは固まったまま動かない。

近くに蘇大方がいることは、においでわかった。麝香《じゃこう》の香りを正月の晴着のようにまとった腐臭が、廳堂から漂い出ている。

背後で人の動く気配がし、さっと銃口をふりむける。

儀門の陰からあらわれたのは、孔雀だった。抜き足差し足で庭へ入ってくると、孔雀はいったい何事かと首をのばし、威嚇するように体を震わせながら羽を大きく広げた。扇のように広がった羽には、まるで神の目のような模様が散っている。孔雀はみんなによく見えるようにその場でくるくるまわり、足をひょこひょこ蹴り上げてどこかへ行ってしまった。

柳の下の男たちは倒れて動かない麻子《マァツ》を見下ろしていた。

石段をのぼって廳堂へ入ると、蘇大方のおだやかな笑顔に出迎えられた。ふたりの視線が交差する。口を開きかけた蘇大方に先んじて、鹿康平が言った。

「あんたの移住計画は失敗した。おれはここを出ていく」

蘇大方がうなずき、摑みどころのない沈黙が流れた。

「わしは病気じゃ」その声はいつものように思いやりに満ちていた。「これまでの悪い行いの報いじゃろうな。さあ、康平、ちいと状況を整理してみようじゃないか。そうすれば、おたがいにもっとわかりあえるじゃろう」

「病気は悪行の報いじゃないし、あんたはこの病気では死なない」

「そうかもしれんな。じゃが、いずれなんらかの報いのあることは覚悟しておった。わしが毎晩枕を高くして眠っとると思うとるなら、そりゃいくらなんでも――」

胸を二発撃った。見開いた老人の目に、はじめて有るか無きかの驚きがよぎる。この目を見ることができただけで、三年間の鬱屈が晴れていくような気がした。

「シャオの言ったとおりになったな」

仰向けに倒れた蘇大方の上に、弾を撃ち尽くしたトカレフを放り投げた。

背を向けて立ち去ろうとしたとき、なにかに呼ばれたような気がして足が止まった。廳堂を見渡す。掛け軸のなかの、蘇大方のご先祖様たちと目があった。チッチッチという小さな音が聞こえる。外ではない。ひどくこもっているのに、すぐ間近で聞こえる。まるで見えない伝声管をとおって、直接耳に流しこまれているみたいに。その伝声管を追って視線を落とすと、死人の胸に開いた穴のなかで蠢《うごめ》くものがある。銃弾の射入口から、ちっぽけな石片のようなものが突き出ていた。

　鹿康平は固唾《かたず》を呑み、目を凝らした。ちょろちょろ動いていた石片がさっと胸のなかへひっこみ、もうひとつの穴から飛び出してくる。あらわれては消え、やがてひとつの穴に狙いを定めたのか、蘇大方の胸を内側から執拗に突き上げた。

　なにかがその穴から外に出ようとしていた。子供のころに聞かされた死者再生譚を思い出す。そそっかしい冥吏《みょうり》のせいで、まだ寿命が残っているのに地獄へ召された人間が、放免されて現世《うつしよ》へ舞い戻ってくるのだ。そう思って見ていると、いまにも蘇大方がむっくりと起き上がってきそうで空恐ろしくなった。そんなことにはならなかった。死人は死人に徹していたが、すこしずつ押し広げられていく胸の穴から出てきたものを見て、思わず仰《の》け反《ぞ》ってしまった。

　それは石片などではなく、鳥の嘴《くちばし》だった。

　射入口からあどけない顔を覗かせた青い鳥は、あちこちに首を巡らせ、窮屈《きゅうくつ》そうに体を穴の外に押し出した。チッチッチと鳴きながら死人の胸の上を何度か跳ね、ぶるぶるっと羽毛を膨らませる。折りたたんでいた翼を広げたかと思うと、お伽噺を渡り歩く鳥は古い物語に別れを告げるようにピイと鋭くひと声囀《さえず》り、開け放たれた扉から飛び出していった。

　鹿康平は呆気に取られ、しばらく立ちすくんでいた。しかしこの世には鬼《グイ》だっているのだから、蘇大方みたいな悪人の胸のなかに青い鳥がいたって不思議じゃない。それにこの爺さんのおかげで、生き長らえた者たちもたしかにいたのだ。そう、おれ自身も含めて。そう考えて気を取り直し、廳堂をあとにした。

男たちはもういなかった。それでも念には念を入れて、肩にかけていた自動小銃を儀門に向けて撃ってみた。門枠がはじけ飛び、手に刃物を持った男が声を上ずらせて逃げていった。

儀門を抜け、中門をくぐって表に出ると、トラックが火を噴いて燃えていた。黒煙をもうもうとあげて燃え盛るトラックを、子供たちが遠巻きに眺めている。

鹿康平はすこし考えてから、くるりときびすを返した。門をふたつ跨ぎ越し、庭をまわりこんで廻廊へ出る。

衆門に銃弾を浴びせると、門のうしろに潜んでいた男が倒れた。それで自動小銃の弾も切れたので、その場に捨てていった。

最後の拳銃を握りしめて廻廊を駆けた。二階で銃声が轟いたが、かまわずに厨房目指して走った。金剛鸚哥たちが翼をばたつかせてギャーギャー騒ぎたてた。クワズイモの葉をもぐもぐ食べていた羊が、蹄《ひづめ》の音を響かせて逃げていく。

厨房の一隅で、料理女たちが身を寄せあってぶるぶる震えていた。鹿康平が飛びこんでいくと、女たちは頭を抱えてうずくまった。

鹿康平はもごもごと彼女たちにあやまり、壁のフックからサイドカーの鍵を取った。

「行ってしまうんか、康平?」料理女のひとりが立ち上がり、おずおずと声をかけてきた。「台湾へ帰るんか?」

「たぶん」と応じた。「世話になったたな」

女はしばし躊躇したあとで、大きな合切袋に蒸しあがったばかりの窩窩頭《ウオウオトウ》(トウモロコシの粉を練ってつくる蒸しパン)、それに水と小麦粉とマッチを詰めて持たせてくれた。

「カップもいるじゃろう」

口を縛った合切袋を押し付けられた鹿康平は、どうしていいのかわからなかった。「いいのか？」

「いずれ来ると思うとったもんがいま来ただけのことじゃ」そう言って、料理女が微笑んだ。

「あんたが一路、風に恵まれますように」

礼を言い、壁に背をつけ、吹き抜けの二階をうかがう。耳を澄ますと、羊の足音とはあきらかにちがう軋みが聞こえた。

厨房から躍り出て、足音がしたあたりに二発撃った。天井板に穴が穿たれ、男の罵声といっしょに拳銃が上から落ちてきた。

「足に当たったぞ！」庭掃除の年寄りが二階の欄干から身を乗り出した。「この恩知らず！　狼《ろう》心《しん》狗《く》肺《はい》の畜生めが！」

鹿康平は廻廊を走り、衆門の陰や部屋のなかに目を光らせながら庭へまわった。また門をふたつ抜けて表へ出る。トラックが爆発したのはそのときで、子供たちが爆音に歓声をあげた。

降りそそぐ火の粉を払ってオートバイに跨がり、合切袋をサイドカーに放りこむ。シートのところどころが焼け焦げて穴が開いていた。イグニションにキーを挿し、キックペダルを力強く蹴ると、いつものようにエンジンは一発でかかった。

うしろをふりむく。

追っ手はいないようだった。ギアをつなぎ、炎上するトラックを迂《う》回《かい》する。子供たちの顔がひとつ残らず追いかけてきた。

屋敷の裏へまわりこみ、土塊道を行った。二頭立てのラバが引く荷車を追い越したあとは、砂煙を巻き上げて疾走した。

加速しながら、サイドカーに目を走らせる。鬼《グイ》の姿はついぞ見えなかったが、目にあの陰気な姿が焼きついていたので、まだそこにいるような気がしてならなかった。

「開心了吧《しぃか》?」我知らず、話しかけてしまったほどだ。「おい、本当にいないのか?」

鬼《グイ》はどこにもいなかった。怪物に呼び戻されたのか、はたまた、たんに目に見えないだけなのか。世界は目に見えないものだらけだ。ほんの昨日まで、おれはこんな明日が待っているなんて思いもしなかったんだからな。

行く手には茫漠《ぼうばく》たる荒野が広がるばかりだった。

荒れ地のあいだをのびる一本道に入ると、スピードを落とし、腰を浮かせた。風塵に目を細め、右側を遠望しながらオートバイを走らせる。足の速い犬のように追いかけてくる焦燥をふり払えなかった。それは追っ手のことを懸念したためでも、ましてやこれから香港までたどり着けるだろうかと憂慮したためでもない。まったくちがった。

灰色の空をよぎる青い影が視界をかすめたとき、見るまえから鹿康平にはもうその正体がわかっていた。彼方の天空で旋回しているのは、やはり蘇大方の胸から逃げ出したあの青い鳥に間違いなさそうだった。悪しき者どもは、そのようにして償う。もしこれが誰かの書いたお伽噺なら、と彼は思った。あの鳥はきっと探し物の在り処《あか》を告げるために出てきてくれたんだ。

はたしてそうだった。そうではない理由など、どこにある? 黒ずんだ白楊《はこやなぎ》と思しきものが、かすかに望めた。胸が高鳴る。ブレーキレバーをぐっと握ると、サイドカーがタイヤを滑らせながら停まった。

「丁暁《シャオ》!」

自分の口から発せられたその響きの揺るぎなさと正しさに戸惑う。積乱雲を突きぬけた先に広がる青空のように、手つかずの未来が眼前に横たわっていた。

鹿康平はオートバイを飛び降り、声をかぎりに叫びながら、そちらへ走っていった。まだそこにいるか、シャオ――

参考文献

柯旗化『台湾監獄島　繁栄の裏に隠された素顔』（イースト・プレス、一九九二年）
陳紹英『外来政権圧制下の生と死　一九五〇年代台湾白色テロ、一受難者の手記』（秀英書房、二〇〇三年）
中村祐悦『新版　白団《パイダン》　台湾軍をつくった日本軍将校たち』（芙蓉書房出版、二〇〇六年）
ガブリエル・ガルシア＝マルケス『コレラの時代の愛』木村榮一訳（新潮社、二〇〇六年）
楊牧『奇萊前書――ある台湾詩人の回想』上田哲二訳（思潮社、二〇〇七年）
『世界の傑作機スペシャル・エディションＶｏｌ．４　ボーイングＢ‐17フライングフォートレス』（文林堂、二〇〇七年）
フランク・ディケーター『毛沢東の大飢饉　史上最も悲惨で破壊的な人災　１９５８▼１９６２』中川治子訳（草思社、二〇一一年）
野嶋剛『ラスト・バタリオン　蒋介石と日本軍人たち』（講談社、二〇一四年）
プリーモ・レーヴィ『溺れるものと救われるもの』竹山博英訳（朝日新聞出版、二〇一四年）
沈麗文『黒猫中隊　七萬呎飛行紀事』（大塊文化、二〇一〇年）
王俊秀『黒蝙蝠之鏈』（聯經、二〇一一年）
黃文騄・李芝静『飛越敵後３０００浬　黒蝙蝠中隊與大時代的我們』（新鋭文創、二〇一八年）

本作品は、北海道新聞、中日新聞、東京新聞、西日本新聞各紙の夕刊に
二〇二〇年五月二十日から二〇二一年六月十九日まで、河北新報夕刊に
二〇二〇年八月二十五日から二〇二一年九月二十五日まで、連載された。
書籍化にあたり、加筆修正を行った。

装画

益村千鶴「Invisible」2012年作

東山彰良（ひがしやま・あきら）
1968年、台湾台北市生れ。９歳の時に家族で福岡県に移住。2003年、「このミステリーがすごい！」大賞銀賞・読者賞受賞の長編を改題した『逃亡作法 TURD ON THE RUN』でデビュー。'09年『路傍』で大藪春彦賞を受賞。'15年『流』で直木賞を受賞。'16年『罪の終わり』で中央公論文芸賞を受賞。'17年から'18年にかけて『僕が殺した人と僕を殺した人』で、織田作之助賞、読売文学賞、渡辺淳一文学賞を受賞する。『夜汐』『どの口が愛を語るんだ』など著書多数。

怪物《かいぶつ》

発　行……*2022* 年 *1* 月 *30* 日

著　者……東山《ひがしやま》彰良《あきら》

発行者……佐藤隆信

発行所……株式会社新潮社

〒 *162-8711*　東京都新宿区矢来町 *71*

電話　編集部（*03*）*3266-5411*

　　　読者係（*03*）*3266-5111*

https://www.shinchosha.co.jp

装　幀……新潮社装幀室

印刷所……錦明印刷株式会社

製本所……大口製本印刷株式会社

乱丁・落丁本は、ご面倒ですが小社読者係宛お送り下さい。
送料小社負担にてお取替えいたします。
価格はカバーに表示してあります。

ISBN978-4-10-334653-1　C0093